昔阳农商银行清廉建设系列图书

追梦人

赵维明 ◎ 著

纪委书记讲农信故事

山西出版传媒集团　北岳文艺出版社
BEIYUE LITERATURE & ART PUBLISHING HOUSE

·太原·

图书在版编目（CIP）数据

追梦人 / 赵维明著. — 太原：北岳文艺出版社，2024.1
ISBN 978-7-5378-6811-2

Ⅰ. ①追⋯ Ⅱ. ①赵⋯ Ⅲ. ①短篇小说－小说集－中国－当代 Ⅳ. ① I247.7

中国国家版本馆 CIP 数据核字（2024）第 001609 号

追梦人

赵维明 著

//

出品人 郭文礼	出版发行：山西出版传媒集团·北岳文艺出版社 地址：山西省太原市并州南路 57 号　邮编：030012
选题策划 谢放	电话：0351-5628696（发行部）　0351-5628688（总编室） 传真：0351-5628680
责任编辑 谢放　赵勤	印刷装订：山西万佳印业有限公司
书名题字 李泽涛	开本：787mm×1092mm　1/16 字数：320 千字　印张：23.25
装帧设计 舍象文化传媒工作室	版次：2024 年 1 月第 1 版 印次：2024 年 1 月山西第 1 次印刷
印装监制 郭勇	书号：ISBN 978-7-5378-6811-2 定价：86.00 元

本书版权为本社独家所有，未经本社同意不得转载、摘编或复制

序

  赵维明同志多年来写的反映农信社改革发展和农信社人艰苦创业的小说《追梦人》《信合人生》《信合家族》《传承》《宝儿的生日》即将结集出版。读完这五个故事，体会到了维明同志的情感世界与良苦用心。这些故事从不同角度、不同层面抒写了责任和担当。如《追梦人》讲的是农商行员工杨光驻长岭村扶贫，他扎根农村，服务农民，为改变农村面貌不懈奋斗的故事；《信合人生》则以农信支持"三农"为背景，描写赵明志上大学前因借学费与农信社结缘，大学毕业后毅然放弃留在大城市的机会回到家乡的农信社工作，为改变家乡贫穷落后的面貌，与农民同呼吸共命运，最后死在了工作岗位上的故事；《信合家族》叙写皋州安家四代信合人为了信合事业传承奉献的故事；《传承》写爷爷、父亲和我三代传承信合事业的故事；而最后一个故事《宝儿的生日》刻画了农信员工舍小家为大家的鲜活形象。

  读罢，让我又一次想起了自己在农信岁月中的点点滴滴。越读越感亲切，越读越勾起我无限的回忆。蓦然回首，昔阳农信已走过七十五年的发展历程，流逝的是岁月，不变的是农信情怀。书中的每一个故事都构思新颖，每一个人物都鲜活生动，每一处场景都设置自然，可以肯定地说，维明同志是用自己几十载扎根农信的风雨人生，抒写了这最具代表性的文字，从这里可看出他对农信无比的忠诚与热爱。这里凝聚了他对农信与"三农"

的炽热情感，这里有他对广大员工与农民兄弟流淌的真情实感。

"文如其人"虽不是绝对，但对维明同志而言恰是如此。如果你见过他，了解他，你也会对他有这样的感觉：忠诚、善良、清正。如果你认识了他，也许你的评价比我的更准确，更贴切。书中所刻画的人物，其原型基本来源农信人；书中所描写的故事，其框架基本取自农信大家庭中发生的故事。源于生活，高于生活，给人以深思，给人以启迪。对我们每一位农信员工而言，或许可以从他的作品中找回那种永不褪色的农信情怀。

厚厚的一本书，仁者见仁、智者见智，愿关注维明同志的读者多多评论，愿更多的人来关注这本书。

是为序。

昔阳农商银行董事长：

2023 年 5 月 10 日

目录

追梦人 /01

信合人生 /145

信合家族 /229

传承 /321

宝儿的生日 /347

追梦人

一

长岭村的烧锅酒坊终于开工了。

村支部书记兼村主任张二白看着一个个忙碌的身影，如释重负地长长地吁了口气。

在村里面做一件事真是不容易！

当第一书记杨光向他提出开酒坊这一想法时，他犹豫再三，想了好多天，才决定以村集体搞。村里面没钱，他清楚得很，可他心里有一把如意算盘。一、他要向乡里争取一笔资金，这他跟乡党委李书记早就交流过，李书记答应给五万元。二、精准扶贫以来，扶贫单位农商银行每年给村里十万元。前年的十万元，他用来将村里的街巷进行了彻底大修，村容村貌有了很大改善；去年的十万元他在村里打了口深井，解决了许多年以来村民吃水难的问题；今年这十万元他谋算好了，用来建酒坊。三、超出十五万元的部分以合作社入股方式向村民筹资。愿出资的都是股东，将来可以年年分红。建酒坊还有一个好处，就是至少可以解决十个劳动力的问题。张二白打算从村里最穷的十个家庭里每家抽一个劳动力来酒坊上班——地里的活计不耽误，还能挣一份工资，贫困户的收入有了保障，脱贫工作就更好开展了。

建酒坊这事，他跟县农商银行的马董事长汇报过，马董事长听了以后非常高兴，还夸他的想法好，并表态一定大力支持。乡里、县农商银行都支持，他想，这事一定能成。于是，他首先在村支委会上把这事提了出来，说完自己的计划后，他让支部委员们发表意见。村里的支部委员共有七人，包括第一书记杨光。杨光是县农商银行派驻的，这件事最初还是他建议的。其他的委员包括村副主任、村会计和三个组长。张二白本以为这是件好事，大家没理由不赞同，所以他信心十足。可出乎意料，村副主任王跃进说："我们村是县里有名的穷村，封闭落后，想发动村民投资，恐怕不太现实。"村会计赵胜利说："跃进哥说得对。特别是像张狗剩那几户，只想着国家给他们钱，想让他们出钱，就像在铁公鸡身上拔毛——没门。"二组组长王旦孩接过话茬说："要不是杨光资助，他家二妮子还能上大学？早被他像嫁大妮子一样高价嫁人了。他可是一只貔貅——只进不出的主。"一组组长和二组组长也表达了同样的担忧。

张二白傻了眼，大家的担忧确实不无道理，张狗剩是个什么东西，他心里清楚。张二白叫张狗剩是"反对派"，就是专找政府麻烦的那一类人。说起来张狗剩跟张二白同族同姓，年龄也差不多，排起辈分来，张狗剩还得叫张二白一声叔。可就是这个远房的侄子，给他添了不少的麻烦。前年修路，张狗剩先是嫌路修高了，挡着他家的水出不来，不让施工，后又提出要修路先得把他家的院子修了——横竖不说理，气得张二白心脏病都犯了。去年打井，大家都出义务工，就张狗剩不出。张二白找他理论，他说打井是集体的事，凭什么让他出义务。

今年建酒坊，张狗剩没有理由不胡闹。张狗剩品性不好，却生了两个如花似玉的女儿。张狗剩的老婆是他从四川骗来的，个子不高，但皮肤白嫩，细眉大眼，丰乳肥臀，很有女人味。当年张狗剩第一次把小翠带回村里时，立刻在村里引起了一阵躁动。张狗剩像是凯旋的将军，拉着自己的"战利品"招摇过市，见人就问："看，我老婆，漂不漂亮？"村里的年轻小伙子们眼都看直了。当年张二白也是羡慕嫉妒恨，在心里用最恶毒的语言诅咒过张狗剩：你他妈的，得意个毬，可惜一朵鲜花插在了牛粪上。别人越是恨他嫉妒他，张狗剩越是得意张扬，天天拉着老婆走街串巷，生怕有人不知道；甚至当众对小翠抱呀，摸呀，亲呀，逗得那些个年轻小伙子直咽口水。可惜好景不长，没过几天人们就听到从张狗剩家传出的撕心

裂肺的惨叫声和哭声。随后，小翠就鼻青脸肿地出现在了人们的视线里。人们议论的焦点就从张狗剩吃天鹅肉转到了家暴天鹅小翠上。当年张二白看见小翠那花容月貌被摧残，目眦欲裂、痛心疾首，愤怒得就像被摧残的是他的同胞手足一般。他想象自己变成了救美的英雄，大声疾呼，摩拳擦掌，誓要救助人间孱弱，铲除天下恶霸；但最终，他却只能是在脑子里对张狗剩进行批判和痛殴。

张狗剩的两个女儿分别叫大美、小美。大美初中刚毕业，张狗剩就不让她上学了，说："女子无才便是德。女人家上学有什么用？终究是男人床上的玩物。"于是乎大美就失学了，跟小翠一道成了家里的主要劳动力。张狗剩懒，不仅家务营生不碰，就连上地劳作也是小翠的事。他这样做据说还有理论基础：男尊女卑，历来如此。

小翠虽说是弱女子，却真是能干，干完了地里的活，回家也一刻不闲——烹饪、洒扫、挑水、洗刷。而张狗剩日常的生活却是手里提着杯茶叶水，东家出西家进，串门说闲话，还喜欢撩猫逗狗地勾引大姑娘小媳妇。一次，他趁人家家里没人，拉人家小媳妇的手，让人家小媳妇骂了个狗血喷头。这要放在其他人身上，这脸真没地方搁了，总需要躲在家里消停几日。但张狗剩与众不同，第二天照常准时出现在人们的面前，还嘻嘻哈哈的，似乎什么事都没发生过。有人说张狗剩的脸比城墙还厚，还有人说张狗剩的脸不是肉长的，是铁板打的。张狗剩才不理会和在意这些话，好像大家议论和批判的根本不是他，而是另外一个人。有时他还要挑衅般的拍拍自己的脸说："看到了吧，铁板打的，刀枪不入。"张狗剩臭名远扬，不只村里在外打工的年轻小伙像防贼一样防着张狗剩对自己的小媳妇动手脚，就连邻村的闺女媳妇也是谈张狗剩色变，说："那可是一只色狼，能躲他多远躲多远。"

大美在村里务了两年农，与曾经的同学赵守义两心相悦。张狗剩知道后，找上门把赵守义一顿暴打，放言说："想娶大美，二十万，一分不能少。"赵守义家庭条件不好，父亲当了一辈子农民，母亲又死得早，不要说二十万元，就是十万元对他来说也是天文数字。赵守义气不过，最后以死明志，竟然上吊自尽了。大美受此打击，精神几近崩溃，闭门不出，整天以泪洗面，三年后才稍有好转。作为父亲的张狗剩好像生怕女儿卖不下好价钱，砸到自己手里似的，竟真就收了二十万元彩礼后将大美嫁给了县城一个死了老婆的五十岁的小老板。大美临上婚车前将自己留了十几年的长发一刀剪断，表示与父母恩断义绝。

再说小美，大美出嫁那年她正好初中毕业，张狗剩就逼着小美回家务农。小美学习成绩好，班主任为了小美能继续上学亲自到小美家做张狗剩的工作。可张狗剩"吃了秤砣铁了心"，凭你怎么说就是不答应。班主任无奈只好承诺小美的学杂费由他解决，张狗剩这才勉强答应。高中三年，小美在上学的同时，家里的农活也没落下——不干农活，张狗剩就不给她饭吃，好像小美根本就不是他的女儿，而是他的农奴。

小美高三那年，农商银行的杨光到长岭村驻村帮扶，并担任长岭村第一书记。杨光是大学生，一米八的个头，浓眉大眼，方脸盘，帅哥一个。他与小美第一次相遇纯属偶然。那天是星期一，杨光开着自己新买的本田飞度兴高采烈地行驶在去往长岭的路上。路有些窄，是前几年铺的水泥路。那一年国家给水泥，村里出劳力，各乡各村修路工程匆匆上马，为的是能享受国家补贴水泥的政策。当时修路没有技术员，没有现代化的机械，水泥不够就用沙补，水泥和沙都不够的，路就修得薄一点，马马虎虎通过验收就行。若再有村干部从中捞一点，这路的质量就更加不能保证了。可就这样老百姓也高兴，用他们的话说就是：再不好也比泥路强。路刚修好时，平展展的，确实漂亮；过了一个冬天后，路面就开始一片一片地起渣，像是得了牛皮癣。老百姓这时才恍然大悟，原来这就是所谓的豆

腐渣工程。几年过去了，这路就真成了豆腐渣，左一个坑右一个坑，左一堆渣、右一堆渣。小车开在路上一会儿歪向了左边，一会儿又歪向了右边，再牛的把式也只能开个二三十迈。杨光心疼自己的新车，所以开得格外小心；但无论你多小心，也有躲不开的坑。这不，车轮碾过一处较深的泥水坑，泥水溅起老高，竟然将正步行去乡里上学的小美溅了一身泥点。刚上高三的小美看着自己那一身的泥水竟号啕大哭起来。杨光赶紧下了车，忙着赔不是。可任凭杨光如何赔不是，小美哭声依旧，还边哭边说："人家就这一身衣裳，你让人家怎么去学校？"杨光说："你别哭了，不就一身衣裳吗？我拉你到乡里的商店给你买一身不就行了。"小美止住哭，抬头问："你说的是真的？"小美抬头的一瞬间，杨光看到了小美那一双清澈明亮的大眼睛，一时竟忘了回答。小美长得是真漂亮：樱桃小嘴红红的，嘴角微翘，显得俏皮可爱；鼻子不大不小，挺而不肥；细嫩白净的脸蛋上两个小酒窝清晰可见，或许是害羞的缘故，脸蛋儿上悄然飘上了两片红晕，整张脸看上去像玉石一样晶莹剔透。杨光禁不住在心里惊叹：好完美的一张脸！

小美穿着一件蓝格子衬衫、一条天蓝色的裤子，泥水一溅，大小泥斑一身，本来是小清新的风格，一下子变得有些狂野；再加上小美委屈的样子，像极了一头受惊的梅花鹿。杨光禁不住笑出了声："哈哈哈哈哈……"止都止不住。小美恼怒地瞪着杨光，直到杨光喘着粗气停下了笑。她问："我真有那么好笑吗？"杨光愣住了，不知该怎样回答。杨光看着小美林妹妹般孱弱的身体，怜惜之情油然而生。他竟然不过大脑地说了声："你好美！"

对异性的赞美，尤其这异性还是一个帅哥，小美感觉很受用，可她脱口而出的却是"流氓"二字。说过后她立马就后悔了，紧接着又说了声："对不起！"

杨光说完"你好美"后也尴尬地愣在那里，直到小美说了"对不起"后，他才回过神来对小美说："上车，去买衣服。"

车掉好头开起来，杨光才没话找话问："上高几？你家在长岭？"小美偷偷地瞟了一眼杨光宽实的后背说："高三。我爹是张狗剩。"

张狗剩！这个名字他来长岭第二天就听说了，那可是出了名的无赖。他还听说张狗剩的两个女儿大美小美是长岭村的两朵玫瑰，美艳绝伦。他早想见识见识，想不到这样邂逅了。

一路上小美话少，他也不再多问。

杨光在乡里最好的商店为小美买了漂亮衣服。穿了新潮的衣服，小美更加光彩照人、非同凡响了。

杨光自此后就格外关注小美。按杨光的话说，小美不仅长得漂亮，人也跟她母亲一样勤劳善良。小美数学基础不扎实，杨光就主动承担起给小美补课的重任。所有的节假日双休日只要小美回村，杨光一定会留在村里给她补课。事实上，小美也很是感激杨光，只是从未说出口。小美高考考了个二本，在长岭这个偏僻的小山村也算头一份了。按常理说，作为父亲的张狗剩应该高兴，但却还是应了那句老话，狗改不了吃屎。张狗剩是不能用平常人的思维去衡量的。张狗剩逢人就说："小美终究不是我张家的人，我掏钱给人家培养大学生，我傻呀？"父亲不掏钱，小美再次面临失学。这时杨光站出来说："小美上大学的费用我出。"张狗剩却说："你小子别想好事，就算你供小美上完大学，少了二十万，也别想娶小美。"杨光心里憋着气：谁愿意做你的女婿呢！

杨光好钻研，驻村长岭以来，对长岭的历史没少研究。

长岭村可以界限分明地分为老村和新村两部分。老村的房子都是老建筑，最年轻的也有上百年的历史，老一些的房子甚至超过了三百年。这是有据可查的。据王氏宗谱记载，明末清初，王家的祖先靠卖豆腐起家，成

了方圆百里有名的豆腐王。之后长岭王家人才辈出，先后出过一个进士、三个举人、十多个秀才。王家的祖宅就是从那个时候开始修建的。经过几代人的营建，王家祖宅面积几乎占据了长岭村的一半，规模宏大，亭台楼阁应有尽有，成了现在长岭老村的主要组成部分。长岭解放后，王家的祖宅全被分给了穷人。原来姓王的老宅姓了张王李赵等等，王家的辉煌也一去不复返。长岭新村都是新建筑，年代最久的也就五六十年，都是解放后的产物。大前年国家出台了保护古村落的政策，长岭古村作为全县三大古村落之一得到了县委县政府的高度重视。第一期拨款了三百万元，对老村进行了保护性修缮，将来还可能有第二、第三期，长岭老村迎来了自己的春天。

杨光对古建筑古文化情有独钟，到长岭驻村帮扶是他主动申请的。长岭偏远，没人愿意来驻村，所以杨光得偿所愿。驻村第一书记需一驻三年，这更令杨光欣喜若狂。一到长岭村，他就开始了对长岭历史和老建筑的研究。

长岭村名字的由来无从考证，或许是岭长的缘故。长岭太小太偏，县志未提及，乡志也就提了个名，其他信息一概没有。经过杨光一年多的访问、搜集，最有价值的文字记载也就是王氏宗谱了。

据王氏宗谱记载，清康熙年间，王家出了第一个举人王朝辉，清乾隆年间，王家出了一个进士王继渊。王朝辉时，王家老宅已形成一定规模，到王继渊时，对王家老宅的营建达到顶峰，已基本与现在的遗存规模相当。只是现在由于年久失修，许多房子已经倒塌，只剩些断壁残垣；还有些房子的屋顶形同筛子，门窗皆无，四面透风。品相好的极少。那些品相好的也是因为长期住人，得到过简单的修缮。政府的意思是，将老村里住着的人全部搬迁到新村，然后对老村分片进行修复。据省派专家估算，要全面修复，需要上千万的资金；至于修缮时间，要看资金到位的情况，到位快的话要三五年，到位慢的话要十年二十年也未可知。

第一期修复工程，资金到位三百万元，专款专用，工期将近一年。在这一年里，杨光只要没什么重要的事情，就守在工地，他亲眼见证了一座座破破烂烂的房子，经过专家和工人精心修缮后重新焕发出了生机。身处这些修复好了的老屋里，真像是经过时空隧道穿越到了过去的那个时代。

杨光最愿意在老村里最大的一处三进院落盘桓，街门楼巍峨耸立，灰砖灰瓦，木椽榫卯，石刻砖雕，典型的明清风格建筑。进了街门楼，迎面是一座精美的影壁，影壁中间嵌了一个大大的福字砖雕，福字四角上雕着四只蝙蝠，寓意五福临门。向左一拐就到了一进院，与街门楼一字排开的是倒座房，因其门窗都向北，采光不好，所以一般是作为客房或者下人居住的房屋。解放后这里曾长期被作为牲口圈，里面养过马、骡子、驴，还养过牛。虽然经过了修复，里面仍然散发着淡淡的牲口粪的味道。前院的正中位置是垂花门，垂花门型制明显小于街门楼，垂花门两边是抄手游廊。二进院是主院，北房基础明显高于左右厢房，是正房，正房两边各有一个耳房。这二进院是过去主人一家主要的起居场所。右边的耳房旁有一个向后的通道，通往三进院，也就是后院。后院长长一条后罩房，与正房平行，过去为女佣人居住，或为库房、杂间。解放后这里曾长期作为村两委办公的场所，所以保存还算完整。三进院东面有一小门，通往另一四合院。这个四合院与众不同的地方是，南北屋都是二层。南屋的二层是小姐住的绣楼，内里只有一个木梯子可以下到一楼，下口处平时用加锁的木门锁着，据说是为了防止小姐与下人接触——大门不出二门不迈，过去的小姐真是没有自由——不懂的人还以为这儿是用来关犯人的。

杨光常常驻足在这些老屋里，用心去感受古人的过往。一天午后，他和衣躺在小姐的闺床上睡着了，还做了一个梦。梦里他躺在小姐的闺床上，看着小姐款款向他走近，当他刚要揽小姐入怀时，发现小姐竟然是

小美。小美一身小姐装束,更添了几分妖娆。正当他满心欢喜去亲吻小美时,小美却抽身跑下了楼。他去追,竟不小心从木梯上摔了下去。这一摔就把他摔醒了,还惊出了一身汗。杨光回味着梦中的情景,陶醉了。他有点喜欢小美。

二

提议办酒坊受阻,张二白不甘心,他决定先摸摸大家的心,特别是那些贫困户的心里是怎么想的。

他先去了刘学文家。刘学文、刘学武兄弟都是光棍汉,家里还有一个八十多岁的老妈妈。老妈妈身体健朗,张二白一拐进院里就看见老妈妈正在厨房里包饺子。张二白大声问:"大娘,今天是什么喜日子?好香的饺子!"老妈妈被这突如其来的声音吓了一跳,身体明显抖了一下。她抬眼瞟了眼张二白说:"我又不聋,那么大声干嘛!吓我一跳。我家学文今天过生日呢。"张二白心里暗笑,都五十多岁的人了,还让老妈妈给操持过生日,真是笑话。张二白问:"他们俩去哪了?"

"去放羊了,农商银行不是给买了两只羊嘛。"

"两只羊两个人放,是人放羊还是羊放人?出去打个工多好,挣钱多还能长见识。"

老妈妈叹了口气说:"都五十多了,出去打工,谁用呢?再说他俩在村里种了一辈子地,别的营生都不会。他们出不了门!"

张二白只想着这些人都有无法根治的懒病,却没想过,人自我封闭久了,就失去了生存的能力。即使是一只凶猛的老虎,被关久了也会失去捕食的能力。看来导致贫穷的原因是多方面的。看着八十多岁的老妈妈为自己儿子的生日忙活，张二白眼里禁不住蓄满了泪水。学文学武，当初他们的父亲为他们取名时是怀有多么大的期望！如果他们的父亲还健在，对于目前的局面又会是多么失望。兄弟俩加一个老妈妈种着五六亩地，一年的毛收入还不足六千元钱，这样的家庭也只能维持个温饱，娶媳妇确实只能是不切实际的幻想。五十多岁了，他们的内心或许早已是一潭死水，没有了希望。让这样的家庭拿出钱来去投资没有任何收益保障的项目是不是有点异想天开？本来信心十足的他，此刻开始动摇了。他问自己，我这是不是在瞎折腾？

长岭村村前村后都是山，地也都是山地圪梁地，十年九旱。全村人均耕地就两亩多，其中的三分之一还是农业学大寨时新修的。二十世纪八十年代以前，亩产量低，全村人维持温饱都难。土地包产到户以后，亩产量大幅提升，全村的温饱问题才得到了根本解决。近几年随着改革的不断深入，长岭村年轻人进城打工的热潮涌现；特别是村里的小学停办后，为了孩子就学，举家外迁的现象更加普遍——父亲到处打工，母亲顾家，基本是这样的格局。

张二白前几年也为了孩子上学就近在城里打工。他年轻时学了一手好泥瓦活，在村里常给街坊邻居盖房子；去了城里以后，先是在小包工头手下打工，摸清了套路后，就自己拉了一帮人找活干。由于活好又肯下苦功，得到了客户的认可和好评，时间长了，竟然闯出了自己的一片天地，一跃成为县城里有名的小包工头。大前年，正在他事业如日中天的时候，却出了事故，一块从三楼掉落的砖头正好砸在了他的右胳膊上，造成了局部粉碎性骨折。住了一个月医院，在家又养了半年，他才恢复成现在这样。那段时间的他很是失落，包工头是不能干了，他就把队伍让给了别人。前年女儿上了大学，又正赶上村干部换届，一向脑袋活络的张二白就

动上了脑筋。张二白早年就入了党,是村里的老党员。这几年他挣下不少钱,到城里打工的老乡遇到难处他也会帮忙,因而人脉很广。前几年乡里的一个副乡长还代表乡长、书记找过他,想请他回长岭村当村干部。乡里的好多村都这么干,让成功人士回村当干部,一方面这些人想干事、人脉广,做事成功率高;另一方面这些人有了一定的资本积累,可以帮助村里解决经济方面的问题和困难。前几年正是张二白顺风顺水的时候,他舍不下自己的事业;如今事业没了,回村里当干部自然成了他的首选。他联系上当年找他的副乡长表明了自己的意思。当年的副乡长早已成了乡长,听他说完很高兴,表示非常欢迎。乡长说:"正好长岭村的老支书由于身体原因退了,村主任也没人愿意干,你就回来吧,我代表乡里欢迎你。"就这样,张二白顺利地当上了长岭的掌门人。

张二白当上村干部后非常渴望能为村里做点事,但两年多来残酷的现实将他当初的梦想击得粉碎。一开始他想把长岭搞成小杂粮基地,长岭的屹梁地非常适宜种小杂粮,为此他还咨询过专家。可他一家一家动员的结果却是,除去他家只有四户种了小杂粮。但最后就这四户也后悔了,因为种植小杂粮打理太麻烦,远没有玉米来得简单;收入倒是增加了,但增加的只是杯水车薪,不值一提。第二年就再没人种小杂粮了。专家说的规模种植科学种植才能出效益的话根本无法实践,反而成了笑话。

不种小杂粮,张二白又鼓励村民种干果、水果。但有了第一年的教训,任凭张二白把黄河说成旱山,愣没一个人听他的。张二白像泄了气的皮球,没有了精气神。

办酒坊是杨光的主意。杨光对张二白说:"老村修复后长岭就有了旅游资源。游客来了,就要想方设法把游客兜里的钱掏出来。用什么来掏?用玉米肯定不行。城里人追求原生态,我们就建个原生态的作坊来酿酒,让酒香吸引游客,从而推动长岭旅游的发展。这么好的事怎么能不做呢？"

杨光这一席话把张二白肚子里的酒虫都勾出来了。他仿佛看见酒坊就在眼前，醉人的纯粮酒十里飘香，早已飞出长岭，飞进了县城……这个设想太过美好，令张二白一时头脑发热，竟然完全忘了两年来所遭遇的挫折。

然而现在来看，又不免是"出师未捷身先死"，张二白心如死灰，垂头丧气地往回走，正碰上开车回村的杨光。杨光停下车，摇下车窗玻璃问正低头叹气的张二白："张叔，有什么愁事？唉声叹气的。"要不是杨光这一嗓子，张二白就碰到杨光车身上了。

张二白冲着杨光苦笑着说："还能有啥事？办酒坊又碰了壁。"杨光咽了两口唾沫，想了想说："上车，我请你到乡饭店喝酒去。"张二白又长叹了一口气说："喝啥酒，人家其他村都脱贫了，我们长岭村真是没指望了！"

杨光微笑着盯着张二白说："谁说没指望了！当年刘备落魄之时，三顾茅庐请得诸葛亮出山，才有了后来的三分天下。你咋不请请我这个诸葛亮？我保证长岭脱贫有望。"

"你？！"张二白疑惑地看着杨光说，"你年轻、有热情不假，但要说你有治得了长岭穷病的药方，我不信。"

"你还没试过，咋就不信了？走吧，我不用你请，我毛遂自荐，我请你，请你喝酒去。"

张二白犹豫再三，杨光催道："走啊，张叔！我还能拐了你不成？"

"行，我倒要看看你这葫芦里到底卖的什么药。"说完，他呼的一声拉开车门，进了车，又啪一声重重地关上车门，像是要把这几年来的一切晦气都关在车外一样。

张二白自顾自地喝着酒，他一直沉浸在失败中不能自拔。杨光却恰

恰相反，脸上始终带着灿烂的笑容。几大杯过后，张二白已经带了几分醉意，杨光才打开了话匣子。他问张二白："既然以入股方式开酒坊办不到，为什么你不自己办呢？你有这个实力，也有这个能力。"

张二白猛喝了一大杯酒喘着粗气说："这个我想过，如果以我个人来办，我怕遭人口舌。将来成功了，他们会说我这是以权谋私、假公济私；如果失败了，我就成了他们的一个笑话。这样的话，我宁愿不做。"

杨光又给张二白添满了酒说："你只要公私分明，不花村里一分钱，坦坦荡荡，怎么不行？只要你做了，我会给你争取政策，争取资金。酒坊只要开起来，就可以考虑让大家种高粱；大家种，你买来酿酒。我听说我们这里以前种过高粱，产量还行，就是不好卖，所以没人再种了。我在网上搜过，以这几年高粱的价格，我们村的地种高粱比种玉米一亩地至少可以多收入三百元。大家增收了，酒坊也有了原材料——高粱也好打理——大家怎么会不乐意？"

张二白一拍桌子说："你小子说的还真有道理。要这么说，我还真得考虑考虑。"

杨光见张二白来了精神，端起酒杯，乘胜追击说："张叔，你也喜欢喝一口，我真希望不久的将来能喝上我们长岭人自己酿的酒。"

张二白端起酒杯，专注地看着酒杯里面的酒，目光是那样柔和，就像在他面前的不是一杯酒而是自己的孩子一样，许久后他才将酒送入自己的口中。

杨光确信自己已成功说服了张二白，真干成这件事，也算他为长岭村做了一件好事。

心中的疙瘩解开了，一切的不快与烦恼似乎一下子全抛到了九霄云外。两个人酒也喝得更痛快了，不知不觉两瓶下了肚。杨光毕竟年轻，扛得住酒劲，虽说脑袋发晕、脚下发飘，但头脑仍然清醒。张二白就不同了，完全可以用烂醉如泥形容了：脑袋抵着桌子，嘴里像含着热枣，呜里哇啦不停地说着让人完全听不明白的话。杨光结完账，想拉张二白出门，可张二白纹丝不动，最后在酒店老板的协助下才总算将张二白塞进了车里。

还没进长岭村，张二白就在车里吐上了，浓烈的酒精味和呕吐物的臭味弥漫在车内。这气味成了催吐剂，催逼着杨光肠胃里的东西直往上翻。杨光急忙把车停下，跑到路边一阵好吐。吐过之后，杨光像刚刚从身上卸下了盔甲一样一身轻松。想想刚谈妥的事情，他的脸上露出了一丝笑意。

终于到了张二白家门口了，杨光拼尽了力气才将身材高大的张二白背进了家里。张二白的老婆——村里人都称呼她为二嫂，见张二白喝成这样子，好一阵唠叨。杨光自觉理亏，不敢多待，见空就溜，谁知刚出大门却撞上了一个人。这一撞撞得实在，竟把来人撞得坐在了地上。杨光脑袋一阵发蒙，蒙过以后才看清来人是一个姑娘。这时候姑娘正坐在地上瞪着双眼怒视着他。他口中说着对不起，上前两步弯下腰就去扶那姑娘。姑娘不领情地将他的手推开，愤愤地说："咋看的路？"

"你突然冒出来，我是真没看见，实在对不起！"杨光委屈地说。

"还是我的错了，我挡了你的道？！可这是我家，你是谁呀？"

"他是我们村的驻村扶贫员杨光，你爹提过的。你爹又喝多了，是人家给送回来的。"二嫂的介绍为杨光解除了尴尬，他这时才发现原来张二白的女儿个子好高，与他差不多，至少有一米七。听说他是扶贫员，姑娘脸上的怒气已经散去，取而代之的是喜人的微笑。她与二嫂站在一起，两个人简直就是一个模子刻出来的：圆脸，眼睛大而有神，小鼻子，小嘴，皮肤颜色是健康的古铜色。两人都属于第一眼看不咋地，越看越耐看，越看越有感觉的那种女人。

杨光大胆火辣的目光直接把人家女孩子看成了大红脸。

"杨光哥，我叫张婷婷，你叫我婷婷就行。"张婷婷大方地伸出了手，打破了这尴尬的局面，反倒是杨光的脸腾一下红到了脖子根。他犹豫了一下，但还是很快地握了一下婷婷的手。婷婷的手很软很滑，让他很想多握一会儿，可他不能失了君子的风范。他说："对不起，刚才撞疼了吧？"

婷婷浅浅一笑："没事，我还没那么娇贵。我早就听我爹夸过你，说你实在、厚道，点子也一出一出的。你来我们村不仅带来了扶贫资金，更带来了脱贫致富的好点子，我爹非常欣赏你。"

"我来咱村也两年多了，怎么从没见过你？"

"我这两年就只过年过节回来，那当儿你也回家过节了，自然见不到我。寒暑假我都在城里打工，不为挣钱，就为锻炼。我马上大四了，毕业了更没时间回来，所以我爸妈让我今年必须回来。"

"怨不得没见过你。你爹对我的评价有些言过其实，我是扶贫驻村队员，扶贫就是我的工作，你爹才是脱贫致富的带头人。"杨光顿了顿，继续说，"实在不好意思，中午我跟你爹在一块喝酒，他喝多了。"

"你也喝了不少吧？能把我爹灌醉，说明你的酒量也可以。"婷婷调侃道。

"我确实也喝了不少，回村委会休息一下就没事了。有时间去村委会坐坐。"杨光礼貌性地客气一下就准备开溜，万没想到张婷婷却把这话当了真。她接话说："我现在就有时间。我正想请教你一些问题，走，我们走。"她又转身喊她妈说，"妈，我跟杨光哥去村委会了。"婷婷妈抱怨说："刚回来也不待会儿。早点回来啊！"

婷婷欢快地跑在了前面，还哼唱起了"小苹果"，杨光跟在后面觉得有些不自在。婷婷转身看看落在后面的杨光，跑回来拉起他的手说："快走啊，磨磨蹭蹭的。"杨光不好意思地紧赶几步，想抽回手，却被婷婷死死地抓住了。初次见面就对人如此热情，杨光认为有些不妥，但他又不想直截了当地去打击一个漂亮姑娘。婷婷浑身透着青春的气息，一缕女孩子特有的淡淡的幽香飘进他的鼻腔，沁人心脾，令人陶醉。他不由得在心底暗暗生出了一种"邪恶"的念头，他还很自然地想到一个成语"秀色可餐"。此时，他正用目光品尝着一顿饕餮盛宴。

两个年轻人共处一室，杨光被婷婷的活泼、健谈和热情感染了。她谈时事，谈人生，谈经济，谈生活，一直谈到当前的精准扶贫。她说："我在网上看到一则新闻，说是一个小学生写作文时，竟然说自己将来的理想是当一名贫困户，因为贫困户有太多的好处：吃穿有人管，上学、看病、住房都不用花钱，甚至上大学都能加分。现在某些贫困户让国家政府惯坏了：有些明明是因懒致贫，却享受着国家的扶贫政策。你说，会不会是因扶贫而致懒？"说到激动处，婷婷咬牙切齿，十分愤慨。婷婷的坦诚深深地打动了杨光，令他完全卸去了伪装，他说："林子大了什么鸟都有，你所说的情况确实存在，我们村也能数出三个五个这样的人。比如杨家四兄弟。老大上了年纪，身上还有病，可以抛开不说，下面那三个就让人不解了——明明身强力壮的，出去打工，刨去吃喝一个月也能挣个千儿八百的，怎么就成了赤贫户？这样的人不缺力气，缺的是信心和勇气。其实这样的人国家也想到了，国家提出扶贫要先扶志，就是针对这类人提出的。想想也对，兄弟四个全打光棍，一个人吃饱了全家不饿，他们跟动物已经没什么区别了，一生就只为自个儿吃穿。他们没有寄托，没有念想，浑浑噩噩，只为了等死。这样的人亲情都变得淡漠了。老大病成那样了，其他兄弟竟然不管不问，任由其自生自灭。上次我去他们家，要不是亲眼看见，我都不敢相信。老大双腿肿成了大象腿，我就问那弟兄仨，我说，你们大哥病成这样，你们怎么不带他去医院看看？你们是五保户，吃药看病是不需要花钱的。你猜他们怎么说？他们说，老大肾上有病，肺上也有

病，看不好的，少活一天就少受一天的罪，说不定明天就去了。我激动地说，他即使不是你们的大哥，也是一条人命，你们怎么能让他自生自灭啊？兄弟仨的冷漠让我不寒而栗，我都恨不得揍他们一顿。事后我想了很久，最后我想通了。他们虽然还活着，但心早已经死了，他们活着的意义就只是为了等死。我们不能以正常人的心理去评价他们。扶这样的人应该扶什么？绝对不是给他们吃，给他们穿，让他们去等死。对于这类人，我一直在思考，现在还没想好；但我相信我们会有办法唤醒他们，让他们重新看到生活的希望。"

杨光说完，屋内安静了下来，两个人彼此对视着，院子里大柳村上的蝉不失时机地高声鸣叫着，真是聒噪。

婷婷淡然一笑，结束了彼此的对视，她说："想不到你看问题如此深刻，我真的需要向你学习。"

彼此的对视本已使杨光有些心猿意马，婷婷这一笑似看穿了他的心底，令他相当尴尬。他咳嗽了两声，用以掩饰内心的局促。他说："在中国，农村工作是最基础的工作，也是最难做的工作，只有亲自做过了，你才会知道它的难处。你爸真的不容易！"

"你这才做了几天农村工作，就开始为村干部说话了？你们是不是已经'同流合污'了？"婷婷调侃道。

"怎么能说'同流合污'呢？扶贫是我们共同的目标，我们是同心同德的同志。你呀，跟我当初在大学时一样，纯粹一个愤青。"

"你是不是觉得我特幼稚？"

"不，不，不能说幼稚，那叫单纯，我就喜欢单纯的女生。"刚说完，杨光就发现自己失言了，他急忙又解释说，"所有的男生都喜欢单纯的女生。"

"那么说你喜欢我了？"婷婷紧追不舍，目光火辣辣的。杨光想躲，却躲无可躲。他想，现在的女生是怎么啦？如此直白直接。弄得他说喜欢也不是，说不喜欢也不是，真是进退两难。这时小美的影子突然闯进了他的心里，虽说他并不爱小美，但不知为什么他心里总有些放不下她。

"你说呀！"婷婷紧追不舍。

杨光嗫嚅着说："我们第一次接触，我可不可以不回答你这个问题？"

婷婷显然非常失落，她是个自信的女生，甚至有点自恋。她之所以如此大胆、直白，是因为她对杨光一见钟情。婷婷想，他没有理由拒绝我，除非他已经有了女朋友。

她问："你已经有女朋友了？"

他答："不是，我是想我们彼此还不够了解。"

"那好，我会让你了解我的。"婷婷那坚决的样子，让杨光隐隐有些担心。他想，怎么会这样呢？他可不想伤害任何人。

婷婷已经大三了，这次回家过暑假，不想与杨光撞在了一起，还对杨光一见钟情。在与杨光相识后的几天里，她几乎天天失眠。她太渴望与杨光相爱了，所以杨光越是不答应她就越是焦虑，越是焦虑就越想得到。这几天她天天去找杨光，而杨光似乎在故意躲着她，不是有这事就是有那事。婷婷的性格里既有如父亲般倔强的一面，又有如母亲般温顺的一面。温顺时，她就像一只小猫咪；倔强时，却像一头犟牛，不达目的不罢休。她听说杨光喜欢文学，为了能与他有共同语言，就买了很多小说集、散文集恶补。莫言的、贾平凹的、路遥的，这些作家的作品她以前从未看过。如今，为了爱情，她看得废寝忘食。看好的小说，一旦开了头就会有一种欲罢不能的感觉，没过几天，她就沉浸其中，与小说中的人物同喜同悲。由此她也感受到了文学的巨大魅力。

三

　　自从说服张二白自办酒坊以后，为了能尽快推动项目展开，杨光将此事汇报给了马董事长，目的是想取得领导的支持。马董事长听后非常高兴，还夸杨光是有思想的年轻人。马董事长说，此事要尽快实施，在建酒坊过程中有什么困难要及时向他汇报，他会动用所有可利用的资源为长岭提供帮助。

　　建酒坊首先要选址。杨光建议地址就选在村里的老库房。老库房虽然废弃多年，但主体结构还在，面积也够大，修一修就是不错的厂房。杨光的提议张二白不同意，他的意思是，既然是以他个人的名义建厂，公家的东西能不用则不用，免得村里有人说闲话。村里的地方多是多，可要选一个大家都同意且合适建酒坊的地方还真不容易。建酒坊一要地方大，二要好出场，三还不能离村民住房太近——免得影响村民生活。张二白选来选去，一直定不下来。杨光一直坚持自己一开始的选择，他对张二白说："出租金就行嘛！这样酒坊有了地儿，村里也有了租金收入。一举两得的事情，为什么不可以呢？"张二白叹口气说："我看也只能这样了。"

　　投资建酒坊的事，张二白一直瞒着自家老婆，因为他怕老婆喜妮不同意。可一个屋檐下生活，一张桌子上吃饭，一张床上睡觉，能瞒多久？！这不昨晚张二白说梦话就把事情交待了个一清二楚。梦里张二白求老婆喜妮说："你把咱家存单给我吧，建酒坊要不少钱。"

　　睡在身边的喜妮正好翻，身听见了，就问："你要在哪里建酒坊？"

　　张二白在梦里接话说："在村南头的老库房。"

　　喜妮又问："这是谁的主意？"

　　张二白说："杨光建议的，我也喜欢喝酒，自己酿酒自己喝，多得劲！"说完，张二白还"哈哈"笑了两声，可以想见他有多高兴。

他不笑这两声，喜妮还不生气，他这一笑坏了事，喜妮肝火一下子就上来了。她噌的一下坐起来，手伸进被窝狠狠地拧了一把张二白。

张二白"妈呀！"大叫一声弹了起来。黑暗中张二白迷迷糊糊地叫："喜妮，快开灯，蝎子蜇了我一下。"

喜妮打开台灯，张二白将被子翻了两遍也没找到蝎子。喜妮不作声，只瞪着张二白看。张二白看了喜妮一眼说："你瞪我干嘛，还不帮我找蝎子。"

喜妮愤愤地说："咬不死你！活该！"

张二白不明就里地问："谁又惹你了，眼睛瞪得跟铃铛似的？"

喜妮问："听说你要建酒坊？"

张二白心里一紧，想：这建酒坊的事八字还没一撇，知道的人也没几个，是谁家的长舌妇嚼舌根，真是讨人厌。他脸上堆上笑说："就一个想法，还没开始办。你听谁说的？"

喜妮仍然板着脸，满脸的气愤。她说："你不跟我说，谁会跟我说。"

张二白是丈二的和尚摸不着头脑，他问："我说的？！我啥时说的？我咋不记得了。"

"你刚才说的。"

"刚才？你说梦话呀你！我刚才睡得好好的，怎么就跟你说建酒坊的事了？"

喜妮气不打一处来："是你说梦话，还是我说梦话？！反正我不同意建酒坊。我们好不容易攒那几个钱，你别都折腾光了，我还留着养老呢。"

张二白恍然大悟："噢，我说梦话了。看我这张嘴，梦里都把不住门。"

张二白张了个大嘴，伸了个懒腰，说："这才几点呀，快睡吧，明天再

说。"说完倒头就睡。

喜妮心里的气没处撒，又把手伸进被窝狠狠地拧了他一把。张二白又一激灵弹了起来，看看背过身睡下的喜妮，心里反倒一阵窃喜，他也慢慢躺下睡着了。

张二白要在老库房建酒坊的事渐渐在村里面传开了。一听到这消息，见不得别人发财的张狗剩满心气恼。他在心里发狠：张二白，你他妈想发财，没那么容易！看我怎么整你。

村委会上，大家都同意了用老库房建酒坊的事。杨光考虑这事是自己起的头，不能光动嘴，他也得为张二白争取点资金支持——这也算自己扶贫的一项成绩。他回总行找到马董事长说："今年我们对长岭的扶持项目就敲定为建酒坊，可不可以？可以的话，老库房维修改造的钱能不能由我们农商行出？"

马董事长沉思片刻问："建酒坊到底需要多少资金，你预算过吗？长岭村委开过会了吗？他们是什么意思？"

"开过了，村委会一致同意。资金需求主要在几个大的方面：一是厂房投资，也就是对老库房的维修改造，大概需要十万元；二是设备投资，要二十多万元；三是聘请技术人员，一年最少也得十万元；四是最少购半年生产所需的原料，也需要十多万元。总共下来需要五六十万元吧。"

"这么多？张二白真愿意投资？"

"当然愿意。我给他算过账的，酒坊建成后，一是可以解决一部分村里的劳动力，二是可以带动村民种高粱，三是还可以与长岭古村旅游项目协同发展。这么多好处，他自然愿意。"

"行，老库房维修改造的钱我们农商银行出。可你刚才说的对长岭村的那些好处，他得写个书面承诺。我们帮助他建酒坊不是帮他个人发财致富，而是要帮助长岭村整村脱贫，这也算是产业扶贫。"

马董事长的支持令杨光备受鼓舞,他似乎已经看到高高的酒旗在长岭村上空飘扬,似乎已经嗅到那醉人的酒香。

出了总行办公大楼,杨光一刻都没耽误,开车直奔长岭村,他想把这个好消息第一时间当面告诉张书记。

杨光的车刚进长岭村就被婷婷拦住了。杨光摇下了车窗,探出头说:"婷婷,有事吗?快上车,我们去村委会,我要告诉你爸一个好消息。"

婷婷依旧拦在车前说:"你把车停好,我们走过去。"

"这老远,这晒死人的天——还是坐车吧?"杨光劝道。

婷婷嘴一努说:"我偏不!你下车,我们走。"

杨光见婷婷下了最后通牒,无奈只好把车靠边停下,下了车,与婷婷肩并肩往村里走。

婷婷突然抓住杨光的手,拉着他边走边说:"我刚看了路遥的《人生》,我觉得现在的我就是刘巧珍,刘巧珍心甘情愿为高加林付出一切,那才是真爱!你喜欢刘巧珍还是黄亚萍?"

杨光一时语塞,他不知道如何回答才可以既让婷婷满意,又不至于让她产生误会:说喜欢刘巧珍吧,刚才明明婷婷已经摆明了她就是刘巧珍,这叫自投罗网;说喜欢黄亚萍吧,必然会引起婷婷的不快,而且婷婷还会给他贴上世俗、虚伪、肮脏的标签。这问题明显是她设计好了的,相当于设好了套,挖好了坑,就等着杨光去钻去跳。

杨光迅速思考着对策,略一停顿,然后说:"我喜欢田润叶。"

"田润叶?田润叶是谁?"婷婷感到一阵迷茫。

杨光狡黠地一笑,说:"你再看看路遥的《平凡的世界》就知道了。"

婷婷一头雾水,她没想到自己的问题还会有第三种答案。

　　杨光对自己的急中生智很满意，他又抢先一步说："你喜欢哪一个作家的小说？我送你。我原以为女生都喜欢三毛、琼瑶的作品，想不到你也喜欢励志小说。"

　　婷婷之前真没读过什么小说，就是三毛、琼瑶的作品她也只是有所耳闻。婷婷对体育情有独钟，她是以体育特长生的身份考上师范大学的。

　　婷婷一路拉着杨光的手始终没松开，就这样，一对青年男女手拉着手在长岭村招摇过市，说不是情侣别人都不会相信。其时，早有好事者跑到村委会将杨光与婷婷手拉手的事告诉了张二白。张二白还不信，心想，他俩这才认识几天，怎么可能搞到一起呢？再说了，前年杨光资助小美上了大学，村里就传闻杨光和小美已经私订终身；现在，他如果真跟婷婷好上了，岂不是当了陈世美？！占着锅里的，看着碗里的——要真是这样，我非揍那小子一顿不可。

　　张二白正要出办公室去亲自验证一下，好事者就隔着玻璃指着村委会的大门压低声音说："快看，进来了。"张二白顺着指向看过去，果然见婷婷和杨光两人手拉着手边走边谈，甚是亲密。张二白一时气不打一处来，将手中才抽了两口的烟狠狠地掷在了地上，返身坐回到了自己的办公椅里。

　　直到要进父亲的办公室了，婷婷这才松开杨光的手。他俩刚要进门，好事者就挤了出去，一溜烟地跑了。迎接他俩的是张二白那张拉长了的因发怒而变形的脸。杨光说了声："张书记，我有事要告诉你。"婷婷接着杨光的话说："爹，我也有事要告诉你。"张二白苦笑着说："不用你们告我，你们的事我刚才看见了，长岭村一时半会儿也就传遍了。"他们俩彼此看看对方，都不知道张二白说的是什么事。

　　杨光说："张书记，我刚从农商行回来，马董事长非常赞同我们……"

　　张二白怒不可遏地说："别说了，马董事长都同意了，看来我不同意也不行了。我是想不清楚，你们的事还需要请示董事长吗？你们董事长也管得太宽了吧？"

杨光一脸茫然，他真搞不懂张二白这是生的哪门子气。

婷婷一努嘴说："爹，人家跟你说事情，你这是什么态度？好像人家欠你钱似的。"

"我什么态度？你们都招摇过市了，我还能有什么态度？你们谈恋爱，可以；但这八字还没一撇呢，就搞得全世界都知道了。你们以为自己在走红毯呢？真是丢人现眼！"

听到这儿，杨光和婷婷总算是听明白了，刚才他们俩手拉着手在长岭村一走，比明星走红毯吸引的目光都多。杨光幽怨地看了一眼婷婷，婷婷害羞地低下了头。

杨光一时不知该说些什么，只好转身走出了张二白的办公室。婷婷也跟了出来，说："对不起！让你受委屈了。"

杨光平静地说："没什么。"转身进了自己的驻村扶贫办公室，将门栓插上。婷婷跟过来推门却推不开，杨光在里面说："婷婷，你走吧，我想一个人待会儿。"说完，自己的心却疼了一下，他知道自己怜香惜玉的毛病又犯了。他贴着门听外面的动静，仿佛听到婷婷哭了，这令他心碎。他真想冲出去安慰安慰她，他不忍看到喜欢自己的女人伤心落泪。

当天晚上，杨光在日记里这样写道：婷婷是一个好姑娘，她漂亮、大方、坦诚，她有一双迷人的、会说话的眼睛，她有一张让人看了会嘴馋的樱桃小嘴，她有一头瀑布般乌黑的秀发，她有着曼妙、健康的身体。但我不能确定是否真的喜欢她……

杨光慨叹这个世界的奇妙，在这么个小村子竟让他一下子遇到两个可爱的姑娘。

这天晚上，在梦里，杨光看见小美和婷婷从不同的方向向他跑来。小

美跑得快,在小美投进他怀里时,婷婷停了下来。他看见婷婷哭了,哭得稀里哗啦,哭得撕心裂肺。而在自己怀里的小美却露出了胜利的笑容。这一哭一笑都令他心碎。当他猛然惊醒时,发现他的枕头被泪水洇湿了一大片。

在接下来的日子里,他每天都会梦到小美和婷婷,而每一次他都是在哭泣中醒来。

从张二白那天对自己的态度来看,他对女儿跟自己在一起是不赞同的;所以几天来,杨光将自己关在办公室里,足不出户。他不知道该怎样面对张二白,更不知道该怎么跟他解释,但他也明白,这道坎他必须要过。他觉得必须要跟婷婷说清楚,感情的事情不能勉强。他给婷婷打了个电话,希望能谈一谈。

婷婷这几天有些失魂落魄,从小到大她都特别自立,她认定的事情几乎没有办不成的。当她第一眼看到杨光时,她就认定,杨光必然是她一生中至关重要的人;因此她毫不犹豫地、大胆地向杨光表白了自己的情感。事后,她对自己的行为也感到吃惊,但她并不后悔。当她接到杨光的电话时,她激动万分。尽管她不知道杨光到底如何看她,但她对杨光的感情是真挚的。她要将这几天积攒的想对他说的话全部倒给他。

夕阳如画,晚霞烧红了天边,阳光将人们的影子越拉越长。热浪渐渐退去,一丝微风吹过,令人心旷神怡。地里的玉米排得整整齐齐,沙沙沙地唱着歌。偶见一两只田蛙鼓起腮帮子"呱呱呱",似乎在倾诉着什么。杨光和婷婷默默地走在田间的小路上,谁也没有开口。看着婷婷温顺的样子,杨光心里像打翻了五味瓶一样不是滋味。他忽然觉得婷婷绝对是自己最理想的女朋友,所以他更不能欺骗她。

杨光停了下来,下定决心要将心里的话说出来。

婷婷那双漂亮的眸子满怀渴望地盯着他,寻找着她想要的答案。杨光张了张嘴又合上了。婷婷的眼里涌出晶莹的泪珠,她问:"你心里有了别的女生?"杨光点点头,目光向下,看着婷婷那双白色的皮凉鞋和躲在鞋里面的小巧的脚,手不自然地搓着衣角,像做了错事的小学生面对严厉的老师一样。他说:"婷婷,对不起!你是一个很好的女孩子,但我们没有这个缘分。"

婷婷眼里的晶莹终于突破了眼眶的束缚,顺着脸颊缓缓地向下流动,就像两只透明的小爬虫,滚了下来,然后一跃,跳进了她的衣领里,消失不见了。接下来是长时间的沉默。

婷婷终于抬起了手,擦掉了脸上的泪痕。她努力地笑了笑,坚定地说:"只要你们没结婚,我还是有机会。我不会放弃。"

"不,这对你不公平。"杨光抬起头看着婷婷,那眼神里满是不忍。

"我不仅要改变你,还要改变我爸我妈,改变所有人,我会做到的。"婷婷迎着杨光的目光看过去。她的眼神坚定,甚至有些咄咄逼人。杨光心里一哆嗦,那道脆弱的防线几近崩溃。

四

酒坊的前期准备工作出人意料地顺利。尽管杨光在张二白心目中的地位有所动摇,但在面对相同的理想和目标时,他们还是同心协力的。

张二白迫切需要像杨光这样朝气蓬勃、有知识、爱思考、拼劲十足的帮手。他曾不止一次慨叹过:杨光如果没有跟小美有那些是非该多好!那样的话他就可以放心地把女儿交给他。

女儿是张二白两口子的心头肉。当初按照农村的计划生育政策,他

们完全可以再要一个孩子。那时候他们无数次地设想过，第二胎要个儿子——儿女双全是一个传统农村家庭最大的理想。可天不遂人愿，就在喜妮生婷婷时，由于难产出现了大出血。要不是抢救及时，喜妮当时就下不了手术台。但也就是那次难产永远地剥夺了一个母亲生育的权力。之后，张二白曾带着妻子四处求医，但却回天无力，最后夫妻二人不得不接受这一残酷的现实。十亩地就养活了一根谷子，婷婷成了他们张家的独苗。也正因如此，夫妻二人将婷婷视若掌上明珠，生怕她有个闪失。

也许是天性使然，夫妻二人的娇惯并没有影响婷婷的自主与自立。婷婷上小学时，长岭村的小学已被裁撤，必须要去离长岭二十里地的乡小学读书。夫妻二人不放心，就在乡里租了屋子陪女儿上学。这期间张二白在乡里打零工，喜妮做饭、洗衣服、接送女儿，生活过得也算有滋有味。小学五年级时，婷婷主动提出去住校。虽然张二白夫妻极不舍，但仍尊重女儿的意见。自此以后，婷婷就像脱缰的野马，什么事都自己拿主意。而在他们家里，女儿也永远是第一位的，只要是女儿提出的要求，夫妻俩就是上天入地也要想办法办到。但这次是关系女儿终身的大事，张二白认为绝不能感情用事，由着女儿的性子胡来。对这件事，他表现出了异乎寻常的坚决：坚决反对，不容更改。

对于父母的反对，婷婷不以为意。她认为只要自己坚持，父母最终必然会妥协；再说了，父母反对的理由也站不住脚。杨光和小美有什么？一个资助者、一个被资助者。这只能说明杨光是一个有爱心、喜欢帮助人的人。即使退一步说，杨光确实喜欢上了小美，但也仅仅是喜欢而已。为了爱情和幸福，她决定去争一争，哪怕将来失败了，自己也不会后悔。

婷婷郑重地对父母宣告：杨光就是她的爱情，她要去追求，什么人反对都没用——什么人给她设绊子，什么人就是她的敌人。这话有些拗口，但张二白夫妻听懂了。他们知道女儿是那种不撞南墙不回头的性格，但作为父母，他们要尽力去维护女儿的名声和利益，因此该对女儿说的话必须说给她听。张二白让喜妮给女儿做了几次工作，但没起到任何作用，夫妻二人只得选择冷处理，先任由女儿去折腾。

婷婷决定给杨光写信，不是微信，是用信纸写信。她要将自己的感情写在纸上，似乎这样才能证明她的爱情。她买了钢笔、墨水和信纸。电脑科技的快速发展让这些东西都快要退出历史舞台了，她有好些年没有用过这些东西了。当她真正坐下来，将钢笔注满墨水，铺展信纸，下笔书写时的那一刻，时空仿佛一下子穿越到了过去，她似乎看到十几年前，她第一次拿笔学写字的那一刻。时间真是过得太快了，快得令她措手不及。不知从哪一天起，她对异性有了朦胧的感情，像所有的小女生一样，她喜欢帅气的、阳光的、成绩好、体育好的男生。当时他们班有一个这样的男神，是全班女生的白马王子。春心萌动的她暗恋过、憧憬过，但也仅仅是暗恋和憧憬。直到遇到杨光，她藏在心灵深处的爱情之火才真正被点燃。她热烈、痴狂、义无反顾，为了杨光她可以放弃生命，可以粉身碎骨。她相信爱情是老天安排的，是月老牵线的，是丘比特的箭射中的。她写自己的过去、现在和将来，写自己的欢乐、烦恼和忧伤，她要将自己毫无保留地呈现给他。她要将自己的心掏出来，摆在他面前，让他去品评。第一天，她一气写了十封信，每一封都下笔如有神助，一气呵成，字里行间流露着她对爱情的向往与追求。十天过去了，婷婷竟然用去了一本稿纸。她惊讶于自己的写作能力，惊讶于自己的执着。

十天来，婷婷时刻处于兴奋状态，除了吃饭和睡觉，她将所有的时间都用来写信。对她而言，这是一种彻底的释放和宣泄。这十天对她来说就像是孙悟空被关在太上老君炼丹炉里的七七四十九天。当她停下笔来，对镜梳妆时，她惊愕地发现镜中的自己是那样的陌生。为了证明镜中人就是自己，她笑一下哭一下，镜中人也跟着她笑一下哭一下，最终她确认镜中人真是自己。

婷婷准备将自己这十天来写的所有信亲手交到杨光手上，但她又不想太直接，所以她需要制造一次"邂逅"，就像他们第一次相遇那样。她从父亲口中得知，杨光几乎每天都要到王家老宅转一圈，她便决定将这次"邂逅"地点定在王家老宅。

婷婷对王家老宅可以说是既熟悉又陌生。说熟悉，是因为她从小就在王家老宅里玩，王家老宅就像她记忆中的奶奶一样，满是沧桑与安然。说陌生，是因为这几年她在外上学，王家老宅已淡出她的生活，王家老宅修复以后她还没进去过。

当婷婷走进王家老宅时，她被眼前的景象惊呆了。在她的记忆里，王家老宅破败、颓废，就像一个行将就木的老者；而此时眼前的王家老宅却像成功整容的明星大腕，焕发着青春的活力和风采。婷婷一路走一路瞧，儿时的记忆碎片儿一块块地拼接起来。小姐的绣楼，过去就像一个弯腰驼背的老妇，现在的绣楼俨然已经成为一个风姿绰约、婀娜多姿的美妇人了。拾级而上，闺房的门虚掩着，她轻轻推开，生怕惊扰了这个"美妇人"的春秋大梦。小姐的闺床上，一个翩翩少年和衣而卧。若不是他穿着现代的服装，婷婷真以为遇到仙家了。她盯着他的脸看了好久，才发现床上的少年原来是杨光。那张十天来令她魂牵梦绕的脸，瘦削且轮廓清晰，显得异常刚毅。她盯着那张脸陶醉了，慢慢地小心翼翼地靠上去……

此时的杨光正做着自己的美梦，梦中，小美又翩然而至，一双灵动的大眼睛，高高的马尾辫，一袭白裙及地，像仙女下凡般款款而来。梦中的情境是如此真实，以至于他不自觉地坐了起来，伸出双臂去迎接面前的仙女。

杨光紧紧地紧紧地抱住了"小美"。"小美"的体香飘入他的鼻腔直达脑部。他感觉她像水豆腐般软软的，像丝绸般滑滑的，又恍惚母亲的怀抱般温暖。他完全陶醉其间，不忍离开。

婷婷被杨光紧紧地抱着，她想挣脱却又不忍——面前是自己的最爱，梦中他曾与自己这样缠绵过。她愿意为他付出一切，包括对于一个女人最重要的贞节与生命。她不仅不愿拒绝他的拥抱，而且用更加热烈的拥抱去回应了他。她抱住了他，紧紧地紧紧地。

在感觉自己就要窒息的那一刻，杨光猛然睁开双眼，眼前的一幕令他目瞪口呆。他看清了，眼前的女人不是小美，而是婷婷！而他的脸正贴着她的胸部，他的双手正搂着她的腰……杨光被吓傻了，愣愣地、疑惑地看着婷婷。当下一秒意识又回到他的大脑时，他就像被针扎了一样撒开了手。他拧了一把自己的脸，生疼生疼的，确认不是在梦境里。他跳了起来，像躲鬼魅一样逃离了绣楼。

婷婷没有动，她在回味着他拥抱自己的感觉，如果可能，她真想让他永远那样抱着自己。

绣楼那惊魂一刻令杨光坐立不安，他不知道婷婷怎么会突然出现在绣楼，而自己为什么又鬼使神差地抱住了她。抱就抱了，自己却又一副享受的样子，他恨自己的猥琐和下流。他不敢想婷婷会怎么想他，会怎么看他。她会不会把他自己当成流氓？他害怕了，怕极了。他没脸再见婷婷、小美了。他真想找个地缝钻进去，永远不要出来。

去王家老宅找杨光竟然发生了那样的事情，这也令婷婷猝不及防，但她不后悔，甚至有点庆幸。自己的第一次拥抱给了自己最爱的人，她心甘情愿——哪怕将自己的贞节给了他，她也不后悔。可她心里又很清楚，杨光想抱的人未必是她，因为在他看清自己时目光里只有惊慌失措。也许冥冥中上天在帮自己，她决定必须要抓住所有可能的机会，竭尽全力地去争取自己的爱情和幸福。

一夜无眠，第二天婷婷起了个大早，在村口守株待兔。据她分析，杨

光误抱了她，一定会躲着她，而最有效的躲避办法就是离开长岭村。所以她判定，杨光昨天不走，今天一定会走。

杨光想了一夜后怕了一夜，他决定要逃离，逃得远远的，再不给婷婷与自己接触的机会——也许时间长了，婷婷对自己的感情就淡了，到时再面对就不会太尴尬了。于是，他早早起来，收拾了一些日常用品，准备回城里躲个十天半月——或许十天半月后，婷婷就回学校了。夏天，天明得早，五点时长岭村仍然沉睡着，只有村委会大院里那只黑色的野猫像幽灵一样不知疲倦地在路上游来荡去。

车子刚驶出长岭村，杨光便长长地如释重负地出了口气；但就在他刚出完气时，车前方就出现了那个他熟悉的身影。他下意识地猛踩一脚刹车，然后他清晰地听到了车轮与地面的剧烈摩擦声。

车子停了下来，但他没有下车，他希望那只是自己的幻觉。他揉了揉双眼，眼前的那个她依然在那里站着一动不动。他一下子趴在了方向盘上，他想，这次肯定完了！

杨光再次领教了婷婷的执着，他不得不原路返回，跟他一块返回的还有婷婷。婷婷将一大摞信塞到他手里，说："这是这段时间我给你写的信，希望你能认真看一看。"

杨光双手捧着信，感觉沉甸甸的，看着稿纸上那娟秀的字迹，本来已冷却的内心又泛起一丝暖意，这些信令他愧疚。他幽幽地说："我们之间不是爱情，我真的不愿欺骗你。对不起！"他居然不自觉地给婷婷深深鞠了一躬，以表达他真诚的歉意。

杨光本以为这会伤害到婷婷，所以他尽量委婉地表达。可让他想不到的是，婷婷没有生气，也没有悲伤，反而冲他调皮地笑笑说："你不是还没结婚嘛，不管将来结果如何，我必须要争一争，或许你明天就改变主意呢！"

婷婷如此乐观，让他的内心平和了很多，歉疚也减轻了很多。他说："婷婷，你很美，也很优秀，如果我早早遇到你，我一定会选择你的。可惜我们没缘分。我希望你能转个方向，别在我身上耗费时间了。"

婷婷诡谲地一笑说："你昨天抱了我，今天你得让我抱抱，这才公平。"

杨光一下子蒙了，这事怎么论公平？难道还要礼尚往来吗？他一时不知该如何答复，只得为难地说："昨天我在梦里稀里糊涂地冒犯了你，我向你道歉，对不起！"

"不行！"婷婷坚决地说，"你一个大男人，别那么小气。"

杨光知道婷婷的小姐脾气又来了，他一闭眼，身体前倾，视死如归地说："那你来吧。"

婷婷本来只是想捉弄一下杨光，没想到弄巧成拙，杨光居然如此禁不起玩笑。她想，我干脆来个弄假成真，看你怎么收场！

婷婷用手摸摸胸脯，平复了一下自己紧张、激动的情绪，然后闭上眼睛，张开双臂，慢慢合拢，直至将杨光紧紧抱住——时间仿佛停止了，幸福的感觉达到了顶点。

杨光再次感受到了与异性身体零距离接触时的那种不同寻常的感觉。在潜意识里，他排斥这种感觉；但在雄性荷尔蒙的作用下，他又渴望这种感觉。他偷偷地眯着眼睛看了看婷婷，婷婷闭着眼，幸福地微笑着。微笑的女生是最美的。此时的婷婷像一朵怒放的花朵，娇艳动人，令人垂涎欲滴。她红红的嘴唇就在他的眼前，热情似火，让他饥渴难耐。他真想凑上去，去占有她，蹂躏她，而理智却不允许他越雷池半步。

正在杨光犹豫不决时，婷婷却将自己火热的嘴唇送了上去。触电般的感觉即刻传遍杨光全身。

这是杨光的初吻，此时他脑袋一片空白，身体内燃烧着熊熊的烈火，他感觉自己就要被融化了。

这也是婷婷的初吻,杨光强大的吸引力将她吸引住了,令她完全失去了自我。她感觉自己呼吸困难,即将窒息。她睁开眼睛,看到杨光英俊的面庞近在咫尺,一阵眩晕过后,她感觉自己像羽毛一样缓缓飞了起来,飞呀飞呀,然后就没了意识……

不知过了多久,当意识重新回到婷婷的身体时,她听到有人在急切地呼唤她:"婷婷,婷婷,别吓我,你这是怎么啦!你快醒醒呀!"那是杨光的声音,带着明显的哭腔,"只要你好好的,我什么都可以答应你,婷婷,你醒醒!"

被杨光抱着好幸福,婷婷虽然已经完全恢复了意识,但她仍然闭着眼睛享受着。杨光开始为她做人工呼吸,成熟男人的气息经过她的嘴巴进入了她的胸腔。她感觉她的肺部像气球一样被吹得鼓了起来,当肺内的气压达到顶点时,气流开始通过气管寻找出口,一阵剧烈的咳嗽过后,婷婷被迫睁开了眼睛。

见婷婷终于活过来了,杨光由沮丧和绝望倏然变为惊喜。他抱着婷婷欣喜若狂,嘴上不停地说:"太好了!太好了……"

两个人四目相对,时间像是被暂停了,一秒、两秒……

"你真的什么都答应我吗?"

杨光无语。

五

张二白被纪检委带走了。被带走时,他正跟支部委员们开会。有人将头探进会议室问:"谁是张二白?出来一下。"张二白没多想就出去了。有三个人等在外面,一个领导模样的拿出了工作证,翻开让张二白看,说:"看清楚了,我们是县纪检委的,有些事需要你配合调查。"张二白不明所以,诧异地问:"什么事?你们问吧。"那人说:"我们需要你到县纪检委接受调查。"话很坚决,不容商量。张二白问:"什么时候去?"那人说:"就现在。"

一时间长岭村炸开了锅。

人人都说:"张书记被纪检委带走了,肯定出事了。"还有的人添油加醋说:"张书记是被铐着押走的,肯定要被判刑了!"至于张书记到底犯了什么事,大家都不清楚;因此张书记那点事就成了长岭村村民茶余饭后讨论的重点话题。张三说:"张二白上任时村里账上不仅一分钱没有,而且欠账还不少,他就想贪去哪儿贪?"李四说:"只要想贪就一定能贪。这两年村里是没什么收入,但扶贫款不少,张二白一定是动了扶贫款。"王五说:"前两年的扶贫款不是修路就是打井的,我听说人家张二白不仅没贪一分,还向里面倒贴了不少。做人可得讲良心。"赵六说:"我们现在都是道听途说,不足为凭,但我相信纪检委不会平白无故地抓人。"

张二白是被张狗剩实名举报的,举报的内容有四条:第一条,张二白为陈有富、陈有余家批了宅基地,没给他家批;第二条,张二白白占了村里的库房开酒坊;第三条,张二白为日间照料中心买锅炉以旧充新,得了好处费;第四条,前年审批贫困户时张二白为某些人走了后门。

举报信直接邮寄到县纪检委,县纪检委领导十分重视,立马派出了专案组,所以就发生了张二白被纪检委带走的事。实际上,张二白在纪检委只待了一天,第二天就出来了。出来后他没急着回家,和来接他的杨光一起在县城办了三件事。第一件,他们去农商银行见马董事长落实了维修库房资金的事。第二件,两人去了县旅游局,跟旅游局领导协商王家老

宅下一步修复的事情。第三件，他们去见了酿酒师傅。师傅名叫杜康，张二白怀疑师傅的名字是后改的，但杜师傅说，他还真是杜康的后代，而且这酿酒技术是家传的，传了很多代。杜师傅是杨光在农大的同学介绍的，据说杜师傅的父亲在山西汾酒厂干过。杜师傅很健谈，滔滔不绝地大谈酒坊在建设、生产、销售等各方面的注意事项。他谈得很细很到位，而且有自己独特的见解，令张二白和杨光都暗自佩服。中午是杨光请的客，就杨光、张二白和杜师傅三个人，喝了一斤十五年的汾酒。杜师傅说，这酒是汾酒，但绝对不是十五年的。张二白说，我们喝的一直就是这个味，难道我们喝的都不是真的？杜师傅说，也不能说是假的，只是一瓶兑成了两瓶而已。晚上，张二白自费请旅游局翟局长吃饭，杨光作陪，喝的是同样的酒。翟局长盛赞"这酒真好喝"，说得张二白和杨光老大不自在。

第三天，张二白和杨光一进长岭村就引起了全村人的关注，大家不约而同地聚在一起交头接耳，分享着各自的见识和观点。张三说："我早就说人家不可能贪吧！看看，这不好好地回来了。"李四说："让纪检委带走又能囫囵回来，人家张二白一定有大后台。"王五说："听说张二白跟农商行的马董事长关系不一般，人家的后台说不定就是马董事长。"赵六说："瞎说！人家的后台是县里领导，纪检委惹不起。"

见张二白抓了又放了，张狗剩坐不住了。他对村里的人说："慢说张二白还有毛病，他就是一点毛病没有，我也要把他告出毛病来。想舒舒服服地当村干部，没门！"

张狗剩想，写材料举报看来没什么用，官官相护，县里有人护着他，在县里告也没用，我去市里上访，告不倒你张二白我就不回长岭村。

张狗剩就这德性，你要他做好事他绝对没有那耐性和毅力，但你要他去做坏事，他可比谁都坚持得久。他做人的原则就是，别人不能比他过得富过得好，否则就是对他的轻蔑，他就要想方设法将对方打倒。

张狗剩说到做到，他真去了市里，还成了市领导的座上宾。

那天，市纪检委书记冯朝阳正好坐班接访。张狗剩将上访内容一说，立马引起了冯书记的关注。在小官巨贪的报道不断出现的当下，重拳打击老百姓身边的苍蝇就成了各级政府的重点。冯书记当即决定成立专案组，迅速开展对长岭村张二白的调查。

出师大捷，张狗剩倍受鼓舞。当天中午他找了个小饭馆，点了他最爱吃的大骨头，还要了两瓶啤酒，自斟自饮、自娱自乐。他打算把张二白轰出长岭村两委后，取而代之，自己也当当长岭村的"掌门人"。他要让长岭村的人都看看，他张狗剩绝不是孬种。他要耀武扬威地走在长岭的大街上，让长岭村的人全都臣服于他。这是他一直以来的梦想，他要让自己的美梦成真。

市专案组调查五天后发现，张狗剩所举报的内容纯属捕风捉影、子虚乌有；相反，长岭村的老百姓对张二白的工作相当认可和肯定。市纪检委冯书记听了专案组的汇报后决定亲自见一见张二白。会见是在县纪检委进行的，张二白接到通知时非常迷茫。他想不明白自己的问题已经说清楚了，为什么还要找他。所以他见面就问："领导，上次不是已经说得很清楚了吗？还有什么可问的？"冯书记一反以往的冷峻、严肃，微笑着看着张二白说："你想不想知道是谁在告你的状？"张二白早就猜到是张狗剩了，但仅仅只是猜测，他真想确认一下，可转念一想，确认了又能怎么样？他苦涩一笑说："算了，我不想知道。"冯书记很是意外，想不到一个农村汉子竟然如此豁达，他不得不对张二白另眼相看了。他说："我知道农村干部最难干，要干好确实不容易。这几年我查办过很多村干部，有些村干部民愤很大，但他们也都是村民公认的能人。他们贪赃枉法、鱼肉乡里，但他们也确实为村里办过好事实事。办这些人我感到很痛心，我真为他们感到惋惜！这次调查你，我本以为又是十拿九稳的事，但事实却恰恰相反。以前我接触的都是反面典型，我一直努力想找一个正面的典型，但查一个倒一个，令我几乎丧失了信心。前几天调查你的专案组成员向我汇报了调查结果，这一结果让我对村一级干部重新找回了信心，所以我决定要见一见你。一方面我想对你表达我的敬意，另一方面我想表达我对你的支持。"

张二白万万没想到事情会是这么个结果，冯书记的话温暖着他的心，让他激动万分。他想，公平与正义并不缺乏，缺乏的是发现它们的眼睛。在这个社会，正能量仍然占据着主流。杨光说的那些是对的，他必须要为脱贫攻坚做点什么，以不辜负领导和乡亲们的信任。

冯书记掏心掏肺地对他说："今天我们就算成了朋友，以后你有什么困难尽管找我，我一定尽力而为。"

面前的冯书记一度扮演的是铁面无私的包文正，而此时此刻他却变成了一个宽厚的长者、一个贴心的朋友，社会需要的不正是这样的好干部吗？

冯书记的话三天以后还在张二白的耳旁回响，张二白更加坚信，只要不做亏心事，就不怕半夜鬼敲门。

在给酒坊办手续上杨光又帮了不少忙，这个小伙子张二白是越来越欣赏了。因此面对女儿婷婷的坚持时，张二白开始睁一眼闭一眼了，有时他甚至想：他们俩若真成了也是挺好的事情。

这天早上，张二白起得很早。现在正是玉米灌浆的时节，要是雨水充沛，会是一天一个样。像所有的庄稼人一样，看到玉米噌噌往上蹿，张二白就会发自内心地高兴。可近段时间一直没下雨，玉米叶子都打了卷。这让张二白心急火燎、夜不能寐，但又无可奈何。他像往常一样，起床后抽了支烟就背着双手出了门。出大门前他向女儿的房间看了好几眼，忍了几忍没忍住，还是敲了敲女儿房间的窗户，他冲着房间说："婷婷，杨光这几天一直帮着跑手续，衣服都没顾上洗，你早点起床，去帮他洗洗衣服，我们八点多还得进城。"他说完了见女儿房间里没一点动静，就又敲了敲窗户，嗓门也提高了说，"听到了没？听到了吭一声。"

"你不是不让我跟杨光来往吗？要洗你去洗。"婷婷直直地回了一句，噎得张二白一时张不开嘴。他摇摇头叹口气，自言自语说："现在这年轻人真搞不明白！"

他出门后径直向自家的承包田走了去。一路上看到的都是打了卷的无精打采的玉米，像打了败仗的士兵，腰都弯下了。张二白一路走一路叹气，时不时抬头看看天。他是真希望下一秒一抬头就能看见布阵施雨的龙王爷。他在心里默念："龙王爷啊！你该休息好了吧，劳驾您老人家给施点雨，只要风调雨顺的，明年我给您修个道场。"

一阵风过去了，又一阵风过去了，这难得的清凉令他感到很舒适。他再次抬头，猛然发现刚才还碧空如洗的天空中竟变戏法似的多出了几朵云彩。云彩慢慢生长变大，挡住了太阳的光芒，天顿时暗淡下来，风一阵紧似一阵地从他身边吹过。他闭上眼，全身心地去感受这份舒适。风似乎越来越大了，天上的云彩也越聚越多，并渐渐压了下来。天边突然亮了一下，紧接着低沉的雷声由远及近地轰鸣着。张二白顿时心里乐开了花。一大滴雨点砸在了他的脸上，摔成了几瓣，他猛地一惊：不好，村委会院子里还放着水泥！

当张二白上气不接下气地跑进村委会大院时，眼前的一幕令他既惊又喜。他看到杨光和婷婷正手脚麻利地用塑料布苫那些水泥，那是他为建酒坊备的料。他远远站着，喘着粗气，心想：真是天生的一对！我一定要想办法促成他们。

两个年轻人干完了，雨点也渐渐变得稠密起来，他们站在雨中，彼此看着对方，任由雨水在身上飞溅。风声雨声笼罩了整个世界。

张二白本打算悄悄退出去，让他们自己去决定下一步的进退；但当他看到两个年轻人竟然像两尊雕像般站在风雨中一动不动时，他不自觉地边走近边喊道："婷婷、杨光，雨这么大，还不快回屋里。"杨光和婷婷显然没料到张二白会出现，醒过神来的杨光慌张地拽着婷婷进了屋。张二白也跟到门外，却突然转了方向进了自己的办公室。屋外一道闪电划过，清脆的雷声震天价响，婷婷像受惊的小兔猛地钻进了杨光的怀里，给了杨光一个猝不及防。杨光挣扎了一下，婷婷抱得更紧了。她的双乳透过薄薄的乳罩和衣服顶到了杨光的胸部，给杨光以无法抗拒的软软的感受。婷婷身上散发出来的淡淡清香钻进了杨光的鼻孔，刺激着他的大脑，令他异常兴奋。他不知所措地张开双臂，生怕一时冲动做了不该做的动作。他极力使自己镇定下来后，轻轻地叫了声："婷婷！"婷婷抱得更紧了，仿佛抱不紧就会丢了似的。

隔壁的张二白紧张地搓着手来回踱步。他想象着两个年轻人在一起的情景，心中既紧张又期待，就像是自己在恋爱。

这场雨下得及时且透彻，一阵雷电交加过后，天像被彻底捅破一样，大雨倾盆。院子里雨水四溢，一片汪洋。一个小时过去了，雨仍在下，两个小时过去了，天仍没有歇气的意思。婷婷也如同这天气一样，抱着杨光毫无退却的意思。杨光开始还劝她几句，但面对她的执着，杨光也只能缴枪投降了。如此近距离或者说零距离地面对一个女孩，杨光的心变得柔软而多情。他仔细地审视着她波浪般的秀发、温润的脖颈、瘦弱的肩膀，他忽然觉得这一辈子能得到她的爱，是一件非常幸福的事情。想到这里，他真想回报她一个更热烈的拥抱；但他立马又想到了小美，他犹豫了。小美对他来说是镜中花水中月，既是可爱的妹妹，又是心动之所在。为了小妹，他觉得自己可以放弃一切，包括这举手可得的爱情与幸福。他就这样被婷婷抱着，内心起伏不定，表面看起来却是波澜不惊。时间一分一秒在流逝，他感觉到她的身体开始颤抖，从轻微到剧烈，他知道她哭了。她的泪水浸透了他的衣服，让本已被雨水打湿的衣服更湿了。他感受到泪水的温度，这温度温暖了他的全身。啊，好美的感觉！

雨似乎仍没有停下来或小下来的意思，隔壁的张二白此时的关注点已从两个年轻人身上转移到可能出现的雨涝灾害上。这么大的雨，下了如此长时间，村里的一些老房子可能会顶不住了，特别是那几户贫困户的房子成了张二白此刻最大的牵挂。

外面雨声似乎更大了，透过雨雾，张二白看见那段土坯砌成的院墙开始分解崩塌，溶入雨水，同雨水一起四下漫流。

不能再等了！张二白不再犹豫了。他拉开门，风混合着雨水立刻冲进屋里，打在了他的身上。他没再犹豫，果断地冲进了雨雾中。

他突然想起了什么，在院子中央停下，转身朝着杨光的屋子喊："杨光，有房子要塌了，快跟我去救人。"依然被婷婷抱着的杨光听到喊声打了一个激灵，迅速抱了一下婷婷，说："婷婷，救人要紧。"

不出张二白所料，还在读初中的孤儿郑好所住的土窑洞前脸已经开始坍塌了。郑好父亲在她十岁那年因病去世，为治病还欠下了一屁股的债。母亲受不了这份苦选择出走，剩下郑好一个人照顾多病的奶奶。前年奶奶也去世了，郑好就成了孤儿，也成了长岭村年龄最小的低保户。每年张二白都自掏腰包接济郑好两千块钱。杨光驻村以来，每年发动全县农商银行职工为郑好捐款。可这些钱只能保证她的日常生活开支和学习开支，住房问题一直没能解决。郑好住的是一眼土窑洞，前脸用石块砌筑，是二十世纪八七十年代修建的。几十年过去了，这样的土窑洞已经全部或废弃或改造加固，唯有郑好这一眼一直在使用。张二白担心这破窑洞出问题，就建议郑好住校，但寒暑假期间郑好仍会回来住。所谓怕什么来什么，张二白一直担心的事还是发生了。

面对不住掉落的石块，杨光没有任何犹豫就直接冲进了窑洞，身边的婷婷伸出手却没能拉住他。婷婷急得几乎哭出了声："杨光，房要塌了，快出来！"婷婷声嘶力竭地呼喊着杨光的名字，双眼巴巴地望着正在坍塌的窑洞——就十几秒的时间，婷婷却像经历了几个世纪。当杨光冲出窑洞时，一块大石头砸在了杨光的肩膀上。杨光将郑好推了出去，自己的腿却被紧接着塌下来的窑洞的石块、土块压在下面。婷婷发疯一样不顾一切地冲上前，抱着杨光的身体向外拖。张二白也冲了上来，父女俩合力才将杨光拖了出来。

杨光醒来时已经是第二天的深夜。他发现自己躺在病床上，一动不能动，而婷婷趴在床边睡着了。她睡得很沉，还不时说着梦话，从梦话中杨光听清了自己的名字。

对眼前这个女孩，杨光曾经是排斥的，也许是相处久了，杨光发现她其实有很多优点。不知不觉中，杨光开始接纳她了。

他看着天花板回忆那十几秒时间里发生的事。当他听清屋里有人哭喊时，他没有多想就冲了进去。面对突发的灾难，十几岁的郑好吓蒙了，披着被子躲在窑洞的最深处。幸亏是在白天，虽然光线很暗，杨光还是看到了她。他冲过去，拽掉郑好身上的被子，抱起她就向外走。这时窑洞门口处的石块纷纷坠落。杨光站立了几秒，想选择一个躲开石块的时机；但当他看清窑洞的顶部已经裂开了一个大口子，随时都有整体坍塌的危险时，他清楚自己已经没有选择了，只能硬着头皮往外冲。他深吸一口气，弯下腰，用自己的身体护着郑好，像冲锋的战士一样往外冲去。石块丝毫不留情面地不住地砸在他的身上。突然，一块大石头砸在他的肩膀上，然后擦着他的后背向下滚落，最后压在了他的腿上。在那石头压住他的一瞬间，他使足了力气用双臂将郑好推了出去。窑洞塌了下来，他被压住了，动弹不得。他先听到婷婷在喊他，接着又感觉到有人抱着他向外拖。那时的他似乎已经耗尽了身上所有的力气，只能任由他人摆布了。一阵剧痛袭来，睁眼也变得困难起来，他强撑着睁开眼睛，看到婷婷哭泣的脸，听到她在不停地呼唤着自己的名字。在闭上眼睛的一刹那，他突然想到自己也许会死。他对自己说："死在爱自己的美人怀里，今生无憾！"就在那一刻他忘了疼痛，他笑了，笑得很甜很甜。

现在他看看身边的婷婷，确认自己还活着——还是活着好啊！他感叹着，但他的笑容立马又凝固了。

"我的腿！我的腿！"他惊慌地轻呼着，双手也突破被子的束缚，举了出来。这一系列的声音和动作终于将婷婷弄醒了，她看到杨光醒了过来，激动地抓住杨光的手，嘴里不停地念叨着："你醒了，太好了！太好了！……"

杨光看到婷婷高兴的样子，心里感到一阵温暖，鼻子一发酸，泪水顷刻溢满了双眼，他被她感动了。

"你不会以为我死了吧？"杨光反手抓住了婷婷的手，问了一句。

对于杨光的举动和发问，婷婷显然有些猝不及防，她怔怔地看着杨光，当她意识到杨光也在目不转睛盯着她看时，她的脸腾一下子就红了。她低下头，用力想把手抽出来，但杨光那双有力的手像钳子一样牢牢地钳着她的手，令她动弹不得。她用自己几乎都听不到的声音说了句："你放手啊。"

杨光心里清楚，婷婷是爱他的，现在他也弄清了自己的内心——自己也爱上她了。他紧紧地抓住她的手，看着她张皇失措、害羞撒娇的小女人样，心都化了。

杨光将她的手按到自己脸上，闭上眼睛，全身心地去感受她双手的温润与绵柔，他想，爱情好美好甜！他已经完全被爱情攻陷。

当他正感受着爱情的甜美时，一阵钻心的疼痛由腿部传来，他下意识地像抓救命稻草一样抓紧了婷婷的手，同时牙关紧咬，嘴里发出了"啊啊"的痛苦的呻吟声。

婷婷双手被他抓疼了，但她并不想抽出来，实际上她与杨光一样也在抓紧时间享受爱情的甜美。

杨光的痛苦她看到了，她的身体也不由自主地战栗起来。她急切地说："很痛吗？别怕，有我呢。腿没多大问题，养个把月就好了。"由于疼痛，杨光的额头冒出了汗珠，他艰难地点点头，再次将婷婷的双手按在了自己的脸上。

接下来的日子里，婷婷无时无刻不在陪伴着他。她陪他说话聊天，喂他吃饭、喝水。让杨光难堪和尴尬的是，她竟然还为他擦身子、接尿；更让他羞于启齿的是，她第一次为他接尿时，他还产生了生理反应，憋得他半天没尿出来，这让她也羞得闭上了眼睛。

住院的这段时间，在肉体上他是痛苦的，但在精神上他不仅愉悦而且充实，甚至可以说是幸福。如果可以的话，他真想就这样一直过下去，直到天荒地老、海枯石烂。

一个月后，杨光要出院了。婷婷极力说服杨光住进她家继续养伤。她把自己的房间腾出来，打扫一新，只为迎接他的到来。她还为杨光从上到下、从里到外买了新衣服，她想让他——她的爱人有一个全新的开始。

这次意外受伤杨光没有通知他远在乡下的父母，一是他不想让父母为自己担心，二是他想与婷婷有更多的相处时间。对于这样的决定婷婷自然是乐于接受的，她想占有他所有的时间，而不是与人分享。当婷婷第一次提出让他住进她家时，杨光理所当然是反对的。他说："我们的关系还没有正式公开，你父母的态度也不明朗，直接住进你家，你父母可能不乐意，社会影响也不好。"

婷婷问："你是不是真的爱我？"

杨光回答干脆:"爱!"

婷婷说:"只要你爱我,我父母肯定同意。社会影响我不怕,将来我们一结婚,还能有什么影响?"

杨光恳求道:"让我再考虑考虑想,好吗?"

杨光知道自己住进去婷婷肯定会高兴,自己也不会不高兴。可要住进一个非亲非故的人家去,他心里是有障碍的。住进去后怎么称呼?关系怎么处?这都是问题。

婷婷第二次催他做决定时,他仍有顾虑。可他又实在不想违背爱人的心愿。

婷婷第三次催他时,他终于下了决心:"去,一定去。"为了婷婷,就算受辱他也一定要去。

六

酒坊建设的准备工作就绪了。张二白请了村里的老人,外号"半仙"的贾洞宾敲定了开工日期,只等那良辰吉日一到就开工。

住进张二白家里的杨光并没闲着,他利用这段时间反复研究、推敲酒坊的建设方案和发展规划。婷婷足不出户地陪伴着他,精心照顾他,令他深受感动。有时看着婷婷的身影他还会想到小美——那个小巧玲珑的美人儿。想过之后他就自责,责备自己"吃着碗里的看着锅里的"不道德行为。他想,也许这就是所谓的缘分吧!他必须找机会向婷婷说明白这一切。

机会说来就来。这天早上婷婷又扶着拄着拐的杨光出去散步,婷婷突然问杨光："很快就开学了，你该给小美打款了吧？"杨光的心咯噔一下子，婷婷问这话他并不感到惊讶，因为在长岭村大家都知道这件事；他担心的是对这事婷婷会怎么想，又会怎么处理。一个处于热恋中的女人，会同意自己的男朋友去资助另一个漂亮女人吗？她能不吃醋吗？杨光看看婷婷，不安地思索着应该如何处理这件事。他说："小美的情况特殊，确实需要人资助。但除了资助外我跟她之间没有任何关系。我想资助到她大学毕业，希望你能支持。"此时的杨光将心里的不安与顾虑全写在了脸上，他像是做错了事情的小学生，面对老师的质询一脸的不安。看到杨光现在的样子，婷婷扑哧一下笑出了声。她揶揄杨光说："你以为全世界就只有你一个人有爱心？你为什么不资助其他人，偏偏要资助小美，难道不是另有企图吗？全村人都知道你对小美有贼心。看来现在还是痴心不改！"

杨光似被击中了痛点，心里一紧，想哭的心都有了。他说："我承认一开始我是对小美有好感，可现在有了你这么漂亮这么善良这么有爱心这么会体贴人的女朋友，我的心早被你占得满满的，怎么还能放得下别人呢？"

到现在为止，杨光还从来没有当面如此直白地夸过婷婷，听过这些话之后，婷婷心里别提有多高兴了。她狡黠地紧盯着杨光，把杨光看得心里直发毛，然后她才说："请把刚才的话重新说一遍。"杨光呆呆地看着婷婷，揣测着她的内心。"说呀！"婷婷又补了一句。杨光平复了一下自己的心情，一字一板地说："有了你这么漂亮这么善良这么有爱心这么会体贴人的女朋友，我的心早被你占得满满的，怎么还能放得下别人呢？"婷婷盯着杨光开心一笑说："看来还有几分诚意。好吧，你可以继续资助小美。""真的？"杨光简直不相信自己的耳朵，他是做好了最坏的打算的，没想到结局竟然是……杨光又一次被婷婷的大度感动了，他张开双臂紧紧地抱住了婷婷，并在她耳边轻轻地说："我爱你！爱死你了。"

张二白在与村委会签订了库房的租赁合同并交了租金后,烧锅酒坊的建设工程于8月28日正式开工了。婷婷陪着杨光来到工地。库房被废弃多年,房顶很多地方已经塌落,阳光透过屋顶在地上形成大小不一的光斑。这样的屋顶已不具备修补的条件,只能全拆了。此时五六个工人正站在房顶上揭去旧瓦。工人说这旧瓦可是好东西,放到市面上卖比新瓦都贵,所以建议还用旧瓦,不够的话再补一些新瓦,这样也可以省很大一笔钱;还有就是那些老木料,除了橡子需要更换部分外,檩条和大梁全都可以再用。这上房揭瓦的营生真不好干,张二白在下面扯开嗓子向上喊:"大家千万小心了,安全第一!"

张二白是真不放心,一刻不停地盯着屋顶。杨光和婷婷都走到他身边了他还没发现。杨光叫了声叔,婷婷叫了声爹,张二白才将目光拉了回来。他嗔怪道:"你们怎么来这儿了?"杨光赶紧解释说:"是我要来的,不关婷婷的事。开工第一天我在家坐不住,就想过来看看。"婷婷说:"我也想来看看。"张二白释然地一笑,说:"杨光的腿还没好,要多休息。"婷婷说:"不对,应该多锻炼。"

三人正说着话,屋顶上一个工人没踩实,摔了个马趴,差点掉下来。张二白急得大叫:"小心点,多危险!"

"这是公家的财产,谁让你们拆的!摔死活该。"这话让人听了不舒服,张二白火气一下子就上来了,扭头找寻说这话的人。

"这是哪个王八蛋在放臭屁?咒人死也不怕遭报应?"张二白其实已经听出是谁在说话了,他一扭头果然看到了张狗剩,于是他接着说,"我说怎么听到老鸹叫,真他妈嗨气!"

"你骂谁?你骂谁?你跟我抢村主任就罢了,如今又让你家那骚狐狸抢我家女婿,我跟你势不两立。"

这一句杨光听得面红耳赤,气愤难当,他真想上去狠狠地给张狗剩一巴掌——为小美，更为婷婷。

没等杨光开口，婷婷就怒吼道："你血口喷人！"

张狗剩摆出了无赖到底的架势，讥讽说："不是你勾引杨光吗？你就是个妓女。"

婷婷气得嘴唇发白，张口想说什么却哭出了声。杨光将婷婷抱在怀里，冲张狗剩说："我尊重你是长辈，你别为老不尊！我为小美有你这样的父亲感到耻辱。我跟婷婷是真心相爱，而且是我追的她。你真是狗嘴里吐不出象牙来！"

"小兔仔子，都成瘸子了，还敢骂老子，老子把你另一条腿也打折。"张狗剩说完就向杨光扑了过去，毫无防备的杨光和婷婷被扑倒了。婷婷不顾一切地将杨光护在了身下。张二白怒不可遏，一把拉起张狗剩，用尽全身之力给了他一巴掌。

这一巴掌把张狗剩彻底打蒙圈了，脸肿起了老高，嘴角也出了血，更要命的是，嘴里还掉了两颗牙。他一手捂着嘴，一手指了指张二白，转身狼狈地离开了。

坏人自有坏人的道理，张狗剩竟然恶人先告状打了110，说他无端遭人毒打，要求警察出警抓人。乡派出所的民警来长岭了解情况后对张狗剩说："你去找人家闹事，还伤了杨光的伤腿，现在人家还在医院里住着呢，你倒报警了。我们公安局只抓坏人，若不是人家不追究，我们抓的就是你。你以后老实点，否则对你不客气。"

张狗剩虽说气不过，但公安局的态度令他不敢撒野，他被迫低头认错说："是我错了，以后不敢了。"

杨光本已好得差不多的腿又受了伤，婷婷又陪他在医院输了三天液。病房里只有他们俩的时候，杨光一本正经地对婷婷说："婷，嫁给我吧！我要你做我的老婆。"

杨光求婚的情景婷婷幻想过无数次，但躺在病床上求婚，却是她没想到的，有些与众不同。她装出一副不高兴的样子说："用我侍候你就让我做老婆，等明天你好了就不要我了。你想得美！我要你彻底好了后跪着向我求婚，而且我还要钻戒。"她边说边比画着戴戒指的动作，竟自我陶醉了。

杨光拉过婷婷的手说："我发誓，我会的，我要你生生世世都做我的老婆。"

婷婷把脸贴在杨光的胸上，感受着他心脏强劲地跳动，露出了幸福的笑容。

酒坊每天都在施工，张二白计划在冬天到来之前全部完工。

婷婷还有一年才能大学毕业，上学的日子临近了，杨光和婷婷都非常不舍，他们的相处虽然仅仅只有两个月，但他们的感情却已是地久天长了。在分别的前一天晚上，婷婷和杨光漫步在乡间的小路上，弯弯的月亮洁净而明亮，微微的夜风吹拂着即将成熟的玉米，飒飒作响。婷婷依偎在杨光的怀里，抬着头迎接杨光热辣辣的吻。多么美好的一幅画面！若有一架相机，我会把它摄下来，让时间定格；若有一支笔，我会把它画在纸上，让这美好永远留下来。

这是一次长长的相拥，隔着薄薄的衣服，杨光又一次感受到婷婷那富有弹性的双乳。他不安分地将手伸了进去，去探寻那人类千年的奥秘。这一刻婷婷停止了呼吸，她的心悬在了半空中，身体也僵硬了。这是爱的感觉，这感觉令她终生难忘……像是过了几个世纪后，他们的身体像在燃烧，把这夜都烧红了……婷婷幽幽地说："你要了我吧！我想要。"杨光像被人打了一记耳光，猛然惊醒了。他放开了她，盯着她看了好长时间后，说："我要名正言顺地在我们的洞房里要你，你永远都是我的。"

婷婷上学去了，杨光也搬回了村委会，没有婷婷的生活就像没有了阳

光的世界变得了无生趣。好在通信发达，两个人虽然不能耳鬓厮磨，却也能隔空相见。

杨光成了女儿的男朋友、将来的另一半，张二白打心眼里高兴，实际上他已经把他当作女婿来对待。他愿意杨光住在家里，但杨光坚持要搬回村委会。张二白认为杨光做得对，毕竟婷婷与他的关系还没到那一层，名不正言不顺的，会让人说三道四。但隔三岔五张二白会让杨光来家里吃饭。而对杨光来说，第一次住进张二白家就表明他已真正爱上了婷婷，他已经把张二白夫妇当作了他将来的岳父母，他期盼和等待着与婷婷步入婚姻殿堂那个神圣的时刻。

关系的改变使得杨光更加关注酒坊的建设，他有空就跑工地；当然，那些贫困户他仍会定期每家每户走一走。这天他在工地待了近两个小时，他一会儿当技术员，一会儿当小工，东奔西跑乐此不疲。工地的工人和技术员们都喜欢这个勤快的小伙子，劳动休息间隙，他们更喜欢开他的玩笑。他们把张二白叫大掌柜，把杨光叫二掌柜，见面就问："二掌柜来了？"杨光不仅不生气，还极配合地一本正经地说："来了，好好干活啊！若干不好，小心二掌柜罚你们。"这罚字杨光不只是说说，是来真格的。一次，他发现地梁钢筋数量与图纸不一致，就叫停了工程。他对施工方的现场负责人说："少的钢筋你必须加上，而且你还要交一千元的罚款。这是第一次，如果再让我发现一次，罚款就是五千元。"

一场秋雨一场寒，眼见玉米该收了，这秋雨却连绵不绝。看着这没完没了的雨，张二白叹着气说："下下下，再下玉米都烂地里了。"在农村长大的杨光了解此时这村支书的心情——这到嘴的鸭子要丢了，谁能不急。他早就有一个想法，就是为长岭买一台玉米收割机。长岭处在太行山腹地，山高沟深，地都是山岭地，地块不大。实行土地承包责任制后，这山岭地又被分割，地块就更小了。因此长岭村一直以来所采用的耕种、收割方法都是最原始的，效率极低，人也遭罪。特别是今年这天气状况，等天晴了也上冻了，全靠人力去收，罪就遭大了。所以他就向农商行申请为长岭村买一台收割机。这个事马董非常赞成，说："好事呀！办！"

果然，秋收时节收割机帮了大忙、立了大功，长岭的百姓都叫好。

这天，杨光突然想起他好久没去王家老宅了。天气已进入初冬，路上铺满了黄叶，人走上去像走在了地毯上，还伴着飒飒的响声。这个季节风无处不在，它们像千万条隐形的飞龙般到处乱窜。有的窜进了人的衣领里，有的钻入了人的裤筒内，有的与人擦身而过，更多的则是旁若无人地一路呼啸着在巷子里钻进钻出。它们将黄叶从地面吹向空中，黄叶打着旋忽上忽下，像一个个舞者，竭尽所能地向行人展示着自己的轻盈与飘逸。

杨光是跟着舞动着的黄叶来到王家老宅的，王家老宅里同样一地金黄。杨光直接上了小姐的闺房，在小姐的床上舒展自己的筋骨。就是在这里，他第一次与婷婷亲密接触，那是多么美好的开始啊！他躺在床上闭上眼睛回味着那一刻……

在这暖洋洋的冬日里，他躺在小姐的闺床上睡着了。梦里他看到了一个女人，不是婷婷，也不是小美，但她与婷婷和小美一样美。她忧伤地盯着他，似乎在等待着什么。她说："我是王家的大小姐，你爱我就娶我吧！"

他一脸茫然地看着她说："我是农民的儿子，而你是大小姐，我们门不当户不对，我不能娶你。"

"你不娶我，为什么要让我认识你、爱上你，我已经不能没有你了，你若不娶我，我就从这绣楼上跳下去。"小姐靠近栏杆做欲跳状。

"我心有所爱，真的不能娶你……"

他话没说完，小姐已经像一片黄叶一样飘了下去。

他一惊，从梦中醒来，意识到刚才只是一场梦而已，他才从惊悸中回

过神来。一阵风从窗口吹了进来，一片黄叶竟随风飘入了屋内，在杨光面前上下翻飞。倏忽间，黄叶竟幻化成梦中的小姐跌坐在地板上。窗扇吱呀作响，似有人在哭泣。杨光脑袋发胀、头发直立，他揉揉眼镜，小姐又变成了黄叶。他恐惧地看着地上的黄叶想：王大小姐的爱情是怎样的呢？难道是一场悲剧吗？

国庆节快到了，按照县里的规定，扶贫单位要对贫困户进行慰问。慰问品农商行定的是每户一袋面、一袋大米、一桶油。慰问本是好事，在慰问当天却出了事。拉慰问品的车还没进村委会的院子就让以张狗剩为首的十几个非贫困户村民围住了。张狗剩说："凭什么只慰问贫困户，我们这些人家比他们更穷，要慰问不能落下我们。"说完就指挥那十几个人上车拿东西。杨光拦住他们说："你们这是在抢呀！我可要报警了。"张狗剩不在意地说："报吧。我已经通知了村里所有的非贫困户，待会他们都会来拿，公安把我们都抓起来才好呢。"真是秀才遇见兵，有理说不清。杨光一时没了办法。他求助张二白说："叔，这咋办？"张二白摇摇头进了村委会。

村里有三户特困户，是农商行马董事长亲自包户的。节日慰问他要亲自上门，一是可以联络感情，二是他还要了解一下贫困户的心中所想。

第一户就是窑洞被冲垮了的郑好家。郑好没了家以后就住进了村委会大院。她住的那间屋子原是村里的图书室，里面的图书是县文联捐赠的。图书室刚开办时，有人借过书，但由于村里的年轻人越来越少，爱看书的文化人更是成了稀有动物，所以图书室的书逐渐就无人问津了。虽然没人看，但书还在那里，由于缺乏管理，这些书发潮发霉，甚至成了老鼠的腹中之物。杨光进驻长岭村后，对这些图书的命运大为感慨，自告奋勇当起了图书室的管理员。为管理好这些书，他将它们分类整理，还用自己学过的计算机C语言编了个图书管理的小程序将书全部登记造册。他又自掏腰包买了灭鼠器、灭鼠药。图书室有文学书、计算机书、社科书、历史书、哲学书、艺术书等等。杨光最爱的是文学书和计算机书，其中他最珍爱的有二月河的帝王系列、莫言的《生死疲劳》、贾平凹的《秦腔》、路遥的《人生》和《平凡的世界》、陈忠实的《白鹿原》等，这些文学作品对他影响很大。计算机方面他喜欢有关编程、视频编辑的书。除了这些他还喜欢建筑设计和绘画、音乐、书法等方面的图书。他是个兴趣广泛的人，很多课业他都自学过，虽然连入门都谈不上，但比起那些门外汉他可强多了。比如国画有写意、工笔之分，画人讲"三停五眼"和"站七坐五盘三半"等，简谱和五线谱他都认识，"行草隶篆"他都练过。他早已是县作家协会会员，从上大学起他就在报刊上发表文章；他为同学设计的建筑效果图和施工图还得到过施工单位的认可。在长岭村的每一个夜晚，他几乎都在图书室里跟图书打交道，他畅游在文学的海洋里，翱翔在计算机的天空中，每晚都过得很充实。最近，他正在写一个关于长岭村的中篇小说，当然在他的小说里张二白理所当然是男一号。他还计划把婷婷以及婷婷与他的爱情写进去，因为他的小说是离不开爱情的。

郑好没了家后曾在一个远方亲戚家住了一段时间，后来是杨光向张二白建议，让郑好住进图书室。因为杨光相信，环境可以熏陶人，可以改变人。整天与书打交道的人，必然会变成一个有文化有品位的人，他希望郑好将来成为那样的人。

七

杨光为马董事长选定在星期日到村慰问，是因为郑好只在这天才会回到长岭村，才会住进那个被图书包围的空间。

当马董事长走进图书室，看到正趴在床上专注地做作业的郑好时，他的眼睛就湿润了。多么美好的年纪啊！在这个年纪里的她本应该有父母保护着，却不想成了孤儿。马董事长轻轻地擦掉溢出来的眼泪，调整好心情，笑着叫了声："郑好，做作业呢？"郑好正专注地读书，并没注意到有人进来，这一声倒把她吓了一跳。她扭头见是马董事长，立刻站起来规规矩矩还略显拘束地说了声："马叔好！"

马董事长与郑好算是老熟人了。去年的五一、国庆节，今年的春节，马董事长都来看过郑好了。马董事长那亲切的话语让郑好温暖在心，终生难忘。这一刻再次见到马董事长，郑好就像见到了父亲，她内心无比激动和高兴，但她极力压制着，尽力表现得成熟、得体。

为了让郑好放得开，马董事长很随和地坐在了床边上，并拉着郑好的手说："快坐下，跟马叔聊聊你们学校的事，我最想听了。"郑好听马董事长这么一说立刻就不紧张了，她欢快地说："只要马叔愿意听，我可以说上一整天。"平时少言寡语的郑好一讲起学校的趣事来那叫个滔滔不绝。杨光从来没见郑好如此兴奋过，完全可以用手舞足蹈来形容她了。一晃半个小时过去了，郑好的谈兴正浓，完全没有停下来的意思。杨光暗暗着急起来，因为按照行程安排，郑好这里马董最多只能待半个小时，之后马董还要去刘学文、刘学武家和孤寡老人李大爷家。十二点之前还要赶回县城。因为在马董来长岭的路上接到了他父亲突然住院的消息，他心里其实是很放心不下的。时间又过去了半个小时，郑好仍然没有停下来的意思。杨光借给马董倒水的时候提醒他说："时间不早了，中午您还有安排的。"马董知道杨光的意思，但他却说："没关系，不重要。"然后他鼓励郑好说，"别停，叔正听得来劲呢。"得到鼓励的郑好愈加来了劲，从老师到同学，从语政英到数理化，前五百年后五百年絮絮叨叨没完没了。之间马董的手机响过两次，他只是看了看，没接电话，也许他是不愿打断郑好吧。

结果是，马董在郑好这里就坐到了十二点，要不是张二白书记来叫吃饭，估计郑好依然刹不住。临走前，马董给郑好留了五百元钱，并嘱咐她好好学习，将来考个好大学。事后当郑好听说那天误了马董的大事后，她懊悔不已，还为此大哭了一场。

在张二白家里草草吃过午饭后，马董没有午休，直接去了刘学文、刘学武家。每次来这弟兄俩家，马董都鼓励他们走出去，但他们好像是吃了秤砣铁了心了，宁愿腻在家里受穷也不愿出门受罪。马董进门时兄弟俩正在吃饭，老母亲似乎吃过了，盘腿坐在炕沿看着兄弟俩吃。听见有人进来，老母亲下了炕，迎了出来。马董紧走几步，搀住老人家说："大娘，腿脚不疼了吗？上次给你的钙片吃完了没有？有没有效果？"老人家见是马董，咧开嘴笑了，慢悠悠地说："吃了，还真管用，你看现在我不是好多了嘛！你是当领导的，事情多，别老惦记着咱。"她突然停住想了一下，又说，"锅里还有饭，我给你们去盛。"马董说："我们刚吃过。学文、学武考虑好了没有？这次我给他们找了个当保安的营生，只要出去就比在家里强，你就让他们出去吧！"

进门后，老人家招呼马董跟杨光坐在炕上，又喘了好一会儿气才说："我怕他们出去不适应，受气遭罪的，我不放心呀！"马董笑了，在老人家眼里，她的儿子依然是需要呵护的孩子。马董说："大娘，你还不放心我呀？就在县城里当保安，有什么事他们还可以去找我。"老人家看了看马董，点了点头。也许她觉得在这个世界上除了她之外只有马董可以为她的孩子提供庇护。

第三户人家中只有个孤寡老人，老人姓李，据说参加过解放战争，还立过功受过奖。马董叫他李大爷。可论年龄，他应该是马董爷爷辈的人。马董对李大爷非常尊敬，对李大爷的经历也十分好奇。每次来看李大爷，马董总会将他与李大爷的谈话用手机录下来，只为能从中撷取一些真实的历史。比如李大爷上次与马董谈到了战争，他说：战争是残酷的，人在战争来临时如同蝼蚁。当时当兵的在战场上不怕被打死，就怕负重伤。打死了一了百了，少受很多罪。战争的目的是取得胜利，要冲锋陷阵怎么可能不受伤。

李大爷有两块军功章，很有纪念意义，马董曾建议他捐给县文化馆，但他舍不得，毕竟那是他用命换来的。李大爷一直独自一人生活，去年马董曾联系县光荣院，想将李大爷送进去——九十多岁的人了，虽然生活还能自理，但确实不宜一个人过了。各方面都说好了，李大爷却不同意，马董无奈，只好放弃。马董最不放心的就是李大爷，所以他要求杨光每周必须去看望李大爷一次。为了马董这次慰问，杨光大前天就来看过李大爷，李大爷听说马董要来非常高兴，还对杨光说："我们爷俩又能好好聊聊了。"

马董和杨光敲了半天李大爷的门却没有回音，门是从里面拴住的，说明李大爷应该在家。马董有些着急："快撞开门！"杨光有些惊慌失措，撞了两下门，没撞开。马董推开杨光说："我来！"他向后退了几步，然后向前猛地一冲，抬腿一脚蹬在门上，门应声而开，马董趁着惯性冲进了屋里。由于拉着窗帘，屋内的光线很暗。马董和杨光适应了一下才看清屋内的情景：只见李大爷直挺挺躺在地上一动不动。"快打120。"马董又命令道。在杨光打120的同时，马董俯下身子用手在李大爷的鼻孔下一摸，一阵凉意迅速袭遍他的全身，条件反射般的抽回了手。"没了！"他满脸颓丧，呆愣着自言自语说。杨光打完电话，见马董那个样子，心里已经明白了八九分。他建议说："要不要给张书记打个电话？""快打！让他马上过来。"

李大爷的意外身亡，极大地刺激了马董的神经，他一直自责，如果上午能先去李大爷家，或许李大爷还有救；但时间不能倒流，再自责也于事无补。他觉得自己一定要再做点什么，以弥补自己的过失。然而更让他自责的是，当他处理完李大爷的事返回县城时，他父亲已经被送进了重症监护室。他想不明白，父亲好好的一个人，怎么说倒就倒下了。马董赶到医院时，他的妻子和姐姐正候在重症监护室门口，姐姐正嘤嘤地哭着，妻子正安慰着姐姐。妻子告诉他："父亲上午突然发烧，吃了退烧药也不起作用，所以就来了医院，各种检查都做了一遍，具体病因也没找到，发烧的症状却越来越严重了，就在半小时前发生了昏迷，所以就送进了重症监护室。刚才医生给我们下了病危通知书，让我们做好思想准备，这不姐姐她……"妻子指指姐姐，马董看看姐姐，鼻子一酸，眼泪就出来了。他问妻子："不能转院了吗？"妻子说："医生说现在不能。"

这时一位医生从重症监护室出来，对马董的妻子说："情况不是很好，家属进去看看吧，但千万不要哭闹。"妻子点点头。马董扶起姐姐说："别哭了，我们进去吧。"

面对脸色惨白、形容枯槁的老父亲，马董眼泪扑簌簌地往下掉。父亲在农信社干了一辈子，六十岁退休前仍然是一名普通员工，但他无怨无悔。父亲常说："农信社就是我的家，无论让我干什么，都必须要干好。"在农信社，他干过出纳、会计、对账员、信贷员等。在他四十五岁时，领导找他谈话，想让他担任信用社主任。但父亲对领导说："我最了解自己，干具体的工作肯定用心用力干好。当领导，我不是那块料——那是赶鸭子上架，如果我干不好，对谁都不好。所以我还干我的信贷员吧。如果组织需要，我去其他岗位也行。"

父亲就这样十信贷员干到了退休，退休移交工作时，父亲手里没有一笔不良贷款。他还对接手他的年轻员工语重心长地说："这些贷户都是讲诚信守信用的贷户，你千万要维护好，经常跑一跑，联络联络感情。工作要人性化，碰到暂时有困难的，我们要体谅，不能像黄世仁一样。"他还将那些贷户一个个都叫到单位与接手的信贷员见了面。当时那些贷户凑份子买了一块大匾送给父亲，黑底红字写着：农民的贴心人。

　　如今父亲走到了生命的尽头，对于后事，父亲在八十岁生日时就已交待过——一切从简。父亲一生工作在农村，对农民有着深厚的感情。父亲年轻时也是地里的好把式，农忙时谁家缺劳动力，父亲就会主动去帮忙。谁家里有了红白事，抬榜单礼房栏下必有父亲的名字。父亲毛笔字写得好，礼房记账、写对联当仁不让。每年过年前，父亲都会自掏腰包买一大卷红纸，铺纸挥毫十几天，当时村里面几乎家家的对联都出自父亲之手。父亲人缘极好，老弟兄一大帮，每天就爱跟这些老弟兄聊天、打牌，虽然他一个人生活，但却从来都不会感到寂寞孤单，这也是父亲一直不想来县城居住的重要原因。

　　父亲此时似乎是睡着了，很安详！马董坐了下来，将父亲的手贴在自己的脸上，任由泪水滂沱。

　　小美回来了，她不是一个人回来的，陪她回来的是一个与她父亲一般年纪的男人。

　　小美回长岭的第一件事就是去找杨光。见到小美，杨光简直不敢相信自己的眼睛。他第一眼甚至都没有认出站在眼前的这个浓妆艳抹、穿金戴银的"贵妇人"竟然是一年前那个干净纯洁、青春靓丽的小美。当他确认眼前这人真是小美时，就像大晴天响了个炸雷，将他炸得目瞪口呆。他问："你真是小美？"小美说："杨光哥，真是我。"这时杨光才看见陪在她身边的老男人，他问："这位是……"小美小鸟依人般靠在那个穿着讲究的老男人身上，娇滴滴地说："他是宋老板，是我的男朋友。"杨光像被人用枪击中了一样，身子一个踉跄，一阵绞心的痛迅速袭遍全身。才一年的时间，小美怎么会变成这样？他在心中感叹。小美浅浅一笑说："是不是很出乎你的意料？是不是对我很失望？"

小美咄咄逼人的目光，使杨光感到浑身不自在。他躲开她的目光，懊恼地将拳头砸在了书桌上；同时，一股气自丹田直撞到胸部，经过喉咙，冲口而出："我不认识你，你走吧！"

小美显然没料到杨光会完全不顾及她的感受说出这样的话来。她一时尴尬地呆在那里，不知道该怎么办了。杨光的话激怒了宋老板，宋老板冷笑一声说："若不是看在小美的面上，我就对你不客气了。别以为她还是以前任人欺凌的小美，她现在可是我宋大强的女人。"

杨光怒不可遏地瞪着宋大强吼道："我不认识她，更不认识你，别以为有几个臭钱就成人物了，在我的眼里你就是个小瘪三！这里不欢迎你，你给我滚出去！"

宋大强拳头一握一举，摆出了打人的架势。小美小嘴冲着宋大强一努，嗔怪道："强哥，我不是告诉你了，杨光哥是我的恩人，你不能这样对他。"

宋大强冷哼了一声，甩手出去了。

屋内只有杨光和小美了。小美用手擦了擦眼角，带着哭腔说："你现在是不是认为我贱，不配做你的朋友？可我除了年轻和容貌还有什么？我父亲是那样的人，我母亲又那样可怜……你是好人，是你让我上了大学，但我不想一直依靠别人，我要自食其力，所以我去宋大强的公司打工了。宋大强看上了我，一开始我也不愿意，可我禁受不了人家的金钱攻势，再说他也是真心喜欢我，对我言听计从的。你让我怎么办？"小美越说越激动，竟然大哭了起来。杨光的愤怒瞬间被小美哭没了。他感到自己的心在滴血，泪水也模糊了他的双眼。

小美拿出一张银行卡，轻轻地放在书桌上说："我现在不上学了，这里面有五十万元，你给我的我十倍还给你。你永远都是我的恩人，我会记一辈子。"

杨光拿起银行卡，用力掰断，又用力将它们甩在了地上。他的怒火又升腾起来："我虽穷，但嫌你的钱脏。从今天开始，你不认识我，我也不认识你。"说完，他竟哭了。他不是在为自己哭，他在为小美哭，在为那个被金钱埋葬的干净纯洁、青春靓丽的小美哭。

张狗剩终于对自己的女儿小美"另眼相看"了。事实证明他是对的：女人的容颜是可以换来尊严和荣华富贵的。小美为张狗剩带回的不只是宋老板，还有和给杨光同样的一张银行卡，里面也有五十万元——这才是最令张狗剩开心的事情。

张狗剩对待宋大强不像是对待未来的女婿，倒像是对待自己的老丈人，他不住地大献殷勤。在张狗剩的世界里，有钱就是爷，为了钱别说装女婿，就是装孙子也行。

小美只在长岭村待三天。第三天的晚上，她单独去找了杨光。杨光正在给婷婷写信，见小美进来，急忙收起了纸笔。他问："你又来做什么？"小美仍是浅浅一笑，转身插上了门，走到杨光身旁说："你敢说你没有喜欢过我吗？"杨光顿时紧张了起来，他说："有什么话，我们可以打开门说。"说着他就想去开门，却被小美一下子抱住了。小美说："是你改变了我的命运，我一定要报答你。我虽然接受了宋大强，但我现在还是处女身，我留着身子就想把第一次给你。"小美说着又哭开了。她抱着杨光，抬着头死死地盯着他，哀求道："杨光哥，求求你，你就要了我吧。"

杨光突然感到一阵剜心般的痛。他曾经喜欢过她，但现在他对她没有了曾经的感觉和冲动。他流泪了，为她也为自己失去的而流泪。她依然用渴望的眼神看着他。他擦干了眼泪对她说："我以前为你所做的一切都是自愿的，我并不需要你的感激和报答。你走吧，希望你永远记住你是长岭人。"

"你是嫌我脏吗？"

杨光听得出来，小美的声音有些颤，透着绝望。

杨光说："不。只是我们各有各的追求。"

"但我想把自己给你，因为你是我的初恋，是我的白马王子。"她紧紧地将杨光抱住，将自己的嘴唇贴在了杨光的嘴唇上，吮吸着，像在吮吸一块极香极甜的巧克力。杨光的防线崩溃了，他的呼吸也开始急促起来，好像他正身处空气稀薄的高原。这时他的脑子里闪出了婷婷，婷婷正瞪着眼看着他，他吓得浑身一哆嗦，但理智终究没能战胜欲望。

他开始变得疯狂，不顾一切地去回应着……

疯狂很快过去了，房间里安静了下来，他能听到她的心跳，她躺在他的臂弯里，安静地闭着眼，似乎睡着了。杨光又一次仔细地审视着眼前这张漂亮的完美的脸。突然，小美的脸变成了婷婷的脸，哀怨地看着他。他一把将小美推开。小美被吓到了，睁大眼怯怯地看着他。杨光回过神来，小声地对小美说："对不起！我不该那样对你。"

小美的泪水立刻涌了出来，她说："没什么，是我愿意，不怪你，我爱你！希望你能永远记着我。"

小美走了。看着那绝尘而去的小车，杨光的心像被重重地砸了一下。

当晚，王家老宅的大小姐又闯入杨光的梦中，在梦中她对杨光进行了无情的斥责。她说想不到你杨光也是个衣冠禽兽，你会遭到报应的；然后，小美那张美丽的脸竟然在他面前慢慢扭曲，变得丑陋且恐怖；再然后是对他恨之入骨的婷婷，拿刀不停地对着他捅刺。他想逃离却怎么也跑不快，最后竟然跌下了万丈深渊。他在恐惧中惊醒，大汗淋漓，心有余悸。

八

　　酒坊完工时已近年关，村里家家户户开始蒸年糕、炸油条、做豆腐、熬皮冻、做烧肉。村子里整天弥漫着各种香气，熏得天也快活起来，一改往日的彻寒入骨，太阳高照，整个村子暖乎乎的。

　　寒假一到，先是郑好回来了。在图书的熏陶下，郑好也开始爱好文学了。杨光喜欢与郑好讨论文学，自己写的东西也喜欢让郑好帮着校对，郑好理所当然就成了杨光作品的第一位读者。杨光将郑好视为小妹妹，小妹妹的学习是他最关心的事，所以他有空就为郑好辅导数理化。英语他辅导不了，一是出了学校后，英语单词几乎忘了个一干二净，二是当年上学时英语也学得不怎样，勉强及格而已。幸亏郑好英语学得好，用不着杨光辅导。他们你帮我校对，我给你辅导，配合默契。

　　自从李大爷孤独地死在自家屋子后，长岭村就在马董的大力支持下建起了村里的日间照料中心，那些孤寡老人交个成本费就可以到日间照料中心享受一日三餐。一是解决了孤寡老人自己做饭的苦恼，二是也便于随时掌握孤寡老人的身体情况。比如今天早上哪位老人没来吃饭，村里面就会及时派人去他家里看一看，以避免再发生人死了却没人知道这种事情。

　　张二白隔三岔五总要叫杨光去家里吃饭，杨光去时总带着郑好。郑好平时在日间照料中心吃饭，伙食不能说不好，但花样少，总吃那老三样，肯定失去了新鲜感。杨光带着郑好，一为给她改善一下伙食，二为热闹些，一个人去难免尴尬。

　　这天是阴历二十三，人们俗称小年日。张二白一早就来村委会告诉杨光说中午吃扁食，让他去家里吃饭。杨光心想：婷婷也该回来了吧？昨天打电话，婷婷还说有事回不来。寒假都放了，还会有什么事？杨光心里直打鼓。自从小美走后,他每天都思念着婷婷,却又怕真的面对婷婷。小美对他来说只是过去和回忆,而婷婷却是他的未来和希望。他爱婷婷,他要她成为他的新娘,他要跟她结婚生子,相伴永远。

当他意识到自己必须抛却一切杂念去面对婷婷时,他就感到愧疚。他已经不再清白,如果她知道了,她会原谅自己吗?

杨光正胡思乱想时,郑好进来了,说:"哥,又想我婷婷姐了?说不定婷婷姐今天就回来了。"杨光不自在地笑了一下,说:"小姑娘家知道什么!将来哥也给你找个对象,一定让你满意。"郑好的脸唰一下子全红了,毕竟还是个小姑娘,杨光心里想。

杨光说:"中午到张叔家吃饭,要吃扁食哩!"

郑好欢快地说:"真的?我都馋得不行不行了。"

人有了盼头,时间就过得快。杨光先去酒坊对工程的每一个细节又进行了一次检查,然后回到村委会给郑好补了一节有关物理电磁学的课,时间就近中午了。杨光扔下书本说:"走,吃扁食去。"

进了张叔家,杨光感觉气氛有些特别,饭桌上摆了一大桌子的菜,有杨光喜吃的土豆片炒肉,还有婷婷喜欢吃的水蒸蛋,桌子上还一反常态摆上了酒,白酒红酒都有,还有王老吉饮料。杨光心里就又念上了婷婷,他想:如果婷婷在多好!

张二白夫妇、杨光、郑好都坐下,准备要吃饭了,突然有人在背后捂住了杨光的眼睛。杨光用手摸了摸那双手,高兴地叫了起来:"婷婷!是婷婷!"

郑好咯咯地笑起来,问:"婷婷姐什么时候回来的?我杨光哥可是天天念叨你。"

"真的吗?"婷婷放开手,盯着杨光看了好一会儿,"说不定,人家心里早有了别人。"

虽然婷婷只是说了句玩笑话，但这却让杨光的心里产生了不一样的感觉。心里有鬼，自会表现出来。杨光脸涨得通红，眼光也左右飘移，躲避着婷婷的目光。婷婷用手试了试杨光的额头，关切地问："哪里不舒服？"杨光狼狈地躲开婷婷的手，说："我好好的，快坐下吃饭吧。"婷婷就坐在了杨光的旁边。吃饭过程中，婷婷不停地盯着杨光看，不停地给杨光搛菜。

这顿饭让杨光吃得如坐针毡。他想，或许他还没有调整好心态去面对亲爱的婷婷；但如果真是这样，那这些天来他对婷婷的渴望又作何解释呢？他想婷婷，又怕见婷婷，那种矛盾撕扯着他，令他痛不欲生。

为了掩饰自己，杨光给自己倒了一大杯白酒，他对张二白说："今天是小年，我敬二老一杯。"说完一口就干了。张二白惊愕地看着杨光说："在家里吃饭，搞那形式干吗？喝多了伤身体。"杨光又给自己倒了一杯白酒，给婷婷倒了一杯饮料，说："婷婷，我敬你。"婷婷站起来抢过杨光手中的白酒说："你今天是怎么啦？想醉，是吗？那我陪你。"婷婷给自己也倒了一杯白酒，将杨光的杯子还回去，说："来，干了。"

郑好还没喝过酒，根本不知道酒是什么味道，她也想尝尝，就给自己倒了一杯，端起来，像喝饮料一样一下子灌进肚子半杯。酒像火龙一样从喉咙直接窜进了胃里，从喉咙到胃里火辣辣地难受，她用手扇着张大的嘴说："怎么这么难喝呀？"大家就笑，笑得前仰后合的。

杨光喝多了，婷婷将他送回村委会，安顿他睡下后才走。

第二天，婷婷约杨光出去玩，杨光想了想说："我也好长时间没去王家老宅了，我们不出村，就去那里，我给你当导游。"婷婷说："行，听你的。"

修缮一新的老宅平时都上着锁，只有有人来参观，村副主任王跃进才来开门。王跃进是王家的后人，一说起王家，他就有说不完的话，任何人都听得出那话里话外的自豪，那是面对祖先创造的伟业时油然而生的敬畏之情。杨光知道的关于王家的事几乎都出自他的口。但王跃进只说王家的辉煌，从不谈王家的败落；只说王家的过五关斩六将，避而不谈走麦城。王家的彻底败落实际上是因为王跃进祖爷爷的吃喝嫖赌。王家传到他祖爷爷时，早已没有了昔日的辉煌，但是瘦死的骆驼比马大，架子还没倒。怎奈他祖爷爷一生一事无成，只会吃喝嫖赌，到快解放时将王家房产变卖了。从此王家的老宅全部归于他人，与王家没有了干系。解放后，评成分时，王家倒是因祸得福，成了贫农。王家自此避而不谈自己的祖先，每每有人问起，他们都会说王家世代贫农，好像这偌大的王家老宅根本和他们家没有发生过任何关系。而王家的衰落就像他们家永远不能愈合的一块伤疤一样不能被人揭起，所以直到现在，王家的后人也只谈王家的辉煌，从不讲王家的衰落。

　　杨光最喜欢的就是王家的绣楼了。因为那里是王家老宅的制高点，站在绣楼的过道上，手扶栏杆，长岭村全村尽收眼底。婷婷俯瞰着整个长岭村欢呼雀跃，像一只欢快的小鸟。杨光在婷婷的背后猛然将她抱住，在她耳边小声说："你是只小鸟，可我不让你飞，我要把你关在这绣楼里，你永远都是我的。"婷婷的耳朵感受到杨光嘴里呼出的热气，在这寒冷的季节里，这热气令婷婷全身燥热。她挣脱杨光的拥抱，转身变客为主地又紧紧抱住了杨光。她说："你也永远是我的。"

　　晚上，在杨光的梦里，王家老宅的绣楼真的就变成了一个鸟笼，鸟笼里关着小美、婷婷、王家大小姐，还有他自己　　他们都变成了一只只鸟，小美、婷婷和王家大小姐都争着向他展示自己漂亮的羽毛，令他应接不暇。当他正迷茫时，鸟笼却突然间爆炸了，小美、婷婷和王家大小姐四处奔逃，而他却不知道该去保护哪一个，他就在这惊慌失措中醒来了。

　　接下来的日子里，杨光暂时抛却了小美给他带来的烦恼，全身心地投

入到与婷婷的爱情中。婷婷同样不能自拔地陷入了这爱情的深潭。他们耳鬓厮磨、肌肤相亲，完全忘却了世俗的烦忧，忘我地享受着爱情的甜蜜。

过完正月十五，酒坊就又要开工了，酿酒设备已经定做好，就等安装了，可酿酒用的主原料高粱仍没有着落。杨光早就在网上发布了购买高粱的信息，但一直没有回音。他有些急，就给马董打电话。马董说山东那边他有同学，可以请他们帮忙。两天后，山东那边就有了回复，说高粱有，但质量好坏难说，最好亲自过去看一下。之前联系的杜师傅，另有他事，不能前往，杨光就又联系在农大的同学让他再帮忙找个酿酒方面的技术人员。三天后技术员就到了长岭。这个技术员姓肖，年纪有四十多，老家河北，家在山西，是杨光同学的老朋友。肖师傅是资深的酿酒调酒师，曾在某大型国企酒厂担任过调酒师，因嫌工资太低辞职不干了，后在外省某名牌私企酒厂一直干到现在。这次能来长岭，主要是因为长岭离家近，能照顾到家里，钱少一点也就无所谓了。

肖师傅一到，杨光就自告奋勇地要陪肖师傅到山东走一趟。婷婷听杨光说要去山东，她也坐不住了，央求张二白同意她跟杨光一起去。张二白拗不过，只得同意。

这趟出行正赶上春运，网上已无火车票可定。婷婷说："我们坐大巴。"他们到了县城坐上了到石家庄的大巴。大巴先上阳左高速后又转入太旧高速，三个多小时后到达石家庄。婷婷第一次到石家庄，处处感觉新鲜，晚饭后便拉着杨光陪她逛商场。石家庄是河北省省会，又是全国的交通枢纽，经济发展快，城市建设好。第一次由心上人陪着逛，婷婷心情倍儿好。可对于杨光来说，这可是一份苦差；但为了让婷婷高兴，他必须装作很乐意很热衷的样子。他从小就对衣服的好坏没有概念，什么款式、颜色、布料、流行与否，纯粹与他无关。参加工作前，母亲给他买衣服；参加工作后，就进了农商行，每天穿的都是工作服，买衣服对他来说似乎就没什么必要。人常说，人靠衣装。但他的观点正好相反，他认为衣服要靠人来穿。漂亮的女人穿什么都好看，不漂亮的女人穿什么都难看，比如小美和婷婷穿什么都美。

婷婷试穿衣服让他当参谋，他就两个字："好看！"婷婷问："哪里好看？"他说："哪里都好看。"婷婷不高兴了，说："你这是应付我。"他说："怎么可以说是应付呢？情人眼里出西施，在我的眼里你是全世界最完美的女人，自然穿什么都好了，这难道不符合逻辑吗？"这样一说婷婷就高兴了。可她突然问杨光："我跟小美比，谁更美？"杨光心里想：咋哪壶不开提哪壶？难道是婷婷知道什么了？对杨光一闪而过的不安情绪，婷婷并未多想。为了掩饰那分不安，杨光立马赔上笑脸，说："小美是昙花，你是牡丹，她的美早已经昙花一现过去了，而你永远是最美的。"婷婷照着镜子，脸上露出了满意的微笑，心里也是美美的。

买了衣服，婷婷又要去吃小吃。小吃没吃多少，啤酒却喝多了。先是一人喝了一瓶，许是酒精在起作用，婷婷兴致很高，说："我们再来一瓶！"杨光就劝："别喝了，看喝多了。"婷婷撒娇说："不！我就要你陪我喝。"杨光只好陪着，一人三瓶啤酒下肚，婷婷舌头也大了，话也多了。她质问杨光："你当初喜欢小美，爱小美，对不对？"他说："不能说爱，只能说有好感。"她说："你还不承认！小美回长岭，第一个见的就是你，别当我不知道。"杨光心里咯噔一下，想：我跟小美的事不应该有人知道呀？婷婷是不是乱猜的？杨光说："你喝多了，我们回酒店。"杨光连背带拖费了很大劲才将婷婷送回房间。

杨光将婷婷抱上床，替她脱了外套和鞋子，此时的婷婷俨然成了睡美人，还不时说着胡话。他吻了吻她红红的脸蛋，苦笑一下说："婷婷，你这是何苦呢？"婷婷却突然抱住了他，哀求说："别走，陪我！"杨光躺了下来，静静地观赏着眼前的美人，忽然他又想起了小美，一种负罪感和羞耻

感立即充满了他的大脑。他打了自己一记耳光，自言自语说："你他妈真是混蛋！"

他帮婷婷盖好被子，自己也躺在了旁边，他发誓要做她的守护神，守护她一辈子。在酒精的催眠作用下，杨光很快睡着了。

第二天早上，三个人匆匆吃过早餐。因酒店离长途汽车站不远，而且时间还充裕，所以他们就决定步行过去。大街上男的女的老的少的上班的上学的都行色匆匆，大家似乎都在赶时间，即使是熟人见了面最多也只是打个招呼，除了人就是车，汽车发动机和喇叭发出的声音嘈杂而刺耳，听得人脑袋发蒙。有不守规矩的人在车流里穿行，也有不守规矩的车在人行通道上横冲直撞，他们都是不和谐的音符。守规矩的车用喇叭提出抗议，守规矩的人用不满的目光表达愤怒。相比之下，农村的悠闲与质朴让杨光更喜欢，杨光对大城市有一种与生俱来的排斥，他生在农村长在农村，农村有他童年的记忆，有他喜爱的山山水水，有他可爱的父老乡亲，他的心一直都在农村。因此大学毕业后，他毫不犹豫地选择回家乡工作，而不像有些同学那样拼死拼活也要留在大城市。

杨光、婷婷和肖师傅似乎受到这个城市的感染也行色匆匆起来。他们匆匆过马路，匆匆转弯。一辆自行车很不友好地冲婷婷而来，杨光拉了婷婷一把，婷婷才算躲过了一劫。杨光的目光追上那辆飞驰而过的自行车，他心里咒骂了句："急着赶死呀！"就在那一刻，伴随着一声巨响，自行车重重地摔倒在地。杨光一时蒙了，此时婷婷叫了起来："撞人了！"杨光条件反射般拉着婷婷跑了过去。

地上躺着两个人，一个是骑自行车的时髦小青年，另一个是位六七十岁的老大爷。小青年抱着腿痛苦地呻吟着，老大爷直挺挺地躺在地上，没了反应。杨光探了探老大爷的鼻息，迅速拿出手机拨打了120。肖师傅也跟着他俩返了回来，路过的行人匆匆瞟一眼又匆匆地走了，仿佛这事根本就与他们无关。肖师傅凑近杨光的耳朵说:"让120来处理就行了,我们还是快点走吧,耽误久了怕误了车。"

杨光说:"人在这里躺着,我们还是等等吧。"婷婷害怕地躲在杨光身后问:"人没事吧?"杨光安慰说:"没事,没事。"

等待都是漫长的,不到十分钟的时间,杨光却像是等了几个小时。

老人和小青年被抬上了救护车,一名医生问:"谁报的120?"杨光说:"是我。"医生说:"那你也得去医院。"杨光说:"我们还赶车。"医生说:"这人命关天重要还是你赶车重要?"不由分说就把杨光拉上了车。婷婷和肖师傅还没反应过来是怎么回事,120就呼啸着开走了。

婷婷惊魂未定地看着肖师傅,肖师傅冷哼一声说:"跟我们有什么关系,我们都是外地人,干嘛要多管闲事?这下好了,山东去不成了。"肖师傅这样一说,婷婷愈加惊慌失措了。她说:"现在我们该咋办?你倒是想想办法呀!"肖师傅来回踱步思考了一阵说:"我们还是先报警吧,要不小杨会说不清的。"婷婷点点头,忙拿出手机拨通了110。

正如肖师傅所预料的,杨光被救护车拉到医院后,医院要求杨光交伤者的手术住院押金。杨光解释说:"我是过路的,见出了事报了120。你们为什么要让我交押金?"医生说:"现在谁能说清楚到底发生了什么,既然是你报的120,只得由你先负责了。以后事情调查清楚了,若没你的责任,这钱自然有人会出。现在伤者的命就在你手里了,只要你交了钱,手术马上进行。"杨光郁闷到了极点,这好人真是难做啊!按说应该好人做到底,可这卡里的钱是用来买高粱的,买不到高粱酒坊就开不了工。这可咋办呀?杨光正在纠结时,婷婷电话来了。杨光告诉婷婷他现在所在的医院和处境,他想让她为自己拿个主意。婷婷丝毫没有犹豫,说:"救人要紧,先交押金。"

押金一交,杨光知道他们的命运与他的命运已经绑在了一起。所幸小青年只是受了些皮外伤，老大爷虽因头部碰撞造成了脑出血，但由于送医和手术及时也保住了性命。正当杨光暗自庆幸时，小青年却带伤偷偷溜走了。走了重要的当事人，杨光心里不再阳光，他感到整个世界一片灰暗。

警方调取了事发路段的监控，却发现事发地正好处在监控盲区。真相或许将石沉大海，杨光愈加感到绝望。好在因脑出血而昏迷的老大爷术后情况稳定，并且在一天天好起来。术后第三天，老大爷苏醒了。术后第五天，老大爷恢复了语言功能。术后第七天，老大爷能下床了。但令杨光无语的是，老大爷似乎失去了记忆，连自己的名字都记不得了。这直接导致杨光和婷婷不仅担负了老大爷所有的医疗费用，还彻底牺牲了一个团圆年，被迫在他乡侍候一个与自己完全无关的人，而且目前看起来还没有尽头。

九

半个月后，老大爷的家属才找到医院。老人叫林永泰，一个人生活，老人有一个儿子一个女儿。女儿是公务员，儿子林虎搞房地产开发，是个大老板。林虎见了杨光就给了他一记耳光。林虎认为眼前这个小子差点要了他父亲的命，打他一耳光算便宜他了。杨光心里有委屈也只能咬碎牙往肚子里咽。二十天后，老人的记忆开始恢复，这让杨光看到了希望。一个月后，老人突然记起了那天发生的事。老人疑惑地指着杨光说："那天骑车撞倒我的人不是你呀！"听到这句话，杨光眼泪都出来了。林虎听父亲这样说，问："爸，你真想起来了吗？真不是他撞的你？"老人说："绝对不是。"林虎这下尴尬了，他问杨光："不是你撞的为什么你又出钱又侍候的，这不是有病吗？再说了，我打了你，你为什么不反击不解释？"没等杨光开口，婷婷就抢过话头说："你给我们解释的机会了吗？那个时候我们解释了你会相信吗？"婷婷说着就嘤嘤哭开了。林虎本以为杨光一定就是撞他父亲的人，万万没想到却是他父亲的救命恩人。他打了自己两个耳光，扑通一声就跪下了，说："是我混蛋，我冤枉了好人，我向你们叩头谢罪。"边说边就叩了三个响头。这戏剧性的反转令杨光和婷婷一时没回过神来，他们愣怔了好一会，突然相拥着哭了，他们要将这一个月来心里的委屈和不快统统哭出来。

第二天，杨光和婷婷准备动身回家了，林虎不仅为他们买好了车票，还提了二十万元现金要他们收下。杨光说："我们交医院只交了十万元，你给这二十万元是什么意思？"林虎说："你们这一个月又吃又住的，费用不少，听说还耽误了你们的生意，我得补偿；还有就是冤枉你们的精神补偿，二十万元并不多。"

杨光想了想说："我们付出多少要多少，你给十二万元足够了，多的你拿回去，我们绝对不会要。"

林虎为难地说："这不是我一个人的意思，也是我爸与我姐的意思。他们说，这个社会需要像你们这样的人，不能老让好人吃亏。"

杨光和婷婷仍坚决不收多余的钱。林虎无奈，说："你们总得让我心安吧！听说你们来石家庄是为了去山东买高粱，我这人霸道，就再霸道一次——这高粱就交给我去办。"杨光还想说什么，却被林虎阻止了。他说："不用跟我客气，我认下你这个兄弟了，以后有什么事尽管开口。"

高粱没买成，但张二白却很高兴，一方面从这件事上再一次证明了杨光的人品，另一方面两个年轻人患难与共一个月，感情更加牢固，他为他们能走到一起而高兴。

大学最后一个学期，婷婷需要找单位实习，杨光想：婷婷学的是会计，何不找找马董，到农商银行实习。杨光向婷婷说了自己的想法，婷婷高兴地抱着他说："真的可以吗？"杨光故弄玄虚说："这事成不成得看你。""看我？"婷婷不解地问。"当然看你了！"杨光说，"如果我们什么关系都没有，那我就只有百分之五十的把握；如果你是我的女朋友，就有百分之八十的把握；如果你是我的老婆，就有百分之百的把握。所以说要想百分之百把这事办成，你就必须嫁给我。"

"兜了一圈，你是想让我嫁你呀！你若现在跪下向我求婚，那我就考虑考虑。"婷婷一本正经地说。

婷婷的话刚说完，杨光就单膝跪下。他说："亲爱的，嫁给我吧？我会爱你一辈子，守护你一辈子的。"

似乎是幸福来得太突然，婷婷竟然掩面大哭起来，哭了一阵子，才擦掉眼泪，泪中带笑地点点头说："我愿意！"

林虎买了两大车高粱，亲自押运到了长岭。林虎说："扶贫工作是中央的决策，今天我是来扶贫的，这高粱就是我的扶贫物资。以后长岭就是我的精准扶贫对象，你们酒坊的酒我负责做广告、销售。"此时的张二白激动得话都说不出来了。

杨光说："你是生意人，你不挣我们的钱我就很感激了，怎么能让你赔钱呢？成本我们必须出。"

林虎说："我们说清楚，这次是我捐的，下次我一定收费。"

林虎在长岭住了三天，他说："村里面空气好人好，还有王家老宅，我要好好看看，所以我要多住几天。"

杨光陪林虎在王家老宅里转了一天。林虎对王家老宅非常感兴趣，每一处都看得很仔细，特别是里面的砖雕石雕木雕，他都拍了照。杨光问："你喜欢雕塑？"林虎说："对，特别是中国的传统雕塑。红木家具是我的最爱，我家的家具全是雕刻精美的红木家具。"林虎看看四周继续说:"想不到这么偏僻的小山村里会有保存如此完好的古建筑,真是令人惊叹!"杨光说:"想不到你会对古建筑感兴趣。"林虎问:"你们这院子卖不卖?如果卖就卖给我,多贵我都买,钱不是问题。"杨光笑笑说:"从去年开始政府投资对这里进行了保护性修复,第一期修复工程已经结束,第二期马上就要开始。怎么可能卖呢!"林虎叹口气,非常失望的样子。他说:"只能政府投资,个人不能投资吗?我投资,将来我占个股份,应该行吧?"杨光说:"你真有这意思,我可以帮你咨询咨询。"

林虎对王家老宅的喜爱增加了杨光对他的好感,在杨光的思想里,林虎已从一个纯粹的商人转变为一个中国传统文化的守护者和传承者。他们的共同话题也越来越多,从中国的酒文化到茶文化,从长岭历史到中国历史,甚至从亲情到爱情,无所不包。他们彼此都产生了相见恨晚的感觉。三天后,当林虎离开时,他们之间竟有一种依依惜别之情。

酿酒的主要原料是高粱,除此之外还需有小麦、大米、豌豆、玉米、谷糠、稻壳等辅料。这些原料按一定比例搅拌后,要放进蒸炉蒸,蒸好加入酒曲,倒入窖池,至少要窖半个月。窖池的内壁抹有一层窖泥,窖泥富含维生素,能加速原料的发酵。半个月后,打开封闭的窖口,一缕缕浓郁的酒香便会扑面而来。肖师傅将封闭了半月之久的五口酒窖全部打开,逐一详细检验,确认发酵期满后,他大吼一声:"起窖了!"窖四周围了一圈工人,他们都是长岭村贫困户家庭的成员,听到那一声吼,大家像听到了冲锋命令似的,全都冲到窖口,俯下身开工。一时间整个酒坊酒香弥漫,这酒香从门缝窗缝挤出去,在春风的鼓动下,像脱缰的野马四处奔走。整个长岭村完全被包裹在了酒香中。

长岭村村民全被这酒香吸引到了院子里、街巷中,他们见面打招呼的第一句话就是:"起窖了!起窖了!"激动之情溢于言表。张狗剩没有激动,反而相当郁闷。他想:他张二白咋就酿出酒了?他凭什么?不行,我绝对不能让他好过。

在大家都跑去酒坊见证蒸馏机导管里流出来的第一滴酒精时，张狗剩也去了。为了验证里面流出的确实是货真价实的酒精，他还亲自尝了尝。带着酒糟味的酒精浓烈如火，像一条火龙钻进了他的嘴里、喉咙里、食管里、胃里，所过之处先是有烧灼感，烧灼感过后就是通透感，他不自觉地打了一个嗝，满嘴的酒香喷薄而出。"好香！"他在心里赞了一句。这是他尝过的最香的酒，但它们却不属于自己——这是最糟糕的事情。他笑了，笑里藏着阴邪。

第一批原浆酒被装在一个大缸里，缸口用厚厚的棉被封住，酒香就被封在了缸里。

夜深人静的时候，张狗剩像炒豆子一样在床上翻来覆去。小翠小心地问："这是怎么啦？"张狗剩恶狠狠地说："张二白的酒坊还真酿出了酒。不把我放在眼里，我要他空欢喜一场。"小翠问："你又想做什么？别再闹了，人家倒霉了对我们也没什么好处。""妇道人家，你懂个屁。"张狗剩瞥了一眼自家的老婆，一天来压抑在心头的火气似乎突然找到了出口，他嘿嘿阴笑了两声。在这宁静的夜里，这笑声让小翠浑身发毛。自从嫁给张狗剩以来，她无数次听到过这种笑声，她清楚接下来会发生什么。她赶紧抓紧被子，胆怯地观察着他的动向。他见老婆像受惊的小兔子一样，恐惧地看着自己，一种大男人的优越感油然而生。他伸出双手，紧紧抓住盖在小翠身上的被子，猛地用力一拉，小翠那瘦弱的身体就完全暴露在他的面前。小翠翻转身，像躲避厉鬼一样向前爬去，张狗剩立马饿狼一般扑向小翠。他疯狂地抽打着小翠的背和头，然后双手抓住她的裙子和短裤，用力撕扯，顷刻之间，小翠已经身无片缕。小翠背部上的斑斑淤青更加刺激了张狗剩的兽欲。他下了床，抽出自己的皮带，用尽全力狠狠地抽向小翠，那个可怜的人儿只能抱着头，蜷曲着身体，承受着每一次刀割般的疼痛……

深夜，长岭村的上空常常飘荡着小翠痛苦的呻吟声和哀号声，但长岭村的人对此已习以为常。杨光非常可怜这个可以称之为姨的小翠，他替她报过几次警，但每次都是不了了之。杨光曾偷偷和她说："姨，他那是家庭暴力，是犯法的。"小翠抹去眼角的泪水说："那又怎么样，他是我丈夫呀！"话语里没有怨恨，全是无奈。

林虎又为长岭村买来了高粱种子。为了鼓励村民种高粱，张二白在村委会大喇叭里向村民承诺：一、高粱种子免费分发，二、按种高粱的亩数免费送化肥，三、高粱成熟后以高出市场价五分钱的价格收购。对于这样优惠的政策长岭村的村民将信将疑：谁都怕种了高粱后张二白兑不了现；又怕真不种的话张二白给别人兑现，那自己就算吃了亏。所以这第一年大家都只拿出一亩两亩作试验——收成不好不影响大局，收成好了第二年再说。

万事开头难，眼看着村民们将高粱种子种在了地里，张二白与杨光才舒了一口气。

今年春天与往年不同，不该热时却热了，热得人心烦。人们都换下了厚衣服后天却又突然转凉，凉得人心慌。该下雨时天天艳阳高照，惜雨如金，等到雨来时禾苗早已打卷干枯。高粱种子似乎水土不服，出苗出得稀稀拉拉，出来的苗又经干旱的折磨，个个像得了侏儒症一样缺少了生长的动力。等到了秋天，高粱秆还没一人高，注定没有什么好收成。

原浆酒需要窖藏至少半年，口感等各项指标才能达到出厂要求。从第一次出酒到现在已经半年了，第一批酒到了该起窖调配的时候了。今天，肖师傅非常兴奋，酿了半年的酒，真正的成品还是零。酒的好坏一要看原料，二要看水，三更重要，看调酒师的手艺。如今到了自己大显身手的时候了，怎能不兴奋呢？昨天肖师傅特意向张二白请示："明天要不要开始调?"张二白说:"调呀!为什么不调?我们都等了半年多了。"他想了想又说,"品质必须保证,我们的起点要高,这第一炮必须打响。"肖师傅拍拍胸脯说:"放心,我的手艺你放心。那我就去准备了。"肖师傅刚走到门口,张二白又把他叫住了,说:"要不要放个鞭炮热闹热闹,这一年尽闹心事了。"肖师傅笑笑说:"行呀!这是好事。"

　　第二天一早,张二白就让杨光把昨天买的鞭炮拉了过来,杨光非常认真地将鞭炮摆成了"开门大吉"字样,远远看上去红红火火的一片,把酒坊前面的小停车场摆得满满当当,就等着张二白一声令下,鞭炮齐鸣,财源滚滚了。

　　上午八点整,肖师傅在酒坊里喊了一声:"开缸了!"在酒坊外的张二白听到喊声,倒吸一口气,铆足了劲冲杨光喊:"点炮,迎财神!"杨光等待多时,手里拿的点炮的松香已经燃了一多半,正焦急地张望着,忽听张二白下了令,兴冲冲地跑过去就将炮点着了。一阵惊天动地的鞭炮声响过后,整个停车场上空都被浓烟笼罩了。年初五过后,长岭村再没听到过喜庆的鞭炮声,这一阵炮仗惊天地泣鬼神,将沉睡着的长岭村连同她的子民一下子炸醒了。好多仍赖在床上的村民被吓了一跳,他们冲着门外喊:"是谁家办事?好大的阵势!"院外有人就回道:"酒坊开缸,要出酒了,快去看看吧。"不到几分钟,长岭村的大街小巷就聚集了众多村民,他们边聊着酒坊的事边向着酒坊行进,就像是村里过庙会大家争着赶着去赶庙会一样。

　　刚才还像战役过后一片狼藉的停车场,这会儿已经被男男女女老老少少塞满了。大家眼睛都瞪得溜圆,盯着酒坊门口,生怕误了一场好戏,而这场好戏的主角不久以后就会在这门口出现。

　　酒坊大门豁然大开,肖师傅端着杯子看了一眼围观的人群,犹豫了一下后跑到了张二白身旁,嘴凑近张二白的耳朵,几乎是咬着张二白的耳朵说:"原浆被人动过手脚,已经变质,所有的原浆全报废了。"

这一可怕的消息无异于五雷轰顶,张二白身子晃了晃,脸色煞白,双手抱在胸前,直挺挺就向前倒去。肖师傅扔了杯子,双臂用力地扶住张二白,扭头向愣在一边的杨光喊:"快叫救护车!"

当救护车呼啸着赶来时,杨光正在为张二白做人工呼吸——科学术语叫心肺复苏术。一年前,农商银行举办职工健康教育培训时杨光学会了这手。他心里一边默诵着心肺复苏术的正确步骤"将一只手的掌根放在患者胸骨中下三分之一交界处,将另一只手的掌根置于第一只手上。按压时双肘须伸直,垂直向下用力按压,按压频率为每分钟一百至一百二十次,下压深度为五至六厘米,每次按压之后应让胸廓完全回复。按压时间与放松时间各占百分之五十左右。放松时掌根部不能离开胸壁,以免按压点移位。每做三十次胸心脏按压,交替进行两次人工呼吸",一边用力按压着,三十次后再做两次人工呼吸。医护人员到场后简单地观察了一下便接替了杨光的工作,直到张二白面部开始红润,口中也幽幽地吐出气来才罢手。

在场的村民被这突然的变故搞得丈二和尚摸不着头脑,大家纷纷猜测着议论着。只有混在人堆里的张狗剩一副成竹在胸的样子,冲着周围的村民说了声:"真是活该!"手一甩、一背,推搡着人群离开了现场。

十

"真是命不该绝啊!"张二白大难不死后老是感叹,"要不是杨光,那天我就见阎王了。"

杨光一想到那天的场景就一身的冷汗："多亏自己学会了心脏复苏术，要不后果不堪设想。"

事实确实如此，心脏骤停的最佳施救时间只有几分钟，错过了这几分钟就意味着死亡。事后，对张二白进行抢救的医生对杨光竖起了大拇指："这条命可是你救下的！等我们到现场再施救人早没了。"

当婷婷急匆匆来到医院时，张二白早已清醒。他见了女儿让女儿做的第一件事竟然是给杨光磕头以谢救命之恩。婷婷瞪了杨光一眼，又哼了一下。杨光一时慌乱起来，手足无措，但他很快冷静了下来，没等婷婷下跪，他反而给张二白跪下了，他说："我求您把婷婷嫁给我，我一定会对她好的。"

这一跪难住了毫无思想准备的张二白，他看看女儿，不知道是否该替女儿答应下来。从内心来讲，他是愿意的，但女儿大了，又非常自立自强，他怕做不了女儿的主。他想从女儿的脸上找到答案，婷婷却别转发红的脸，偷偷在心里面乐呢。

"杨光，快起来，我答应你了。"

张二白终于打破僵局，也不管女儿怎么想了。

"我不答应。"婷婷像是故意与父亲别气，边说边走出了病房。张二白指着远去的女儿，对杨光说："愣着干嘛，还不快去追？"

医院大院里绿树成荫，来来往往的不是患者就是患者家属，抑或是提着抱着礼物来探望患者的亲朋好友。他们都面带愁容，行色匆匆。

杨光从楼里追了出来，拉了一下婷婷，却被婷婷甩开了。于是他就紧跟着她，她快走他就快走，她慢走他也慢走，婷婷停下来他也停下来。婷婷带着怒气说："你是向我求婚还是向我爸求婚？"杨光反应超级快，拉上婷婷的手单膝跪下，一本正经地大声说："婷婷，嫁给我吧！"

这一跪来得突然，来来往往的人都将疑惑、羡慕，或者嫉妒的目光投向了他俩。在众目睽睽之下，婷婷的脸红了又白、白了又红，她愣愣地站着不知如何是好。

"婷婷，嫁给我吧！"杨光又重复了一遍。

婷婷此时感觉幸福到了极点，她竟然不能自已地流下了眼泪。她重重地点了两下头，大声地喊："我愿意！我愿意！"

虽然报了警，但警察对原浆被人动手脚的事情查了几天也没查出任何结果，后来也就不了了之了。

这次酒坊损失很大，再加上高粱歉收，令张二白一蹶不振，一下子老了很多，再无心情搞什么酒坊了。他将杨光和婷婷叫到身边说："我想听听你们的意见。我身体越来越不好，你们是不是尽快把结婚证领了，这酒坊我看就交给你们经营吧。"张二百说是征求意见，实则是下了命令，杨光和婷婷也只能无条件服从。

杨光和婷婷选择在阴历七月初七，也就是七夕节那天去领结婚证。头天晚上杨光还对婷婷说："明天结婚证一领你可就是我的人了，如果反悔现在还来得及。"婷婷靠在杨光的肩头说："我爸我妈天天催，倒好像你跟他们是一家人，我是外人。我如果不答应岂不就无家可归了？"杨光轻轻地吻了一下婷婷，充满愧疚地说："如果我过去或者将来做了对不起你的事，你会原谅我吗？"婷婷幸福地闭着眼睛说："过去我不管，如果将来你敢抛弃我，我就杀了你，然后我再自杀。反正我一生一世都是你的人，你一生一世也是我的人。"杨光一惊，身体一哆嗦，就像心里的鬼被人发现一样。他想：婷婷，过去我做过对不起你的事，但将来不会，我发誓一生一世对你好，一生一世陪伴你，因为你是我今生唯一的爱。

七夕节这天，两个对爱情和将来充满憧憬的年轻人一大早就出发了。杨光开车，婷婷一路欢歌笑语。路上车很少，再加上兴奋，杨光的车开得就有些快。四十分钟后，汽车进入了县城东外环。快到上班时间了，路上跑的汽车也多了起来，大家似乎都在抢时间，你追我赶的。在一个十字路口，绿灯一亮，杨光就踩下油门，但他没注意到一辆黑色的帕萨特抢着左拐黄灯的最后一秒向着他的车头直冲过来。一声巨大的撞击声响过后杨光产生了短暂的眼盲和耳聋，幸亏系着安全带，否则……他刚想到这里就发现身边坐着的婷婷已经不知去向了。

杨光那车的车头被撞凹了一大块，车前的挡风玻璃完全破碎，身前的安全气囊也弹出了。杨光费了好大劲才从车上下来，他看见婷婷躺在车前的油路上一动不动。他发疯似的跑过去抱起了婷婷，叫了几声见她没反应，心瞬间就凉到了冰点，眼泪吧嗒吧嗒直往下掉，落了一阵泪后才放出声号啕大哭起来。

汽车碰撞时的巨大的惯性将婷婷甩出了车外，在与地面亲密接触时，婷婷的意识依然是清醒的；在她试图站起来时，却发现自己的双腿完全用不上力气，随后就是一阵接一阵刀割般的疼痛袭来。她干脆闭上了眼睛，咬着牙忍着疼。

当杨光抱起她喊她的名字时，她知道杨光没事，悬着的心也就放下了。但她没有睁眼，她想让他多抱自己一会儿。当杨光开始号啕大哭时，她知道他一定以为自己出了事。她睁开眼睛盯着号啕大哭的杨光微笑着，眼睛里却溢出了泪水。

这个七夕节令杨光和婷婷终生难忘，幸运女神眷顾他俩，杨光没事，婷婷也只是摔折了右腿。当杨光透过泪水看到婷婷正对他微笑时，他先是大笑了两声，紧紧地抱着她，脸贴着她的脸，然后继续号啕大哭。

婷婷住进了医院，但就在当天，他们的结婚证还是领了。杨光说："不管发生什么，不管有多难，我都会陪着你。"

九月，省联社发出了招聘公告，杨光第一时间告诉了婷婷，还为她买了学习资料,并鼓励她说:"养伤期间好好看看书,我既要陪你,还要监督你,争取今年能考上,成为农商行的一名正式员工。"

至于酒坊,一开始购得的原料早用完了,长岭村村民种的高粱不仅收成欠佳,品质也无从谈起,颗粒干瘪,根本不适合酿酒。但为了兑现承诺,张二白出钱全部收购了。杨光看着仓库里堆积如山的高粱不知该如何处置。婷婷建议养猪,说这不仅可以消化掉这批高粱,将来酒坊产生的酒糟也可以派上用场。建议虽然好,可养猪场地一时解决不了。再三思量后,杨光决定还是先养鸡。养鸡有一片围起来的荒坡就成,鸡苗投资小,高粱可用做饲料,将来产的土鸡蛋还能卖个好价钱,产蛋量小点也没关系。

荒坡需要向村里承包,作为村干部的张二白又感觉十分为难。按说村里的荒坡有的是,对村里来说这些荒坡也产生不了任何经济价值,如果是别人租,给个钱就能租。可现在是自己的女儿女婿要租,这租金就必须慎重考虑了。为此张二白召集村两委成员开会商量出租荒坡的事情。村副主任王跃进说:"出租荒坡收费没有现成的标准。荒坡闲着也是闲着,适当收点就行了,收多少都是赚到的。"村会计赵胜利说:"就因为没标准才怕有人生事告状。乡里出租耕地的标准是一亩地一千元,这是按亩产一千斤玉米计算的。这荒地没产量,现在咱按一成的产量算,一亩地一百元——这不就有了标准,以后谁租也是这个标准。我认为这对谁都有交待。"

"好!"张二白叫了一声好,暗自佩服赵胜利不愧是肚子里有墨水的人。他说:"这个标准我看行,大家再出出点了,看有没有更好的办法。"人家你看看我,我看看你,又交头接耳小声议论了一阵子后纷纷表示就按这个标准收。

租荒坡的协议一签,租金一交,杨光总算松了口气。

年底,长岭村迎来了三年一次的大选,即书记、村主任的选举。

选举党支部书记的程序是，党员大会先选出支部委员，再由支部委员会选举产生支部书记。毫无意外，在所有选出的支部委员中，张二白是当之无愧的佼佼者，再次当选支部书记实属众望所归。但在接下来的村主任选举时却发生了意外，张狗剩竟然公然贿选。他对村民宣称，谁投他的票他就送谁二百元现金。一些村民暗自掂量，张二白当村主任和张狗剩当村主任好像也没什么分别，可这二百元现金却是不拿白不拿。最终的选举结果表明，二百元现金起了决定性的作用——张狗剩竟然获得了三分之二的赞成票，成功当选新一届长岭村村主任。

杨光气不过，要跟张狗剩理论，却被张二白阻止了。张二白平静地劝杨光说："这样也好，免得遭人嫉妒，再向我们下黑手。"杨光愤愤不平地说："别人当这个村主任我不反对，但张狗剩太不是东西了，上次向酒坊下黑手的一定是他。他公然贿选，我们为什么不举报？"张二白说："冤家宜解不宜结。缓和一下关系，以后大家和平相处，不好吗？"杨光说："狗还能改了吃屎？他当了村主任能做好事吗？"张二白说："我不还是支部书记吗？他如果做对长岭不利的事情，我不会当旁观者的。"

张狗剩当上了长岭村村主任，那得意的样子，不知道的还以为他当上了美国总统，入驻村委会时排场堪比入驻白宫。新官上任三把火，第一把火就烧到了杨光这里。张狗剩让会计赵胜利找出了不久前村委会与杨光签的荒坡租赁合同，当众就撕掉了。他宣称以前签的合同都不算数，都必须重签。赵胜利解释说："村委会单方面撕毁合同恐不合法，人家起诉我们就会败诉。"张狗剩冷哼一声说："败诉怕甚？！现在我是村主任，我让他干他才能干成。我不同意，他胜诉了也照样干不成。"张狗剩小人得志的嘴脸太让人恶心了，赵胜利实在看不下去就以退为进说："干了这么多年会计也干腻了，我不想干了，你再找别人干吧。"赵胜利本想将张狗剩一军，却没想到张狗剩心里正想这事，就如同瞌睡时有人送了一个枕头，正中他下怀。他对赵胜利说："那你下午收拾一下，明天就别来村委会了。"赵胜利顿时觉得非常失落，几欲掉泪。好一阵之后，他才从失落中回过神来。他看看奸笑着的张狗剩，一腔怒火瞬间爆发，他心一横，冲张狗剩唾了一口，转身摔门而出。

杨光的养鸡计划被迫中止，张二白也无可奈何。有张狗剩作梗，杨光什么也干不成，他便转头来辅导婷婷备战招聘考试。有了杨光的辅导，婷婷学习的劲头更足了。她为自己制定了详细的学习计划，每天什么时间学，学什么，达到什么效果，这些都在她的计划里。杨光教婷婷农商银行的专业知识，金融会计、金融管理、信贷、贴现、同业理财无所不包。杨光讲解时条理清晰、表达准确，婷婷开玩笑说："你不当老师可惜了！"杨光说："我小时候的梦想就是当一名人类灵魂的工程师，可惜梦想与现实差距太大，现在有了你这么一个学生也算是圆了我的梦了。我这老师合不合格，就看你的考试结果了，所以你要加油，努力成为一名好学生。"说完杨光伸出手掌，向婷婷点点头说："让我们共同努力吧！"婷婷一掌击上去，发出了清脆的声音，与此同时，婷婷坚定地说了声："加油！"

十一月十一日是省联社招聘考试的日子，婷婷刚扔了拐杖就进了考场。

一分耕耘一分收获，杨光和婷婷的努力没有白费，婷婷最终以全县第一名的笔试成绩进入面试。婷婷刚扔下拐杖，腿脚还不利索，这会不会对面试产生不利的影响呢？杨光很是担心。他将自己的担心向马董说了。马董劝解说："婷婷在我们农商行实习期间表现非常优秀，这次又考了全县第一，我可以向你担保，面试绝对没问题。"

十一

　　道不同不相为谋。张狗剩当上村主任后，张二白对村里的事情过问得越来越少了。没有了张二白的干涉，张狗剩做事就越来越肆无忌惮。挤对走赵胜利后，他竟然让自己的老婆小翠来当村会计，而实质上小翠也只是挂个名，具体的操作就是他自个。为此张二白在支部会上提出过反对意见，但并没有起到什么作用；相反，张狗剩更加专横霸道了。

　　杨光是张二白的女婿，自然也是他张狗剩的敌人——不是朋友就是敌人，就像二十世纪八十年代以前的中国电影，敌我分明——这是张狗剩的逻辑。是敌人就要斗争，就必须跟他过不去——从这样的理论出发，张狗剩将杨光视为眼中钉就理所当然了。他首先要在身体上对杨光进行摧残。村里有了体力活就叫杨光去干，反正是免费的，不用白不用；甚至他家里的体力活也让杨光干，他的理由是，年轻轻的有的是力气。

　　杨光身体好，一般的体力劳动不在话下；可他毕竟是一介书生，干一些重体力活时就显得力不从心了。比如地边垒堾抬石头，杨光就干不了。二三百斤重的石块两个人抬，抬一块两块还能挺下来，抬第三块的时候杨光的腿就开始打战了，第四块还能抬离地面，第五块干脆一下也抬不动了。张狗剩讥讽杨光说："你不是说什么都能干吗？小屁孩一个，牛皮吹得不小。干不了趁早滚蛋！"

　　其次，他要在精神上对杨光进行制裁。不管杨光做什么他都不满意，而后就大加训斥，甚至进行人身攻击。他还跑到农商行说杨光的不是，并且强烈要求更换扶贫队员。幸亏马董事长对张狗剩早有了解，知道他的品性为人。马董不卑不亢地说："杨光是农商行派驻长岭的第一书记，他代表的是我们农商行，他的工作是扶贫，他不是某些人的奴才。而且我认为，杨光驻村扶贫以来工作积极努力、业绩突出，并不像你说的那样，所以希望你能支持杨光的工作。支持杨光也就是支持农商行，只有我们配合好了，扶贫工作才能做好。"

张狗剩在马董那里碰了一鼻子灰，回到长岭村就找杨光算账。前段时间杨光申请为长岭村的贫困户买些床单、被套等床上用品，主要是为解决那些光棍汉床上脏污的问题，农商行很快就批准了。杨光回单位开会的那天，将这些床上用品捎了回来，如今正在分拣，准备上门走访贫困户时送去。张狗剩一脚踢开门，气势汹汹地进了屋，咬牙切齿地说："你以后别在日间照料中心吃饭，我们村子小，养不起闲人。"杨光手上不停，边拣边说："我在照料中心吃饭，农商行年初是付过钱的，并非白吃，而且我们付的钱能占到照料中心全年费用的一半。在照料中心吃饭的孤寡老人只有十个左右，我们农商行为什么付那么多钱？就是为了提高伙食质量，改善老人们的生活。"

"付钱是你们自愿的，我并没有强迫你们。从今以后你该去哪里吃去哪里吃，但就是不能在照料中心吃，这是本村主任的决定。"张狗剩摆出了一副死猪不怕开水烫的架势。

"那是你个人的决定，不是村委会的决定，恕我不能从命。"杨光冷笑一声反驳道。

张狗剩像被彻底激怒的疯狗，冷哼一声，双目圆瞪，怒发冲冠，咬牙切齿地说："我是村主任，这个村我说了算。"

他扯起一个被套问："你这是想干什么？"

杨光说："这些是我们农商行给村里的贫困户送温暖的慰问品。"

"谁让送的？我同意了吗？"

"给贫困户送温暖还要事前征得你的同意吗？况且这事是张书记批准的。"

"谁批准也不行，没我同意就是不能做。"张狗剩气急败坏地说。

张狗剩一不做二不休，竟然扣押了所有的床上用品。面对这样的无赖，杨光哭笑不得。令杨光更加没想到的是，几个月以后这些床上用品竟然全部失踪。直到一年以后，县纪委在搜查张狗剩家时，才发现这些床上用品全被他搬到了自己的家里。杨光惊叹：也不怕被噎着！那么多床上用品，几辈子能用完啊！这是后话，暂且不提。

自此以后，走访贫困户的规定动作被张狗剩强行叫停，而发放任何慰问品也必须是由他来发——发没发，发多少，鬼知道。就连年前农商行给所有村民发放的对联也悉数被张狗剩据为己有。张狗剩的贪婪不分大小、贵贱，来者不拒。一年后，当所有事情大白于天下时，着实令杨光大大惊讶了一番。

在新年到来之前，婷婷顺利通过了面试，被农商行招聘为一名正式员工。最高兴的要数杨光了，虽然他与婷婷仍没有举行结婚仪式，但结婚证一领，在法律上来说他们就是合法的夫妻了。自己的妻子被农商行招录，变成了自己的同事，他兴奋得几个晚上都没睡着；即使合上了眼，眼前也全是夫妻恩爱的画面，以致早上起来内裤上湿湿的黏黏的，令他羞涩难当。

有一天，婷婷为他洗内裤时发现了端倪。婷婷不解地问他："你的内裤上是什么东西？"杨光急忙抢过自己的内裤掩饰说："没有什么呀……以后内裤我自己洗。"杨光的窘迫令婷婷意识到了自己的莽撞，她满脸通红，但仍倔强地开玩笑说："是想我了还是想那个女人了？"杨光尴尬地笑笑说："当然是想你了。我受不了了，我们结婚吧！"婷婷的笑突然僵住了——这么严肃的问题自己真应该考虑考虑了。

结婚是有一套复杂程序的。按照当地习俗，领结婚证前双方父母要见面，俗称会亲家；之后双方父母在一起商讨结婚的一切事宜，俗称定亲。定亲时男方要出定亲礼，乡下要得多一些，有八万八的，有十万零八的，更有十二万零八的，不等。如果男方家有钱，出三五十万也可以。通常城里要比乡下要得少，但一样是看男方家庭情况而定，少的有五万八、六万八的，多的就没上限了。接下来还有一道程序是看家，即女方要到男方家里看一看男方家的贫富状况，比如有没有楼房、小车等。定亲、看家后，双方父母谈妥，两个年轻人才能去领结婚证。

杨光和婷婷由于是两心相悦、自由恋爱，所以这些繁文缛节都免了，定亲礼也只是象征性地出了一万八。张二白对杨光说："我就这一个女儿，我的就是你们的，我不要你的钱，就要你的人，就要你对婷婷一辈子好。"

杨光自己也发过誓，要陪婷婷一生一世，恩爱永远，白头到老。

他们将举行婚礼的日期选在婷婷二十三岁生日那天，即正月十五元宵节当天。在当地，没过完正月十五年就不算完，正月十五年味尚浓。元宵节是灯节，村子里家家张灯结彩、燃放烟火，以祈求来年风调雨顺、五谷丰登。烟火燃放多少、质量高低可以显示出家庭的富足程度，所以各家铆足了劲地燃放，竞赛似的，一家赛过一家。

杨光和婷婷的婚礼在村里人看来有些不伦不类，可在他们自己看来却极富有新意。按照家乡的风俗，新郎是不去女方家接新娘的，迎新队里有叔、姨、婶等长辈，有哥、姐、弟、妹等平辈，还有侄儿、外甥等晚辈，唯独没有新郎。可婷婷对杨光说："不行，你必须来接我，你不来我就不走。"婷婷又说，"我父母就我一个女儿，我想上午在你家举行仪式，下午再到我家举行仪式，晚上再回你家。我们辛苦一点，让父母都高兴高兴！"杨光说："行呀！晚上在你家过也行，我父母那里我做工作，他们跟我一样不太在乎这些形式上的东西。"

结婚当天确实辛苦了两位新人。杨光一大早就起床，按照风俗一切准备妥当后，七点钟就随迎新车队向长岭出发了。一个多小时后到达长岭，又是一大堆俗套规矩。九点又从长岭出发直奔杨光的皋州村。十点半在皋州的仪式正式开始：一拜天地，二拜高堂，夫妻对拜，然后是认父母认亲戚，一整套下来已经是十一点半多了。之后亲戚朋友入席，新郎新娘敬酒，最后入洞房，礼成。稍作休息，下午一点半，结婚车队又拉着新郎新娘和女方送亲的队伍从皋州出发，将近下午三点回到长岭，接着又是一整套程序仪式。所有的程序仪式都完成后天已经完全黑了，长岭村家家户户都已点灯。长岭村的那条主街上已被村委会统一制作的各色彩灯装饰一新，各类动物灯、蔬菜水果灯、生活物品灯与天上的星星交相辉映，将长岭村照得如同白昼。远处的王家老宅也与以往不同，清一色的宫灯勾勒出老宅的大致轮廓，远远望去，古色古香，给人以穿越之感。

不知是哪一家先开的头，朵朵烟花在长岭村上空绽放，不一时，天空中的烟花越来越多：有的像盛放的花朵，娇艳欲滴；有的像撑开的伞，五颜六色；还有的像银蛇，扭动着升上天空，形态各异、争奇斗艳。长岭村上空一时间变幻出一幅幅美丽迷人的画面。

按照家乡的习俗，新郎新娘成婚后三天内是不能出门的，但杨光和婷婷打破了所有的陈规陋习，吃过晚饭就跑到街上观灯去了。观完灯即刻又被这烟花美景迷住了，一时忘却了一天来的疲惫，兴高采烈地在人群中来回穿梭。

夜深了，办完了入洞房最重要的仪式之后，杨光紧紧地抱着像鱼一样赤裸光滑的婷婷，大脑里却想着刚才那多彩艳丽的烟花。杨光想，这烟花多像我们的青春，绽放时璀璨夺目，但持续的时间短暂，稍纵即逝，令人惋惜。大脑想着那美丽的烟花，身体感受着婷婷女体的温润舒滑，鼻子里嗅到的是从婷婷身上散发出的独特的香味，杨光舒坦地闭上眼睛，沉沉地进入了梦乡。

十二

婚后半个月，婷婷上班去了。那些被新婚的喜悦冲跑的烦恼一股脑儿地又涌了出来。村里的脱贫工作怎么开展？和张狗剩怎么共事？库房里的高粱怎么处理？今年的酒坊该怎么办？杨光陷入了沉思。

杨光与林虎保持着经常性的联系，杨光与婷婷结婚那天林虎说好是要到场的，却由于老爷子突然住院耽搁了，林虎就又和杨光约定二月二左右一定来。

二月二，龙抬头的日子。到了这天，村子里有剃龙头、吃龙蛋、舔龙皮的习俗，也就是理发、吃荷包蛋、吃烫烙饼。这天人人要吃荷包蛋，烙饼要放足了油，烤得焦黄透亮、外脆里嫩的，这样看上去香，吃到嘴里更加香脆可口。这天是理发店一年中生意最好的一天。长岭村的理发店并不像店，它设在村里的吕怀明老汉家里。有人说吕老汉年轻时在县城跟过师傅，还自己开过理发店，还有人说吕老汉的手艺全是在自家孩子身上练就的。但不管怎么说，村里理发称得上师傅的也只有吕老汉一人，无与争锋。吕老汉的生意平时真不咋样，也就是村里的一些老汉和小孩子找他理，但到了二月二这一天就不一样了。不管城里、乡下，大家那天都要理发，所以那天排队理发很是平常，大家绝不会像平时一样挑挑拣拣，因此吕老汉这天的生意就格外好。

实际上，吕老汉就会理一种发型——小平头。吕老汉是个较真的人，对自己的"作品"要求严格，凡经他手的脑袋，他都要反复地检视，有一点毛病都不会放过，因此他理发的效率不高。有些家长喜欢找他给自己的孩子理发正是看中了这一点。

二月二这一天，吕老汉家就会被等待理发的人挤满，从一大早开始理到晚上十二点前，中间不间断。吕老汉这天只吃荷包蛋和烙饼，以不耽误工作。

杨光喜欢中华文化，但对一些习俗却并不怎么在意。杨光对吕老汉是相当熟悉的。吕老汉虽然有两女一子，但两个女儿嫁在了外地，儿子举家打工去了，老伴也于前几年离世了，吕老汉硬生生成了孤寡老人，也就成了村里日间照料中心被照料的对象。

吕老汉天天顿顿都到照料中心吃饭，与杨光几乎天天见面，自然就熟络了。吕老汉还下得一手好象棋，一有机会就拉住杨光陪他下象棋。杨光高中时是象棋高手，上大学后逐渐不下了，水平自然也下降了不少，到长岭扶贫后因为遇到了吕老汉才又捡了起来。吕老汉下棋十分黏人，他赢了还好，要是输了，绝不让你走。吕老汉与杨光可谓棋逢对手，互有输赢；但下得时间一长，吕老汉就好犯迷糊，输棋的概率就大大增加。摸清吕老汉的脾性后，杨光想要脱身就必须故意输两盘，让吕老汉高兴。

棋友之间的关系有点特别，即是所谓见不得离不了。下棋讲究棋逢对手。两人水平相当才可成为棋友，若水平差距过大，水平高的一方是不屑与对方交朋友的；长期与水平低的人一起下棋，自己的水平也会降低。棋友见面拼几盘，赢的一方高兴，输的一方气恼。输棋输急眼的，还会从心底里痛恨对方；但若时间长了不见面，又会想念对方，念着什么时候又能痛痛快快杀两盘。

成为棋友后，吕老汉就非要为杨光免费理发。盛情难却，杨光就由着吕老汉在自己头上"动土"。可吕老汉理的发型确实有些土，或者说过时，杨光有时头发长了会趁着回农商行的机会在县城把头理了。这就惹恼了吕老汉。两人在一起下棋时，吕老汉就会明里暗里地讥讽杨光："想吃羊肉，又嫌羊肉膻气重，真难侍候。"

每每这时，杨光总会用心赢吕老汉几盘，让他俯首称臣。输得多了，吕老汉的话就不多了，面色凝重地一门心思用在下棋上。

这二年，每年的二月初一杨光必定会到吕老汉家里理发。一开始吕老汉非要杨光等到二月初二再理，但杨光不凑那热闹，坚持要错峰，吕老汉也就随了杨光。二月初一这一天理发的只有杨光一个人，于是这天就成了吕老汉大显身手的时候——那个认真劲让人不佩服都不行——就杨光一个人理发，他能理两个小时，左看右看上看下看远看近看，一根头发都不能跳出大部队，平平整整的，不像用电推推出来的，倒像是用电熨斗熨出来的一样服帖。头发理完后，两人自然要大杀几盘，直杀到天昏地暗、夜深人静。

今年，杨光的荷包蛋和烙饼自然要在老丈人家吃。张二白夫妻对杨光这个女婿相当满意，对他就像是对自己的儿子。婚后，杨光一直吃住在老丈人家，婷婷上班后杨光提出仍去村委会住，毕竟他是农商行的驻村扶贫队队员——政府要求必须住在村委会，以便随时接受相关部门的检查。张二白明白这一点，所以就答应了杨光的请求。考虑到张狗剩那个不讲理的东西，张二白要求杨光还是在家里吃饭。

二月二这天，杨光吃过早饭就去了村委会。他整理了一个小时去年的扶贫资料后就坐下来休息，想着要跟婷婷打个电话。他拨了号，把手机放到耳边静静地等，可直到铃声结束了电话也没人接。杨光伸了一个懒腰，直直地躺在床上，眼睛望着天花板发呆。跟婷婷分开才两天多，杨光就觉得像分开了两年一样漫长。新婚燕尔、如胶似漆，形容得太到位了！杨光闭上眼睛，一个皮肤光滑圆润、曲线优美的婷婷就微笑着远远向他走来了。他立刻跑上前去将美人儿拥入怀中。他热烈亲吻她，亲她的头发、她的耳垂、她的眼睛、她的鼻子、她的嘴、她的脖子，甚至她的脚丫。他正亲得狂热，突然听到有人叫他的名字。"杨光，杨光，大上午的还睡。"杨光猛地惊醒过来，才知道刚才只是个梦而已，但的确太真实了。美梦被

人吵醒，心中就生了火，他用力睁开眼睛，想要看看吵醒自己美梦的冒失鬼到底是什么人。

"林老板！怎么是你呀！吓我一跳。"

"做什么美梦了？手舞足蹈的，还不停乱叫，也不知道你叫的什么。"林虎指指床单，大笑着说，"看看，你涎水流了一床，在梦里办啥坏事了？"

一下被人戳到了痛点，杨光的脸刹那间就红到了脖子根。他一骨碌站起身，用手干搓了两把脸，赔笑说："困了，只眯了一会儿就让你搅了。"他停了一下，看了看林虎，"来之前也不打个电话，搞突然袭击啊？"

林虎很随便地坐在了另一张床上，跷起二郎腿说："我不是早就告你了吗？二月二左右我一定来，不左不右正好今天来了。怎么，你不欢迎？"

"那要看你来干什么了。要是来送钱送物，哪有不欢迎的道理。"杨光调侃道。

林虎正色道："你结婚我还没送份子钱。我给你准备了个大红包。"说着就递过来一个厚厚的红包，杨光估计红包内应该有一万元。

杨光将红包推了回去，说："没有这么随礼的，这么大的红包我可不敢收。"

林虎也没再推让，直接收起了红包，说："这个不收可以，但我还有个大礼包你不能不收。"

杨光好奇地问："什么大礼包？"

林虎说："一百吨优质高粱。你要不要？"

杨光一听高粱就来了精神。一百吨高粱，那可是酒坊起死回生的良药呀！他怎么能不兴奋呢？但仔细一想又觉得不妥。去年的高粱钱还一分也没给人家，今年再要，于情于理都过不去。但这一百吨高粱对他的诱惑实在太大了，他真的不想拒绝，他必须想一个合适的充足的理由将它们收下。

他问:"这一百吨高粱现在在什么地方?"

林虎答:"还在路上,明天就能运到。"

杨光大脑高速运转,他说:"我有个提议,不知道合不合适。"

"什么提议?说出来听听。"

"你入股吧,用你这两年的高粱入股,股份的比例我们可以商量。"

杨光异常兴奋,就像高中时期破解了一道物理难题。杨光喜欢物理,有人说学好物理需要有很强的逻辑思维能力,这个能力杨光有,而且还很强。他高中的物理成绩一直很好,特别是力学部分学得好,高考时他的物理成绩也是最好的。

杨光凝视着林虎,等待着他的答案。

"为什么非要入股呢?我捐,不要钱也不要股份。"林虎很坚决。

"这怎么行?我们酒坊现在正处在困难时期,你参股也是在帮我们的忙;你参股后,一切都会变得顺理成章。再说了,将来酒的销售还需要你帮忙。"

杨光的话入情入理,林虎不便再坚持。他考虑了一会才说:"参股也可以,占个小股就行;但我不参与经营决策,分不分红也无所谓。"

有了林虎的参股,杨光对酒坊的前景有了信心,底气也足了。但他的责任不只是帮助老丈人经营好酒坊,作为农商行扶贫队队员,让老百姓都富起来才是他最大的责任和最终的目标。他想:去年高粱歉收的原因是天旱,不只是高粱,所有的农作物收成都不行。今年还要继续鼓励村民种高粱,只要有八九成的收成,农民增收就不成问题。

自从张狗剩上台后,张二白在村里就管不了事了,也基本不管事了,由着张狗剩折腾。杨光作为扶贫队队员,尽管看张狗剩不顺眼,但基本的沟通还是必须的。今年扶贫怎么扶，扶贫资金怎么用，他必须与张狗剩提前交流，以便作出合适的计划和预算。

二月二一过，各乡镇各村开始严抓防火工作，先是召开防火工作会议，县里开了乡镇开，乡镇开了村里开，大小会议不断。张狗剩嫌防火工作麻烦，就将这项工作指定给了第一书记杨光。杨光从县到村，各级防火会议都参加了，借着向张狗剩汇报会议情况的机会，杨光将扶贫工作也提了出来。说到扶贫工作，张狗剩来了兴致，他说："村里什么都不缺，就缺钱。贫扶好扶不好，就看农商行给多少钱了。前几年每年给十万元，不多，今年我看就给二十万元吧。村里需要做的事多着呢。"

杨光说："申请扶贫资金是有一套流程的。首先村里要作计划，干什么，怎么干，让谁干，花多少钱，都要事先作好规划，然后向农商行提交书面申请。农商行相关部室要对村里面提交的申请进行全面审核，并对它的可行性、准确性作出评估。最后还要经农商行总行党委会和大额费用审批委员会通过，才能拨付使用……"

张狗剩极不耐烦地打断了杨光的话，说："哪来这么多程序？要给就痛快点。你刚才说的程序由你去办，我就要结果。如果你们农商行不给，我就去向县扶贫办要，看你们给是不给。"

张狗剩别的能耐没有，要钱的能耐却让人不得不服。他跑到县交通局申请到了修路资金，跑到水利局申请到了饮水工程改造资金，跑到农业局申请到了造地资金，跑到扶贫办申请到了村民危房改造资金，跑到教育局申请到了困难学生补助，还跑到民政局增加了贫困户户数，可谓四处开花四处结果。但这些项目资金到账没有、到账多少、用在了何处，无人知晓。

面对这样蛮横无理的人，杨光就像是秀才遇见了兵——没理可讲。若不是为了将来的工作，杨光真想臭骂他一顿，出出心中的恶气。

杨光听说王家老宅第二期修复工程款早就下来了，但却迟迟不见有动工的迹象，倒是张狗剩家全推倒了，说是要盖小二楼。杨光心中很是疑惑，却不便妄加猜测。

上次林虎在长岭村住了两天，其中一整天就是在王家老宅里度过的。老宅里的林虎看上去根本不像一个游览者，更像是老宅的主人，或者说是曾经的主人。老宅里的每一个房间他都去到了，而且都要坐下来，慢慢地去感受去体会。他随身带着一架据说是价值不菲的照相机——在这个手机照相功能越来越强大的当下，照相机显得有点多余，似乎只有专业搞摄影的人才会配备。不过在杨光与林虎的交谈中，杨光了解到，林虎还真专门学习过摄影，他还是省一级摄影家协会会员。他最喜欢拍摄的就是这些具有历史文化价值的年代久远的建筑，因此他才对王家老宅情有独钟。他兴致勃勃地给杨光讲了很多摄影方面的专业知识，比如光圈、快门、焦距、白平衡如何把握，比如远景、近景、中景怎么划分，再比如画面角度、留白比例等等。他讲，杨光听，但杨光能记住的少之又少。不过杨光是一个好的倾听者，从不打断别人的话，即使是听自己不感兴趣的东西。

在王家老宅里，林虎除了喝茶就是拍摄，喝一阵子茶，疯狂地拍一通。同一个地方他能转换十几个角度去拍。杨光不禁想，拍那么多，他有时间一张张去看吗？

林虎走后半个月，给杨光快递来一本省级摄影杂志，杂志的封面竟然是他拍的王家老宅。这让杨光好一阵子激动，看来他这摄影家协会会员的头衔并非浪得虚名。

新高粱运到了，在酒坊库房存放的不合格高粱就得处理。还是林虎有办法，他说："我们那边有养猪场养鸡场，卸了新高粱，顺道把旧高粱拉过去卖了。我有关系，价钱亏不了。"杨光内心十分感激，却没说出来，他想这个合作伙伴算是交对了。

为了鼓励村民种高粱，杨光大胆作出了包底价包产量的承诺。一开始张二白反对，说："你疯了！怎么能这么干？万一有个闪失，还能翻身吗？"

杨光说："去年因灾减产减收，今年不采取一些措施谁还敢种高粱？"

"大不了再买外地的高粱。你这样太冒险了，做事要稳重。"张二白语重心长，完全是出于一个长辈对晚辈的关心和爱护。

杨光说："我们办酒坊的初衷是什么？不就是想带领乡亲们致富吗？所以酒坊可以亏钱，乡亲们的收入必须提高。事前我已经与林老板商量好了，酒坊若真赔了，由他兜底。"

原来这才是杨光底气十足的原因。

在杨光尽力说服乡亲们种高粱的同时，张狗剩与他的狗腿子、刑满释放人员孙小眼也在做相反的工作。

孙小眼因眼小而得名，只要见过他的人都会即刻想到一个成语：贼眉鼠眼。在长岭村孙小眼是个狠角色：年轻时曾因打架斗殴、调戏妇女被判刑五年，出来不到一年又因盗窃被判刑三年，后来又因诈骗被判刑七年，可谓劣迹斑斑。去年出狱后正值长岭村换届选举，张狗剩就趁机将其招在麾下，并将其培养成自己的得力助手。

傍上村主任后，孙小眼又拉拢了一批留守青少年充当他的"跟班"和"打手"，俨然组成了一个组织严密的社会团伙。

正因有了孙小眼的依附，张狗剩才变本加厉、不可一世。

孙小眼早就在长岭放出狠话：谁家要是种高粱，他就跟谁过不去。之后他又毛遂自荐代表村民跟杨光谈判，说只要杨光将底价和收成再加百分之十，他就让乡亲们都种高粱。

杨光没想到事情会发展到如此地步，他分析后认为：如果妥协，张狗剩可能会得寸进尺，所以他最终决定放弃。长岭村的脱贫之路也因此变得更加曲折和艰难。

这天，婷婷突然告诉杨光说她有一个月没有来例假，杨光并不明白没来例假意味着什么。他问："不来例假也是病吗？"婷婷被杨光的无知逗得哈哈大笑，笑过之后，她故弄玄虚说："这可是大病，不能耽搁，你得陪我去趟医院。"杨光一听就着急了，说："快快快，现在就去。"拉上婷婷就走。婷婷故意埋怨说："慢点！人家现在可是重症病人。"杨光一听更加着急了，转身抱上婷婷就往车里送。

杨光开着车一路火急火燎地直扑县医院，婷婷却在副驾驶上偷着乐。到了县医院，挂号时工作人员问："挂什么科？"杨光犯了难，内科外科一大堆，该挂什么科呢？他就问婷婷："挂什么科？"婷婷推开杨光对工作人员说："挂妇产科。"杨光似有所悟："不会吧？这么快！"婷婷装出一副生气的样子说："你干的好事，你不知道？"杨光这个时候才高兴地问："是真的吗？"

一检查，婷婷真的怀孕了。

一上车，杨光就迫不及待地摸着婷婷的肚子，很向往地说："真是太神奇了，我要做爸爸了！"婷婷将杨光的手打开，竟然很伤感很委屈地说："人家还没准备好呢！"杨光双手捧着婷婷的头，看着她仍显稚嫩的脸，动情地说："你是我的，永远都是我的，我爱你！"婷婷深情地看着自己的丈夫，两滴眼泪顺着她光滑的两颊滚落下来。杨光迅速吻了上去，将眼泪吸进自己的嘴里。他用心品味着，眼泪里面有苦涩也有幸福。

酒坊要开工了，为了保险起见，杨光在酒坊里装上了监控系统，实现了对酒坊的无死角监控。他还对工人加强了管理，特别是在卫生方面，他要求酒坊定期清扫，包括犄角旮旯都不能落下；所有的工人全部都戴上口罩，所有的操作工具都定期清洗消毒。一朝被蛇咬十年怕井绳，他真是怕了，怕生产出的酒再出问题。

酒坊一开工，张狗剩就浑身不自在，他心里想：不给我分点好处，你还想发财？没门。

开工没两天他就去了，进了酒坊绕了一圈，然后把杨光叫到跟前说："这里原本是村里的库房，今年村里要用，不能再租给你们了，你们尽快腾出来。"

杨光一听急了，说："当初是签了租赁合同的，一租五年，这才第二年，你没权力收回。"

张狗剩皮笑肉不笑地说："以前不是没用嘛，现在村里有了用处，自然要收的。村里的财产当然是我村主任说了算，难道还由了你不成？"

"你！"杨光气得话都说不出了。他整理了一下自己的思路，冷笑一声说，"现在是讲法律的，不是你想咋样就咋样，我就不腾，看你能怎样！"

"法律是狗屁！现在在长岭，我就是法律，我叫你往东你就不能往西。"张狗剩轻蔑地一笑，转身要走，又突然想起了什么，扭头说，"别以为你有农商行在背后撑腰我就不敢动你。你脑袋再大能大过县长？我们走着瞧。"

杨光细细地品味着张狗剩的每一句话，他感觉到背后有一张网正向自己罩来。那是一张什么样的网呢？他不知道，但他已经感受到了它的强大。要不然张狗剩怎么会如此肆意妄为、肆无忌惮？

面对这样的局面，作为长岭村支部书记的张二白也无能为力。在长岭村他就像一个被人搁置、遗弃的太上皇一样，有名无实了。

十三

杨光受到了孙小眼的威胁，所有在酒坊工作的贫困人员也同时受到了威胁，酒坊的生产不得不再次暂停。

为了能够取得农商行的扶贫款，张狗剩决定要在村里建设占地二百平方米的红白理事会，预算投资二十五万元。经农商行审查，最终核定预算金额为十九点八万元。经农商行总行党委会、大额费用审批委员会批准，决定支付给长岭村建设红白理事会专项资金十九点八万元，并要求村里尽快开工，且委派杨光负责监督实施。

专项建设资金四月初就已经到账，但一个月过去了，工程仍未开工，杨光只好去找张狗剩。张狗剩不耐烦地说："我们还不着急，你着什么急？红白理事会肯定要建，但什么时候建，我说了算。"

杨光无奈，只得向马董事长汇报。马董事长很重视，亲自到长岭村督导。听说马董事长来了，张狗剩竟然玩起了躲猫猫。马董事长在村委会办公室等了两个小时都没见到张狗剩的面。杨光在村里四处找也没有找到他，马董只好打道回府。

马董临走时交待杨光查一查这钱还在不在账上。杨光一查吓了一跳，这笔钱到账没一个小时就被提现提走了，去向不明。杨光哭笑不得，又向马董作了电话汇报。马董指示，必须找到张狗剩问明情况，如果张狗剩不能说明资金去向，就向乡政府汇报。

第二天张狗剩才在村委会办公室现了身。杨光按照马董事长的指示询问资金的去向。张狗剩竟然说："到了村委会的账上，这钱自然就是村委会的了。你操的哪门子心？真是狗拿耗子多管闲事。"

杨光只好到乡政府向主管扶贫工作的乔副书记反映情况。听完了杨光

的汇报，乔副书记沉默良久才说："这事你们不要管了，也别再向其他部门反映了。关于长岭村的事情，县里面的主要领导打过招呼，有些事你们睁一眼闭一眼过去就得了。"

杨光惊呆了，挪用扶贫专项资金可不是小事；再说了，村里的老百姓都看着呢，能睁一眼闭一眼吗？

杨光又回了一趟农商行总行，当面向马董事长作了汇报。马董事长深思许久才说："现在我们只能静观其变了。但你要随时关注张狗剩的动向，发现异常情况及时向我汇报。"

杨光的扶贫工作越来越难开展了，原因是张狗剩什么工作都不让他做。按照计划，杨光要一户户走访贫困户，但张狗剩说："走访啥，都是形式主义。每一家的情况我都了解，你问我就行了。"五一劳动节到了，农商行为每户贫困户购置了夏凉被，杨光准备挨家挨户送去。张狗剩又说："现在谁稀罕这破被！把它们放在村委会办公室吧，由村委会组织人员发放。"过了一段时间，所有的夏凉被又全不见了踪影，而村里的老百姓却一条被子都没见到。

终于，红白理事会工程开工了，这令杨光好一阵子激动。房子盖好了，房子里却安装了几台电磨，大门上挂上了"长岭磨坊"的牌子。杨光就去问张狗剩，张狗剩倒毫不避讳，说："红白理事会不产生效益，改成磨坊，可以方便老百姓磨面碾米，还能增收，挺好的事。"

磨坊开张了，磨一斤玉米张狗剩收一毛钱。张二白就去问："以前我们去乡上的磨坊磨，一斤玉米也才收六分钱，你怎么收一毛钱？"张狗剩反问："你把玉米拉到乡里没成本啊？我就收一毛，你爱磨不磨。"

张狗剩家盖小别墅盖到二楼时，他家后面的几户人家不让了，说："你盖成二楼，把我们这几家的光线都堵了，你这二楼不能盖。"张狗剩看一眼身后的孙小眼发狠说："听见没有，人家不让盖。你给我守着，如果有人拦着我家盖房，你就给我打，打死了我抵命。"吓得那几户人家再不敢发声了。他们去找支部书记张二白评理。张二白去现场看了看，跟孙小眼理论了几句，孙小眼竟然当众扇了张二白一巴掌。

杨光实在是忍无可忍了，就写了封匿名举报信，投到了县纪委的举报信箱里，结果却是如石沉大海，更没见有人来查过张狗剩。

五一过后天气逐渐热了起来，今年的天气不比往年，更加炎热；特别是这几天，长岭热得像要把人身体里的水分都蒸了去。

这天一早，长岭村平静的大街上突然驶来了四辆小车，其中一辆豪华漂亮，一看就不同凡响。杨光远远一望，然后对身边看热闹的人说："那是劳斯莱斯，要几百万元。"旁边的人一听几百万元，个个都倒吸一口气："妈呀！几百万元，够我们好几辈子花的。"

车门打开了，先下来的是一个雍容华贵的妇人，然后下来的是一个秃顶的老头。后面的车也都像巨兽一样把人从肚子里吐了出来，十几个人聚到秃顶老头和贵妇人的身边，显然秃顶老头和贵妇人才是这一行人的主角。

正当人们猜测这一行人的身份时，张狗剩带着一副献媚的嘴脸进入了人们的视线。张狗剩点头哈腰的样子就像一条哈巴狗在向主人摇尾乞怜，实在是令人作呕。

张狗剩带着这一群人直接向村委会走来。站在村委会门口的杨光注意到了那个贵妇人，注意到了她那张漂亮而熟悉的脸：樱桃小嘴红红的，嘴角微翘，显得俏皮可爱；鼻子不大不小，挺而不肥；细嫩白净的脸蛋上两个小酒窝清晰可见，白得像玉石一样的脸蛋晶莹剔透；只是那双透亮清澈的眼睛变得有些灰暗，不再像先前那样灵动了。她是小美！是的，是小美，就是她。杨光心里一阵一阵地痛，眼睛也开始模糊了。他不知道自己为什么会这么难过，他并没有爱过小美啊！

小美此时也看到了他，她痴痴地盯着杨光，竟然忘了走路，直到秃顶老头拉了她一把，她才意识到自己的失态。当秃顶老头经过杨光身旁时，杨光才看清，那是宋大强，小美的丈夫，一个土豪。

眼见着这一群人进了村委会办公室，围观的村民才逐渐散去。杨光站在村委会大院里，感觉就像刚刚做过了一场梦。在梦里，那个早已被他关进记忆深处的小美突然又跑了出来，令他胆战心悸。

"杨光，进来给客人倒水。"这命令的口气，完全不容他推脱。

杨光机械地走进办公室，一屋子的人，他的眼里却只有小美。小美还是那么美，还是那样令人怜爱。他倒水的手在抖，不听使唤地抖，水都溢出了杯子他还没停下来。小美突然站起身，夺过了杨光手中的暖瓶。

"水溢出来了，小心点！"

小美的话点醒了他，当着这一屋子的人他不能失态，况且还有宋大强在场。他即刻调整了心态，向在场的人点头微笑表示歉意后，又从小美手中拿过了暖瓶，开始有条不紊地给客人倒起水来。

"宋老板这次回来一定多住几天，我在县里已经为您和夫人安排好了。"一个西装笔挺、领导模样的人首先打破沉默开了口。杨光边倒水边瞟了一眼，感觉那人好面熟，但不知道在什么地方见过。

"石县长太客气了！我们就住一晚，明天回去还有事。"

宋大强的话提醒了杨光，杨光灵光一现，记起来了：这不是我们县的常务副县长石磊吗？前段时间传闻他马上要提县长了。

"这次回来得不巧，我们家的小别墅还没装修好，就不留宋老板了。下次回来，一定要住在家里。"张狗剩媚笑着，完全不像是在跟女婿说话，更像是一个奴才在跟主子说话。

小美抬了抬身，像是要说话，但话到嘴边又咽下去了。

小美的每一个动作杨光都看在眼里，他多么希望小美能留下来住一晚，他想跟她说说话，哪怕是一句。

接下来他们的谈话杨光一句都没听进耳朵里，他的眼睛也始终没有离开过小美，他突然发现自己是那么渴望见到小美，如果有机会、有可能他真想对小美说一句："我好想你！"

小美走了，来也匆匆去也匆匆，像某些领导视察一样，蜻蜓点水，点到为止，留给杨光的只有无限的思念。夜深人静时，杨光开始回味这如梦如幻的一天。小美的身影不时在他的脑海里闪现……不知什么时候，一个叫良心的小人儿来到了他的面前，大声质问他："杨光啊，杨光！你真不是东西，你娶了婷婷，婷婷都为你怀上孩子了，你他妈还想着小美。婷婷对你那么好，那么爱你，你的良心都让狗吃了，我真为婷婷抱不平。"

杨光猛地惊醒过来，出了一身汗，原来是做了个梦，但那个小人儿的话却深深地刺痛了他。

他拿起写字台上的镜子，定定地看着镜子里的自己，他第一次发现自己是那样丑陋，如同一个青面獠牙的怪兽。看着看着，两行热泪从他的眼睛里滚了出来，他对着镜子里的自己说："你绝对不能再背叛婷婷、伤害婷婷了，绝对不能！否则我就……杀了你，杀了你！"

女婿和石县长走后，张狗剩更加得意了，而杨光久久存在心里的疑问终于得到了答案："张狗剩的靠山原来是石县长！"

没过多长时间，长岭村又迎来了一位贵客——一位房地产开发公司的老总。原来张狗剩嫌王家老宅开发太慢，要引进社会资金，进行市场化运作。公司老总姓秦，秦总在考察了王家老宅后，认为王家老宅有一定的历史价值，但要开发成旅游景区，就需要大改变大投资。秦总为王家老宅提出的规划方案是：为扩大景区规模，靠近王家老宅的住户全要搬迁，预计需要搬迁四十八户、一百二十口人。大改变就是要动大手术，需要请专家对王家老宅进行整体设计，该拆的拆，该建的建，格局要变，风格要变。

动这么大的手术自然要大投资了。谁投资？秦总说："我！但建成后，五十年的商业运作权归我。我投这么大资，你得让我收回本钱来吧？傻子才干赔本的买卖。"

张狗剩才不管你投资多少、商业运作多少年，他在心里打着另一把算盘：有工程就会有钱赚。不管你是什么人，只要是想在我的地面上赚钱，就先得把我喂饱了。

张狗剩说："王家老宅的保护与维修是省财政拨款补贴的项目，工程谁做，这补贴就归谁，好处是明摆着的。五十年的商业运作权可以给你，但这好处你得吐出来。你是明白人，你看着办。"

话说得如此直白，秦总心里自然明白该如何做。他说："有钱大家赚，财政补贴全给你和村里，可这拆迁工作你要出力。按照你们的土地补偿和人口补偿标准，我一亩地补你们三十万元、一口人补十万元，房产按评估价补。我先向你们村的账上交一百万元保证金，搬迁结束后付清所有拆迁补偿款。至于你怎么向拆迁户分配我不管，但如果两个月内四十八户全搬迁完，我再额外给你个人五十万元辛苦费。我们能不能合作就看你了。"

秦总胸有成竹地盯着张狗剩，他想，这样优厚的好处不答应那叫傻子。张狗剩心里面的小算盘又打开了，他要算一算，这个工程自己能得多少钱：财政补贴可以全入我个人的腰包，对拆迁户的补偿可以减半，给我个人的辛苦费五十万元不算高，还可以再加个十万二十万元的，总算下来收入可观。

张狗剩心中暗喜，但表面上却装作十分为难的样子说："现在的老百姓维权意识很强，拆迁工作不好做呀！再说时间也有点紧，三个月你叫他们去哪里找房子住？"

秦总暗忖：你他妈的胃口未免太大了，也不怕撑着！不过这买卖有赚头，多给个三五十万元也没啥；再说了，这样的地头蛇也惹不起，以后有些事还得靠人家。

想到这儿,秦总眉开眼笑地说:"多个三二十万元也可以,村民的安置你得想办法。"

张狗剩等的就是这句话,他终于舒展开眉目,笑嘻嘻地说:"秦总如此痛快,一看就是做大事的人!好,我也痛快。你只要出钱,其他的事情我来办,没有办不成的。"

四十八户村民要在三个月内搬迁完成的消息就如同一颗炸弹丢到了长岭村,大家反响强烈。

二组组长王旦孩也在搬迁之列,他想:房子是我自己的,我不同意,你就算是县长能把我怎样?但他知道张狗剩的手段,所以他必须发动组织被拆迁户形成合力,共同抵制。

在这四十八户中,贫困户就占了三分之二,也正因为贫困他们才没能力翻新老房子,或在新村盖新房子。王旦孩是村支部委员,算个村干部,经济条件也相对较好。两个女儿一个嫁到县城,一个考上中专到了外地工作,都成了长岭籍贯的外地人,他最初想招个上门女婿的打算也彻底泡了汤。因此他放弃了批新宅基地盖新房的计划,只对老院子进行了整修。但这修修补补却并不比盖新房节省,把他多年的积蓄贴进去了一多半。如今要拆他的房子且不说补偿多少,单从感情上来说他就舍不得,再一听补偿的标准他就更不干了。那点钱在村里买一个与他家相当规模的院子都买不了,别说盖新的了。不干,绝对不干!他要为自己争取权益,也为所有的拆迁户争取权益。他想了想,在这四十八户中也只有他自己能挑这个头、担这个纲。他要代表他们去谈判去理论,去争取利益的最大化。但这个代表他不能自封,必须征得大家的同意;所以他起草了一份委托授权书,内容是四十八户共同委托他与拆迁方谈判拆迁补偿事宜。授权书最后是委托人签字,只要四十八户户主全签上字,这份委托授权书就能生效,他就能理直气壮地代表大家说话了。对此他很有信心。不过，他希望能得到除这四十八户以外的更多人的支持，比如书记张二白、第一书记杨光等。

张二白对张狗剩的决定持十二分的反对。对古村落的开发保护是政府的事，而且必须保证修旧如旧，不能对古建筑古物造成新的破坏。引进第三方资金进行商业运作这些原则性问题能否得到保证？还有，这样做可能会滋生腐败，让一些人钻了空子。张二白带着这些问题找到了乡党委李书记。李书记说："关于古村落的保护有明确的规定。这样做是否符合规定，乡里判定不了，要由县里确认。但据我所知，这事是县里主要领导点头认可的，你我都阻止不了了。"

"县领导怎么会同意这样干呢？我真的无法理解。"张二白心有不甘地唠叨着。

"这我也不知道。让人家干吧，但愿别出什么乱子！"李书记心事重重地叹息道。

杨光也及时向马董事长汇报了张狗剩的决定。马董沉默良久才气愤地说："这样做无疑让那些贫困户雪上加霜。他难道不怕激起群体上访事件吗？"

马董在杨光面前不停踱着步，杨光知道马董只有在难以决断的时候才会这样，他的两眼像钟摆一样跟着马董来回摆动，内心猜想着马董下一步的指示。

马董突然停了下来，杨光的眼睛由于惯性摆到了另一边，赶紧又摆了回来，直直盯着马董，等待他的指示。马董表情严肃而庄重，他用手指了指杨光说："你马上回去，时刻关注事态发展，一旦有发生群访事件的苗头立刻向我汇报。我想办法了解县里面的动态，并尽力协调各方面关系，能给村民争取的利益我会尽力争取。但愿这次能平稳度过，让大家有一个比较满意的结果。"

王旦孩的授权委托书签名进行得相当顺利，只用了半天时间就全部搞定了。为了保险起见，他还找杨光将授权委托书复印了多份，并针对此事征求杨光的意见。杨光说："该争取的利益自然要争取，但必须在合理范围之内。另外，大家要依法办事，切不可感情用事。"王旦孩点头表示赞同。

十四

王旦孩与张狗剩的谈判并不顺利。王旦孩刚说明大家的意思，张狗剩就劈头盖脸将他训了一通，说他作为村干部不服从组织决定，不讲政治，不讲大局；说他不是带头做群众的工作，反而带头对抗组织，与组织讲条件；说他只考虑个人利益，不考虑集体和国家利益；说他不配当村干部，还说他再闹就将他就地免职等等。他机关枪一样不停地数落王旦孩，别说谈判了，王旦孩连插嘴的机会都没有。这第一次谈判竟然变成了张狗剩对王旦孩的批判。当王旦孩丢盔卸甲地走出村委会办公室时，他才意识到自己的一败涂地。他满腹的委屈没有出处，五十多岁的大老爷们竟然抹开了眼泪。

王旦孩与张狗剩所谓的谈判，杨光隔壁有耳，听了个清清楚楚。他见王旦孩六神无主地走出了大门，就追了上来。他看到王旦孩仕抹眼泪，一时不知道该不该叫住他，犹豫了很久才喊出了声："旦孩叔！"

王旦孩显然没有想到他身后会有人，这一声喊吓得他浑身一哆嗦。他迅速地将眼泪擦干才扭转身，见是杨光，他的心才落了地，他勉强挤出一丝笑说："你跟着我干吗？吓我一跳。"

杨光说:"你们的谈话我都听到了。"

此时的王旦孩真想找个地缝钻进去,他尴尬地看着杨光不知道说什么好。

杨光说:"叔,你一开始就进了人家的套子里了。你要清楚,你是四十八户村民的代表,你是在为他们争取权益,不是只为你自己,你应该是理直气壮的。"

王旦孩一想:对呀!亏自己还是村干部,还没交手就着了人家的套,出师不利呀!我可是夸下了海口,要为大家出头的,我得返回去,必须返回去。想到这里,他毫不犹豫地转身就往回走。他觉得此刻的自己就像奔赴战场的士兵一样决绝而无所畏惧。他必须打赢这场战争,不是为自己,而是为那些与自己遭遇同样不平等待遇的四十八户人家。

王旦孩这次与张狗剩不讲大道理只讲公平合理。他对张狗剩说:"我家院子跟你家院子一样大,都有八分地。你既然认为补偿标准合理,我去住你的院子,你来拿补偿。补偿既然合理,为什么补偿的钱在村里买不到同样的家?四十八户有三十二户都是贫困户,拿到的钱连家都买不到,你让他们住哪里?以后怎么生活?"

张狗剩气急败坏地狂吼:"你算什么东西,敢在这里教训我?石县长见了我还得恭恭敬敬的。补多补少不是你说了算,将来你们住哪、吃啥跟我有什么关系?冻死饿死活该!"

王旦孩哪里受过这样的气,心一横,气一提,也骂开了:"你他妈净干缺德事,也不怕遭天谴?你将来不得好死!补偿不合理我们就不搬,我就不信天下没有说理的地方。"

杨光在隔壁听到两人扛上了,急忙跑过去,生怕两人真干上架。

杨光站在两人中间说:"都别动肝火,有话好好说。有什么事不可以商量的。"

张狗剩抢过话说:"我是村主任,补多少我说了算,县长都得听我的,有什么可商量的。"

王旦孩更加义愤填膺:"村主任这岗位是为大家服务的,不是你谋取私利的工具。村主任是大家选的,大家照样可以罢免你。"

"免我?!我先把你免了!从现在起你就不是支部委员了。"张狗剩不可一世地冷笑着。

二人谈崩了。王旦孩回了家。但接下来发生的事情令王旦孩始料未及。晚上,院子里被扔进了一个花圈;早上,又发现院子里有个死婴。王旦孩被吓着了,待在家里不敢出门了。

虽然群龙无首,但大家都不甘心,纷纷组织串联,赶到乡政府门前去维权。近百人的维权队伍加上围观人员将不算大的乡政府围了个水泄不通,乡政府大门外的县级公路也受到影响,看热闹的、说风凉话的、骂街的,人声鼎沸。堵塞的车辆横七竖八,喇叭声此起彼伏。乡政府及其周边俨然像一个失去统一指挥的战场。乡党委李书记亲自出面安抚维权群众,却也无济于事。中午过后,饥饿的维权人群开始冲击乡政府食堂。李书记下令,食堂所有师傅全部上岗,政府工作人员帮厨,为维权人群下拉面、蒸馒头,群众情绪才得以稳定。

与此同时,乡政府早已将此情况向县政府做了汇报。杨光也第一时间将此事报告给了县农商银行马董事长,马董事长向分管金融的副县长做了汇报,静待县政府的决定。石县长召开紧急会议商讨事情的处理办法。石县长提议,抓几个带头闹事的,以铁腕手段迅速平息事态。有副县长提出异议,却被石县长否定了。

根据政府要求,县公安局紧急抽调五十名干警由刑警队队长张天明带队奔赴维权现场。

在维权现场,张天明用高音喇叭向人群喊话:"大家有诉求,必须通过合法方式依法维权。现在大家是非法集会，影响了公共社会秩序，根据相关法律法规，公安局有权依法对大家进行刑事拘留。所以希望大家立即解散，并保证以后不再重犯，公安局将对大家此次行为既往不咎。"

张天明话一说完，人群开始躁动，一些上了年纪的妇女竟然当众哭天抢地地向观望者诉说自家的不幸，有几个胆子大的壮汉站出来跟张天明理论。他们七嘴八舌，有的说领导不能强买强卖，有的说得给老百姓留条活路，有的干脆一五一十地跟张天明打了算盘，用事实说明补偿的不合理。对于群众的诉求张天明也深表同情，但领导对这次任务是有明确指示的，必须抓几个回去，才能交差。他为难地扫了一圈围着他的群众说："不管有什么委屈，现在你们必须老老实实地回去，政府会给大家一个交待，否则我们就要执行公务了。"

这时理发师吕老汉站出来说："非要抓就抓我好了，反正我回去也是一个人。"说完伸出双手等着张天明上铐。张天明苦笑着说："以你的年纪我要叫你一声叔了——你们只要都回去了，并保证不再闹事，我就不拘留你们。你们这是何苦呢？"吕老汉说："这补偿的问题解决不了，事情就不会完，迟早总得有人被抓，我算第一个。补偿问题一日不解决，我就一日不出看守所。你回去交差时就说我是挑头的。"

吕老汉的举动不仅震住了警察，在场的其他人都为此而感动了。吕老汉继续对张天明说："大家都不要为难，这没什么，就算是一种修行吧。"然后他转身对长岭村所有参加维权的人说："大家也不要为难警察，都回去吧。我相信补偿的事迟早会得到解决的。"刚才还嘈杂混乱的场面似乎被施了魔法，一下子变得寂静无声，大家都静静地看着吕老汉戴上手铐，钻进警车，警笛一响，绝尘而去。

日子依然一天天地过，婷婷的肚子也一天天大了起来，杨光脸上也一扫今年以来不顺和挫折带来的晦气，而像这七月的天气一样变得阳光起来。

这个星期天,婷婷想出去玩一玩、散散心。她对杨光说:"一坐月子就出不去了,趁现在还可以,你陪我出去走一走吧。"那哀求的语气,那楚楚可怜的样子,把杨光的心都融化了。

杨光说:"要走就多走几天,我们多请几天假,好好出去玩一次。我们自驾游,想去哪儿去哪儿。"

"哇!"婷婷高兴地大声叫着,"我太幸福了!"

杨光受婷婷感染,情绪高亢,对着远处的山大声喊:"我爱你,婷婷!"喊过之后,他紧紧地将婷婷抱在了怀里,像第一次抱她时一样,小心翼翼又激动万分。

杨光和婷婷的夫妻自驾游开始了。

他们自驾游的路线是精心规划好的。从长岭到阳泉,阳泉的盂县有赵氏孤儿藏身之地藏山。藏山因藏而得名,有了赵氏孤儿,藏山成了忠义的化身。所以藏山的美不只在自然风光,山水、花木,这些几乎所有的景点都有;藏山的美主要在它的内涵,忠义是它的精髓。这就如同婷婷的美——外表美,心灵更美,越看越让人喜欢,越品越有味道。而小美的美只在外表,初看惊艳,看多则无趣,因为人的审美是会疲劳的。

从藏山到五台山,五台山是文殊菩萨道场,而文殊菩萨是无上智慧的代表。杨光不信佛,而婷婷信,进一处拜一处,处处不落,唯恐哪个菩萨因此而怪罪。

杨光问她:"拜那么多菩萨,你许了什么愿?"

婷婷故作神秘地说:"不能说,说了就不灵了。"

从五台山又到了乔家大院,乔家大院因拍了一部同名电影而全国闻名。乔家乔贵发以磨豆腐起家,后经营票号财源滚滚。八国联军进北京慈禧太后南逃时,曾向乔家借过十万两白银,这足可见乔家当时的富足程

度。中国人有钱喜置产，乔家大院就是乔家曾经辉煌的有力证明。

在乔家大院杨光看得很仔细，而且还拍了很多照片，他希望这些照片可以在今后对王家老宅的修复中起到些许作用。

从乔家大院又到了平遥古城，平遥古城是世界文化遗产，号称小北京。它是一座完整的明清时代的县城，城墙和里面的所有建筑都保存完好。置身其中仿佛一下子穿越时空，回到了过去。特别是《又见平遥》大型情景剧的演出，让人有身临其境之感，爱恨情仇都是那么真实。

杨光拉着婷婷穿梭在百年前的街巷中，仿佛他们的爱情也跨越百年，他们笑他们哭他们分他们合，超越爱情、跨越亲情的那份炽热和执着震荡着两个人的心灵。谁说没有永恒的爱情？他们爱了，百年千年永永远远。当晚他们又不顾一切疯狂地缠绵了一把，无拘无束、酣畅淋漓，那才是爱情的至高无上境界。

他们又到了介休。绵山，介休，介子推的长眠之地。绵山的山挺拔雄奇，水至清至柔，建筑都依山而建，秉承了山的雄奇；树木都傍山而立，延续了水的清秀。身处此地，让人完全忘却了人世的烦忧；心在此地，可以得到净化。

杨光和婷婷漫步在这人间仙境，感觉自己变成了仙子，大自然永恒、生命永恒、爱情永恒！

晚上，他们就宿在这大山里，没有城市的喧嚣浮躁，没有城市的车水马龙，只有夜的静谧、山的安详、水的舒缓。夜深了，他们相互依偎，久久不愿合眼，生怕错过了这美好的夜，生怕错过了彼此，生怕错过了这一生。相爱的人啊，珍惜在一起的分分秒秒吧！

十五

第二天,仍在睡梦中的杨光和婷婷被枕边的手机铃声吵醒了。杨光从婷婷头下抽出发麻的胳膊,拿起手机。

"是爸的电话,你接吧。"

"爸,这么早打什么电话?"婷婷抱怨道。

"你看看几点了,还早?你们昨天晚上看新闻没有?"

"没有啊!出什么事了?"

"石县长,就是陪小美老公来我们村的那个县长,被市纪委留置审查了。"

杨光在旁边听得真切,他抢过手机问:"张狗剩没有事吗?"

"现在还没有。"

当听到石县长被留置审查时,杨光心里一阵激动,但当确认张狗剩没事时,他又好生失望。

与杨光一样,张二白也是激动了半天后又失望了。事实上,不只是这一次,每次有"大老虎"倒台他都会激动,因为他看到中央反腐的力度在逐步深入和加大;但令他失望的是,"大老虎"倒了一个又一个,而自己身边的"苍蝇"却始终安然无恙。可他始终相信,善有善报、恶有恶报,不是不报,日子未到。他在等着那一天。石县长的倒台让他看到了希望,因为在石县长来过长岭村后,长岭就盛传石县长就是张狗剩这只"苍蝇"背后的"老虎"——有了背后的"老虎",张狗剩才能敢横行乡里。所以张二白要将石县长倒台这一好消息告知自己的女儿女婿,也让他们哪怕高兴一小会。因为自从张狗剩当上长岭村村主任后,他们一家就过得非常憋屈,他们多么希望于他们而言的真正的好消息能早点到来啊!

本来打算再多玩两天的杨光和婷婷在听到石县长被留置审查的消息后决定立即结束旅程打道回府。因为杨光想抓住这一机会，助推一把，让张狗剩之流尽快得到法律的制裁。

杨光将他以前写的匿名举报信再次充实证据后又投进了县纪委的举报信箱。这次他信心十足。

一个月后，杨光等待的结果并未出现，却等来了另一个消息——小美的丈夫宋大强因涉石县长案被采取强制措施。宋大强用暴力和金钱打造的商业帝国一夜之间土崩瓦解。树倒猢狲散，一时间因经济纠纷起诉宋大强的案件多如牛毛，宋大强名下的所有动产、不动产在很短的时间内全部被冻结或查封。一夜之间小美也由贵妇人变为农妇，不得已的她只好带着一岁多的儿子返回了长岭。与上两次荣归故里不同，她这次是落魄回乡，所以张狗剩对她的态度就有了一百八十度的大转变——作为父亲的他居然将小美母子拒之门外。在母亲小翠的坚持下，张狗剩才将小美母子安排在村委会与郑好同住。

世事变幻无常，小美竟然与自己住在了一个屋檐下，杨光感到十分尴尬。因为他们之间有过肌肤之亲，所以杨光总感觉亏欠了小美，总有一种负罪感，见到她就如同见到债主一样，令他局促不安。而让他没想到的是，不久之后他将面临更大的难堪和困惑。

小美带着孩子，没有收入，张狗剩又不管，生存都成了问题，目前的情况是连孩子的奶粉钱都没有。要不是住在一个院子里，杨光真难以相信曾经的贵妇人会过得如此落魄不堪。他无法做到袖手旁观，他觉得自己有责任让小美从从容容、体体面面地生活。可他又怕婷婷误会，他不想伤害自己深爱着的婷婷，所以他决定尽可能地去帮助小美而不让婷婷知道。他的工资卡在婷婷手里，他唯一能自由支配的只有每个月婷婷给的三百块零用钱。以前，就这三百块钱他也用不了。他不抽烟，更不玩牌玩麻将，日用品和衣服由婷婷买，所以零用钱他大多用来买书或买电子教程。以后书和教程他可以不买了，但这三百块钱对小美来说仍是杯水车薪。怎么办？他左思右想终于想到了一个好办法，他可以兼职威客搞设计，也可以录制教程赚钱。不管怎样，他决定以后每月至少给小美两千块钱，让她不再为生活担忧。

婷婷在县城里上班，除周六周日外他们小两口都是两地分居，这就使得杨光的赚钱计划有充足的实施时间。至于赚钱的能力，他有十足的信心，因为许多计算机设计软件他都自学过，比如AutoCAD、Adobe Photoshop、3ds MAX等，虽说不太精通，但一般的设计工作他是可以胜任的。第一个月他仅赚了四百块钱，虽然钱少，但实现了零的突破，他很满足。以后的收入就逐月增加，到第四个月时终于突破了两千元，他为此欣喜若狂。

现在他需要考虑的是，如何将钱名正言顺地给到小美手中，为此他绞尽脑汁。这天他终于被网站上的一则募捐广告给点醒了。

住到一个院子后，杨光总是刻意躲避着小美。现在他要将钱交到小美手中，不见面是不可能的了。他希望自己能表现得主动一些，以中和这段时间以来对小美的冷漠，让小美感觉舒服一点。

星期一早上七点钟，婷婷坐公交车到县城上班去了，郑好也去乡里上学了。上个星期，杨光将他在网上赚到的钱全部提了现，他将钱装在了一个信封里。他从老丈人家出来往村委会走，思考着见到小美后如何开口、说什么、怎么说等一系列问题。小美的心理现在是什么状态，他没把握，因此他内心有些忐忑不安。

他进了村委会大院，来在图书室门前，他抬起手准备推门时又犹豫了，他不清楚自己的突然出现会给小美和自己造成什么样的影响。

小美正在陪孩子玩，一个母亲一个孩子，多么美好和谐的画面。杨光的突然闯入打破了这种和谐，他能看出小美眼神中的惊诧，也许她没想到一直躲着自己的杨光会主动出现在她的面前。她从床边站起身来，想打个招呼，却没能说出口。她开始哽咽，无法说话，眼泪也顺着两颊不停地滚落。小美本就长得美，现在那梨花带雨的样子更加叫人怜爱。小美虽说有父母，但她与父亲基本没什么感情可言，而母亲则是她从小到大可怜的对象。对于一个女人来说，嫁对郎是一辈子的事情，母亲嫁错了人，完全失去了可怜别人的资本，永远地成为别人，包括她的女儿，可怜的对象。母亲的一生是苦难的一生，她几乎天天都在受气挨打，她是父亲"私人定制"的"出气筒"。相对于母亲的苦难，她这点苦难算得了什么！她这样想。但每个人都有追求幸福的权力。她曾经以为，找一个有钱的丈夫，就可以扬眉吐气，在父亲面前抬起头来。事实也确实如此，在宋大强没出事以前，他父亲别说见了宋大强的面，就连见了她的面也都是恭恭敬敬的，这就是金钱的力量。宋大强出事以后，父亲竟然断绝亲情，连家门都不让她进，令她十分寒心。她对父亲是彻彻底底地绝望了。本来她对杨光还是存了希望的，毕竟她爱过他，还将自己的处女身给了他——他即使对自己没有多少好感，也不至于嫌弃自己。可自从自己住进村委会大院后，就没有见过住在隔壁的这个"邻居"。她想，杨光一定是在躲自己。是怕被讹吗？是怕给他带来厄运吗？她心里难过极了，她问自己，在这个举目无亲的世界里，还有活着的必要吗？可当她看见一岁多的儿子巴巴地望着自己的时候，她就放下了怨恨。为了儿子，她必须好好活着。另外，在她心中还埋藏着一个秘密：这个儿子是她与杨光初夜的结晶，而非宋大强的。她不想将这个秘密告诉杨光，因为她怕杨光认为她是在以此要挟他。而对于将来，她不知道更不敢想。这段时间以来她一直在考虑该如何生活下去，这才是她当前最迫切最需要解决的问题。

　　此时此刻，杨光就站在她的面前，她早已冻结的心开始慢慢融化。杨光问:"小美,你还好吗?"这一句普通的问候令小美的防线彻底崩塌。她哇一声哭了出来,同时不顾一切地扑进了杨光的怀抱,就像一个受了委屈的孩子见到了朝思暮想的亲人。她实在是太累了,太需要找一个肩膀靠一靠。

杨光双臂张开着,左右为难,他真应该抱抱她,给她一些慰藉;但作为一个有妇之夫,他又不想对不起自己的妻子。他只好就这样任凭小美靠在自己的肩膀上哭泣,任凭她释放着自己的委屈。

小美的儿子懵懂地看着妈妈,他以为他的妈妈受到面前这个男人的欺负。因此他愤怒地冲向杨光,挥舞着一双小拳头,拼命地砸向杨光,同时他也哇的一声大哭了起来。

杨光没有想到会出现如此完全失控的局面,他手足无措、无计可施。

小美和儿子的哭声此起彼伏,有时又交织在一起,构成了一曲奇特的交响曲。交响曲的末尾,音量慢慢降低,直到只剩下两个人的哽咽。

杨光拍拍小美瘦弱的脊背,说:"别担心,一切都会好起来的。"

杨光拿出早已备好的信封塞到小美的手上说:"这是我在网上为你募捐到的,以后我会及时将募捐到的钱送到你手上。另外,你还有什么困难或者需要我帮忙的地方,你就尽管说,我会尽我最大的努力去帮助你的。"

小美迷茫地看着杨光,她仍然没有弄明白杨光此行的目的。只是为了送钱吗?他对我真的没有任何感情了吗?儿子是他的,儿子和我都需要他的关心和关爱。他会接受这个儿子吗?她不得而知。

小美接受了杨光的好意,事实上她也不能不接受,否则她和儿子就要挨饿了。因为有儿子,杨光的好意她接受得心安理得——父亲养自己的儿子不是理所应当吗?可她暂时还不想告诉杨光这一切,她怕他不能接受,或者说不敢接受,因为他已经有了妻子。

小美如果能这样安静地生活下去也不失为一件好事,但现实总是残酷的。也许是为了进一步拉拢孙小眼，让孙小眼死心塌地地充当自己的马前卒，张狗剩竟然逼迫小美嫁给孙小眼。

在杨光的眼里，孙小眼就是人渣、垃圾，吃喝嫖赌抽一样没少干。他娶小美，简直就是一枝鲜花插在了牛粪上！杨光不同意，绝对不同意。"但你算小美的什么人？你有什么资格管小美的事？"张狗剩这样问杨光时，杨光张口结舌，无言以对。

杨光鼓励小美起来反抗。小美一开始也坚决不答应，但最终张狗剩抓住了她一个弱点，令她不得不举手投降，放弃抵抗。

小美的弱点就是她的母亲。张狗剩逼着小翠去做女儿的工作，女儿不同意他就殴打、折磨小翠。小美看到母亲生不如死，她丢盔卸甲，放弃了抵抗，同意嫁给孙小眼，条件是不领结婚证。

在小美出嫁前的几天里，杨光天天坚持去劝说她，但每一次都无功而返。

再过一天小美就要出嫁了，杨光没想到这时小美竟主动找到了自己。她含情脉脉地看着杨光问："你喜欢过我吗？现在还喜欢我吗？"

杨光苦笑着回答："不管别人喜欢不喜欢你，你首先应该做的是爱自己。别再作践自己了，好吗？"

小美从杨光的眼睛里看到了希望，她确信，眼睛是心灵的窗户，是不会有假的。小美再一次紧紧地抱住了杨光，她吻他的眼睛、他的鼻子、他的嘴巴、他的耳朵、他的脖子。杨光用力地推开了小美，像一头怒火中烧的狮子一样，瞪着小美说："我们不能这样。你为什么要听他的？他是把你往火坑里推，你不要任人宰割，要反抗，懂吗？"

"我懂，但我有什么办法？！我不同意，他就要打死我妈，我能看着我妈死在我的面前吗？你说我该怎么办？"小美反驳着，眼泪哗哗地往下流。

"你要拿起法律武器保护自己,你要……"杨光猛然意识到,自己的话是多么苍白无力,像张狗剩这样的混蛋,法律有时候真拿他没办法。

小美哭得更厉害了,杨光突然像泄了气的皮球一样,感到无力无助无能。他抬手猛打自己的脸,一下两下三下,一下比一下重,一下比一下狠。小美被杨光的行为吓傻了,她冲过去使劲抱住了他,恳求他说:"这不是你的错,你别再打了……我认命!"

"你不能啊!我不要你认命。你跑吧!跑到哪里都行,反正要离开你那吃人的父亲。"

"我能跑到哪里?我和儿子还要活下去,况且还有我妈呢!我能不管吗?我不能丢下她,我妈太可怜了!"小美边哭边说,哽咽着,声音越来越小,最后竟然发不出声了。

小美再一次出嫁了,她像是赴死一样。这个可怜的女孩把杨光的心都弄碎了。

这天,婷婷羊水突然破了,即将临产,这比预计的产期提前了近一个月。昨天她还在上班,今天早上她感觉下身不停地流出液体,将短裤搞得湿湿的,极不舒服。她检查了短裤,发现竟然有血渍。她开始发慌、害怕,她给杨光打了电话,远在长岭的杨光让她赶紧先去医院检查。放下电话,杨光一刻也不敢耽误赶紧驱车赶往县城。

当他冲进医院妇产科时,却听到了不幸的消息。

婷婷到医院后,下身开始血流不止,很快陷入昏迷,情况万分危急。几个专家为婷婷进行了会诊,会诊的结果为:婷婷肚子里的孩子已经没了,要立刻动手术拿出胎儿,并对婷婷进行输血抢救。

杨光焦灼不安地在手术室门口等待着。他不敢相信刚刚所发生的一切,他痛恨自己,为什么没有让婷婷提前休息。他疯了一样抓自己的头发，咬自己的胳膊。他跪在地上祈求上天保佑婷婷平安无事。

也许是他的虔诚打动了上天，手术室门开了，婷婷被推了出来。杨光紧紧地抓住婷婷的手，久久不愿松开，他怕一松开，婷婷就会离他而去。

婷婷暂时保住了性命，但杨光从医生那里得到了一个可怕的消息，婷婷得了子宫癌，已是晚期。这个消息不啻晴天霹雳，一下子将杨光击垮了。

十六

随着对石磊案件调查的不断深入，县里许多乡镇领导和企业老板被传唤。真所谓无知者无畏，在这个节骨眼上，张狗剩仍想着要大捞一把。他将村委会账上的钱一笔笔支走或划走，给村委会留下的只有一本本空账。

小美与孙小眼结婚后，不出意外地受到了孙小眼的虐待。自恃是村主任女婿的孙小眼在村里更是张牙舞爪、不可一世。这天是星期五，孙小眼在外喝酒，一直喝到晚上才醉醺醺地回到村里，正好碰上郑好放学回家。已经发育成熟的郑好凹凸有致，孙小眼斜着眼色眯眯地盯着眼前这个美人儿不停地咽着唾液。

与小美结婚一个多月了，孙小眼每天都要在小美身上发泄几次兽欲。小美俨然变成了他的奴隶，一不顺心他就非打即骂，而小美只能逆来顺受，默默地承受着——她已经对这个世界彻彻底底地失望了，心如死灰，每日里如同行尸走肉一般。

再好吃的东西，吃得多了也会腻。小美虽然很美，但跟小美做爱，已经没了一开始的刺激感，小美已经满足不了孙小眼的需求了。此刻，孙小眼竟然盯上了郑好这个含苞待放的少女。

郑好在长相方面并非出类拔萃,她个子不高,皮肤黝黑,脸也是普通的一张脸;但身材好,前凸后翘,女性特征十分明显。孙小眼看着看着,下身就起了反应,像一根烧红的铁棍般一柱擎天了。他欲火中烧,急欲发泄一番。而此时的郑好正专注地朝前走着,完全没注意到一只色狼正在悄悄地靠近自己……

郑好拼命地厮打着反抗着,但哪能敌得过身强力壮的孙小眼呢!孙小眼像一只饿急了的狼,啃噬着眼前的猎物,直到发泄完兽欲,他才畅快地伸直了身子,看着眼前的猎物,满足地打起了酒嗝。

强暴完郑好后,被夜风一吹,孙小眼的酒也醒了,他开始后怕不已。他立即找到张狗剩,向张狗剩讲述了事情的整个经过,不过他的讲述掺杂了许多不实的成分。他反复强调这完全是一直以来郑好勾引他的结果。张狗剩刚听完后火冒三丈,说:"你他妈吃着碗里的看着锅里的,有小美还不够,还霸占人家小姑娘,你还是人吗?"孙小眼跟着张狗剩干了很多坏事,他清楚他现在和张狗剩完全就是一根绳上的蚂蚱。他若犯了事,他张狗剩也跑不掉,所以他吃定张狗剩对他的事不能不管,也不敢不管。孙小眼装出可怜、委屈的样子说:"我不是人,我猪狗不如,但我是喝多了酒才乱性的。现在事情已经出了,你得赶紧帮我,要不然郑好报了警,我可就完了。"

张狗剩骂归骂,头脑还是清醒的。他完全明白,孙小眼完了他也就完了,他必须保证孙小眼的安全——将女儿嫁给他,也是为了让他对自己绝对忠诚,以保证自己的安全。

张狗剩恨铁不成钢地指着孙小眼叹口气说:"就这次,我帮你,以后再给我惹事,可别怪我六亲不认。"

"是是是,我发誓再不惹事。"孙小眼诺诺连声,装出十分听话的样子，心里却在说：老东西，总有一天你得求我，到那时看我怎样作践你。

孙小眼带着张狗剩找到郑好。郑好衣服还没穿好，半裸着正哭得稀里哗啦。她身下，血红一片，张狗剩清楚那是郑好的初夜落红。孙小眼冲郑好吼道："哭什么哭，哭丧啊你？看看谁来了。"

张狗剩说："郑好，我是村主任，你受了谁的欺负跟我说，看我怎么收拾他。"

张狗剩夸张地踢了一脚孙小眼说："你给我滚一边去，我要好好开导开导郑好。"

孙小眼听话地躲到了一边。张狗剩伸出手轻轻地摸着郑好的肩头说："郑好啊，你一个人孤孤单单，太可怜了！叔知道你受了欺负，以后谁欺负你，你就跟叔说，看我不宰了他。"话音一转，他又用威胁的口吻说，"但今天发生的事情你不要向任何人说。我可以认你做我的干女儿，以后我就养着你，将来我还会供你上大学，给你找工作。可如果你将这事告诉了别人，那就别怪我心狠手辣。长岭村我是老大，我叫你死你就活不成。"

郑好恐惧地蜷缩着身体，泪水不停地往下淌。她太孤单太无助了，她没有保护自己的能力，更不知道如何来保护自己。她想：也许这就是命吧！面对强暴，她只能认命。

杨光本打算将婷婷的病情隐瞒下来，即使是多活一天，他也希望婷婷是快乐的幸福的。但婷婷很快就从家人和医生的态度以及用药上发现了问题。癌，一个可怕的字眼霎时间将她击倒。她的人生才刚刚开始，她对人生是如此眷恋，以前她从来没有想到过死，死对她来说是非常非常遥远的事情，但一转身的工夫，死神就来到了她面前——这对谁来说都是难以接受的。她哭，她怨，哭自己人生的短暂，怨上天对她的不公，但一切都无济于事。直到泪流尽了，恨也消散了，她的内心才开始平静下来。

她不知道自己还能活多久，将来已经不属于她了，可她要为家人的将来考虑。自己走了，白发人送黑发人，这对父母的打击无疑是最大的。想到这些，她开始可怜自己的父母。父母含辛茹苦将她养大成人，本指望她能为他们养老送终，万万不承想，女儿却走在了他们的前面。那将是一种怎样的绝望啊！自己走了，他们能承受吗？他们又会怎么样呢？

自己走了，杨光能承受住吗？她相信杨光对她的爱是刻骨铭心的、无以替代的。自己走了，他能承受住吗？他又会怎么样呢？

她一遍一遍地想，一遍一遍地假设，一遍一遍地否定，想一遍痛苦就加一分，想一遍就又绝望一次。她就这样一天天等待着死亡，一天天在煎熬中度过。

快过年了，村里人又在重复着几千年来的程序：磨豆腐、蒸糕、蒸馒头、炸麻花、做烧肉、熬皮冻、和饺子馅等等。对于注定是过人生最后一个年的婷婷来说，这个年她想回家过。张二白夫妻于是回到长岭村，心情沉重地准备着过年应该准备的一切，而杨光依然在医院陪着婷婷，他们准备在三十那一天再回村。

除了张二白一家，整个长岭村似乎都沉浸在迎接新年的欢快气氛中。张狗剩和孙小眼也不例外，他们几乎天天都要炒上几个小菜，喝上二两小酒，过着神仙都羡慕的生活。

腊月二十三是小年，这一天家家都要祭灶王，扫尘土，吃饺子，放鞭炮。这一天，长岭村也沉浸在一片喜庆祥和之中。接近中午，各家的饺子刚刚下锅，一阵急促刺耳的警笛声就在长岭上空响了起来。人们脸上带着疑惑之色，纷纷从自家的大门探出头来，探寻着警笛声响起的根由。

警车在张狗剩新盖的刚搬进去住了没多久的小别墅前面停了下来。几分钟后，人们看到张狗剩被两个警察押着进了警车，然后警笛声再次响起。警车很快消失在远方，警笛声也渐去渐远。

张狗剩被抓的消息像狂风一样迅速吹遍了长岭村的角角落落。孙小眼目睹了老丈人张狗剩被抓的整个过程，他确信自己的报应就要到了。他跑回家，带上家里所有的现金、存单、存折和银行卡，甚至都顾不上跟小美交待一声，就沿着后山崎岖的山路一路狂奔，逃离了长岭村。

张狗剩进去不到三天就将自己的犯罪事实交待了个一清二楚，甚至包括孙小眼强奸郑好的事情，他交待到实在想不起来还有什么值得交待的问题。

警察抓他本只针对他与石磊之间的勾结，没想到他竟然是条大鱼。据张狗剩交待，在一年多的时间里他贪污挪用村各类专项资金金额竟达上千万元。小官大贪，震惊全县，县公安局立即成立专案组对张狗剩的问题进行彻查，同时根据张狗剩的交待发布通缉令，在全国范围内通缉在逃嫌疑人孙小眼。

这一连串的消息无异于在平静的深潭里砸入了一块巨石，整个长岭村沸腾了。由七人组成的专案组进驻长岭村对张狗剩交待的问题进行核查。乡政府决定村主任一职暂由支部书记张二白代理。仍在医院陪侍婷婷的杨光得到消息，疲惫的脸上终于露出了一丝难得的笑容。

孙小眼逃走了，张狗剩被抓了，小美和母亲同时失去了男人，也同时得到了解放。母女俩抱在一起好好地哭了一场，为她们悲惨的命运，更为这难得的解放。

孙小眼逃走时带走了全部的家当，小美也被孙小眼同族的兄弟赶出了家门；张狗剩家被抄了，新盖起的小别墅也因涉案被封。小美与母亲的生活陷入了困境，只好又住进了村委会图书室。

在张狗剩被抓后不久，吕老汉回到了长岭村。

腊月三十的下午，婷婷与杨光回到了长岭——虽然只离开几个月，但在重新踏上长岭的土地时，恍如隔世。车子一进长岭，婷婷看着那熟悉的山水树木、街街巷巷竟抑制不住地放声痛哭。这是她生长的地方，更是她一生眷恋的地方，这里有她的父母、亲人，有她从小的记忆，如今回来了，她再也不愿离开它——哪怕是死，也要死在这片土地上。

见她哭，张二白夫妇和杨光跟着泪涟涟。下车后，婷婷擦干眼泪说："我想在村子里面走走。"这似乎是一种请求，她深情地看着杨光，等待杨光的答复。杨光不忍再看婷婷那楚楚可怜的样子，他赶紧答应说："我陪你。"

走在故乡的土地上，婷婷似乎找到了童年的感觉，她欢快地跑了几步，却感到有些力不从心，伤感再一次袭来。杨光上前扶住婷婷，说："我们慢慢走。"

两个年轻人肩并肩携手踱着步，冬日的夕阳将两个人的影子拉得很长很长。路过王家老宅的时候，他们走了进去。婷婷抚摸着王家老宅的浮雕影壁说："看，它们好老啊！"杨光泪中带笑说："是啊，好老！我们都会老的。"刚说完，他自感语失，赶紧闭了嘴。婷婷反而笑了，笑得很灿烂，她说："不知道我老了会是什么样子。我老了你会不会喜欢？"杨光的泪又流了下来，他说："我喜欢！因为我永远爱你！"说完，他们彼此静静地看着对方，好久好久。

婷婷躲开杨光的目光说："我死了，你再娶一个吧，你的日子还长着呢。"

杨光再也抑制不住了，突然号啕大哭起来。他说："我今生只爱你一个女人，你死了，我的爱情也就死了。"

婷婷平静地说："我知道你最初喜欢的不是我，是小美。小美现在不是又单身了吗？她挺可怜的，我死后，你娶她吧。"

杨光惊愕地盯着婷婷，他想：婷婷是不是已经知道了他跟小美之间的事情？不管知道不知道，他不想再隐瞒了。他必须向婷婷坦白，哪怕婷婷不原谅他。

他攥紧拳头，像是下了很大的决心："我想跟你说些事，但我事先想请求你原谅。"

婷婷似乎很开心的样子，她说："我怎么会不原谅你呢？我爱你！我会接受你的一切，包括缺点和错误。"

杨光一把搂过婷婷，说："遇上你是我今生最大的幸福。"

杨光放开婷婷，看着她的眼睛开始讲述他和小美之间发生过的一切。

讲完了，婷婷看起来并没有生气，还是那样带着笑容。她问："你爱过小美吗？"

杨光答："喜欢过，但后来……"

"别说后来，我知道你后来爱的是我。"婷婷打断了杨光的话，她继续说，"小美把处女身给了你，那她的儿子是谁的，你知道吗？"

这个问题杨光真没想过，婷婷如此一说，回想小美儿子的样子，他倒觉得跟自己有几分相似。

"难道她的儿子是我的？"杨光惊得张大了嘴。

"很有可能，你可以直接去问她。"

对于婷婷来说，这是一个沉重的话题，杨光不想再与婷婷探讨了，他问婷婷："你不恨我吗？"

婷婷说："不恨，现在我反倒觉得好轻松好高兴。因为我死后，你还有小美，我希望你将来能活得开心、幸福，这是我最大的心愿。"

"婷婷，我们在一起时别再提小美了。爱情是不允许有第三者的。我对不起你！"

"好吧，我们再走走。"婷婷说。

十七

杨光和婷婷走进了酒坊，整个车间弥漫着浓浓的酒糟味。婷婷深吸了一口气说："好香啊！不知道我们的酒坊什么时候才能开起来。"

杨光说："现在一切阻力都没有了，明年天气暖和了我们就开，我们要酿出全世界最香的酒。"

杨光和婷婷又来到了村委会，小美的儿子正在院子里玩，屋内的小美不停地唤儿子回屋，儿子却不理会，照玩不误。婷婷专注地盯着小美的儿子看了很久，她说："没错的，我确信他就是你的儿子，特别是他那双眼睛，太像你了。"

杨光苦笑着说："我们还是走吧。"

婷婷没理会杨光的建议，她反而慢慢地向图书室走去。刚走到图书室门口，小美挑帘出来了，差点撞上婷婷。两个女人突然遭遇在了一起，令跟在婷婷身后的杨光尴尬不已。

时间静静地流淌，三个人像被施了定身法，一个个张口结舌，不知道说什么好。

杨光作为夹在两个女人中间的男人，去打破目前的尴尬局面责无旁贷。他急中生智说："小美，婷婷来看你了。"

小美歉意地一笑说："快请进屋。"

小美的母亲小翠正在包饺子，见有客人进来，急忙站起身来。屋内的陈设非常简单，一边是两张高低床，一边是一排书架，书架上分门别类摆满了书。正中间靠里贴墙摆着一张类似写字台的桌子，上面放着锅碗瓢盆等一众厨房用具。屋子的正中间摆着一张低方桌，方桌的四周摆着四把小凳子，小翠刚才就坐在小凳子上包饺子。

小美指指高低床说:"要不坐床上吧?"

婷婷也不推辞,大大方方地坐在了高低床的下铺。小美边忙着倒水边问:"婷婷姐出院了?休养休养会好的……"

杨光抢过话说:"下午刚出的院。"他又问,"你们怎么住这里?"小美内心凄凉,张了张口,不知道怎么回答。小翠接口说:"我们家让人查封了,小美也被婆家赶了出来,我们只好住到这里来了。"她停了停又说,"虽说我们现在无家可归,但我们比以前过得好多了。我们宁愿过这样的生活。"说完她笑了,笑得很开心。杨光和婷婷看得出来,她的笑是发自内心的。

婷婷微笑着对小翠说:"婶子,我们想跟小美单独说几句话,您能不能先出去一下?"

小翠似乎犹豫了一下,然后开门出去了,屋子里只剩下了杨光、婷婷和小美。

杨光开始紧张起来,他不知道婷婷到底想干啥。

婷婷却正好相反,平静地看着眼前的杨光和小美说:"小美,你和杨光的事我都知道了,我不怪你们。现在,我想把杨光交给你,因为我得了癌症,可能活不了多久了,我死后杨光就靠你照顾了。"她说得非常平静,平静得似乎癌症与她无关一样。她也完全不像在托付感情,倒像是在托付一件物品。

杨光没料到婷婷会说出这样的话,他的情绪刹那间失去了控制,他失声痛哭起来,抓住婷婷的手说:"你怎么能这么说,怎么能这么想?!我不是物品,你想给谁就能给了谁!我爱你,永远爱你!"

小美怔怔地站着,不知道该做什么。

这时的婷婷反倒愈加平静了,她说:"我也爱你,所以才希望你过得幸福、快乐。你喜欢小美,你们还有了自己的孩子,我真心希望你们能走到一起，这也是我现在最大的希望。你如果想让我高兴，就答应我，我想在我还活着的时候看到你们的结合。"

杨光简直不敢相信自己的耳朵，他拼命地摇着头："不，我办不到，我真的办不到！你别逼我，婷婷，一切都会好起来的，我会陪着你，永远陪着你。"

"我们要面对现实，不管你怎么说、怎么想，在我的有生之日，我一定要办成这件事。"她突然站起来，随即又跪了下来，"我求你们，求你们成全我这一心愿。"

杨光傻了，小美也傻了。

杨光跪下了，小美也跪下了。

小美说："婷婷姐，我不能那样做。"

婷婷坚决地说："成全我，小美！"

第二天是大年初一，婷婷邀请小美一家到自己家里过年，小美婉言拒绝了。婷婷让杨光上门邀请了三次，小美、小翠才领着小美的儿子虎子来到了婷婷家。

这是一个热闹的春节，婷婷一整天都在笑，从她的精神状态根本看不出她是一个癌症患者。而杨光和小美却始终笑不出来，他们的内心完全被内疚占据。

年过完了，元宵节也过完了，二月二那天，婷婷对杨光说："我们先把离婚证办了，你和小美快去把结婚证领了吧。我即使死，也想高高兴兴地死。"

这次杨光没再坚持，因为他知道那是婷婷现在最想做的事情，他必须满足她的愿望。

婷婷将杨光和小美的结婚证郑重地交到小美的手上，她说："我把杨光交给你了，也把自己的命交给你了，你们的幸福就是我的幸福，高高兴兴

过好每一天，我在天堂会祝福你们的。"

那天过后，婷婷的病情开始恶化，癌细胞迅速扩散到全身每一个器官，婷婷被疼痛折磨得死去活来，昏迷了醒来，醒来再昏迷。杨光和小美在婷婷面前始终面带微笑，背着婷婷时却不停地流泪。四月二十六日，婷婷停止了呼吸。

一反常态，那天杨光没有流泪，他抚摸着婷婷消瘦的脸，竟然现出了微笑。他说："婷婷，你再不会痛苦了！"

婷婷死后，杨光似乎突然失去了语言功能，他整天沉默着，不跟任何人说话，包括小美。

婷婷的坟在后山，杨光每天都要去一趟。他自言自语说："婷婷一个人好孤单！我要去陪她。"

一个月后，杨光被医院诊断为抑郁症。

为了照顾杨光，小美和杨光住在了一起，并正式将儿子的名字改为杨小虎。

日子就这样平淡无奇地过着，一眨眼又到了秋收季节，长岭村四周满眼金黄，又是一个丰收年。

这天晚上，小翠哄虎子睡了，小美也安顿杨光躺下了。她一个人仰望着天空发呆，突然院墙"咚"的一声响，是东西掉在地上的声音。小美想：也许是一只猫吧。

接下来又是一阵窸窸窣窣的声音，小美依然没有在意，她望着牛郎织女星出神。突然，一个黑影向她扑过来，一只手臂紧紧箍在她的脖子上，另一只手死死地捂住了她的嘴。她惊恐地挣扎了一阵，但毫无作用。

"我是小眼，再动我要你的命。"

孙小眼，逃犯孙小眼——小美由惊恐变为仇恨。她安静了下来，不再挣扎。

孙小眼以为自己的恐吓起了作用,他放开手命令道:"快给我弄吃的去,饿死我了。"

小美冷哼一声,突然扯开嗓门大喊:"救命呀,抓逃犯呀!救命呀,抓逃犯呀……"

在这寂静的夜晚,小美的喊声惊天动地,把半个长岭村都喊醒了。

杨光一激灵,翻身下床,操起靠在墙角的铁锹就冲出了房间。明亮的月光下,小美与孙小眼已厮打在了一起。杨光大吼一声:"住手!"这一声吼直接将孙小眼震慑住了。小美因此得了机会跑到了杨光身边。小美指着孙小眼说:"他是逃犯孙小眼,别让他跑了。"

杨光一听是孙小眼,恨得牙都开始痒痒了。他举起铁锹,向着孙小眼狠狠地砸了下去。这一锹砸得实在,差点将孙小眼的脑袋劈成两半,等左邻右舍听到动静赶过来时,孙小眼已经呜呼哀哉、一命归西了。

长岭村自解放以来第一次发生命案。接到报案后,县公安局刑警队长常宽亲自带队出警勘查现场。杨光和小美也被带回公安局接受调查。根据调查结果,公安局很难判定杨光的行为属于正当防卫。因为实施正当防卫必须同时符合以下四个条件:一、只有在本人或他人的合法权利受到不法侵害时;二、必须是在不法侵害正在进行时;三、必须是对不法侵害者本人实施防卫,而不能对无关的第三者实施;四、正当防卫不能超过必要的限度,不能造成不应有的损害。

杨光的行为看起来似乎不太符合第二条和第四条,所以很难认定是完全的正当防卫。好在死者孙小眼是网上通缉的犯罪嫌疑人,对杨光正当防卫的认定较为有利。为此全县网民在网上展开了大讨论。有人认为,作恶多端的孙小眼死不足惜,杨光的行为是为民除害;而且杨光也没料到一锹下去就要了孙小眼的命,不存在杀人的故意。另外一些人却提出了相反的观点。他们认为杨光对孙小眼可以说是恨之入骨,主观上有致孙小眼于死地的动机；而且杨光是不是正在遭受不法伤害，还有待商榷。

为了解除杨光的嫌疑，张二白出高价为杨光请了律师，第一审判定杨光为防卫过当，考虑死者逃犯的身份，从轻判处杨光一年有期徒刑。杨光当庭表示上诉。

正在上诉期间，昆山反杀案发生并很快公布了处理结果，这成了正当防卫的典型案例。有了典型案例，杨光一案的舆论支持迅速偏向无罪的一方，最终杨光被宣布无罪。在现场旁听的小美听到"无罪"二字时，喜极而泣。

杨光一案尘埃落定，张二白终于可以舒口气了。自从张狗剩上台后，村里的一切事务都是张狗剩一个人说了算，财务也是张狗剩一个人管，把本来好好的一个村委会搞得乌烟瘴气；所以村里迫切需要解决的问题很多，比如健全村委会组织、整理档案、梳理财务等等。另外还有一些虽然不急，但也需要尽快决策的问题，比如贫困户危房改造问题、张狗剩磨坊处置问题、红白理事会成立问题，还有酒坊经营问题等等。

张二白首先跟村里的老会计赵胜利谈了话，希望他再回村委会继续从事会计工作，但赵胜利两口子要去县城帮儿子照看孩子了，所以不打算再干了。张二白只好再考虑别人。可把在村里常住的人一个个数过来数过去就是找不出一个合适的人选。最后喜妮出主意说："小美虽说大学没毕业，但毕竟也是上过大学的，有文化，她现在也闲着没事做，就让她做吧。"

张二白一听有道理，再一想又有了顾虑。他说："张狗剩作恶多端，他刚进去就让他女儿在村里当会计，大家会不会同意？"

喜妮说："同不同意，你提出来，看大家怎么说。如果大家都反对就算了。我是想，小美跟他父亲不是一回事，小美是受害者；况且小美现在跟杨光是一家子了，我想大家同意的可能性大。"

张二白说："也只能试试了，现在看来除了她还真没合适的人。"

支部会上，张二白提议让小美当村会计，本来安静的会场一下子炸开了锅。有人说："张书记你也太大度了！他父亲当初咋对你的，酒坊的酒全是被他糟蹋的——刚刚好了伤疤就忘了痛了。"有人反驳说："张狗剩是坏，但小美不坏呀！张狗剩做的那些断子绝孙的事情，跟小美可没关系。小美是个好孩子，我认为行。"又有人说："小美好与坏，谁能说得准？她是张狗剩下的种，即使现在不坏，谁又能保证将来不坏。"

这话就说得难听了，一直沉默着的杨光来了气，他噌地一下站起来，说："我保证，小美绝对不会变坏。"

刚才还热热闹闹的会场瞬间安静了下来，大家都用异样的目光看着杨光。他从大家看他的目光里读到了以下内容。一、你是长岭村第一书记，但那毕竟是临时的，扶贫结束你就会走，你年纪小，提点建议还可以，在这重大决策上你还没有发言的资格。二、你虽是受过张狗剩的气，但现在小美是你老婆，张狗剩就成了你岳父，现在是决定小美的事情，你是应该回避的。三、人心隔肚皮，小美是你的老婆你也保证不了她不会变坏呀！张狗剩弄下的烂摊子还没收拾好，万一将来小美跟她父亲一样走了歪道，我们在座的可都是有责任的。

大家的目光像一把把无形的利剑向杨光刺过来，锋利而且无情。杨光不再坚持了，他避开那一把把利剑，对张二白说："爸，小美的事情我回避。"说完就坐下了。

杨光一直叫张二白"爸"，婷婷死了以后，仍一直叫着。张二白曾对他说过："婷婷死了，你可以不再叫我爸了。"杨光说．"婷婷永远活在我的心里，她永远都是我妻子，任何人都不能替代；所以我永远都是您的女婿，不管您承认不承认。"

这时大家都将目光投向了张二白。经过这一系列事情后，张二白在村民心中的威信更高了，他们对张二白的期待也更高了，所以张二白的想法可能会影响到大部分人的决定。

张二白思考良久才说:"现在常住我们村里的人,我一个个都捋过了,不是年龄太大就是读书少干不了,我最后才想到了小美。小美年轻,上过大学,她有这个能力。以我本人对她的了解来说,她其实是个好孩子。我们为什么不能给她个机会呢?况且我们现在又没有合适的人选。先让她试一试也行呀。这就是我的意见。"

这时村副主任王跃进说话了,他说:"我也赞成张书记的提议,大家如果有比小美更合适的人选,提出来,我跟张书记都不会反对的,大家一起议。"

大家你看看我,我看看你,都想不出更合适的人选了。一阵沉默以后,王旦孩举手说:"我赞成!"郑海平举手说:"我也赞成。"这头一开,大家纷纷举手表示赞成。结果到会的十六名党员,除了两个不赞成外都投了赞成票。张二白最后总结说:"少数服从多数,不赞成的保留意见。我宣布,以后小美就是我们长岭村的会计了。"

十八

又一个春节来到了,长岭村一派喜庆。

大年初一,张二白老两口坐在屋子里你看看我我看看你,谁都没心思过这个年,看着看着竟然落下了眼泪。去年的今天,婷婷还在,还有杨光、小美、小翠、虎子,红红火火的一大家子人;如今人去屋空,显得太冷清太凄凉了,搁谁谁都高兴不起来。

上午十点钟,大门外突然燃起了鞭炮,噼里啪啦清脆悦耳。响过之后，虎子第一个跑进院子，边跑边冲屋里喊:"姥爷姥娘，我们来给你们拜年来了!"

张二白夫妻先看见了跑进院子的虎子，后又听到虎子的喊叫，激动得笑不是哭不是的。他们还没站起身，虎子就进到屋里了。接着是杨光、小美、小翠。杨光和小美进屋后，在屋中央站定，跪下来给张二白夫妻磕了三个头才起身。杨光说:"爸、妈，我们来给你们拜年了，我们祝二老身体健康、新春快乐!"张二白夫妇没想到杨光会行如此大礼，惊愕间早已经泪流满面。张二白哽咽着说:"我们好，大家都过年好! 来，快坐下。"他推了推发愣的喜妮说:"孩子们来拜年了，你还不快去准备红包。"喜妮开心地到里间准备红包去了。

从初一到初三，杨光一家都待在张二白家，他们的陪伴让张二白夫妇暂时忘却了失去女儿的痛苦。

年一过，杨光就与张二白商量酒坊启动与运营的问题。张二白说:"这段时间我也仔细考虑过了，酒坊还是以合作社方式运营好。现在酒坊的股东就我和林老板，我想让村民们也入些股，这样也可以解决我们重新启动的资金问题。将来搞好了，还可以给村民们分点红，这也算我们村增加农民收入和扶贫的一项举措吧。"

"我觉得行! 现在农商行推出了脱贫贷，财政贴息，贫困户可以贷款入股，一分利息不用出还可以分红，多好的政策! 让农民富起来是我们共同的初心，让我们共同努力，带动村民致富，把长岭村建设得更好!"杨光激动地说。

"红白理事会就设在现在的磨坊里，但那些磨不能丢，村集体破旧房屋那么多，找两间拾掇拾掇，就是现成的磨坊。磨坊由村集体经营，村里人磨面只收成本，主要为方便大家。"

"这样处理大家没有不赞成的道理。"杨光兴奋地说。

在杨光的帮助下，小美很快就掌握了村集体账务的处理方法，村委会财务又步入了正轨。

张狗剩被判了二十年有期徒刑，一部分涉案款被追回，重新打到村委会账上。张狗剩的别墅被公开拍卖，但一直没找到合适的买家。这时杨光又想到了林虎，他在电话里跟林虎说："王家老宅二期工程款被张狗剩挪用盖了小别墅，现在小别墅公开拍卖，可村里的房子再好也比不得城里的，价钱低还难卖。小别墅卖不了，王家老宅二期工程就没法开工……"

"我知道了，你是想让我出钱买别墅。以前我不是还想给王家老宅捐款嘛，正好这别墅我买了，价钱就按你们那里县城的房价吧，钱我一次性出。"

杨光没想到林虎这样爽快就答应了，他很感动，他不知道说什么才能表达内心的感激，结果他只说了一句："有时间再回长岭看看，它会越来越好的。"

林虎说："一定！"

这一次酒坊募集股金异常顺利，全村一百二十一户，除十九户举家在外打工外，其余的一百零二户全都入了股，包括三十六户贫困户也都贷款入了股，股金金额从一万到三万不等。

小美是长岭村的会计，还兼任酒坊的会计、出纳。酒坊筹集股金期间，小美和杨光天天从早上忙到晚上，饭都顾不上吃。这天晚上七点他们才收工，他们站在村委会大院门外看着农商行的接款车呼啸着驶出长岭村才感到一阵轻松。他们草草吃了母亲小翠给他们做好的面条，草草洗漱完就上了床。虎子跟姥娘睡。杨光和小美睡在一张一米五的双人床上，两个人紧挨着躺在黑夜里，小美将手伸进杨光的被窝里摸着杨光的胸部说："婷婷都去了半年了，你为什么还不碰我？你难道要一辈子不碰我吗？我是你的妻子呀！"

"对不起！我办不到，我始终感觉婷婷就在我的身边盯着我，我心里始终有一种内疚感。再给我点时间，好吗？"

"是我没有婷婷漂亮、温柔，还是没有婷婷优秀？虎子真的是我们的儿子，你可以做DNA检测。"

"不，我并没有不相信你。小美，我相信只要你愿意，你完全可以过上更好的生活。你愿意嫁给我，还为我生了个儿子，我非常感激你。婷婷去的这段时间，如果没有你，我都不知道我能不能挺到现在。有了你，我感到很满足很幸福。只是婷婷对我太好了，我……"杨光哽咽着说不下去了。

小美抱住杨光，安慰他说："别难过了，我等你……"

下了几场春雨后，冻结了一个冬天的土地完全苏醒了，农民们开始忙着春耕，将硬结的土地翻松平整。没过几天，一块块土地就像被人铺上了一层蓬松的毯子，变得光鲜漂亮起来。快开种的时候，杨光又提醒张二白说："爸，村民都入了股，成了酒坊的股东，再鼓励他们种高粱，他们一定乐于接受。我们何不趁热打铁把种高粱的事也办了？"

张二白说："酒坊的事就交给你了，你想咋办就咋办。还有，去年村委会与酒坊签的承包荒坡的合同仍然有效，你想养鸡也可以。作为村干部咱们就一个目的——让村民都富起来。"

张二白思考了一下又说："你是扶贫队队员，又是我们合作社的主要管理人员，以前你为合作社做过的全当做了贡献；以后以合作社的名义每月发给你两千元补贴，不多，但必须发，我想其他股东也不会反对。"

杨光说："我是农商行派驻的扶贫队队员，农商行给我发着工资，您这样做是让我犯错误，我不能接受。"

张二白笑笑说："我给小美涨一千块钱工资不违反规定吧？酒坊我就指

望你和小美了——搞不好，我要扣小美的工资。"

张二白突然眼神暗淡了下来，他看着远处说："小美是个好姑娘，看到她我就会想到婷婷，你一定要对她好。"

说到婷婷，杨光也是黯然伤神，眼睛开始湿润了。他说："我忘不了婷婷，小美也永远替代不了婷婷。"

张二白说："人要往前看，该忘记的就要忘记，该放下的就要放下。"

当天晚上，杨光躺在床上想着张二白的话，泪水止不住地淌了下来。小美抱着他问："又想婷婷姐了？"

杨光哭着哭着就进入了梦乡，梦里他跟婷婷卿卿我我，翻云覆雨，畅快淋漓，那种久违的美好的感觉让他飘上了天。他紧紧地抱着婷婷，喊着婷婷的名字，疯狂地吻她摸她。

"杨光、杨光，你这是怎么啦？"

杨光猛地睁开眼睛，一种从高空跌落的感觉让他从梦境瞬间又回到现实中来。他看到小美正楚楚可怜地盯着他，他触电般放开小美。刚刚那梦中的激情尚在，他的下体依然一柱擎天地膨胀着，他为自己的行为感到可耻，他翻转身背对着小美。小美贴着杨光的背，抱着他说："我知道在你的心里只有婷婷，可婷婷已经死了，你就把我当成婷婷吧。婷婷怎么对你好，我也一定能做到。"说完竟然又哭开了。

在杨光的内心深处仍保留着小美的位置，他绝对不会排斥小美，只是由于婷婷，他才刻意地回避她疏远她。现在，小美正零距离地抱着他，她的双乳紧贴着他的后背，她的嘴吻着他的脖颈，他又有了刚才梦中那种麻酥酥的起飞的感觉。在她泪水的催化作用下，他的心开始慢慢融化，他的身体开始热烈燃烧，他内心的防线开始全面崩溃……他翻转身，看着小美那张美艳绝伦的脸，他内心深处的喜欢冲破了一切牢笼……他疯了，不再受任何的约束和限制，像一头猛虎般疯狂了近一个小时……

狂风暴雨过后，一切都归于了平静，杨光看着怀中的小美说："你真美！"小美羞涩地别转了头。

酒坊启动了，厂房里很快就飘出了一阵阵的酒糟的香味。

这天杨光正在酒坊帮忙拌料，手机响了，是林虎。林虎说："我最近要回去一趟，一是看看酒坊的运营情况；二是要看看我的别墅，收拾收拾；三是要再看看王家老宅。"

动员村民种高粱的事情也有了眉目。按照杨光的规划，今年争取每户种一亩高粱——只要今年成功了，明年就是不让种大家也会争着种。买高粱种子的事杨光还是托给了林虎，杨光反复强调，一定要买最优质的种子。林虎在电话里拍着胸脯保证："你放一百个心，种子不好我不要钱。"

按照省政府对扶贫工作的要求，由扶贫单位出钱对各村的村容村貌进行修整，特别是贫困户要达到六要六有，即：庭院要规整，要有大门和围墙；住房要安全，要有玻璃和纱窗；电器要添加，要有电视和电话；屋内要亮堂，要有床柜和桌椅；内力要激发，要有自信和自立；陋俗要革除，要有好的习惯和家风。

六要六有中"庭院要规整，要有大门和围墙"是与村容村貌直接相关的，所以这成了农商行首要解决的问题。杨光建议农商行出料，贫困户自己出工，由农商行付给工资——这样问题解决了，贫困户又多了一份收入，扶贫不扶懒。马董事长立马就同意了这个建议，并决定以后村里所有的工程都这样办。

一听要自己干活，五十岁的老光棍冯树科不干了。他气呼呼地对杨光说："你农商银行就是扶贫的，你给我修好就行了，凭什么还要我干活？"

杨光反驳说："我们没让你白干，是给你付工资的——即使不付工资你给自家干活也不吃亏啊！"

"我光棍一根，挣钱做什么？又不能带到棺材里！再说我家也不需要院墙、大门。"

这不是抬杠吗？就是这个冯树科，年前，为了改善贫困户的生活环境，农商行买了一些床上用品，杨光一家家地送，还要亲自为贫困户换上。到了冯树科家，冯树科就是不让换："都说我家是垃圾处理厂，可我睡着舒服，别人说什么我不在乎。"杨光说："你看看你的床单被套，都成了油饼子了，扔在外面绝对没人捡。新年新气象，换成新的干干净净过个年多好。"他却说："再干净也没人会来我家，就我一个人干净了有啥用？我就是不换。"杨光说："你这是破罐子破摔，扶不起的阿斗！"

如今院墙、大门也不肯垒，这贫怎么才能扶起来？！

杨光将这个情况反映给了马董事长。马董事长说："这样的人一人吃饱全家不饿，他们没有感情寄托，更没有将来和希望。这个人我来想办法。"

过了两天，马董事长竟然带着一个两岁的孩子来到了冯树科家。他对冯树科说："老冯，我从福利院给你领回来个孩子，你看看，要是喜欢，你就认她做你的女儿，手续之后我带你去办。"

整天眯瞪着眼的冯树科见了小女孩居然来了精神，他盯着小女孩看了老半天才说："你说话算话？"马董说："我啥时候在你面前扯过谎？"冯树科竟然拉着小女孩的手伤心地哭开了。他边哭边说："女儿啊，你终于转世回来找爸来了，这么多年来，爸一个人过得好苦啊！"

马董突然意识到，扶贫这么多年，对于贫困户的过去和内心，他们了解得太少了。

后来马董从张二白那里了解到，冯树科原来找过老婆，还生了个女儿。女儿两岁时，老婆带着女儿回娘家，途中发生了车祸，老婆和女儿双双毙命。从此冯树科就整天眯瞪着眼，醒着跟睡着一个样，再没打起过精神来。

马董本来只是想给冯树科认个女儿，让他能有个寄托和希望，没想到却点中了冯树科的命门。

冯树科认下女儿的当天就请求杨光帮着他屋里屋外彻底打扫了一遍，并将床上的用品全部换成了新的。他还请吕老汉为自己理了发，又到村里新建的公共浴池洗了三十年来的第一个澡。从浴池出来后，冯树科焕然一新，简直像换了个人似的。

当着杨光的面，冯树科突然就跪下了，他说："以前家里就我一个人，死了也就死了；现在我要养女儿，你让我去酒坊干活吧，我一定不惜力气，好好干。"

杨光万万想不到多年来的老大难让马董一下子解决了，他对马董更加心悦诚服。事后，马董事长对杨光说："做扶贫工作就像医生治病，要对症下药。找对方法，一户一策，就没有扶不起的阿斗。你是驻村扶贫队队员，一定要与贫困户多交流多接触，了解他们的过去，了解他们的需求，设身处地地为他们考虑，想方设法为他们解决困难，这样扶贫工作才能做好做实。"

林虎是个雷厉风行的人，他给杨光打电话后的第三天就回到了长岭村。

当林虎这次进到长岭村时，他看到的是一个全新的长岭，沿街的墙壁全都粉刷一新，街道被打扫得干干净净，如同冯树科一样焕发出了新的活力。

林虎先去了他的别墅，这之前它属于张狗剩。林虎开玩笑说，从现在起这里就是我林虎的行宫了。张狗剩被捕后，这里就被贴上了封条，至今没人再进去过。这次回长岭前林虎已经考虑好了，简单打扫收拾一下，就交给杨光管理。他知道小翠和小美的身份，虽说是自己出钱买下的，但自

己一年也来不了几回，这么好的房子没人住太可惜，让杨光一家住着——平时有人管理着，自己回来也方便，这是一举两得的好事。

林虎对杨光说："这房子没人住可惜了，房子空着也容易坏，我想请你一家帮我照看、管理。你一家住着我也放心，我回来也方便。"

杨光明白，林虎又想帮自己。其实他已经在县城买了房子，但由于小美现在是村里的会计，自己又是驻村扶贫队队员，所以他们现在仍住在村委会。条件虽简陋，但一家人恩恩爱爱、和和睦睦的比什么都重要。对于林虎的好意杨光很为难，他说："平时照看、打理肯定没问题，但住就不合适了。"

林虎说："怎么不合适？这是我个人的房产，我有权做任何处置。你是农商行的员工，我知道你有顾虑，怕影响不好，但我不贷款，更不会让你给我办任何事情。不用顾虑。再说了，我只是让你住着，又没有给你，你怕什么？你再推可就是不给我面子了，我是真不高兴了。"

话说到这个分上，杨光只得勉强接受。

房子的问题解决了，林虎脸上现出喜色，他高兴地说："我们先去看看王家老宅吧！二期工程进展如何？我可是天天惦记着。"

杨光说："正在施工，我也没顾上去看，正好我们一起去。"

二期工程就在一期工程旁，规模比一期大。在张狗剩被抓后，拆迁户得到了很高的补偿，大家都高高兴兴、依依不舍地搬离了老村。二期工程所涉老建筑被破坏得更厉害，施工难度也更大。一些房屋已经完全变成了现代的样式，这些房屋就需要全部拆除，再按设计方案重新建。

二期工程该拆除的已经全部拆除，工地上到处是建筑垃圾，破砖破瓦破石块、烂窗烂门烂木头到处都是。风一吹，尘土飞扬，眼睛都睁不开。对这样的环境林虎似乎并不在意，每一堆垃圾他都要仔细翻看，似乎在寻找什么。当翻到一堆碎石块时，他看了又看。石块比较大，他就让杨光帮忙把几块大的搬出来，像拼积木一样拼来拼去，最后竟然拼成了一块碑。碑上有字，他用手将碑上的泥土抠干净，碑上的字就变得清晰起来。在碑的左下方，"清道光"几个字顿时令林虎和杨光兴奋了起来。

林虎让杨光叫来了施工方的现场负责人，并对他说："你看仔细了，这么老的东西怎么就当破烂扔了？这里所有的垃圾要认真再过一遍，像这样的老东西我们要找出来，想办法修复，你听懂了吗？"

林虎又对杨光说："现场要有村里的人，最好是年龄稍大一点而且有历史知识的人，让他进行甄别，别再把老东西当垃圾扔了。"林虎很严肃，像领导在作指示，掷地有声、不容置疑。

酒坊是他们的下一个目的地。酒坊内热火朝天的景象感染了林虎，当原浆酒通过导管缓缓流出，酒香四溢时，他迫不及待地喝了一大口，顿时满嘴喷香，回味无穷。他竖起大拇指大赞："好酒！"那豪爽劲像倒拔垂杨柳的鲁提辖，又像醉打蒋门神的武二郎。

当夜，杨光梦见酒坊生产出的烧锅酒远销到了国外，长岭村的农民都住上了小二楼，王家老宅整修完毕对外开放，宾客如云。

信合人生

一

初秋时节，秋风吹走了夏季的狂热，代之而来的是清凉、爽利，在浸透着农民汗水的黄土地上，一棵棵玉米正顽强地生长着。

这里是太行山腹地，贫瘠的黄土地是祖祖辈辈生长在这里人们的唯一希望。在黄土地的中央有着一片建筑，房子的式样告诉人们它们年代的久远。

延绵的高山将村庄及其周围田地环抱其间，一条河又将这偌大的山坳一分为二。说是一条河，不如说是一道河床——这里十年九旱的气候使这条河难得见到水。只有雨水相对充沛的某个夏天，河里才会现出水流潺潺的美好景象，也只有这时的它才会让这些难得见到河的人们联想到书本上所讲述的江南水乡的独特景致。为了人畜吃水和浇田灌溉的需要，先辈们在村子的最北端修了一座拦河大坝，将河水截了下来，后来这便成了皋州水库。水库库容虽不大，却解决了村民饮水用水的大问题。从二十世纪八十年代末开始，受媒体上养鱼致富和吃鱼有益健康的宣传影响，每年村里都会向水库里撒入鱼苗，因此水库里就有了大大小小的鱼，这就给水库增添了许多的活力。到了夏天，这里便成了小男孩的乐园。他们在这里摸鱼、游泳、洗澡、嬉戏，乐不思蜀、乐而忘返。谁家孩子到了吃饭时间仍没回家，家长定会找到这儿来，把孩子从水里拎出来，训斥一顿。有的家长还会用粗大的手在孩子光溜溜的屁股蛋上留几个巴掌印，以示惩戒。孩子们的摸鱼仅限于玩儿，因为这里的人们不习惯吃鱼。养而不食，几年下来，水库里就有了大身段的鱼，足有几十斤重——那还是水库某一年因干旱见底时，人们见到的奇观。本地人不吃鱼不打鱼，偶尔便会有了解内情的外地人在水库里钓鱼。村里人生活虽不富裕，却大方好客，由着他们去钓。

干旱使这里的山只能长一些耐旱的荆条和具有顽强生命力的杂草，它们像是这荒山的头发，为这高大的山平添几分俊美——至少也使山不致像个秃子一样令人厌烦。艰苦的自然环境锻炼了荆条和杂草的意志，使它们像这里生活的人们一样坚韧。秋天的山色是最美的，绿的、黄的、红的、白的，一块块、一片片，五颜六色，像天地间矗立着一幅巨大的抽象画，令人惊叹。

这里虽然小得微不足道，甚至在绝大多数的地图上都难觅其踪迹，但对于祖祖辈辈生活在这里的人们来说，这里就是全世界，这里就是家乡。

这里虽小却也曾出过一些出类拔萃的人物，据说很久以前，这里还是皋州州治所在地。在这里生活有两大家族——赵氏和张氏。赵氏一族有一个令他们自豪的祖先——赵绂。

赵绂，号怀东，万历丁酉乡荐高魁，甲辰捷南宫，中进士，丁未赴都谒选，授直隶庐龙知县。他为政有方，治绩称最，因而癸丑迁升南京陕西道监察御史，天启辛酉升通政司右参议，丁卯转授通政，是年二月十三日为九卿科道会推，奉旨任兵部左侍郎。

崇祯元年，赵绂因病告退，旋"沐恩"加正卿衔。癸酉年，农民起义军进入县城。赵绂为了维护风雨飘摇中的明王朝，殚精竭力，但最后仍不免失败，他在绝望中跳崖自尽。据传赵绂死后，其头不知去向，朝廷特制一金头与其身一同下葬。为防被盗，出殡当天同时下葬九副棺木，其真身所葬处直到今天仍是个谜。今日皋州赵家的赵氏宗祠，所祭始祖即为赵绂。

赵氏宗族在此世代繁衍，生出许多分支。其中一支三代单传，到赵昌这一代家境虽败落，但人丁兴旺，育有三子，分别是赵明德、赵明录、赵明志。赵昌生于解放前，童年在乱世中度过，因父亲早亡，生计艰难，一直未能上学，所以目不识丁；又由于结婚较晚，所以三个儿子均出生在二十世纪六十年代末至七十年代初。

三子赵明志于七十年代初出生，十二岁时其母早逝；所以他虽爱好广泛，性格却内敛。小学时他成绩中等；到初中时进步飞快，在数理化方面优势明显；高中时便在县中学坐稳了第一名的位置。高考一举中的，成为十几年来他们这个乡第一个应届考上大学的才子。

三子的金榜题名给赵昌带来了莫大的荣耀，乡里乡亲都羡慕不已，见面就会说声：恭喜恭喜！赵昌心里美滋滋的。但这种喜悦是短暂的，很快赵昌就陷入无尽的痛苦中——明志马上就要上大学了，但学费仍无着落。多日来赵昌能借的地方全去借了，但为前两个儿子上学借下的一屁股债还没还清，现在再借是难上加难。赵昌知道乡亲们也没有多少积蓄，大家都难。如今还差两千元，该怎么办？这几天赵昌一直在大街小巷上转，碰到熟人就会问一问，但毫无结果。

今天，赵昌一大早就佝偻着身体来到街上，想碰碰运气。这段时间以来，本已奔花甲之年的他愈显苍老，黝黑的脸上有着七沟八梁的皱褶，像极了村子里那唯一一棵千年古柏的树身。他两眼浑浊、眼神呆滞，不见了一丝愉悦之情。

没有一丝风，一棵棵柳树弯着身躯无精打采地侧立在街道两旁，静静的，一动不动。赵昌不时地蹲在柳树下歇一歇，又拿出旱烟来吸，他不停地用右手去压一压烟锅，深深地吸一口，再吐出长长的一缕青烟。青烟直上，很快消失在发烫的空气里。他边抽烟边远远地望着皋州乡信用社的大门叹气。早上出来时他已打好主意，实在没有办法的话他就只有按照张叔出的点子，到信用社求求人家了。他心里打着鼓，在两棵柳树之间踟蹰、徘徊。天底下的难事千千万，但这张口求人却是最难的一桩了。他终于鼓足勇气慢慢地蹲到了信用社门口，但却又一次停了下来——那只是两扇玻璃大门，但此时在他的眼里却像是两扇厚重的大铁门横亘在他面前，令他心生胆怯。在他的心目中，银行始终是一个陌生而神秘的所在，虽然每年他都会进去一次去取棐粮款，但这次不同以往，他这是要去求人贷款，而且还是向素不相识的人寻求帮助，这就更加难上加难了。但为了孩子他只能这么办。他现在真想大哭一场，以发泄内心的无助与烦闷。但哭又能解决什么问题呢？事实上，对于像他这样的普通老百姓来说，信用社就像一座巍峨的庙宇，而里面的工作人员就像是一个个高高端坐在供台上的菩萨，只是想一想便让人心生敬畏。

"不认识，人家能借钱吗？"他慌乱地想着。现在他已是第三次鼓足勇气要去推门了，但刚伸出去的手还是缩了回来。"怎么向人家开口啊？"他不断地问自己，额上的汗珠也止不住地往外冒。正在他犹豫不决的时候，一个干部模样的人推门走了出来，差点与他碰个满怀。"哟！这不是赵昌哥吗？听说三小考上大学了，恭喜恭喜！"赵昌一愣，他没想到信用社里面还有人认识他。他结巴着说："你……你怎么知道的……你认识我？我……我想找王主任。"那人诧异地看着他："三小考上大学的事全村都知道了，这可是皋州的大新闻。我呀，就是你要找的人，有事吗？"此人正是王主任——赵昌今天想见的人。这乍一碰面，倒让赵昌有点措手不及，原本在心里默背了几十遍的话语，一时忘了个干干净净。他嗫嚅着，自己也没听清自己说了些什么。王主任扑哧一声笑了，说："赵昌哥，你这是说什么？我咋一句也没听懂。""我……我……我想跟你说件事，你……你有空吗？"赵昌终于努力地将话说完。王主任看着赵昌发抖的身子说："别着急，有什么事慢慢说。"赵昌看看王主任，多日来枳聚的压力一下子释放了出来，腿一软就跪了下去，眼里噙着泪说："王主任呀，我现在有难处，请你帮帮忙吧！"面对赵昌这突如其来的举动，王主任有点慌乱了，他忙伸出手去扶："你这是干啥？快，快起来说话。"王主任扶着赵昌站了起来，看着赵昌激动的样子，王主任说："你别急！我们进去坐着慢慢说。"

到了办公室，王主任招呼赵昌坐在沙发上，给他倒上开水，又递上一支香烟。王主任自己也点了一支烟，抽了两口后说："有什么事慢慢说，乡里乡亲的，别说求字，能帮一定帮。"赵昌看着王主任和善、真诚的脸，咽了四五次唾液，才开口说："这不三小考上了大学，过几天就要报到了，可学费还有两千元没着落。我着急呀！什么办法我都想了，我是实在没有办法了。"王主任吐了一口烟，两眼盯着手上燃着的烟，眉头紧锁，半天没吭声。他把目光移向赵昌，赵昌正用急切的目光看着他，他在烟灰缸里弹了一下烟灰，说："我不是皋州人，但我在皋州工作几年了，虽说我们没打过交道，但你的人品我还是有所耳闻的。"他定了定又说，"这样吧，我给你担保，具体贷款手续我让信贷员给你说清楚，明天就办，咋样？"赵昌不敢相信自己的耳朵，他愣愣地看着王主任，不一会儿两眼蓄满了泪水。"没事，一切都会好起来的。"王主任站起来拍拍赵昌的肩膀，补充了一句。赵昌的眼泪终于没有忍住，顺着那七沟八梁流了下来，砸在了地上。王主任鼻子也酸酸的，他体会得到赵昌那绝处逢生的感觉。

赵明志的家就在乡信用社背后不远处，那是一个记录着皋州历史的老院落，自打明志记事以来他就生活在这里。家里的布置十分简单。一个老式的三箱衣柜，衣柜上摆着一面镜子，镜面的右下角绘有一个工人模样的人拿着一本红宝书，下面写着"为人民服务"。一个父母结婚时添置的扣箱，一个用来装玉米的水泥台。两个大台瓮，一个腌酸菜，一个装小米；一个大罐，里面盛黄豆。一面大火炕上铺着苇编的草席，靠窗处铺着一领猪毛毡——这是明志十岁时家里添置的。明志寡居的奶奶住在西屋与北屋夹着的小西屋里。小西屋很小，进屋就上炕，几乎没有可站人的地方。由于经济拮据，奶奶从病重到去世，吃的唯一的药就是几分钱一片的止痛片，那只能减轻一些痛苦，对于治病是没有任何作用的。明志就是在这样的家庭中长大的，艰难的生活环境养成了他勤劳俭朴的生活习惯和坚韧刚强的性格特点，对于这样的现实他没有抱怨。

赵明志是一个非常自信的年轻人，在他瘦削的、棱角分明的脸上，有着一双坚毅有神的大眼睛。他继承了父亲的诚实耐劳和母亲的聪明睿智。他长得像母亲，高高大大的，旧衣服也难掩他英俊的外表和儒雅的气质。优异的学习成绩再加上不俗的外形，让他成为他这个年龄段很多女生心中的白马王子，但他从没有主动回应过任何女生。所谓人穷志短，他清楚自己家庭的经济状况。为此他自卑过，懊恼过，但这又能怨谁啊？怨父亲吗？父亲为这个家已付出了太多。每每看到父亲苍老的身影，他都会泪眼婆娑。这段时间以来，他经常坐在窗前，想自己的现在和未来。他知道父亲近来的压力，他理解父亲的不易，他恨自己帮不了父亲，他发誓将来一定要让父亲过上好日子。他想着想着就又回到了现实中。将来似乎还很遥远，现在的坎咋过？他问自己。为了减轻父亲的负担，经过再三考虑，他决定放弃学业，等以后有条件了再说。他相信，只要自己努力，干什么都能干出样来。不是说行行出状元吗？他这样宽慰着自己。

然而归来的父亲带给了赵明志一个惊喜，他没有想到会是这样的结果。当他知道是乡信用社帮忙后，他的心里充满了感激之情。这种感激是发自内心的——在他步入大学校园之前，他对这个社会和乡亲们满怀感恩之心。这个社会是多么美好啊！这里的人们又是多么善良啊！

在赵明志离开家乡的前夕，父亲赵昌按照赵家传承习俗带他到赵氏宗祠祭拜，以此告慰先灵。

赵氏宗祠里祭祀着从赵绂开始的赵家列祖列宗，正面的墙上工工整整地书写着一个个赵家先人的名字，下面的长条供桌上还供奉着三位曾为国家和赵家做出过突出贡献的先辈的灵位，两边的山墙上还有对这三位先辈功绩的具体介绍。从每年大年前的祭祀活动中可以看出，赵家的子孙对这三位先人十分崇敬。赵明志在赵家长辈的引导下，虔诚地完成了祭拜仪式。

二

赵明志顺利地进入了大学，对他来说，这是实现他人生理想的第一步，虽然这一步走得还算顺当，但他更愿意让这一步走得扎扎实实。所以，一入校他就像跳水运动员一样一个猛子扎下去，完全投入学习中。他的朴实与聪明使他得到了学校和同学的认可与肯定，他的勤奋也让他获得了沉甸甸的收获——每次考试他都是第一名。学习让他忘记了贫穷，忘却了烦恼，他在知识的海洋中自由遨游，完全到了乐不思蜀的忘我境界。但每到假期，生活就又会把他拉到现实中。为了省钱，假期他都不回家，因为他不能把钱浪费在路费上。

大三放暑假时，父亲来信说身体不适，明志慌了神，也不管路费不路费了，急匆匆返回村里。在他的精心服侍下，父亲的身体恢复得很快。在返回学校前，他来到乡信用社找到了王主任，并与之进行了深入的交谈。王主任向明志讲述了从二十世纪五十年代乡信用社开始组建至今的发展史。王主任说："成立信用合作社的初衷就是为了实现农民间的互助，解决农民一时之不便。信用社是由农民入股组立的，它的东家就是农民，所以为三农服务是它一贯的宗旨。信用社可以帮助农民解决经济方面的困难，还可以推动当地经济的发展。当地经济的发展反过来也会加速信用社的发展。两者是互相作用、互相依存的。信用社建在农村，与农民最是贴近。

自成立以来，每年的粮食款结算都是信用社免费代理的，农民一分分一毛毛的血汗钱都要经由信用社员工的手发出去、存进来，每一代信用社人都与农民建立了深厚的感情。农民家里有了困难，想要发财致富，都会找到信用社；信用社也把全部的精力用在了帮助困难农民，扶持农民致富上来。所以说信用社与农业、农村、农民是一家人，一荣俱荣一损俱损。"明志说："以前我对信用社的认识几乎为零，您这一番话让我豁然开朗。"王主任微笑着点点头说："说到底信用社是企业，它是依靠存贷利差取得利润的，是自给自足的。近年来，不良贷款的大量产生削减了信用社的利润，让信用社一直无法摆脱亏损的状态，阻碍了信用社的可持续发展，再这样下去，恐怕信用社的生存和发展都成了问题，到那时信用社将不得不面临关门的命运。"王主任的脸色变得越来越严肃，从他的表情中明志看到了忧虑和不安。明志疑惑地问："杀人偿命、欠债还钱，这个道理人人都懂，怎么会有那么多的不良贷款啊？"王主任重重地叹了口气说："不良贷款的形成原因是多方面的。区域内经济发展的大形势会影响农民的收入，这也就间接影响了贷款的回收。但目前影响贷款回收的主要因素不是经济不景气，而是乡民的不诚信不守信。说来令人痛心啊！很多贷户眼里看不到那些诚信的贷户，而是跟风赖债户，导致信用环境急剧恶化。旧贷收不回来，使信用社放贷的积极性严重受挫，造成信用社惧贷怕贷，这样下去真正需要贷款的农户想贷款也贷不到了，农村、农民的发展前景堪忧啊！"王主任长长地叹了一口气，接着说，"信用社和农村现在面临的问题，国家也认识到了，所以正在积极推进信用社的改革，寻求解决农村问题的办法。引入竞争机制是激活信用社活力的有效办法。但农村信用社大部分职工都只有初中文化程度，人员素质低，难以与其他银行形成有力的竞争。所以我认为，信用社改革首先应从进人和用人机制方面进行改革，从根本上改变农村信用社人员素质的问题，信用社才有可能发展。信用社发展了，农村、农民就有了借力的支点，农村的发展才有希望。"明志抬头看着远处的青山，感慨地说："我们农村真的太穷了！只有农民富了，中国才能真正地富强起来。如果将来有可能，我要回到家乡，为建设家乡出一把力。"王主任看着明志，眼里露出一丝喜悦，他赞赏地说："你作为一个大学生，能有这样的想法，我很高兴！"

王主任的一席话深深触动了明志，他暗暗发誓要尽自己的努力去改变这种现状。

对于将来，明志没有考虑过，他必须考虑的是当下怎么过活。经济压力一直伴随着他，为了缓解这种压力，他贩卖过方便食品和日用品，还做过学校的清洁工。他用一切课余时间去获取哪怕是十分微薄的收入，以弥补基本生活费的不足。四年时间里，他没有买过一件衣服，他身上穿的都是他两个哥哥几年前替换下的。在同班同学里，甚至在整个学校中，他的衣着都属另类。他除学习出类拔萃外，还因老土的形象而名声在外。他清楚自己的"与众不同"，他也在意别人看他的眼神，让他最不能忍受的是女同学对他的议论和指指点点。爱美、欣赏美是人的天性，对处在他这个年龄段的大学生来说，对美的追求会更加强烈。但他不可以有那样的追求，所以他只能是尽量躲避来自异性的目光，把自己关在自己架设的笼子里，他所能做的就是学习。

他的学习成绩一直是他引以为傲的，除此之外，他的毛笔字和钢笔字也是班里写得最好的；因为这，他还担任了班里的宣传委员。他出的黑板报在学校里多次获奖。他还是象棋高手，在系里打遍天下无敌手，在学校组织的象棋比赛中也获得过相当不错的名次。这些都为他灰暗的生活增添了许多色彩。他在努力向身边的人证明，虽然在经济上他现在是贫穷的，但在精神上他一直是富有的，是可以君临天下、傲视群雄的。

他还有一颗博爱之心。一次学校组织学生向灾区捐款，他竟将一个月的生活费全部捐了出去，为此他不得不一个月只吃白米饭。对于同学的求助他也是有求必应。大二时，一位家在海南的同学得了乙肝，住进了医院。为了避免被传染，其他人都躲得远远的，他却不管不顾地跑去医院照顾那同学，直到那同学出院。他身上永远有一种维护正义的冲动，为此他还付出过惨痛的代价。在大三暑假结束返校时，他完成了一次英雄般的壮举。在省城火车站，他发现一个小偷正在行窃，他没有考虑后果就冲了上去，结果被小偷的同伙从后面打了一闷棍。

  对于找女朋友这事，在高中时他不敢想，来大学后他就更不想了。他常常看到身边的男女同学亲热地拉着手散步于大街小巷，出入于舞厅饭馆，他的心也痒痒的，但他知道那是需要经济作为支撑的。星期天，图书馆和体育场是他必去的地方。他爱看书，爱到发痴的地步，他的床头永远都堆满了各类书籍。他将节余下来的钱全部用来买书。他爱运动，足球场、篮球场上总有他矫健的身影。事实上，他也爱这座城市，白天滚滚的车流、晚上璀璨的灯火都令他着迷。大四时，电脑课的开设使他又找到了一项新爱好。以前，电脑这玩意他只在电视里面见过，作为新兴的高科技产品，它的身价令人对它敬而远之；特别是在他的故乡，那个偏远的、新的科技文明照不到的小村庄。上第一节电脑课时，他就对电脑产生了浓厚的兴趣，之后他就如痴如醉地爱上了它。编程课更使他的大脑高速运转起来，就像当年看金庸的武侠小说一样，一旦开了头就欲罢不能。他畅游在电脑编程中，享受着电脑给他带来的快乐。自此，他把几乎所有的课余时间都用在了电脑编程上，还自主开发了一个仪器室管理系统，得到了代课老师的高度评价，这让他一度很是得意。

  四年的大学时光很快就过去了，在毕业前夕，一个女同学约他出去走走，他欣然同意。这是他第一次与女同学单独相处，为此他做了充分的准备。他穿上了自己最好的衣服，还破天荒地在镜子前照了很长时间；虽然在别人眼里他还是那样寒酸，但他自己却很是满意了。

初夏的夜清爽宜人，明月皎洁，微风徐徐，不时传来风吹树叶的沙沙声。在学校白杨林间的小道上，他们两并肩走着。赵明志的心怦怦乱跳，他紧张地揣度着女同学约他出来的目的。他不知道该说些什么，只能默默地走着，不敢看女同学一眼。最终还是女同学先开口了："明志，毕业后你想不想留在省城工作？如果想，我可以帮你想想办法。"赵明志一下子蒙了，对他来说，这来得太突然了，他脑子一片空白。他明白没有任何门路的他要想留在省城工作是很难的，因此他本没有这样的奢望。此时他的心里感到一丝温暖，他没想到竟然有女同学关心自己的去向，而且还是一贯清高脱俗、艳压群芳的班花。她是班里所有男生的女神，但却从未听说她对谁有意。为此有人对她妄加猜测。当然，明志一直以来对她是敬而远之的，他的自尊心是不允许别人拿自己当笑料的。今天她的行为让他有点受宠若惊了，他紧锁眉头陷入了沉思。他早已有了自己的人生规划，他想回到家乡工作，因为那里不仅有他的同学、朋友和亲人，还有他的初恋——他永远的挂念。说到初恋，谁会没有呢？只是来得迟早而已。在明志心底，早就藏着一个女孩子，她才是他心中的女神，他像藏着一件无价之宝一样，秘不示人，而且一藏就是七年。家乡还有他儿时的梦想，他想帮家乡的乡亲摆脱贫困，他想用自己的双手把家乡建设得更加美丽、富足。他低着头走了很久，也考虑了很久，他知道女同学正在看着他，等待着他的答复。但他不知道怎么回答她，他不愿也不想拒绝一个善良的女孩子给他的善意帮助——他不想伤害这样的女孩。但他想尽快做出答复，以打破当下的尴尬局面。他看了看女同学，那是一张美丽动人的脸，一张能打动几乎所有男人的脸。如果没有家乡的她，他一定会爽快地答应。他用手掩了一下嘴，轻咳了一声说："我还需要考虑一下，我明天答复你，好吗？"他的声音是颤抖的，这是他此时此刻能想到的最恰当的回答。女同学显然没有预料到他会给出这样的回答,她以为他会很爽快地答应。但事实证明她错了。她百里挑一的容貌加千里挑一的家庭条件是她自信的底气,她坚信只要她愿意就不会有人拒绝。班里有多少个男生明里暗里在追求她,但在她的心里,明志才是自己的白马王子。贫穷算什么?才华横溢才是一切。她一直暗恋着他,甚至无数次地对他眉目传情,但他却毫无反应。今天的邀约是她经过艰难的心理斗争才做出的决定——她要主动进攻,为了爱情与幸福。来前她做了各种猜测,唯独没有想到他会如此犹豫。他的态度令她大受打击,并完全失去了自信。她不知道自己是怎么离开的,只知道自己最后说了一句"好吧,你再想想",就含着泪飞快地跑开了。

三

火车像一条巨龙在太行山半山腰里穿行,赵明志坐在车窗旁思绪万千。那一夜的情景仍历历在目。那天晚上他第一次失眠了,翻来覆去中他想了很多。省城优越的条件让很多人趋之若鹜,许多同学早早就开始应聘、实习,目的是留在省城工作;特别是计算机软件工程专业的学生,只要有一线希望都在争取。因为他们知道这是人生极为关键的一步,这不仅影响将来事业的发展,更会对爱情、婚姻等诸多人生重大事项产生影响。但赵明志最终还是放弃了这次机会。在另一个气候宜人的晚上,他不无愧歉地对女同学说:"真的很对不起!我还是想回家乡工作。"女同学含着眼泪深情地看着他问:"你真的考虑好了吗?这不仅关乎你的事业,更关乎你的爱情、婚姻,我相信你是明白我的意思的。"明志不敢看女同学的眼睛,他怕被女同学的深情所俘虏。他低着头说:"对不起!这里不属于我,我的家乡更需要我。"

就这样，他辞别了曾带给他荣耀与梦想的大学，辞别了爱着他的女同学，踏上了返乡的路程，走上了一条不确定的人生之路。

实际上在上一次回家时，他已与乡信用社王主任有了一个约定。王主任答应：只要他愿意回家乡工作，就会向县信用联社推荐他。明志心中还放不下他的初恋——高中同学郭佳。上高中时，明志虽然学习成绩好，但家庭条件却是班里最差的，他不敢向郭佳表达自己的感情；如今，大学毕业生的身份让他增添了不少信心，让他有勇气去追求自己的爱情与幸福了。在毕业前夕，他向郭佳发出了第一封信，信里只是平平常常的问候，因为他对这爱情还没有把握。郭佳很快回了信，并告诉了他很多有关自己的事情。郭佳早他一年大专毕业，现在已是县里一名小学教师。一年的工作经历，让她对人生有了更加深刻的认识和了解。她向他诉说了工作的不易，并向他表达了对学生时代的眷恋。从信中赵明志看出了郭佳对他的信任，虽然他不能确认那就是爱情，但起码郭佳是愿意亲近他的，为此他兴奋不已。赵明志就这样怀揣着对事业和爱情的梦想踏上了回乡的路，而他的心早已越过千山万水回到了那盼望已久的家乡。

正是盛夏时节，天气燥热难耐，郭佳躺在床上正想着自己的未来。赵明志的突然来信令她无所适从，她曾对明志这样优秀的男生有过幻想，但明志的清高与拒人千里之外的态度又令她不敢靠近。最近，明志那英俊的脸、坚毅的表情、和善的微笑、明亮的眼睛又开始在她的眼前直晃了。她发现自己得了病——传说中的那种相思病。她整天精神恍惚，备课没心思，上课没精神，讲课还出错。有时她都觉得自己好笑，她自问："我这是怎么啦？难道这就是爱情吗？"在接到明志说要回来的信后，她更加紧张。她想见明志，但又怕见明志，因为她不知道明志对她究竟是什么样的感情，她对自己没有信心。明志在信中说可能要到县信用社工作，她便特意去了信用社的一个网点,想了解一下明志将来工作的环境。一个双手托着太阳的标志悬挂在信用社的门楣上,那标志象征着团结向上的力量;步入信用社,里面没有工农中建四大行的大堂迎宾,却让人感觉很自在,墙上的标语"老百姓的银行"拉近了银行与老百姓之间的距离。这里的装饰也很朴素,没有其他银行的华丽;这里的服务很是实在,浓厚的乡音、朴实的话语、温暖人心的笑脸,一切都让郭佳觉得美好。她想,也许是自己爱屋及乌吧,有关他的一切都是美好的。

在明志要回到县里的当天,郭佳对着镜子左看右看,衣服换了好几套还是感觉不好,脸上的粉搽了又洗,生怕明志不喜欢。眼看接站的时间近了,她才匆匆骑上自行车,直奔汽车站。县里没通火车,明志回家要先坐火车,再换乘汽车。

两人终于见面了。当明志一下汽车看到不远处站着的充满朝气与活力的亭亭玉立的郭佳时,那种激动是无法用语言来表达的。他想跑过去紧紧地抱住自己心爱的人——实际上,他的心早已飞过去将郭佳死死地抱住了。他感到自己完全停止了呼吸,体温骤然上升,连四周的空气都被他的体温加热了。在这人声嘈杂的车站里,明志眼里只有郭佳——她站在那里,甜甜地笑着,楚楚动人。郭佳也看到了一直以来魂牵梦萦的心上人,她的心立时怦怦乱跳,她的双腿也完全失去了控制,大脑一片空白,时光在这一刻完全停滞了。明志不知道自己是如何走到郭佳身边的。郭佳后来告诉他,他当时像一只刚出窝的小鸟,雀跃着来到她的身边,双眼直直地傻傻地盯着她,却一句话也不说。她红着脸,躲避着明志的目光,小声说:"回来了?"这一句话起到了"招魂"的作用,明志的身体和灵魂终于合二为一了。他回过神来,自觉失礼,歉意地一笑,说:"让你久等了。"郭佳含情脉脉地说:"我也是刚到。"明志嗫嚅了半天才满是幸福地说:"我们走吧。"郭佳去旁边推上自行车,与明志并肩走出了汽车站。

县城的大街上人头攒动，两个人默默地并肩走着，谁也不开口。明志几天来备下了一箩筐话，此时却不知该先拣哪一句说好。他们虽没开口，但两颗心早已向对方敞开。一个心里说："亲爱的！我想死你了。"另一个心里说："我也想你！"一个又说："你好美！比嫦娥还要美百倍千倍。"另一个说："在我的心中，你是世界上最英俊最优秀的男人。"一个又说："我爱你！我愿意为你做任何事，哪怕为你去死我都愿意。"另一个说："你不能死，你死了我也活不成。我们就是梁山伯与祝英台，你是梁兄，我就是祝妹，我们要生死相随。"

不经意间，两人的目光碰到了一起，两人相视而笑，笑得很不自然，甚至有点尴尬。他们就这样走着，明志感到自己又幸福又甜蜜。他张了张嘴："我……你……"他懊恼于自己的笨嘴拙舌，紧攥着的手心里已是汗水汪汪。明志用手摸了摸自己的后脑勺，尽量使自己平静下来，然后问："你……工作忙吗？"郭佳羞涩地点点头说："今天我请了假。"两个人又再一次陷入了沉默。

明志抬头看着远方，未来的影像竟在他的眼前闪现：郭佳穿着结婚礼服，头上盖着红盖头，亭亭玉立；自己西装笔挺，精神焕发地站在郭佳的身旁，深情地注视着自己的心上人，然后两人手牵手走进了象征幸福和美满的洞房。那是多么温馨和令人向往的时刻啊！

想到这儿明志已是心花怒放。一辆汽车急促的鸣叫声将明志拉回了现实中——他哑然失笑，自己竟做了一个白日梦。他深情地看了一眼身边的郭佳，幸福地笑了。他又将目光移向了前方，县招待所的金字招牌在太阳的照耀下闪闪发光，这让他想到晚上的住宿问题。他扭头对郭佳说："前面就是招待所，我先去订个房间。"郭佳知道明志在县城没有落脚点，他家经济条件又差，便说："你到我家里住几天吧。"

明志犹豫地说："这合适吗？"郭佳说："只要你觉得合适就行，我倒是觉得没什么不合适的。"明志本来还紧张不安的心一下子踏实了许多。这一次明志本想只与郭佳见一面，探一下郭佳对自己的真实想法。明志知道感情的事情急不得，欲速则不达嘛。但郭佳明朗的态度使他们的感情迅速升温，这是明志万万不曾想到的。

明志对于见郭佳的家人是没有任何思想准备的，可既然郭佳发出了邀请，自己似乎也没有拒绝的理由。他想想自己的钱袋子，便说："那我就不客气了。"两人相视而笑，笑得如同天上的太阳一样灿烂。在这阳光明媚的日子里，两人完全陶醉在了初恋的甜蜜中。

郭佳的家在县城的旧城边上，那是一座崭新的红砖碧瓦的四合院。在县城里，这样的院落夹在各具特色的院落群中并不显眼；但对于明志这样生长在农村的人来说，这样的院落就是财富的象征。实际上，明志对郭佳的了解仅限于她本人。郭佳在高中时待人接物特别大方，可以肯定的是，她有一个幸福的家庭，但她父母具体是干什么的，明志就不知道了。

穿过高高的门楼，一个整洁的小院展现在明志的面前：地上的方砖像用抹布擦过，一尘不染；北屋前的花墙上摆放着各色花卉，五颜六色的花朵在绿叶的陪衬下愈加鲜艳夺目。郭佳的父母，一个精明干练，一个慈眉善目，听到女儿的声音都急急忙忙地出了屋，脸上堆着笑，还没等明志打招呼，就忙着把明志往屋里让。显然，他们早已做足了准备，对来客的身份他们是十分明了的。

跨进亮堂的北屋，只见正对面摆放着一套时兴的真皮沙发，沙发前的茶几上一小盆绿色的植物夺人眼球；沙发对面的电视柜上放着一台大彩电，有二十九英寸；电视柜的两边立着两个大瓷罐，彰显着主人的身份与品位；沙发后面的墙上挂着一幅工整的楷书"和气生财"，四个大字一笔一画，苍劲有力。所有这些都在告诉赵明志，这个家庭是一个富足的有品位的家庭。明志立时感到了一种无形的压力，他开始有点自惭形秽了。忽然他记起郭佳还曾和同学到过自己家，亲眼见识过自家那破旧的老屋——想到这里，明志知道郭佳不仅接受了他，还接受了他的家庭，明志心里顿时暖暖的。

郭佳父亲的头发已经花白了，他个子不算高，但身材挺拔，浑身透着一种精明儒雅的气度，令明志肃然起敬。他客气地招呼明志坐在沙发上。郭佳的母亲笑得很优雅，她忙着给明志倒水。郭佳父母的热情让明志有点不适应，本已放平的心，又局促不安起来。郭佳的父亲在沙发上坐定后，便用审视的目光盯着眼前的年轻人。明志虽然在省城待了四年，但仍是土里土气，特别是他那一身装束，一看便知是农民子弟。明志皮肤黝黑，却是那种健康的黑；棱角分明的脸上两只大眼睛闪着智慧之光；脑袋上的头发一根根竖立，透露出他性格的执拗和倔强；高高的鼻梁、厚厚的嘴唇，给人可靠、精干的印象。总之，明志整个人给人一种诚实、和善的感觉。郭佳的父亲注视着女儿的心上人，脸上在笑，心里也在笑。可以看出来，他对女儿的选择还是满意的。接下来，他以家长的口吻询问起明志的家庭情况。此时，郭佳的母亲端上了果盘，她也坐下来等待着明志的回答，看得出来她对此也是相当关注。明志像是在接受面试一样机械地回答着郭佳父亲的提问。郭佳父亲的问题一个接着一个，根本没有停下来的意思。明志对于这样近似审查的询问，明显很不适应。他用眼瞟了瞟郭佳，发出了求救信号。郭佳看在眼里，心里却在"幸灾乐祸"。她故意把头扭在一边，躲开了明志的目光，心里想：你就适应一下吧！这就受不了，以后有你受的。

明志始终赔着笑回答着没完没了的问题，在明志几乎回答不下去的时时，郭佳终于说话了："爸，人家第一次来，你就别盘问人家了。我们有事要谈，你们还是回避一下吧。"郭佳父亲歉意地笑笑，说："那你们先谈，我跟你妈去做饭。"说完两口子就知趣地退了出去。

屋里只有明志和郭佳两个人了，郭佳深情地看着明志问："我爸是不是问得太多了？"明志苦笑一下说："没什么，但我确实有点招架不住了。你爸不会是警察吧？盘问得这么细。"郭佳带着点调皮说："士农工商，他算是商人吧。一个奸商——整天泡在钱眼里。"明志说："在你父亲那里，我更多看到的是他对女儿的关爱。再说了，过去重农抑商，现在不同了，会挣钱意味着有能力。只要不坑蒙拐骗，无所谓奸与不奸的。"郭佳说："反正我闻不惯他满身的铜臭味。"明志说："君子爱财，取之有道。我们不可能活在真空中。人工作的目的之一就是为了钱。人不能为钱而活着，但人活着却不能没有钱。"郭佳说："反正我跟他不是一类人。你还不知道，我爸可是信用社的常客，信用社的很多领导我爸都认识。"明志说："那好呀，看来我真与信用社有缘。将来我有什么不明白的地方就可以向你爸请教了。"接着他们就回忆起了高中时的点滴和各自的大学生活。他们谈得很投机，时间不长他们便不再拘谨，活跃和自在起来，爱在两人的心间涌动，他们都沉醉在爱的海洋里。

两人正无拘无束地交流着，一个打扮时髦的少年突然闯了进来，把两人吓了一跳。郭佳瞪着这个不速之客说："快出去，没看到家里有客人吗？"那少年看着明志，嬉皮笑脸地说："什么客人？我看是姐夫大人吧！"说着就向明志做了个鬼脸。明志一时没反应过来，用询问的目光看着郭佳。郭佳歉意地一笑说："我弟弟郭义。"明志忙伸手与郭义握了握手。郭义说："姐夫好！我姐是窝里横，就会对我凶，你倒是管着她点。"明志看了看郭佳气红的脸，也觉得十分尴尬，想说些什么，却又无言以对。郭佳气呼呼地说："瞎说什么？找抽啊？还不快走。"郭义笑嘻嘻地说："那姐夫你坐，我走了。"明志忙点头说："好，好！"

郭义出了屋，郭佳带着歉意说："你别往心里去，我这个弟弟整天不务正业，我父母也管不了他。"明志心想：我倒希望他说的能变成现实，

有这样的小舅子也还不错。但他嘴上却说:"年纪小,都这样,大了就稳重了。"郭佳说:"狗还能改了吃屎?别谈他了,说我们的事。"郭佳就向明志谈起了她这一年来的工作体会。两人一直谈到郭佳的父母端上午饭来。

吃饭时,郭佳父母的态度更是让明志有点受宠若惊的感觉。明志这一天心里像是吃了新酿的蜂蜜,甜甜的:不仅是因为郭佳对自己的爱如此明了,更是因为郭佳父母对自己这个穷小子没有一点嫌弃的样子。这是明志最担心的事。明志自尊心强,强到不允许任何人揭他的短处。贫穷就是他的短处。他一度以来对此很是在意,所以他发誓要改变这贫穷的现状。他的目标是远大的,他要靠自己的勤奋和努力,从改变自己的生活做起,进而一步步改变家乡的面貌。他最痛恨有钱人看穷人时的那种不屑一顾的神情。今天自己的穿着是如此土气,但郭佳的父母并没有表现出一丝的不屑,相反却是对他关心有加,他因此对郭佳的父母充满了感激之情,对这个家庭也是满满的好感,他庆幸自己没选错。

四

在王主任的帮助下,赵明志的申请很快就得到了县信用联社的回复:同意试用一年。与此同时,他与郭佳的爱情也有了进展。他已向郭佳正式表达了爱意,他们的爱情从此翻开了新的一页。

明天就要上班了,赵明志第一时间将这一好消息告诉了郭佳。郭佳也很激动,因为她知道再绚烂的爱情也需要物质基础作支撑,这意味着他们的爱情将更加牢固。

上班的第一天,赵明志既喜又忧:喜的是自己终于可以自立,有自己的事业了；忧的是面对新的环境自己能否快速适应。王主任把他领进县联社孟主任的办公室："小赵，这是我们县联社孟主任。"他又对孟主任说，"孟主任，这就是我跟您说的赵明志。""小赵呀！王主任可是极力推荐你啊，说你是一个难得的人才。我们信用社正在改革，电子化、自动化建设推进迅速，急需像你这样的人才啊！欢迎，欢迎！"孟主任满脸笑容，一边说一边向赵明志伸出了手。赵明志赶紧双手握住了孟主任的手，说："谢谢孟主任！我一定好好工作。"接下来，孟主任问了赵明志一些专业问题，赵明志均一一做了回答。可以说这一次简短的谈话让赵明志感到了温暖与信任，同时，他也感受到了压力；而孟主任干练的工作作风与严谨的思维逻辑也给赵明志留下了美好的印象。

谈话结束后，他被带到了联社财务室。在两个年龄较长的看起来和蔼可亲的同事的一通张罗下，赵明志有了自己的办公桌和办公用电脑。看到电脑，赵明志眼睛一亮，因为他早就渴望拥有一台可以自由支配的电脑。在学校时为了能上机操作，他每次都提前一个小时到电脑机房前排队等候。他爱电脑，但更爱把自己的智慧投入这个看似没有生命的东西。在他看来，电脑加人脑等于无所不能。赵明志就这样开始了他的信合人生。

在接下来的很长一段时间里，为了尽快适应工作环境，尽早能独立开展工作，赵明志几乎每天都要在办公室里工作到深夜。对他来说，干工作就是一种享受。功夫不负有心人。很快，他把信用社所有的办公软、硬件摸了个透。他还试着改写其中的代码，以开发出更多功能。为了促进联社办公自动化，他还拿出自己少得可怜的工资到处搜寻各种先进的软件。软件买回来，他先学会学精，再手把手教会其他同事。在他的带动下，联社各股室的办公效率大大提高，明志也得到了领导和同事的认可。

为了工作，他甚至冷落了郭佳。郭佳也曾向他表示过不满，但一次次地相视一笑总是能化解一切。当两个人彼此感到再也不能分开时，婚姻也就自然而然地提上了议事日程。在一个漆黑的夜晚，赵明志第一次拥抱了郭佳，并热烈地亲吻她，她以同样的热烈回应。两个人都被爱情征服了。很快，他们手拉着手步入了婚姻的殿堂。

毕业一年多的时间里，明志不仅收获了爱情和婚姻，还收获了事业上的成功和进步。试用期过后，明志顺利转正；不久后，由于财务科科长到龄退休，他被提拔为财务科科长，主持财务科的全面工作。此时的明志可谓是春风得意。

之前，赵明志将主要精力放在计算机方面，现在一下子让他主持财务工作，他还是觉得有点吃力。为了尽快上手，他经常往书店跑，寻找会计方面的图书，然后疯狂补课。他不仅向书本学，还把前任做过的账务全拿出来，一笔笔地仔细研究，学习会计处理的方法。经过一年的学习实践，他终于成了金融会计方面的行家里手，能掌控和指导全县信用社的财务会计工作了。孟主任曾当面夸他已成长为能独当一面的"大将"。

人在顺利的时候最容易忽略风险，而风险却是无时不在的——它像影子一样伴随在人的左右。老财务科科长退休后，财务科就只剩下赵明志和许大姐了。四十多岁的许大姐身体不好，整天病怏怏的，三天两头请病假。赵明志在财务科就成了真正"大权独揽"的人物，经常是会计、出纳一肩挑，所做账务也没人复核。无畏者无惧，没有经过任何挫折的赵明志是意识不到一个人做账的风险的。

这几天许大姐又请了假，再过几天就是月底了，一上班赵明志就赶紧拿出了当月的所有单据开始记账。对于这样的工作，赵明志已经是驾轻就熟，一上午的时间就把一个月的所有单据记完了。他伸伸酸痛的腰杆，站起来边喝水边来回踱着步。他庆幸今天没有别的工作插进来，下午早早地就可以把账结出来。

赵明志是个急性子，任何工作在他这里都不允许过夜，一件工作当天完成不了他就睡不着，他计划着中午再加会班，所以他就拨通了郭佳办公室的电话。他说："我中午要加班，就不回去吃饭了。"郭佳说："还没到月底呢，怎么又要加班了？"他解释说："我要把账先结出来。"郭佳说："那我去我爸妈那里吃了。你可是很久没去过我爸妈那里了，我爸妈问了几次了，以为我们闹别扭，你抽空去一次，别让他们疑神疑鬼的。"明志说："行！晚上没事我就去。"他俩一准备结婚，郭佳的父母就把他们租赁出去的老房子收了回来让小两口住。老房子位于县城中心区域，离郭佳父母家有一大截的路，由于工作忙，明志就不常去郭佳父母那里了。这不，老丈人和丈母娘就不大放心了。

放下电话，明志整理了一下办公桌上的单据，放进了保险柜里，就下到单位的伙房吃饭了。明志吃饭速度快在单位是出了名的。别人还在吃第一碗的时候，明志三大碗已经下了肚。他洗了碗，跟做饭的师傅打了个招呼就返回了办公室。他又全身心地投入工作中。

在汇总传票时，借贷方总打不平，金额差了九万元，赵明志心里一紧，自言自语道："怎么会呢？"他又拿出所有的单据，开始一张一张地核对，当跟到一笔汇款时，他傻眼了，原始票据上是一万元，而汇款单上的金额居然写成了十万元。他像挨了当头一棒似的，一下子蒙了。他用拳头敲自己的脑袋，显然他仍不能相信，自己竟然会犯如此大的错误。九万元啊！那可是自己近十年的工资总额。他站起来，不停地来回走着，嘴里不停地念叨着："咋办？咋办？"他用双手摸了摸自己火辣辣的脸，只感到无力和无助。他已是方寸大乱，不知道下一步该怎么办了。自责与懊悔占据了他的整个大脑。他真想找个地缝钻进去，永远都不要出来。时间一分一秒地过去，他已经到了崩溃的边缘，甚至就要哭出声了。一阵急促的电话铃声响起，这铃声差一点就让他灵魂出窍。他慌乱地看了看来电显示，是郭佳的。这样的事怎么对她说啊？他怔怔地盯着电话，很长时间都没勇气去拿起话筒。电话铃声响过三遍了，明志把手放在了话筒上，像是下了很大的决心才慢慢地拿了起来。话筒那边传来了郭佳温柔悦耳的声音："明志，妈给你留了饺子，让你晚上回来吃饭。"赵明志混乱的大脑已经不知道饺子为何物了。他带着哭腔说："郭佳，我这里出了问题。"郭佳问："你这是怎么啦？出什么事啦？""十几天前汇款时我多汇出九万元，现在才发现。"明志像做了错事的孩子在寻求谅解一样。"九万！"明志能想象出郭佳此时的表情。他苦笑着点点头："是九万。"郭佳沉默了，明志也沉默了，时间似乎停止了，一切都归于寂静，静得令人担忧。很久以后，郭佳才意识到自己的情绪失控了，在明志最需要安慰的时候，她是不应该如此的。她勉强地挤出了一声笑，故作轻松地说："别太着急！给多了，要回来不就得了。"明志沮丧地说："那是汇往河南的，难不成去河南要啊？"郭佳说："可以啊，我陪你去河南一趟，你先想办法与对方联系上。"明志叹口气说："也只能这样了。"

明志在票据上找到了收款方的电话，并与收款方取得了联系；但收款方的回答令明志心中升起的一缕希望完全消散。电话那头说："你开什么玩笑？想讹诈，是不是？我们账上一分钱都没多。"没等明志再说什么，对方已经挂断了电话。

明志在办公室里呆坐着，一动不动，直到天色完全暗了下来。黑暗笼罩着办公室，明志的心也如这浓浓的黑暗一样，死寂得令人胆寒。电话铃声在这一片死寂中突然又响了起来，浓浓的黑暗被这声音搅动开来。明志心里一颤，不用看，他知道那是郭佳的电话。他没有接，对她说什么好呢？既然说什么都没有意义，又何必再去说呢？实际上，他多么希望这个时候郭佳能陪在他身边，给他壮壮胆，但他又不希望看到郭佳那绝望的神情。这个局面完全是自己造成的，他有什么理由让郭佳与自己一起咀嚼这绝望呢？况且郭佳肚子里已经有了一个新的生命。如果郭佳痛苦，他相信那个小生命也一定会感觉到痛苦。还没出生就让他或她承受痛苦，他或她会对自己这个爸爸失望吗？他想着，难过着，任由电话铃声在这浓浓的黑暗里不停地搅动。

不一会儿，一切又归于宁静了。

不知过了多长时间，办公室的门被人推开了。推门的动作很轻，似乎是怕惊扰了主人。一个人影出现在门口。借着微弱的月光，明志看清了，那是郭佳，也许根本不用眼睛去看，她的气息明志再熟悉不过了。

郭佳说："我们回家吧。"她说得很平静，像往常一样。明志的心一震，一股暖流迅速流遍全身。他鼻子一酸，眼眶中就涌上了泪水。他想："有什么比亲情和爱情更重要的呢？它们才是我拥有的最珍贵的东西。"想到这里，力量一下子又回到了他的身上。他站起身，张开了双臂迎向他的最爱。当他感觉到郭佳的体温时，他的眼泪不由自主地开始流淌起来。

几天来，明志魂不守舍，完全没有心思工作。他没有勇气向单位坦陈实情，哪怕是一向给予自己充分信任的领导。他每时每刻都在盼望着奇迹的出现。许大姐发现了他情绪的不同寻常。大姐问过他几次："你身体不舒服吗？"明志没有回答，只是轻轻地摇摇头。

这几天，明志有一种度日如年的感觉，他不敢面对单位的任何人，包括天天坐在他对面的许大姐，他刻意回避着所有人的目光。郭佳劝过他，说："事情瞒是瞒不住的，丑媳妇终究要见婆婆。你还是向领导汇报了吧。"明志没表态，只是在心里想：这不等于让我去死吗？

这天，明志坐在电脑前心不在焉地看着电脑屏幕，身旁的电话响了，他就像没听见一样。许大姐疑惑地看看他，探过身子抓起了电话。对许大姐的动作以及她说的话，明志是视若无睹、充耳不闻。直到许大姐推了推他，他才猛然醒过来似的，诧异地看着许大姐。许大姐指指话筒说："河南的电话，说是多了钱。"明志双眉拧成了疙瘩，愣怔了半天，才突然想到了什么似的，猛地伸手抢过许大姐手中的话筒。这次他听得很清楚，还没听完，他的眼泪就吧嗒吧嗒地直往下落，把许大姐吓得不知所措，问："你这是咋啦？"明志放下话筒，并没有回答许大姐的问话，他平稳了一下自己激动不已的情绪，对许大姐说："九万元，九万元又回来了！"

这戏剧性的结局把明志从水深火热中挽救了回来，开心的笑容又回到了明志的脸上。许大姐说："你的病好了？"明志这次重重地点了点头。

虽然没有造成损失，明志还是认真地写了检查，并将之郑重地交到了孟主任的手里，向孟主任详细地汇报了事情的经过。孟主任先是批评了他，后又安慰他说："任何人在成长的过程中都不是一帆风顺的，都要经历一些风雨坎坷，但大多数人都能走过来。所谓吃一堑长一智，经验就是这样积累起来的。我相信，经过这一次教训，你会更加认真地去对待工作。需要强调的是，制度是前人经验的总结，在工作中一要按制度办事，按规操作，该换人复核的一定要换人复核。你也体会到了，不执行制度是要付出代价的。希望你能记住这一点。"明志从孟主任的谆谆教诲中感受到了一个前辈对后辈的关爱与期望。他一扫多日来烦闷的心情，胸中升腾起了一种对未来的无限希冀与向往——美好的未来正在向他招手。

五

生活就是这样，有晴空万里，也有疾风暴雨；有平平坦坦，也有坎坎坷坷；有诚实美丽，也有丑恶欺诈。明志以为自己已经经历了很多，但事实上，他仍是一个单纯的、不谙人生险恶的小青年。

那是一个风和日丽的上午，赵明志像往常一样坐在办公室里开始了一天的工作。他拿出昨天的单据，翻开账簿，开始一笔笔认真地记着账务。对他来说，这些工作已如每天的吃饭、睡觉一样平常，一天的工作一个上午就可以完成，下午就可以抽空看看书、练练毛笔字，修身养性了。

丁零零！

一阵急促的电话铃声打断了他的工作，他习惯性地瞟了一眼来电显示，然后拿起听筒："喂，你好！信用联社财务科。哪位？""噢，是明志吧？我们是老同学呀，听出来了没有？""嗯……实在对不起！你是？""真不够意思！我是李强，在高中我们还同桌过呢！""呀，强子呀！对不起，我还真没听出来。好久不见了，怎么突然想起我来了？"赵明志半开玩笑地问。"我有事找你，而且是好事。你等着，我马上过去。"李强话语中带着急切与兴奋之情。"行，那我们待会见。"

放下话筒，赵明志心中闪过了一丝不安，但稍纵即逝。他自我安慰道："咋能用老眼光看人呢？"李强在高中时就显现出超乎同龄人的成熟，他跟老师的关系好到了令同学嫉妒的程度。李强与人交往时，其功利性总是很明显，这一点让明志很是看不上眼。物以类聚、人以群分，赵明志上了大学后便和李强再没有了任何联系。赵明志摇摇头，笑了笑，拿起笔又开始自己的工作。

大约半个小时后，李强大步跨进了赵明志的办公室。"明志，工作条件不错嘛！听说你升官了。"李强油腔滑调、举止轻浮的样子令赵明志非常反感，但碍于老同学的面子，他并没有将这种不快表现出来，反而微笑着站起来："老同学难得见一面，你怎么还是这德性！真是狗改不了吃屎。""你还是嘴不饶人。"两人的对话显得很坦诚。赵明志与李强握了握手，招呼李强坐在沙发上，然后一边倒水一边说："好几年不联系了，突然造访，不会是来闲聊的吧？有什么事，咱们开门见山，你看怎样？"

李强从口袋里摸出一张名片，带着献媚的笑双手递了过来："你也是本性难移，还是老样，直率。这是我的名片。"赵明志接下名片，看了看他名字后面的职务是总经理，翻到背面再看，满满当当写的都是各种产品的总代理。明志心里想：这也太夸张了吧！然后他用怀疑的眼神看着李强说："混得可以呀！发了吧？""没，还差得远呢！"李强喝口水接着说，"我筹划在省城办一个超市，先期已投入三十多万元，后来由于资金短缺停工了，所以来找你这财神爷。现在是关键时刻，帮不帮可是你一句话的事。"

赵明志自从参加工作以来，虽然有几个同学向他询问过贷款的事，但上门要求帮忙的这还是第一次。李强长得帅，本事大，当时在班里也是出了名的，现在到了社会上他应该也不会混得太差。那一大串的总代理虽说显得有点不靠谱，但多少也能说明一个人的能力。他心里感叹，也许只有这样的人才最能适应社会，看来自己真的有点落伍了。

参加工作以来，赵明志勤勤恳恳、遵章守纪，虽然身处关键岗位，但从来没跟下面信用社打过招呼，也从来没有帮亲戚朋友贷过款。因此他在信用社系统中口碑极佳，威信也日渐提升。李强似乎看清了明志的心理活动，说："我不会让你为难，凭你的身份，打个招呼就可以了。"

明志想：同学第一次求自己，咋能一口回绝，不留情面呢？于是他对李强说："你需要多少资金？能帮忙我自然会帮，这一点你放心。""那就先解决两万元吧。这对你来说不算为难吧？"李强试探着说。赵明志心想，倒也不算大数字，这对于李强来说可能也只是救一下急。他觉得李强不会两万元也还不起吧。于是他爽快地说："行，我来想办法。""我就说老同学不会不给面子！中午我请客，算是谢你。"李强高兴地说。"不，来了我这里，还是我请。"赵明志略有自得之色，这是他第一次向同学体现自我价值，这让他的内心升腾起一股指点江山的豪情；但他没有料到，事情的发展将完全与他的想象背道而驰。

李强拿到钱后，拍着胸脯对赵明志说："你放心，一年，最多一年，我肯定还上。"

在李强借走钱后的几个月里，赵明志生活得平静而有规律，他的毛笔字也练得有模有样。他想，等过年时再给乡亲们写春联就游刃有余了。他为自己写了一幅字"淡泊明志，宁静致远"，装裱后挂在了办公桌对面的墙上，工作之余他时常会抬头品味一番。

与另一个老同学的不期而遇打破了他平静的生活。明志眼睛近视，走路快且目不斜视，有时连擦肩而过的熟人他都能视而不见，因此还闹过不少误会。那天在上班的路上，他突然听到有人叫他："明志！"他下意识地朝着声音传来的方向看去，一张熟悉的面孔闯入了他的视线。他快速地回想着，终于想了起来："翟鹏！"他高兴地伸出手，"好久不见了。""是啊！"翟鹏应着。"走，这儿离我单位不远，去坐坐。"赵明志高兴地把手搭在翟鹏的肩上。好友久别重逢，赵明志的话匣子打开了，与翟鹏说说笑笑一同向单位走去。

办公室内，明志和翟鹏从毕业分手开始聊，一直聊到现在，他们聊到了每一位同学的近况。当聊到李强时，赵明志抢着说："李强几个月前来过我这里，你知道他的近况吗？"翟鹏吃惊地问："不是来找你借钱的吧？""你怎么知道？"赵明志觉得很是诧异。"明志，他可是骗了很多同学的钱，现在由于诈骗已经被刑事拘留了。你难道不知道？"翟鹏反问道。赵明志脑袋"嗡"的一声，好像被人打了一记闷棍，紧接着是大脑一片空白。他不相信会有这样的事，更不相信这样的事真真切切地发生在了自己的身上。"他是个骗子？他真是骗子吗？"赵明志不断地自问，"那两万块钱怎么办？"看到赵明志像霜打了的茄子一样失去了活力，翟鹏似乎也明白了，关切地问："多少？"明志摇摇头，陷入了痛苦之中。

翟鹏只得转移话题，跟明志聊起了自己的过往。原来翟鹏高中毕业后没有再上学，而是开始了走南闯北的打工之路。翟鹏什么都干过，推销员、服务员、超市管理员、保安等等，他的打工之路充满艰辛与坎坷。现在他在一个地级市开办了一所职业学校，学校已初具规模。由于经济的原因他还没有结婚。他的父母都已是古稀之年，不能给他以帮助，一切都要靠他自己，而要混出个样来又是多么的不易啊！赵明志觉得翟鹏与自己是同病相怜，一切都要靠自己去打拼。明志也向翟鹏谈了自己的情况，他们谈得很投机。

以后的一段时间里，赵明志一直在为李强贷款的事而懊恼，而且随着贷款到期日的逼近，赵明志更是有点手足无措了，他不知道这件事该如何收场。他不敢跟郭佳说，更不敢跟同事、领导说。他是哑巴吃黄连——把苦都藏在心里了。时间长了，他真想找个人打一架以排解心中的郁闷。他开始变得烦躁不安，还时不时地与郭佳口角几句。当贷款到期，秘密无法再保守时，他还是不得不向郭佳说出了一切，毕竟她才是自己最亲的人。郭佳像面对一个做错事的孩子一样，没有生气，更没有抱怨，只是轻轻地说了一句："贷款我们还吧。"

赵明志本来预备要接受一场暴风骤雨，但意外的风平浪静使他更加内疚。他把自己关在办公室里，一整天没有出门。虽然他知道郭佳很大度，但她这样一而再地包容他的错误还是令他既内疚又感激。郭佳不仅对他好，对父亲的关心与照顾，也让他这个当儿子的自愧不如；而且自从女儿来到这个世界后，郭佳更是承担起了家庭的全部重任。她是那样善解人意，那样任劳任怨。但即使如此，他还曾对她鸡蛋里挑骨头，甚至是埋怨她，现在想来，真是不应该啊！明志一边自责着，一边又回味起他们爱情的甜蜜。结婚以来，他俩的感情像一坛老酒，历久弥香。郭佳在他的心里也越来越重要，是那种不可替代的重要。他曾想过，如果有一天没有了郭佳，他该怎样活下去？虽然只是假想，但他从这假想里感到了恐惧和不安。他确信郭佳就是他一生的伴侣。

这件事就这样波澜不惊地过去了。每一次风雨过后，人就会更加珍惜生活，生活也会变得更加美好。

六

在紧张的决算过后，年关也就一天天逼近了，人们开始忙碌着购置年货。大街上、商店里的人多了起来，人人脸上都透着喜气，匆匆地擦肩而过。家有贤妻，过年所需要的一切赵明志是不用操心的，他坐在办公室里享受着紧张过后的悠闲，边喝着茶水边浏览着当天的报纸。人心情好了，表现出的也一定是轻松和自在。许大姐出去办事了，明志跷起了二郎腿，嘴里还哼起了流行歌曲。恰在此时，电话铃声像是伴奏一样响了起来，明志边打着拍子边伸过手去拿话筒："喂，你好！信用联社。"他的声音跳跃着，像极了在唱歌。"明志，我是翟鹏，我想……"电话那边翟鹏吞吞吐吐、犹豫不决地咕哝着什么，然后是一段时间的沉默。明志压根没听清楚，他大声问："有什么事？""我想向你借点钱，不知你方便不方便？"翟鹏像是下了很大的决心。"借钱？借多少？"赵明志有些戒备地问。自从让李强骗了以后，明志在与人的交往中明显成熟稳重了许多，以前的单纯与幼稚已不复存在了。"就借一千元。现在我手上只有回家的路费，我想给父母买一点年货。"翟鹏的声音在颤抖，可以想见他的心情。听了翟鹏的话，赵明志突然有一种想哭的感觉。回家、父母，这些词语勾起了他对家的记忆，也许父亲这时也正等着他回家呢——平时工作忙，难得回几趟家，但过年是必须要回去的。他理解翟鹏的难处，一年到头了，他是不想让父母担心，想给父母一个安慰。"行！你过来拿吧。"赵明志毫不犹豫地答应了。因为他感受到了翟鹏对父母的爱，这种爱是伪装不出来的，他确信翟鹏说的是真话。父母都希望自己的孩子能出人头地，能常回家看看，但作为子女又能给父母什么呢？老吾老以及人之老，他希望天下的父母亲都能有一个安乐的晚年，他想让翟鹏的父母也高高兴兴地过个年。

明志是在年三十上午同郭佳一起回到皋州的。两个人走走歇歇，歇歇走走，当走到皋州乡信用社门外时，明志站住了，两眼盯着广告牌端详了很长一段时间。他想，时间过得真快啊！他忽然有了一种恍若隔世的感觉。他记起小时候信用社的大门对他而言是那么庄严与神圣，他敬畏过，羡慕过，却怎么也没有想到今后的自己能成为信用社的一员。生活真像是一出戏！信用社就是一个大舞台，演好演不好就看自己如何努力了。郭佳站了好久，还不见明志有走的意思，她笑着问："咋了？多愁善感的。"明志笑笑说："我是想到了过去。人的命运真是说不准、猜不透啊！"他又深情地看了一眼面前的郭佳继续说，"就比如你我，几年前谁能想到你我会是一对儿。"郭佳说："生活让人感叹的事多着呢。"明志的思绪从过去一下子又跨越到了未来——将来会是什么样，谁又能说清楚。

下午，明志参加了赵氏族人的祭祖仪式——一年中最隆重的仪式。仪式由族人中辈分最长、明志称呼为太爷爷的赵保忠主持。在太爷爷的引领下，赵氏家族中的成年人每人拿着三炷香排队进入祠堂，毕恭毕敬三叩首后，将香插入供桌前那个巨大的香炉内。烟雾在祠堂内弥漫着，浓郁的松香味直冲鼻腔。一大拨人出去了，又一大拨人进入。赵明志作为辈分最低的族人跟随着最后一拨人进到祠堂，正面墙上的宗谱在烟雾缭绕中显得朦朦胧胧，只有那供桌上的三个灵位发出耀眼的金光。赵明志仰视着灵位上的那些象征着成功与不朽的名字，心里感慨万千。赵明志相信，赵氏祖先的灵魂就安息在这里，每年的这个时候他们就等待着他们的子子孙孙来给他们祭拜上香，而子孙的兴衰荣辱他们是能看到和感受到的。几百年过去了，如今他们的子孙依然陷在贫困的泥潭中，他们是否也心有不甘呢？

这一夜是这一年的最后一夜，也是赵明志难眠的一夜，他一直在想，家乡什么时候才能脱贫致富？乡亲们的出路在何方？我又能为家乡做点什么呢？

当太阳缓缓爬上山头时，新的一年开始了。这个年对于明志一家人来说是幸福的。父亲的幸福是儿孙满堂、全家团聚，红红火火；明志两口子和哥哥、嫂子一样，他们的幸福就是家庭和睦、夫妻恩爱、工作顺利。赵昌看着这一大家子，笑得合不拢嘴。

初一刚过，明志就跨进了皋州乡信用社的大门，他是来向正在值班的王主任拜年的。随着明志身份的变化，他与王主任的关系也在发生着微妙的变化，王主任待他若上宾的样子令他有些不适应。他对王主任说："您是长辈，这样客气，让我很不自在。"王主任说："我们现在是同事，你还是上级领导，我虽然年长，但不能倚老卖老。现在我们皋州乡信用社经营很不理想，希望你能多关注多支持。如果有机会，我还想请你回来主持家乡的信用社工作。有你对家乡的那份感情再加上你的才干，一定会有一番作为的。"明志感慨道："家乡的发展速度委实太慢了。若有机会，我一定不会辜负您对我的期望。"两个人，一老一少，畅谈着，憧憬着，皋州乡的明天似乎已指日可待。

年关很快过去了，当赵明志再次见到翟鹏时，已是农历三月。翟鹏是来还钱的。来也匆匆去也匆匆，短暂的相聚后，他就又踏上了艰难的创业之路。明志从他的眉目间看到了无奈，以及残存的创业激情。他仍然挣扎在创业的艰难中，他缺少的只是金钱，而他拥有的是诚实、感恩、自信这些最要紧的成功要素。明志相信，翟鹏的落寞是暂时的，成功正在不远处静静地等着他。

　　送走翟鹏，赵明志又陷入了沉思，他想到了家乡，想到了父亲，想到了他与王主任的那日长谈。改革开放多少年了，但家乡还是一如既往的穷，多少人因为贫穷而辍学，多少人因为贫穷而得不到及时的救治，贫穷就这样在一代代人中延续，似乎永远也不会结束。明志内心波澜起伏，曾经的梦想，曾有的雄心壮志再一次被点燃，并越燃越旺。对贫穷的憎恨，对美好生活的渴望令他坐不安席，他急切盼望着能用自己的学识去彻底改变家乡的面貌。

　　孰料这年亚洲金融危机像瘟疫一样迅速蔓延，波及各行各业，金融业也不可避免地受到了冲击。由于社会大环境的影响，信用社也面临存贷两不旺的困境。皋州乡信用社由于不良贷款占比过大经营艰难，而王主任也到了退休年龄了。联社领导在皋州乡信用社主任一职的人选上举棋不定。联社孟主任想到了赵明志，但让他顾虑的是，赵明志作为工作卓有成效的财务科科长是否愿意到艰苦的乡信用社去工作？再说了，赵明志在自己身边干了几年了，也有点舍不得让他走。赵明志也知道皋州乡信用社主任一职即将空缺，人选他也掂过，好像除了自己没有更好的人选。一方面自己老家在皋州，自己对那里的环境比较熟悉；另一方面自己一直在联社机关工作，也需要到乡里锻炼一下。赵明志知道，去乡信用社是自己一展抱负、实现理想的机会，他决定找孟主任谈一谈。

　　在孟主任办公室，赵明志直截了当地提出了到皋州乡信用社当主任的申请。孟主任似乎有些意外，但他严峻的表情却慢慢舒展开来。他非常高兴地对明志说："没想到你也能如此考虑，你我想到一块去了。我希望你在皋州乡信用社也能干出成绩来。"看着孟主任信任的目光，赵明志下了决心：不成功便成仁——干不好对不住的不仅是孟主任，还有自己的父老乡亲。

没过多久，赵明志便正式接替了王主任的位置到皋州乡信用社走马上任了。

对赵明志来说，在皋州乡信用社当主任也算是衣锦还乡了。赵明志回皋州的第一天，按照父亲的安排，他先到赵氏宗祠里进行了祭拜。

上任伊始，赵明志先查看了信用社的账务和报表，对信用社经营情况进行了初步的了解，然后他在办公楼及院子里到处走走看看。对于赵明志来说，皋州乡信用社内部的一切都是陌生的，他所熟悉的仅仅是那个威严的大门；但这一切又是亲切的，没有皋州乡信用社当年的贷款就没有他的今天。他走着看着，不落下任何一处。最后他进到营业室坐下，一边询问情况一边看职工办理业务——一切都在井井有条地进行着。

新官上任三把火。赵明志的第一把火就是从内部整顿开始的，从职工着装、服务到卫生、工作纪律等各方面他都提出了具体要求。信用社的员工习惯了懒散的工作节奏，赵明志这样一改，大家就有点不适应了，有两个老员工当面就提出了反对意见。他们说："我们这样上班都有十几二十年了，你应该延续前任王主任的管理方式，而不是急功近利地瞎改。别以为你在联社当财务科科长行就能当好乡信用社主任，我们过的桥比你走过的路还要长。你这样子干不行。"赵明志没有预料到这两个老员工会跟自己明着顶牛，有点措手不及；但他清楚自己的改革是提升信用社竞争力的必要手段，这是信用社健康发展的必由之路。赵明志意识到，要想推进自己的改革，必须先从做好员工的思想工作下手。赵明志诚恳地说："虽说我现在处于领导岗位，但你们都是我的长辈，我尊重你们。我对大家提出的要求，我自己一定会做到，你们可以监督我。如果我做个到，你们谁都可以不去做。如果我做到了，我希望你们能支持我的工作。"他们不屑地说："好啊，你要能做到，我们也能做到。"

赵明志出师不利，心中有太多的委屈却有口难言，他只好选择沉默。

沉默是金，他决心用自己的行动去打动他们。

为了尽快取得员工的支持，赵明志吃住全部在信用社。每天早上明志早早就起床，把信用社的前前后后打扫得干干净净。住社的员工们习惯睡懒觉，他就任由他们去睡；跑家的员工习惯迟上班，他也不吭声。一天、两天、三天过去了，四天、五天、六天过去了，那些住社的员工躺在床上就有点不自在了。先是有一个员工跟着明志早起，跟着明志打扫；隔了几天，又有一名员工加入了他们的队伍；再后来，所有住社的员工都加入了进来。那两个习惯迟到的老员工也开始有点挂不住面子了，近来也不迟到了。每天不到八点，信用社所有的员工就整整齐齐地坐在了自己的位置上等待着第一个客户的到来。对于员工的着装，明志也不批评指责，他自己从第一天来皋州乡信用社上班就穿着工服，天天如此。一段时间后，一个年轻的员工也穿上了工服，明志便当着全体员工的面对这个员工表示了真诚的谢意。主任都谢自己了，工服是不能再脱了，这个员工就成了每天坚持穿工服的第二人。其他员工也就陆续开始穿起了工服，明志照样一个一个地谢。某一天，那两个老员工进到营业室时发现大家都穿得整整齐齐的，说话也不随便了，俨然有了大银行的味道，原有的抵触情绪也就开始消解。终于在这一天，明志发现那两位老员工竟然也穿起了工服。他没有多说什么，仍只是对两人分别说了声谢谢。

在赵明志身先士卒的带动下，整顿大见成效，信用社整体面貌发生了根本性的变化。在做完这些工作后，赵明志开始关注每一笔贷款，特别是已形成的不良贷款。他先是让信贷员向他介绍每一贷户的情况，接着是实地走访。他每天与信贷员起早贪黑、走村串户，一段时间下来，就走遍了全乡的大小村落。这次走访让明志真正对家乡有了彻底的了解，它的封闭、落后，它的贫瘠、荒凉，生活在它上面的乡民的穷困与艰难，那一张张布满沟沟坎坎的脸，那一双双充满期盼与渴望的眼，触动着他的每一根神经，令他夜不能寐。乡民的收入与生活状况令他心酸，虽然国家减免了农民的农业税，但农民的生活还是没有得到根本性的改变，农民仍处在温饱状态，依靠土地致富仍然是农民遥不可及的梦。

这天赵明志正忧虑地在办公室踱步，一个看似五十多岁的农民推开门，探进头来问："赵主任在吗？"赵明志看看这位不速之客，微笑着说："我就是，请进来说话。"赵明志让客人坐下，倒上了水，问，"找我有什么事吗？"不速之客一脸痛苦地看着赵明志，眼中充满了渴望："我孩子病了，需要做手术，医院说要先交五千元押金。可孩子前段时间住院已经花了不少钱……我想贷点款，你看行吗？"赵明志看着眼前的大叔，父亲当年的影像在自己的眼前闪过。曾经，自己的父亲也是这样在最困难、最需要帮助的时候来向信用社求助的。赵明志的眼圈不觉红了，他问："大叔，你家里有什么资产吗？""我是西庄村的任贵小，家里就两眼窑洞，住了几十年了。"大叔用手擦着眼睛回答道。赵明志心里像打翻了五味瓶——穷是家乡最大的特点，穷一直纠缠着这里的每一个家庭。他仍清晰地记得，小时候自己曾经为了买一本一毛钱的小画书而在父母面前大哭大闹，曾经为浪费了一支五分钱的铅笔而受到母亲的责骂，曾经因交不起一元钱的学费而逃学，曾经盯着早点摊上的油条而馋涎欲滴，曾经为能吃上一顿白面条而与父母哭闹，曾经在过年时为没有鞭炮而黯然神伤，曾经因吃上了白面饺子而欣喜若狂……那些儿时的记忆一幕幕地在他眼前闪过。如今国家的经济迅速发展，但对于家乡来说，也许是因受大山阻隔，富裕依然是那样遥远。赵明志明显很激动，他多么想改变家乡的面貌，但又总觉得自己身单力薄。终于，泪水模糊了他的双眼，他看到无数个年过花甲的父亲为了生活，还在那一亩三分地里挣扎，他的心碎了。他哽咽着说："大叔，你的情况不符合贷款条件。这样吧，我个人有五千块钱，你先拿着用，什么时候有了你再还我。"赵明志从包里拿五千元钱递了过去。

大叔伸出了颤抖的双手，想接又不敢接："这……怎么可以，我们……第一次见面……不能拿你的钱呀！""乡里乡亲的，即使不认识，也碰过面，以后我们还会常见面的。孩子看病要紧，你也别客气了。"大叔的眼泪哗一下流了下来，滴到了地板上："这怎么行啊？""大叔，我们这就算认识了，等孩子病好了告我一声。"赵明志拍拍大叔的肩膀说："赶紧去吧，给孩子治病要紧。"

送走了大叔，赵明志慢慢缓过神来：那五千元钱可是郭佳计划更换沙发和电视的钱。结婚几年了，家里的沙发和电视还是当初拣便宜货买的，郭佳早计划要换，但赵明志觉得东西能用就行，没必要换。还是前几天两个人才达成了一致意见，将好不容易攒够了的钱取出来准备买新的去。可这下又借出去了。唉！还得向老婆大人解释。

七

为了突破收贷工作的瓶颈，赵明志对贷户进行了分类分析：一部分贷户虽有还贷的意愿，但是真没钱，这部分贷户只能寄希望于将来，将来有钱了再还；一部分贷户有钱不还，他们在观望——有那么多的贷户还不了贷款，也不差我这一户，大家都还了我再还；还有一部分贷户，活得很是滋润，但根本没有还款的意愿，属于纯粹的赖债户。针对这三类贷户，赵明志想：第一类只能等机会，第二类只要多做工作还贷还是有希望的，第三类就只能通过法院采取一些强制手段了。

柿子要拣软的捏，工作要先从容易的方向找突破，赵明志明白这个道理，所以他决定先从第二类贷户入手。他采取的办法就是你赖我也赖，也就是死缠硬磨——不怕你不还，就看谁的韧劲和耐心大。明志天天领着信贷员一家一户地上门催要，跑一遍再跑一遍，说政策、谈感情、拉交情、晓之以理、动之以情，声泪俱下，说得自己都有点激动有点感动了。终于功夫不负有心人，那些有钱还的贷户扛不住明志的攻心策略，逐步地归还了贷款。

对于那第三类人，赵明志该来硬的就来硬的，甚至还拣最硬的开刀——贷户王二是村里有名的混混，明志就先拿他开刀。他把王二一纸诉状告到了法院，让法院强制执行。王二一听说明志要动他，就拿着刀把明志堵在了办公室里，气势汹汹地说："你他妈敢在太岁头上动土，是活腻了吧？"明志轻蔑地一笑说："你敢来信用社闹事，我看是你活腻了。"王二举刀就向明志的头砍来，明志挺着脖子站着，眼都没眨一下，硬生生用目光把王二砍下来的刀架在了半空中。王二万万没想到遇到了个真不怕死的主。他收了刀，咬牙切齿地说："你不怕死，我服你！"还没等法院的人去强制执行，王二就主动还了贷款。他对他那帮小混混说："赵明志是我见过的第一个不怕死的，所以我服他。你们以后也躲着他点，别给我惹事。"

局面一旦打开，就顺风顺水了。第三类贷户见王二都向明志服了软，便纷纷收起了赖账的心还了贷款，他们说："赵明志要钱不要命，这人真惹不起。"

局面向着明志预想的方向发展了，但明志明白，光收回贷款是不行的，能收还要会放——这就如一个人的呼吸，光吸不呼就会把人憋死。信用社靠放贷款生存，收得回还得放得出。明志自信，凭着他对家乡每一户的了解和把握，收放都在他的可控范围之内。放贷与收贷比起来容易多了，他时常打听着，哪家有了资金上的困难和需求，只要符合贷款的条件，有还款的能力，即使他们不找信用社，明志也会去各家问一问，这就叫贷款营销。对于某些家庭，明志的行为简直就是雪中送炭了。这样放出去的贷款，往往用不着明志催要，贷户就能主动按期结息还贷。明志欣喜地看到，人们的诚信意识在提高，皋州乡诚信的大环境在逐步形成。

这一年的雪不仅来得早，而且来得猛，整个冬天大地几乎全被大雪覆盖着。眼看大年临近，可由于大雪封山，山里的几个村子与外界失去了联系，收贷工作受阻，再加上每天天气灰蒙蒙的，明志感到了一丝苦闷与压抑。

"哎！年前的任务完不了啦！"明志叹息着。从昨晚开始，雪花再一次从天空飘落下来。明志天没亮就起了床，在信用社的院子里仰着头，看着灰蒙蒙的天空，他是在跟天公怄气呢！明志在院子里一直站到了小张喊他吃早餐，他才回到屋内。

饭后，明志来到了大街上。往年的这些天是人们购置年货的时候；今年却不同，所有的人都窝在家里不愿出门，连信用社的办公人员也闲得坐在柜台里聊开了天。赵明志走在这厚厚的雪上，体会着大自然的力量。

下午，雪仍在下，为了使心情放轻松，赵明志又来到了大街上。望着被风雪掩盖的道路，他已经开始在心中盘算起年后的工作了。明志在街上待了很久，正在他转身想要返回信用社时，一辆三轮摩托车摇摇摆摆地喘着粗气停在了信用社门口。明志一脸疑惑地看着这个不速之客，只见东岭村的村主任从车上下来向明志打招呼说："赵主任，我来了。"明志抬头看看天，又低头看了看脚下的雪，问："这天这路，你咋来了？"村主任笑哈哈地说："我来还贷款。这几天一直下雪，路不好走，没法还贷，村民们都急坏了，生怕失去了信用，来年信用社不给贷款了，所以托我一定要在年前把贷款还上。这不，走了近五个小时，终于到了。"村主任开心地笑着，似乎做成了一件了不起的大事。明志鼻子一酸，眼泪就在眼眶里打转了。他万万没有想到，在这样的天气里还会有人惦记着还贷款，多好的乡亲呀！

皋州乡信用社年前的收贷收息任务没能完成，但赵明志并不灰心，因为他从乡亲们的举动中看到了希望，更看到了皋州乡光明的未来。

冬天过去了，春天也走了，夏天紧跟春天的脚步如期而至。这天的午后酷热难挡，蝉儿在树上叫个不停，令人徒增许多烦躁。一条小狗趴在营业室门外的街上张着嘴耷拉着舌头喘着粗气。街上少有行人，人们都躲到屋子里睡午觉去了，整条街充斥着一种令人不安的静谧。突然营业室里传出的吵嚷声打破了整条街的平静。"你不给我办贷款，以前的贷款我一分钱也还不上，你们再催也没用。""张狗蛋，我们贷款是有规定的，不是谁想贷就能贷。不信，你上去问我们主任。"正在院子里散步的赵明志立刻来了精神，紧走几步进了营业室："狗蛋呀，吵什么哪？""啊！赵哥，没什么，就想再贷点款。"狗蛋赔着笑脸赔着小心继续说，"我前年贷款买了车，不想去年出了一场车祸，赔了人家十万块钱，现在我可是山穷水尽，连修车的钱都没有了。我还要生活，贷款也还要还，你不能见死不救吧？""你的车前年贷款时已做过抵押，你又不符合信用户的条件，你说我怎么给你办贷款？"赵明志严肃地说，"别在这里闹了，走，到我办公室说去。"赵明志回乡后逐渐在村里建立起了威信，所以狗蛋这样的二杆子也只好乖乖地跟着他到了办公室。

两人坐定后，赵明志首先发话："你的情况我了解，解决你目前困难的办法不只贷款一条路。亲戚朋友借一下，先渡过现在的难关。我保证，只要你先还上以前的贷款，以后需要帮忙我一定帮。""赵哥，你也知道，我在村里名声不好，亲戚朋友都躲着我呢。"狗蛋无奈地说。赵明志快速思考着该如何安抚狗蛋：再贷款违反规定，那是绝对不可能的，但若不帮他，不只是他以前的努力前功尽弃，连信用社的贷款也得跟着他打了水漂，所以必须想一个帮他起步的法子。明志打量着已经毫无斗志的狗蛋，心想：养车虽然收益大，但风险同样也大，像狗蛋这样一旦出事，打击就是毁灭性的。怎样才可以有效地规避风险呢？像狗蛋现在这样小打小闹，恐怕永远也不可能做大做强；再说了，狗蛋经营单一，抵御风险的能力自然不会太强。但这些纸上谈兵的理论对现在的狗蛋来说没有什么实际的意义，如何化解眼下的困难才是最实际的。狗蛋热切地看着明志，希望明志能为他指出一条光明大道。明志摇摇头苦笑着，似乎是在否定着什么，狗蛋无助地低下了头。空气似乎不再流动，两个人都静默着。明志思索着，表情也不断地发生着变化，他不时点点头，又不时摇摇头。时间在飞速流逝，在狗蛋已经完全失去了信心时，明志终于有了思路：哎！看来只好再自作主张一次了。

明志看看垂头丧气的狗蛋斩钉截铁地说："启动需要的资金我先借给你，我相信你一定不会让我失望。"狗蛋惊愕地看着明志，充满疑惑地问："你愿意借钱给我？你不怕我赖账？""不怕，如果你连这点信用都没有，你的事业也就终止在这里了。我相信你不会这样眼浅。"狗蛋心头一股暖流涌动，得到他人的信任是一件多么幸福的事啊！他哭丧着的脸慢慢云开雾散，露出了阳光灿烂的微笑。他有点激动地说："好！我决不负你！"赵明志笑了笑没再说什么，但那笑却带着一点苦涩。

在赵明志的资助下，张狗蛋的汽车经过大修后又开始接活了，让赵明志不得不服的是，狗蛋确实在汽车经营方面有那么一手。由于经营有方，一年后，狗蛋不仅归还了借明志的钱，信用社的贷款也还清了。在归还最后一笔贷款时，狗蛋特地邀请明志到饭店吃了一顿。酒足饭饱之后，趁着酒劲，狗蛋对赵明志说："你是哥，你是我亲哥，以后你要我干什么我就干什么。"

此后不久，乡煤矿由于经营不善，捉襟见肘，连信用社的贷款利息都结不起了。一筹莫展的乡领导只好同意将煤矿对外承包。赵明志觉得煤炭作为资源性行业一定会大有前途，煤矿出现现在的困难主要原因在经营管理上。他必须找到一个合适的承包人，一是要让煤矿尽快渡过难关，二是还要保证信用社的贷款不落空。他慎重地考虑了好几天，乡里有能力承包的人在他的脑子里筛过了好几遍，最后还是落脚在了狗蛋身上。狗蛋从贷款买第一辆车开始，稳步发展，先是组建了乡里第一个车队，如今又组建了全乡最大的汽车运输企业。别看狗蛋没什么文化，但事实证明他在企业经营管理上还是有一套的；还有最重要的一点，他信用度好，说话算话，这是企业做大做强的基础。信用社扶持的对象就应该如狗蛋一样，既有能力又讲诚信。另外，虽然狗蛋的汽车运输已经搞得有模有样，但高风险和单一的生产模式总让明志存着几分担忧。如果能实现煤炭产运销一体化，就既能摆脱上游的限制，又能实现利润的最大化，狗蛋的企业才能真正做大做强。明志想，他必须要找狗蛋谈一谈了。

狗蛋对明志的突然造访很是意外。他摸着脑袋说："哥，有什么事你打个电话，我马上过去，用不着你亲自来啊！"明志说："咋，不欢迎我？"狗蛋忙收拢了双手毕恭毕敬地说："你看你说的，我想请都请不来，还能不欢迎？！但我知道你没事绝不可能来我这里，有事你盼咐。"明志说："你这样说就错了。我们只是社企合作关系，我这次来是跟你商量事的。"狗蛋嘿嘿一笑说："哥的事不用商量，我直接办就是。"明志笑笑说："真拿你没办法。我问你，你知道乡煤矿对外承包的事吗？""这么大的事，大家都知道，我能不知道？！""既然知道，你就没啥想法？""我能有啥想法？！运输的路子我通，经营煤矿我就不懂了，所以我没想法。"明志不无惋惜地说："这可是千载难逢的机会，错过了就永远错过了。你现在有了一定的资金积累，只跑运输很难再发展。想发展就要控制资源，我认为承包煤矿对你是一次难得的机会，我希望你考虑一下。如果你在资金上有需求，信用社可以适当支持。"明志用目光征询着狗蛋的意见。"我就是个大老粗，只看眼前，想不到那么远。你既然说行那肯定行，我听你的就是。"狗蛋诚恳地看着明志。"别，是你投资又不是我投资，主意还得你拿。我只是提个建议。""哥，你直说，这买卖真能做我就干。""当然能做，但这事你自个必须想好了。"狗蛋兴冲冲地说："不用想了，这事我做，但我有个条件，你得给我当参谋。""我有什么想法会及时提出来给你做参考的，这个没问题。""我是说你得兼我的顾问，我们签个合同，我给你发工资。""工资我不要，但这个参谋我要当。难道你还不放心吗？""我不是不放心，你不吃我的，不拿我的，我咋好意思老去麻烦你。"明志想了想说："你今天麻烦我，我将来一定会麻烦你，这你记着。"狗蛋也想了想说："我记着。"劝狗蛋承包煤矿的事就这样说定了。

在乡煤矿招标会上，狗蛋听从明志的建议，破釜沉舟，以压倒性优势中了标。交了承包款后，信用社在流动资金上给予了狗蛋支持。狗蛋的煤矿在明志的期待与关注下投产运行。看着黑亮亮的煤炭从传输带上源源不断地输送进运输车内，狗蛋喜不自禁。

二十一世纪初期，煤炭行情飞涨，狗蛋的煤矿也是日进斗金，财富的迅速膨胀令他自己都吃惊。他兴奋地对明志说，"哥，我有钱了，真的有钱了。"他还对明志说，"哥，我给你分红，分你一千万元，让你也过把有钱的瘾。"明志说："我不要你的钱，但你得永远把钱存到信用社。永远，你知道吗？"狗蛋抬头向天发誓："老天爷作证，我如果背叛信用社，我他妈就不得好死。"事实证明，狗蛋是一个知恩图报的人，不用明志开口，他就将自己的每一分钱都存进了信用社，他成了皋州乡信用社最大的存款客户，也是最忠实的客户。他更把明志当成了自己的福星、恩人，他决定要实实在在地送明志一份厚礼，一份明志一辈子都挣不来的大礼。年前，他揣着一个红包进了信用社，他自信地认为明志见到这个红包一定会很高兴的。

明志那天很忙，身旁放了一大堆文件，时不时还要接待一些客户，狗蛋只好窝在沙发里等机会。有好几次明志问："你有事吗？"狗蛋嘿嘿笑着说："没事，你先忙你的。"明志也就不客气地忙自个的。自从承包了乡煤矿后，狗蛋来他这里就来得更勤了，简直成了信用社的一员，他与信用社的员工也混成了一家人。为此明志还说过狗蛋："你有时间多在煤矿经营上下点功夫，天天跑信用社干吗？"狗蛋："这形势傻子也能挣钱，煤矿用不着我操心。你是我的顾问，我来这里可以随时向你请教。再说了，我是信用社的大客户，你难道不欢迎吗？"明志想了想，狗蛋说的也挺有道理，就不作声了。狗蛋每次来，明志只要有空就和他一起坐坐聊聊，工作忙的时候他就忙自个的，也不去刻意招呼。今天狗蛋的神情有点神秘，这让明志起了疑，所以就多问了几次。直到下午下班后，楼里楼外静了下来，狗蛋才将那个红包放在了明志的眼前。明志先是一愣，问狗蛋："这是什么意思？"狗蛋说："我是来给你拜年的，以前都是空手而来，今天送你个红包意思意思。"明志平静地打开红包。里面是个存折，他看了看存折上的金额，心里一颤。他的脸色慢慢凝重起来，抬眼死死地盯着狗蛋。狗蛋被盯得像全身爬满了虱子一般难受，他告饶说："你别这样盯我呀，盯得我难受。"明志摇摇手中的存折说："这是你的意思？"狗蛋点点头说："没错呀，是我的意思。""你这是可怜我，还是寒碜我穷？"明志愤愤地把存折甩在了狗蛋面前的茶几上。狗蛋脸上的笑容僵住了，张张嘴想解释什么，但终是一句话也没说出口。

几天后，狗蛋再一次来到明志的办公室。明志没理他，继续自己手中的工作。他央求说："哥，你不能记仇啊，今天我是专门给你道歉来的。"明志板着脸说："知道错了就行。以后别跟我玩那些花花肠子。"狗蛋说："我错了。但我要劝你一句，人为财死、鸟为食亡，你工作不也是为了挣钱养家吗？你现在那点工资我还真是看不上。照实说，就凭你给我的帮助,就是分我一半财产给你我也乐意。你又何苦动那么大气呢!你是跟钱有仇还是怎么的?"明志说:"君子爱财,取之有道。你有今天,一方面是你个人努力的结果,另一方面离不开信用社对你的扶持。我是代表信用社帮你,你应该感激的是信用社而不是我个人。我现在能有这样一份不错的工作,衣食无忧,比起家乡的穷困农民来说,我已经很知足了。我知道你现在有钱,但在我的眼里,还差着哪。你的钱将来我一定会用,而且要大用。有一天我真要用的时候,希望你还能像现在这样大方。"狗蛋挺了挺胸,拍着胸脯说:"只要你用得着,不管什么时候,不管什么事,你说句话,我立马送来。"明志说:"一言为定?""一言为定!"

随着经济形势的不断好转,各行各业如雨后春笋般蓬勃发展,信用社不失时机地扶持了一批有眼光有魄力有能力的个体户,这些个体户很快便成了乡里第一批富裕起来的农民。他们的每一笔贷款都出自皋州乡信用社主任赵明志之手,因此他们对明志充满了感激之情。手中有了钱,就喜欢嘚瑟、表现,这是中国人的通病。饱暖思淫欲,这些人有了钱就想过有钱人的生活,比如吃饭不仅要吃好,还得吃出排场,吃出面子;吃饱喝足后还必须去洗澡、按摩、唱歌,他们觉得这才是有钱人的生活。相似的生活追求使他们以狗蛋为中心形成了自己的圈子,明志称他们为土豪群。他们时不时要聚在一起,谈生意,谈生活,谈前途,谈将来,他们的生活在他们看来是如此丰富多彩。但在明志眼里却不是那么回事,他经常劝狗蛋:"别整天浑浑噩噩的,有钱没处花是吧?做慈善呀。人家国外的成功人士有了钱不都在做慈善吗?家乡还这么穷,富你一个有啥意义?你也应该为改变家乡贫穷的面貌做些什么。"狗蛋这个时期正陶醉在自己的成功中,明志的说教在他那里就成了耳旁风,左耳进去右耳出来,产生不了丝毫共鸣。相反,狗蛋认为,人生要及时行乐,高兴一天是一天,管他明天会怎样呢。他还想使明志接受自己的人生哲学——钱来得容易,花时就不会心疼，如果是为明志花钱，他更是不会犹豫的。为了达到与明志同富贵同享乐的目的，狗蛋就经常指使他那一帮人邀请明志出来玩乐，但每次都被明志拒绝了。这让他们不甘心，他们坚信这个世界上绝对不会有不吃腥的猫。

这天，这些人又凑到了一起，他们再一次将话题转到了明志身上。他们七嘴八舌说，赵主任真是不够意思，每次叫都不出来，今天一定要想办法把他约出来。我们有钱了不能只顾自己享受，我们一定让赵主任也好好享受一番。那么谁去请赵主任呢？他们都一齐看向了狗蛋。狗蛋说，你们不了解赵哥这人，我是领教过了，所以你们也别指望我，这事我办不到。大家就起哄说，你不去咋知道请不出来？你一定得去。他们你一言我一句地就把狗蛋逼上了梁山，狗蛋的自信心又被点燃了。他站起身说，既然大家相信我，那我就去，我一定不负众望，我就不信请不出来他。

狗蛋是作为这些个体户的代表去请赵明志的，但赵明志却说，你回去告诉大家，就说好意我领了，但我不能去。狗蛋当下就急眼了，说，你不去我交不了差啊，他们不把我奚落死才怪。今天你是去也得去，不去也得去，就算是再帮我个忙，行吗？赵明志了解狗蛋，狗蛋就是个纯粹的二杆子，那股子劲上来九匹马都拉不回头，什么事都能干出来。不过，也正是他这种不计得失不怕后果的脾气才成就了他的今天。见狗蛋已把话说到这个分上了，自己再坚持不去就有点让他下不来台了。但明志有自己做人的原则，他要与狗蛋约法三章。他说，我可以去，但这是第一次，也是最后一次，而且只吃饭，不干别的，你可要记住了。狗蛋忙答应说，那是当然，那是当然。

赵明志本来就不胜酒力，那么多客户，谁的面子都不能不给，推杯换盏、觥筹交错没几下就败下阵来，醉得一塌糊涂，意识也不清楚了。有个个体户就向狗蛋提议说，赵主任还没去过歌厅，难得赵主任今天喝得尽

兴，我们就去歌厅唱唱歌吧！狗蛋看看迷迷糊糊的赵明志，说，好啊，去就去。他们一群人就众星捧月一样簇拥着明志来到了歌厅。闪耀的灯光、刺耳的音乐，还有陪唱小姐的眉目传情都没能让明志清醒过来。明志没见过这种场面，在酒精的作用下他失去了基本的判断。他醉眼蒙眬地看着陪唱小姐，还以为是郭佳呢。他趴在陪唱小姐的肩上说，我好累，我们回家睡觉吧。狗蛋和那些人就笑，其中一个不怀好意地对狗蛋说，要不让赵主任尝个鲜？这个钱我出。没等狗蛋开口，其他人也纷纷表示赞成。狗蛋就没了主意，说，随你们吧。如果赵哥怪罪，我可不给你们担。于是好事之人就给明志安排了个单间，又给了小姐一大笔小费，说，你把我们大哥侍候好。

有了票子，小姐自然高兴，她匆匆将明志扶在床上。明志以为是郭佳——除了郭佳谁会在自己床上？酒劲上冲，明志抱住了小姐……

一觉醒来已是深夜，明志睁开眼用手捣着自己疼痛发蒙的脑袋，定睛看着屋顶刺目的灯光，说，我这是在哪儿啊？接着他就吃惊地发现身边睡着个陌生女人。这一惊非同小可，他像被针扎了一样一激灵就跳下了床，结巴着问被惊醒的女人：你是谁？咋会在这里？那小姐妩媚地笑着说，老板，你可真是健忘，几个小时前咱们一起唱了歌，你现在就忘了？明志真不敢相信眼前的事实，现实将他彻底击垮了，也击傻了。他慌里慌张地穿好衣服，逃也似的离开了。

找小姐的事令明志无地自容，这成了他永远的人生污点。事情过后很长时间他都不敢面对郭佳，因为他觉得那是对爱情的背叛，对家庭的背叛。那些天里，他怕见每一个人，怕看他们的眼神，他无法原谅自己。

明志感叹，洁身自好咋就这么难！自己处处小心谨慎，但最终还是着了道、入了套，诱惑和陷阱真是无处不在啊！狗蛋后来劝解他说，这在现在社会真不算什么。明志想：这社会是怎么了？这真不算什么吗？他疑惑、迷茫，甚至有了些许的动摇。但当他感受到领导和朋友对他的信任，以及郭佳对他的爱时，他的信念就不再动摇了。他想，他绝不能随波逐流，更不能同流合污，否则自己良心上就过不去。他不想伤害自己，更不想伤害别人，包括爱自己的父亲、妻子以及所有的同事、朋友。

随着改革开放的深入，富裕起来的农民越来越多，但他们的富裕几乎完全是靠土地以外的收入实现的。明志不止一次地问自己，这样的农民还叫农民吗？真正的农民能富起来吗？事实上，那些真正种地，靠土地生存的农民的生活还是没有任何起色。赵明志看在眼里急在心里。在农村，农民问题才是关系农村发展的大问题：只有解决了农民问题，农村的问题才能彻底解决。赵明志的心里正筹划着让农民富起来的办法。在参加县联社组织的对邻县农业发展的一个考察时，赵明志终于想到了一条适合本乡地域气候特点的路子——搞大棚种反季蔬菜。赵明志决定了，他一定要将这条致富路修通。他想，家乡有地有劳动力，气候条件也适宜，得想办法让农民自己动起来。于是赵明志就找到村里的干部具体协商动员农民建大棚的事。与村主任一见面，明志就直截了当地说："建大棚是一个让农民致富的有效途径。只要农民愿意建大棚，信用社可以先为评定为信用户的每户贷两万元款，这两万元的本钱差不多一年就可以收回。至于技术方面的问题由我来解决。"赵明志信心满满，他不相信这样天上掉馅饼的好事还会有人拒绝。"乡亲们是穷怕了，不敢冒任何风险。工作不好做呀！"村主任疑虑重重地说。"不好做也得做。不能看着乡亲们一直穷下去吧？"赵明志直接把村主任的话顶了回去。他盯着村主任的眼睛，目光里透着刚毅与坚定。村主任受不了明志刀子一样的目光，低下头，躲闪着，很不情愿地说："好吧，那我们就试试看。"

在村干部及信用社的积极推动下，老百姓开始相信建大棚是件利己的好事，于是大家纷纷响应。看着一座座大棚像雨后的蘑菇一样从地里冒出来，赵明志的心里别提多高兴了。信用社还专门从大学请来了农业方面的专家指导农民种菜。忙碌了一个冬天和春天后，大棚里的蔬菜长势喜人，农民们也乐开了花，大家都等着夏初大棚蔬菜丰收那一刻。

谁知天有不测风云，在春天即将结束的时候，天像漏了一样，不断地向大地倾倒着雨水，几天不见有雨停的迹象。大棚像一个个鼓着舱的小船在风雨里飘摇。

乡亲们急了，村主任急了，赵明志也急了——到嘴的烤鸭眼看就要飞走了，怎么办？大家都没了主意。雨下到第六天的午后，突然山洪咆哮着席卷而来，它像一个发疯的巨兽横扫着大地上的一切。山洪过处，房倒屋塌，树木被连根拔起，停在路上的汽车也被洪水裹挟而下。那些大棚更不堪一击，洪水像秋风扫落叶般把地里的大棚冲了个一干二净。山洪巨大的声浪盖过了所有人类的哀号、呼救，万能的人在这一刻显得如此无助，只能仰天长叹。

灾情就是命令。不用任何人通知，赵明志已经带着信用社的全体员工在洪水过处搜寻着被困的人们。大灾大难面前，人性善的一面得以充分地展现。以往人与人之间的一切恩怨都已置之脑后，人们自觉地组成了救护小组，向任何身处困境的人无私地伸出了援手。在这个时候，只有救人才是第一位的。在生命面前，平时那些被赵明志视为命根子的大棚就显得微不足道了。山洪一泄如注，带走了生命，带走了财物，还带走了农民的希望。雨渐渐地小了，雨水和着在风雨中无助人们的眼泪飘向了远方。当久违的阳光从西边的天际洒向人间时，人们才得到了喘息的机会。满目的狼藉，又让人们的心开始颤抖、流血。那些找不到亲人的人们在声嘶力竭地呼唤着亲人的名字，每一声都像杜鹃啼血。

赵明志和村主任碰头后，各带领一组村里的青壮年在洪水经过的地方一点点搜索，唯恐落下一个人。在天幕完全拉上，光明完全消失后，他们才返回了会合地点。这是一个地势较高也较为平坦的场地，村里所有人都聚集在了这里，等待着没有希望的结果。今夜，几乎所有的人都无家可归。赵明志看着狼狈不堪、垂头丧气的乡亲，心里特别难受。

这场百年不遇的洪水给县里造成了巨大的损失，由于大棚全被冲走，相比其他乡镇，皋州乡的损失更大。赵明志站在高处，看着这满目疮痍，泪水夺眶而出。

接下来的日子，乡里展开了自救，县里也组织人支援乡里的灾后重建工作。信用社由于地势较高，在这次山洪中受影响较小，因此信用社的工作照常开展，对老百姓的服务一刻也没有停止。在这次山洪中，很多家庭不仅失去了亲人，还失去了所有的财产，留下的仅是存在信用社的存款了。在这人心浮动的日子里，不知什么人造谣说，信用社的存款支付出现了问题，劫后余生的人们开始涌向信用社。形势向着难以控制的方向发展着，挤兑风潮一触即发。赵明志急眼了，他边向县联社申请支援，边在营业室里帮着接待群众，一个个地做他们的思想工作；但已经失去理智的人们根本不肯听明志的解释，只是要求马上取款。营业室里挤满了人，营业室外的大街上也人头攒动。赵明志人被挤在人群中，声音也被嘈杂的人声盖过。他挤到柜台前，纵身跳上了柜台，居高临下地用尽力气大声喊："大家静一静，听我说。"赵明志的气势把人群镇住了，他慷慨激昂地说："信用社的背后有国家强有力的保障，大家的存款绝对没有任何问题。存款自愿，取款自由，这是信用社始终不变的服务宗旨。如果大家真要提款，谁也不会拦你；但大家要排好队，一个一个来，现在这样挤着谁也提不了。"人群中有人高声说："排到后面的还能取到款吗？你得给我们一个保证。"明志说："大家都认识我，我也是皋州人，我向大家保证，所有的人都能提到款。我已经给县联社打了报告，县联社很快就能把充足的现金运过来，到时大家提多少都可以。今天我就在这里陪着大家，如果有人提不到款，大家想把我怎么样都可以。"人们你看看我我看看你，悬着的心开始放下了。这时村干部们也挤进了营业室，边挤边喊："大家这是干什么？要取款就排队，信用社什么时候短过大家的钱。快排队。""对，排队，排队。"人群开始响应，明志跳下柜台，与村干部们一同指挥人们排队。有两个人因为排队位次而争执起来，互不相让，像是斗急了眼的公鸡，推搡了起来。明志和一位村干部只好一人拉着一个解劝。正在此时，联社运款车呼啸而至，所有人的目光和注意力都集中到了运款车上。在人们的注视下，一箱箱的现金被身穿防弹衣、手握防暴枪的保卫人员护送着抬进了柜台里。信用社的员工迅速打开了款箱，成箱的现金立即展现在了人们的面前。人们似乎被这一箱箱的现金震慑住了，刚才还剑拔弩张的两个人也安静了下来。赵明志指着柜台里面的现金说："大家不要急，排好队，提多少有多少。"见信用社钱款充足，很快便有人撤出刚刚排好的队伍，并对队伍里的熟人说："你排吧，我改天再来取。"一个、两个、三个，不断有人撤出队伍，走出营业室扬长而去。营业室里的紧张气氛很快松动下来，营业室外的人们也去了大半。明志吊着的心终于落了地，脸上也显出了笑容。他冲着刚才还争位置，此时却准备要离开的老乡说："咋不取了？马上就轮到你了。"老乡不自然地笑笑说："我暂时用不着，改天再取吧。"营业室又恢复了往日的秩序与平静。

在处置挤兑风潮的当晚，明志召集信用社职工开了会，提议大家主动为灾民捐款捐物。明志第一个捐了款，他拿出两千元投在了捐款箱里，职工们也争先恐后地献出了自己的一份爱心。信用社全体人员还主动加入灾后重建工作中，大家放弃了所有的休息时间，出人出力出钱出物帮灾民重建家园。

在社会各界的关爱、帮助下，皋州乡人们的生活开始逐渐步入正轨，但灾难却给信用社留下了一笔笔无法归还的贷款。信用社的工作一下子陷入了极其被动的境地：大棚没了，贷款怎么还？赵明志又一次面临着严峻考验。

赵明志专门为这事到县联社向孟主任做了汇报，并主动要求领导处分自己。孟主任听了他的汇报后对他说："这损失不能归罪于你，天灾人祸，你是想让乡亲们致富。这个责任我替你在市里面担着，你安心工作就行。"

孟主任丝毫没有责怪明志，这倒让明志更加自责。他对孟主任说："您还是训我一顿，给我个处分吧！那样我会好受些。"孟主任和蔼地笑着说："你是按章办事，又不存在违规。我依据什么处分你？现在你应该考虑的不是如何担责任，而是下一步如何做。别像打了败仗似的，你要重整旗鼓，打个漂亮翻身仗给我看看。"明志说："这次丢盔弃甲，败得太惨了，一时想翻身都难。关键是乡亲们的生活太难了。"孟主任说："要有信心，我相信你！"赵明志的心一下子像被春风吹过的田野，又泛起了生机。

乡亲们的光景不好过，明志的心情也不好。很多家庭因灾返贫，虽然有政府的救济，但那只是杯水车薪，不能解决根本问题。赵明志心软，看到生活困难的就想伸手帮一把。他工资不高，但想着能帮多少是多少，下乡时他就一家家走访那些困难户，把自己的工资一点一点分了出去，算是自己的一点心意。但很多困难户不好意思拿赵明志的钱，特别是那些还欠着信用社贷款的贷户，他们说："贷款我们永远都认，只要有能力还，我们一定还，但你这钱我们不能要。"明志说："大忙我帮不上，这点钱也只能买袋面什么的。看到大家日子不好过，我心里就难受；大家收下了，我也能好受些。"明志的行为一时间感动了皋州乡所有的困难户。

都说福无双至、祸不单行，生活总是不会让人安安心心地过。这次是郭佳的父亲出了事。

郭佳的父亲前几年承包了县城附近的一个小煤矿，在承包时还在信用社贷了款，虽说没大钱可挣，但还是有利可图，所以一直经营着。煤矿是高风险行业，这是不争的事实，这不，真就出事了。

这天，明志正在单位上班，接到了郭佳的电话。电话那头的郭佳焦急万分，她对明志说："我爸的煤矿出事了，还死了人。我爸已经让公安局的人带走了。"明志一下子呆住了，不知该对郭佳说什么好。明志整理了一下思路，劝郭佳说："你也不要太着急，这是生产事故，爸是有责任，但我想不会太严重。我去公安局问问，看人家咋处理。"郭佳说："那就这样，你快去问，我妈那儿急着哪。"

明志匆匆去了公安局，找了个熟人询问郭佳父亲煤矿冒顶事故的处理情况。那个熟人对他说："死了三个人，已经属于较大的安全责任事故了，判刑是在所难免的。不过量刑会考虑当事人对遇难者的赔偿情况。如果想要减免刑罚就必须对遇难者做出积极的赔偿。"明志问："依据现在的规定，每个遇难者需要赔偿多少？""要二十万元吧。""二十万元！"明志脑袋嗡一声就大了——三个人要赔偿六十万元，这对于明志来说可是天文数字。明志出了公安局，就直奔郭佳父母家。明志将打听到的消息对郭佳母亲及郭佳讲了。两个女人一下乱了方寸，郭佳的母亲呆呆地坐着只是哭，郭佳边哭边催着明志想办法。明志在回来的路上就开始想办法了，现在他试探着跟丈母娘商量："要不我们把煤矿转包出去吧。依现在的行情，五十万元也是有可能出手的。"郭佳的母亲早已没了主意，她听明志这么说就点头同意了。在她看来，不管什么办法，只要能先赔了人家钱，能减少丈夫的刑期就行。郭佳自然也不反对。明志就按照自己的想法去找买家了。

在信用社工作还是有一定的便利条件的，明志很快就找到了几位有实力的老板，他就转包煤矿的事和他们进行了谈判，但一圈谈判下来，没有人愿意出六十万元转包煤矿。明志也想到了狗蛋，但他张不开这个口。按照狗蛋的性格，这个忙一定会帮，但这样做跟伸手问狗蛋要钱没什么区别，他不能那么做。明志只得将转包价降到了五十万元，经过艰苦的谈判，终于有一个老板愿意转包了。明志先跟丈母娘和郭佳说明了情况，丈母娘和郭佳正在为这事煎熬着，听说有了结果，不管不顾地催着明志快办。煤矿就这样在明志的张罗下转了出去。五十万元有了，但剩下的十万元咋办？明志又上愁了。郭佳说："我爸的钱都投在矿上了，如今在信用社还贷着几万块钱。你给信用社打个招呼，以我妈的名义贷点款，我们将来慢慢还。"明志说："你这不是让我犯错误吗？你爸进去了，你妈又没有收入来源，能贷款吗？"郭佳说："他可是我爸，你不能见死不救吧？"明志想了好长时间，想得头都大了，还是没有好的办法。郭佳说："要不以我的名义贷款吧？"明志说："那也不行。用贷款支付赔偿款，贷款的用途就不合规。再说了，凭你我的工资，什么时候才能还清啊！"郭佳赌气地说："你不是主任吗，就不能开开绿灯？实在不行，我就去借高利贷。"明志急着说："你咋尽往歪处想！你让我静静，让我再想想。"郭佳就不说话了，和母亲一起你一声我一声地哭。明志这时心里已经有了主意，但不好开口，他想着得慢慢引导，于是说："你们想想家里还有什么值钱的财产？"郭佳的母亲只管哭，郭佳倒是专心想开了，想来想去她就想到了房子上——这正是明志想说却不好说出口的。虽然一个是妻子，一个是丈母娘，但要劝人家卖房子，明志还是觉得有点说不出口。现在郭佳提出来了，明志也就顺着郭佳的话对丈母娘说："要不我们先把这房子卖了，回去住旧房子，等将来有能力了，再买房子。"丈母娘万万没有想到自家有一天会到了卖房子的分上。她嘤嘤地哭了很久，最后止住哭声，叹着气说："没有其他办法了，只能这样了。"郭佳劝母亲说："妈，你也不用伤心了，将来我和明志给你们买房子。"

房子卖掉后，所有的钱都拿来赔偿遇难者的家属。由于赔偿积极，获得了遇难者家属的谅解，郭佳的父亲因此得以从轻处理，最后被判刑两年，缓刑一年。这已是最好的结果了。对于这样的结果，明志和郭佳全家都是满意的。对于卖房子的事，虽然当初郭佳是同意了的，但郭佳因此对明志有了看法。她认为在那样关键的时候，明志就应该想办法给家里人贷点款，以渡过难关。郭佳在以后的日子里多次提到此事，每次她都对明志说："你当着信用社主任，给别人贷款是贷，给自家人贷款也是贷，为什么就不能给家里人贷款？我们又不是不还。我父母一年比一年老，房子没了，他二老能不怨咱们吗？"明志解释说："信用社放贷是有严格规定的，能不能贷我最清楚。我要是乱放贷，下面的信贷员不乱套了？信用社的利益谁来维护？说到底，我们还要靠信用社生存。房子我们可以再买，但信用社倒了，我们还能有好日子过吗？"郭佳说："我说不过你，反正这件事我记你一辈子。"明志无奈地摇摇头，作为丈夫，他是需要妻子的理解和支持的，但此刻他还能再说什么呢？

八

前段时间忙灾后重建，近来忙自家的事，这些事办完后，赵明志才有时间把心思放在处理建大棚贷款的事上。他需要好好考虑一下下一步的工作如何开展。他把自己关在办公室里几天没有出门，白头发就是在这几天里偷偷地从黑发之间冒了出来，星星点点，给他增添了几分沧桑感。他想了很多，当初是自己鼓动农民贷款建大棚的，如今这样的结局，这贷款可怎么要？他真张不开这个口啊！贷款不要，信用社的损失怎么挽回，这个窟窿咋堵？他觉得他不仅无法面对父老乡亲，更无法面对信用社的每一位员工。他食不甘味、夜不成寐，十几天就瘦了一大圈，本来壮实的身子显得单薄了许多。

每天的报纸他倒是要浏览的，他把身体封闭了，但思想不能禁锢了。他要想一个突破的法子，一个两全其美的法子，既要对得住乡亲，又要交待得了领导、员工。他想破了脑袋瓜子，希望能另辟蹊径，希望能找到一条新路子。家乡人多地少，人均也就二亩耕地，靠种地只能维持温饱，致富想都别想。明志认为，想致富就得突破土地的限制，为农民找到新的就业渠道。而从目前家乡的实际情况来看，这似乎又是不太现实的事情。为了挣钱，乡里好多年轻人都外出打工了，工资低，工作条件差，生活没有保障。靠知识和技术挣钱的人不能说没有，但少之又少。有能耐的那几个人明志伸出手用十个手指头就能数清楚。如何改变这种状况呢？明志思考着，连做梦都在思考。

洪水过境时，狗蛋的煤矿同样不可避免地受到了损失，但不是很大，这对于资金实力雄厚的狗蛋来说不算什么。狗蛋的煤矿是乡里除农业外唯一的经济支柱了。这煤矿自狗蛋承包后，经营形势一片大好。狗蛋是富了，但生活在这里的人们还得靠那二亩地过活。对于狗蛋的暴富，乡里人早就开始眼红上了，但狗蛋富得合理合法，乡里人也就只能眼红眼红，背后说些嫉妒的话，啐几口唾沫，仅此而已。可明志不同，明志是狗蛋的"福星"，可以说没有明志就没有狗蛋的今天。明志想利用这一点，让狗蛋在乡里投资建个什么厂，这样既可以实现狗蛋多元化经营、降低风险的目的，又可以帮助乡亲们在家门口就业。但什么才是适合农村的产业呢？他那报纸可是不白看的，他其实每天都在上面搜寻着适合农村的产业信息。前天，报纸报道了一个养猪专业户，昨天又报道了一个用玉米秆做饲料的和一个用猪粪做肥料的，这些他都记在心里。如果能在村里搞起这些来，不就可以解决剩余劳动力的问题了吗？但投资建厂狗蛋能同意吗？狗蛋是欠他的情，可要让狗蛋一下拿出的不是十万八万，而是百万千万——真要让他拿出自己的全部积蓄投资建厂，他能同意吗？明志心里还是没底。

明志将多日来思考的结果重新梳理了一下，拿定了主意，然后他就去找狗蛋了。

明志直言不讳地对张狗蛋说："张老板，我想请你帮我个大忙。"狗蛋一时没听明白，反问道："你说什么？"明志又说："我想请你帮我个大忙。"狗蛋一乐说："你真要让我帮忙啊？今天早上太阳还是从东边升上来的吗？"明志一本正经地说："我没开玩笑，真要请你帮忙。"狗蛋盯着明志说："帮忙可以，但你要先把'张老板'三个字改成张狗蛋。"明志一怔说："行！狗蛋，我就直说了。我想让你投资在乡里建个养猪场，一来你可形成多元化经营，二来可以解决一部分乡里的剩余劳动力，让乡亲们不出门就有钱挣。我们这里玉米产量大，饲料来源充足，养猪产生的肥料还可以用于农业生产，一举多得的事情。这也算是你帮我一个忙。大棚的事，我得给乡亲们一个交待。"说着说着，赵明志的语气就带上了恳求的味道。狗蛋不解地看着明志说："不就是让我投资建个猪场嘛！我还以为什么大事，用得着你特地来求我！怎么个弄法，你吩咐不就得了。"明志说："这可不是小事，怕是要投资千八百万的，你要好好考虑考虑。""这有啥考虑的？你出的主意哪一次错了。""万一错了呢？""真错了，我再从头开始。"狗蛋的爽快着实让明志感动了一阵子。

万头猪场正式开工建设了。狗蛋嫌麻烦，就把这事全推给了赵明志，他对明志说："干这事我没耐心，我只管出钱，具体咋弄还是你做主吧。你办我也放心。"明志只好勉强答应了。万头猪场在建设时期就需要大量的劳动力，于是赵明志先组织家庭比较困难的村民参加猪场建设，工资按月及时发放，也算是解决了困难村民的燃眉之急。猪场建成后，优先招聘建大棚的村民。

一年后，所有建大棚的贷款全部还清了，赵明志到这时才松了一口气。

闲暇之余，他又为自己写了一幅字：独木难成林。这次真是多亏了狗蛋的帮助，不然的话这个难关难过啊！狗蛋的猪场如今搞得红红火火，县里、市里、省里的各级领导都曾到现场参观指导，省里不仅给予猪场贷款贴息政策，还每年给现金扶持，猪场经营效益也是一年一个样。狗蛋还以农民企业家的身份当选为市人大代表，乐得狗蛋一见赵明志就开夸："哥，你就是我的活菩萨，听你的话准没错。"

在农村蓬勃发展的时候，信用社也迎来了发展的黄金时期，存款不断翻番，效益节节攀升。皋州乡信用社在效益和贷款管理方面异军突起，成为全省信用社的典范，赵明志个人也获得了省劳动模范等光荣称号。

信用社的快速发展，引得一些人蠢蠢欲动，急功近利、快速发财的思想蔓延开来，很多梦想不劳而获的村民动起了信用社的歪脑筋，因而出现了村民为贷款到处找关系、送红包的现象。赵明志对这种风气深恶痛绝。

这天中午，赵明志正在练书法，一个村民气呼呼地进了办公室："我要告状。"赵明志微微一笑，问："告什么人？""告你们的王信贷员，他吃了我的饭不给我贷款。""那好，你先坐着，我核实一下。"赵明志立即打电话把王信贷员叫到了办公室，严肃地问："人家要告你的状。你说说吧，是怎么回事？"王信贷员看了一眼那个村民气就不打一处来："你让村主任把我约出去说是商量事，我是冲着村主任的面才去吃的饭，出钱也是你自愿的，你不符合贷款条件就是请十顿饭，我也不能放款给你。你告你的状，我身正不怕影子斜。"从王信贷员说的话中赵明志听出了一点眉目，他转向村民问："王信贷员说的是不是事实？""是。"村民不情愿地说。赵明志清清嗓子说："你想通过请客吃饭得到贷款，这出发点本身就是错的。贷款是有条件的。贷不贷不是信贷员说了算，也不是主任说了算，而是你的条件说了算。信贷员吃了你的饭是有错，但你以此要挟信贷员给你贷款就是你的不对了。信贷员我会按信用社的规定处理，你也要反思一下自己的行为。"说着赵明志就从口袋里拿出两百块钱，"给，这是你的饭钱，足够了吧？"村民想想自己也不占理，而且吃饭也没花多少钱，这便宜事不占白不占，便说："行，那就这样吧。"村民走后，赵明志打量着局促不安的王信贷员说："吃了人家的嘴短，贷户的饭可不是好吃的。这就是一个教训，以后千万注意点。""那我明天还你钱。"王信贷员怯怯地说。"不用了，算我请你吃了顿饭。"赵明志笑笑说，"去吧，好好上班。"

又是一个艳阳天，赵明志看了一大堆文件后，站起身来，伸伸腰，最近他总感觉坐得时间一长，脑袋就抬不起来，心里也慌慌的，看来自己的颈椎也有了问题。颈椎病是信用社工作人员的职业病，这是由于长时间坐着办公引起的，在信用社工作的人十之八九都有这种病。

赵明志伸着懒腰看着窗外："唉，那不是郭义吗？他来干什么？"赵明志说着就走出了办公室，在办公室门口喊郭义："郭义，你咋来这儿了，有事吗？"郭义紧走几步来到明志面前，说："姐夫，我正找你。"明志边让郭义进屋边说："有事打电话就行了。学也不上，跑这么老远做什么？"郭义说："我这是第一次来你们信用社，难道你不欢迎吗？"明志说："我知道你不是来看我的，有什么事就直说。"郭义说："我没零花钱了，你给我拿点吧。"明志说："家里如今不比以前了，你要省点花。按说你也不小了，要多体谅父母，不要老跟着那些人混日头。你要多想想将来考不上大学咋办。"郭义说："爸妈说教我，我姐也说教我，到你这儿还是这样，你让不让我活了？"明志说："家里人说你是为你好，你将来必然要成家立业。我和你姐还要攒钱买房子，以后你的零花钱我给，但一个月只有一百元，够不够就这样了。"说着就掏出了一百元钱，放在了郭义的面前。郭义显然对明志很是不满，一个人在那里咕哝着。明志也不理他，拿出了当天的报纸慢慢浏览着。"赵主任，忙着哪？"一个声音从门外老远就传了进来。明志向门口望去，一个熟悉的身影跃入了视野。明志站起身，向门口迎去"高杰来啦？我们可是好久不见了。"高杰说："可不是嘛，如今你当了领导，离群众远了，我们的关系也就远了。"明志说："你这是啥话？真是狗嘴里吐不出象牙。有什么事快说。"赵明志还是这样直率。高杰与赵明志是邻居，父辈之间的关系很好，不过由于高杰不务正业，参加工作后赵明志很少与其来往。高杰打量着郭义，问明志："这位是？"明志介绍说："是我小舅子郭义。"郭义见姐夫来了客人就起身说："你们忙，我先走了。"明志说："你先回去吧，记着我刚才给你说的话。"

高杰四平八稳地坐在了沙发上，拿着架子对明志说："我可是有件大买卖，你想不想听听？"高杰显得有些兴奋。"说吧，我听着呢。"明志在内心对高杰的话打了个问号，心想，你能有什么好事？高杰放低了声音说："我认识个老板，想贷款贩煤，利润很高，投资也大，需要五百万元。他答应事成后，给你我一百万元的好处费。怎么样，是好消息吧？""一百万元，那么容易呀？我看你是想钱想疯了吧。"赵明志苦笑着说。高杰看赵明志一副不屑一顾的样子，便拍拍胸脯说："是真的，我打保票。""算了吧，这事我做不了，更不敢做。你另请高明吧。"赵明志微笑着对高杰做出了送客的姿势，"你这不是要钱来的，你是要命来的。请吧，这样的事以后别来找我。不送啊！"

所谓"事非经过不知难"，很多事情不经历是不会知道它的难处的。自从明志当上信用社主任以后，他就明显感觉到作为一个信用社主任的不易。信用社主任作为信用社的当家人要全面考虑信用社的经营情况。信用社主要的两大指标就是存款和贷款：一方面要吸收存款，壮大信用社的实力；另一方面还要放好贷款，增加信用社的收益。明志明白，只要农民手里有钱，吸收存款不难；放好贷款才是关键，放得出收得回才叫好贷款。但目前贷款难放成了信用社经营中存在的最大难题。信用社针对农民的贷款不算少，但额度小、管理成本高，要想从中取得效益很难。信用社要发展就得另谋出路。随着阅历的不断丰富，明志在贷款投放上，特别是在大额贷款的投放上是越来越谨慎小心了。贷款难放，最主要的原因是缺少好的项目，在山区乡下要找一个好项目更是难上加难。为此，明志决定依托政府引进好项目。不过改革开放以来，对城市的投资和对农村的投资就像是剃头挑子一样——一头热一头冷，城市那边的热潮一浪高过一浪，但农村这里就冷清了很多。新任乡长对明志说："引进项目难啊！"但让人没想到的是，这样的好事却自己找上了门。

明志不相信会有送上门的好事，但这样的事确确实实地发生了。最近县里有一个化工项目，厂址一直未落实，因为该化工项目污染大，所以县政府不允许它在县城附近落户。新上任的宋乡长听到信息后主动找县长谈了此事。县长说："皋州乡位置较偏，但交通还是比较方便的，这个项目建在皋州乡还是可行的。不过，这个项目投资较大，投资方只能拿出百分之六十的资金，剩余的百分之四十需要从银行贷款。要落户在你们乡也可以，但这百分之四十的资金需要你们乡里协调解决。你只要能协调好这笔贷款，这个项目就可以定在你们乡里。"宋乡长用探询的口吻问："县长，百分之四十是多少钱？"县长说："两百万元。"

宋乡长在回乡的路上一直考虑如何解决这两百万资金的问题。他让司机直接把车开进了信用社。宋乡长开门见山地对明志说："我想引进一个化工项目，但县里要乡里解决两百万元的投入资金问题。我想听听你的意见。"明志说："宋乡长，这个贷款额度远远超过了乡信用社发放贷款的权限。不过，只要找到合适的担保，这件事就能成。"宋乡长拍拍脑袋说："贷款的主体还是投资方，乡里只负责背后协调，我去跟投资方谈一谈，看看他们的意思。我已经搞清了这个项目，利润挺高，就是存在污染问题。我想将厂子建在下风口，这样对乡里的影响就不大。一方面在乡里建厂可以再解决一些村里的剩余劳动力问题，另一方面对我乡经济的发展也会起到带头作用，再说这也会给信用社带来存款和效益。乡里经济发展了，就有能力解决其他的问题。你先好好考虑一下，也可以打听一下这个项目，三天后我们再碰面，到时候你得给我个准信。"

乡长走后，赵明志陷入了沉思。虽然这几年有了猪场，剩余劳力解决了一部分，但还没能彻底解决。要改变家乡穷困的面貌，确实需要引进一些项目。高质量的项目抢的地方多，能到乡一级的自然是一些污染大耗能高的项目，但就是这些项目对于乡里来说也是金饽饽。化工项目引进的主要风险是政策性风险，目前来看暂时不存在问题。乡里经济的发展，不仅是政府的责任，也是信用社的责任。明志决定第二天到县城找人了解一下这个项目。

明志去县城找了一些在政府部门上班的高中同学了解情况，还去县联社请示了领导，所得信息与宋乡长介绍的情况基本一致，从经济方面来说这确实是一个难得的好项目。明志决定再与宋乡长好好谈一次。

在乡政府，宋乡长高兴地接待了明志。明志向宋乡长说了自己调查的结果，并说明了自己对这次放贷的要求："在固定资产建设时期信用社不放贷款。等固定资产建成后，投资方将固定资产进行抵押，这样一方面可确保投资方投资到位，另一方面还能保证信用社资金安全。只要乡长你能答应我这个条件，我们这次合作就算是定下啦。"宋乡长听后，吸了口烟，皱着眉头，考虑了一阵后说："我答应你的条件，投资方那里我努力争取。这件事暂且就这样定了，你静候我的好消息吧。"宋乡长与明志两个人的手紧紧地握在了一起。

在政府的协调下，事情进行得很顺利，批地、建厂一切都在有条不紊地进行着。明志当然也在每天关注着建厂的进度。

一年后，皋州通达化工厂正式建成，明志也践行了自己的承诺，向投资方发放了抵押贷款。化工厂很快投产。正像当初调查的那样，化工厂生产的产品属于紧俏商品，完全是卖方市场，利润高得惊人。建厂的所有投

入在投产一年后全部收回，信用社的贷款也全部还清。

在还贷款的当天，投资方王老板特地邀请宋乡长与明志赴宴。在宴会上，脸红耳热之际，王老板一直对宋乡长和明志在关键时候对他的支持和帮助表示感谢，并宣布了厂里的决定："为了答谢宋乡长与赵主任的鼎力支持，我决定聘任宋乡长与赵主任担任厂里的顾问，上不上班自由，工资按照厂里工人的最高工资发放。"听了这个决定后，宋乡长与赵明志面面相觑，宋乡长首先开口说："王老板，这不是太合适吧！"明志紧接着说："是不合适。我们吃的是公家饭，代表的是公家，这个我们不能接受。"王老板显得很尴尬，举起的酒杯停在了半空中，苦笑了一下说："我知道二位的为人，但兄弟有今天是大家帮忙的结果，帮过我的人，我不想亏欠。这只是我个人的一点小意思，这点工资相对于我的利润来说真不算什么。二位千万别认为我是在贿赂，这是二位应得的。"宋乡长半开玩笑地说："你的心意我们领啦，但这是违反纪律的。你不是想拉我们下水吧？"王老板惴惴不安地说："不是，不是！既然二位这么说，我也不便勉强。总之一句话，我感激二位！来，我敬二位一杯。"

这次宴会后，王老板隔三岔五地邀请赵明志吃饭，赵明志都以工作忙为借口推掉了。一个月后的一天晚上，王老板手里提着烟酒找到了明志家。明志不得不接待王老板，他让郭佳炒了两个菜。菜上桌后，明志对王老板说："你难得来家一趟，我家里没有酒，就喝你拿来的。"说完，明志把王老板的酒拿出一瓶来。酒是用纸盒包装的，明志正要打开的时候，王老板阻止说："这酒是我送你的一点意思，你留着慢慢喝，现在就别打开了。"明志说："就现在喝。"纸盒打开了，里面露出厚厚的一沓现金。明志的脸色霎时由白变红，再由红变白。他抬头看着王老板生气地问："你这是什么意思？"王老板不好意思地说："是我欠你的，你总得给我个面子吧？"明志气愤地说："我不欢迎你，拿上你的东西走吧。"王老板看看再无回旋的余地，只得提上烟酒灰溜溜地走了。

九

国庆节很快到了。国庆长假信用社从上到下仍然很忙，七天的假期很多人只休息了三天。节后的第一天，乡里就炸开了锅，一个不祥的消息到处传播：县里某银行一职员拿着金库里的钱跑了。这一职员的名字还不确定，但赵明志根据传播的各种信息，隐隐约约觉得那个人很可能就是自己高中时的同学。这个同学，从银行学校毕业后分配到了县某银行上班。虽然赵明志和他往来不密切，但时不时也会在一起聚聚。

没几天确切消息传来，就是那位同学出了事。赵明志感觉好像自己做了错事般，他开始极力回避同事们对此事的各种议论。他在替同学感到耻辱的同时，也为同学感到惋惜。十年寒窗苦都禁受了，怎么就受不了清贫？况且银行的工资水平在县里面也是排前几位的。赵明志不解，他怎么能舍弃父母、妻子、儿女走上这条不归路呢？人心中的那份贪欲真是猛于虎啊！

在其后的日子里，赵明志每天都关注着同学案子的进展。半个月后，同学归案；三个月后，同学被判无期徒刑。得知判刑的消息后，赵明志约了几个同学到县看守所看望了这名同学。赵明志也由此了解了事情的整个过程。一是同学单位管理混乱，使同学有了可乘之机；二是同学没控制住心中的贪欲；三是同学易冲动的性格最终导致了悲剧的发生。据同学讲，他带着钱一出县城就后悔了，但开弓没有回头箭，他只能硬着头皮朝自己选择的路走下去。说到这儿时，他对着一群来看望他的同学哭了，哭得很伤心。

看过同学后，赵明志一直在思考，在这个物欲横流的世界里，怎么才能始终保持清醒，洁身自好呢？诱惑无处不在，党性需要不断淬炼，做人要知足，要不断克服心中的贪欲，要时刻提醒自己。赵明志暗暗发誓：我不会愧对党，愧对家人，我一定要做到。

由于国家对高污染企业环保要求的提高，皋州通达化工厂被环保部门要求停产改造。要想生产就必须更新机器设备，要更新设备就需要大量的资金，王老板在资金周转上出现了前所未有的困难。在走投无路的情况下，他找到赵明志，说明了企业的困难，提出了贷款申请。明志对这一次化工厂贷款非常谨慎，他带上两名信贷员亲自做贷前调查和评估。在了解企业经营情况的基础上，赵明志还分析了国家对高污染行业的政策导向。为慎重起见，他还就相关政策向县联社进行了咨询。信用社贷款审批小组充分讨论后认为，化工厂这次设备更新投资大，虽然经营方面问题不大，但政策性风险太大。在这种情况下，赵明志决定对化工厂实行适度扶持。为此赵明志和王老板进行了一次谈话。明志说："这次设备更新投资大，信用社经过研究后决定，对你进行部分扶持。你申请的一千万元贷款，信用社只能给予你申请额度百分之六十的资金支持，而且还要求足额担保。我的建议是，你最好采取稳妥的策略，分期改造，不要一下全投进去，必要的时候要压缩规模；还有就是，你要考虑逐步转型的问题，国家对化工这样高污染项目的限制必然会越来越严格，你要提前有所准备，不要在一棵树上吊死。"王老板沉思良久后说："现在的厂房设备加起来足够担保了。我听从你的建议，逐步压缩规模。至于发展其他项目我还没考虑好。"明志说："这就好，对于我们信用社来说，是希望你的企业越办越红火，这样大家都有钱赚，但我们要把风险控制到最低。"王老板说："我理解信用社的决定，我不会辜负你们对我的信任。"明志说："希望如此！"

贷款放出去后，化工厂成了赵明志关注的焦点，他几乎每天都要去厂里转一圈。狗蛋的养猪场明志很久没去过了。狗蛋现在在信用社没有贷款，他挣的钱足够他周转了。但狗蛋还是经常来信用社，说是来向明志请教，其实也没什么事，只是坐坐闲聊几句而已。不过在这样的闲聊中，狗蛋往往能准确地抓住明志话中的重点，然后付诸实施。在赵明志发展思路的影响下，狗蛋的企业不断向多元化发展，他先后又在乡里建起了饲料厂、面粉厂、农产品加工厂、有机肥厂、屠宰厂、猪头肉加工厂等企业。经过三年多的发展，狗蛋逐步建成了自己的企业集团，形成了产、供、销一条龙的格局。狗蛋的实力不断壮大，其公司成了全县的龙头企业。

在赵明志的提议下，狗蛋还投入资金为乡里修了水库，彻底解决了乡里人吃水难的问题，明志和狗蛋也因此在乡里获得了很好的口碑。

几年的努力，赵明志在皋州乡信用社可谓功德圆满。每天下班后，他喜欢一个人在乡里的大街小巷里转悠，他庆幸自己当初做了一个正确的决定——到皋州乡信用社当主任。现在，自己的梦想正在慢慢地变成现实：乡里有了厂房，乡亲们也像城里人一样上班下班挣工资养家了；乡亲们手里有了钱也开始过上更美好的生活了，一幢幢小二楼取代了原来的土坯房、旧瓦房，街道也变得干净整洁；休闲娱乐设施也建起来了，公园里有健身器材，花园式的小广场上老人在打太极、跳广场舞。

信用社在经济大环境的推动下，一直保持高速发展的态势。这一年，皋州乡信用社又取得了全省支农先进单位的荣誉称号，赵明志也获得了多项个人荣誉，县先进个人、市先进个人、省先进个人、优秀共产党员、省劳动模范等，不胜枚举。

成功总是令人兴奋的。赵明志在成功中感受到了从未有过的喜悦之情，甚至在睡梦中他都能笑出声来。信用社最近又新进了一名大学生，这件事也令明志高兴，这几年新进的人不多，大部分仍是职工子弟——大多是中专毕业，真正本科院校毕业的本科生这算是第一位，这还是赵明志特意向联社孟主任争取来的。几年来，皋州乡信用社的工作蒸蒸日上，但在后备干部培养方面是有欠缺的。近来明志经常考虑，将来如果有一天自己离开了皋州乡信用社，谁能担当起这一重任？他在心里反复筛选过，但确实没有合适的人选。孟主任也曾就后备干部一事问过他，他也向孟主任做过汇报，汇报中他提出了增加一名高素质员工的请求。赵明志的要求是，本科毕业，素质过硬。因为他是要将其作为接班人进行培养的。孟主任当场就答应了，表示尽快解决。所以当孟主任打电话说要往皋州乡信用社派新员工小李时，赵明志首先问是不是符合他的要求。孟主任开玩笑说，不符合你退回来。赵明志高兴地亲自到县联社去接人——一米七五的个头，长得挺精神，很能说也很会说，很机灵，明志很满意。

小李来信用社前，县联社已对他进行了培训，所以在工作程序、工作能力方面赵明志是不担心的。他担心的是，如今这一代孩子都是在父母的娇生惯养中长大的，特别是在大城市上过大学的青年人，对乡下信用社艰苦的环境心理准备不足，很可能会出现一些心理方面的问题，所以思想工作他必须要做。他叫来小李和他谈话，他说："小李，我们信用社离城远，条件艰苦，而且信用社的工作单调乏味。来这里，是你自愿的吗？"小李满脸真诚地说："我从小生活在农村，而且家庭条件不是很好，现在找工作又这么难，我没得选择。"明志说："既然没得选，你就应该学会适应，只有你付出了，就会得到回报。在大城市里生活不意味着成功，在农村里生活也不一定就意味着失败。我当初毕业时也选择了农村，直到现在我还是认为这是我最佳的选择。"明志点了一支烟继续说，"这里有我的亲人、朋友，他们是我工作的动力，我感觉每天就是在为他们工作，所以这样的工作对我来说才是最有意义的。"小李出神地听着，也许他不明白赵明志为什么要选择回到农村——大城市的生活对任何年轻人来说都具有无法抗拒的诱惑力，但他认为赵明志有一句话是对的，那就是"既然没得选，你就应该学会适应"。小李点点头说："主任，放心，我会努力工作的。"明志坚定地说："我相信你！你不会后悔的。"

小李的工作态度和工作能力很快得到了赵明志的肯定。为了锻炼小李，赵明志将一切能交给他做的工作都交给他来做。小李俨然成了赵明志最灵活最得力的那枚"棋子"，哪里需要就放到哪里。同时，小李也没让赵明志失望，不管在什么岗位上他都干得很出色。

一段时间后，赵明志发现小李不仅电话打得多了，而且每个礼拜都要请假到县城走一趟。为此明志问过小李，小李腼腆地说自己交了女朋友。

这个星期天，小李又来向明志请假，但由于库柜员请了病假，所以明志没批准他的假，让他临时顶替一下库柜员的工作。明志眼见着小李很不情愿地走出了办公室，但他没再多想。几天以后，联社财务突击查库，发现库存少了五千块钱。查库人员首先将这一情况向赵明志做了汇报，赵明志脑袋嗡一下就大了。"怎么会呢？"他不停地问自己，但事实摆在面前，他是无法否认的。他马上把小李叫到了办公室，问："库里短了五千块钱，你知道吗？"小李慌张地将头埋在了胸前说："钱……是……我拿的……"赵明志紧握拳头，瞪着双眼，愤怒地问："你知道你这是在做什么吗？为什么要拿库里的钱？"小李颤抖着说："我只是……想给女朋友……买个手机……"赵明志努力克制着自己的情绪问："为什么不向我借，向同事借？"小李垂着头沉默不语。

小李挪用库款的事被汇报到了联社孟主任那里，孟主任第二天就找赵明志谈话，主要内容就是如何处理小李。按照规定，小李将被开除，但赵明志请求孟主任手下留情。他对孟主任说，只要不开除小李，他宁愿承担一半的责任，哪怕免了他的主任也行。他说："小李还太年轻，不知道轻重，所以才会干出这样的蠢事，这件事我也是有责任的，我甘愿受罚。但希望领导给小李一个机会。"孟主任本是坚持原则的人，但从内心来讲他也为小李感到惋惜。他虽然没有当即表态，但还是认可明志的想法，愿意给小李一个机会。

三天后，对小李的处理决定以红头文件的形式下达到了全县信用社各个网点，小李被处以留用察看处分，赵明志作为皋州乡信用社主任负有领导责任，也被给予了通报批评的处分。赵明志看了文件后吁了一口气。赵明志相信，小李在经过这次教训后，一定会成熟起来，一定会更加努力地工作。

信用社的改革也在紧锣密鼓地进行着，三月份，省联社下发文件要在县里面选拔一批年轻干部以充实县领导班子。这是信用社改革中的一件大事。此文一下，群情激奋，够竞选条件的个个摩拳擦掌，准备一搏。

这个消息也在社会上传得沸沸扬扬。听到消息的狗蛋坐不住了，他想要为自己的恩人争取到这一千载难逢的机会。他苦思冥想，到处打听各个关节的关键人物，得到准确信息后，他开始了自己的行动。他去信用社提出二十万元钱，然后驱车到市里，进了市联社领导的办公室。

"领导，这个是小意思，你先收着。"狗蛋笑呵呵地对领导开了口。看着领导诧异的神情，狗蛋补充说："你先不要拒绝，我只是来给你推荐个人——皋州乡信用社主任赵明志。没有赵明志就没有我的今天，皋州乡也不会是现在这个样子。他有能力，有理想，是一个好干部啊！"领导开始还不知是怎么回事，听到这里总算明白了："就为这事呀！赵明志很优秀，我们都知道。这礼物就没必要了，你还是拿回去吧。""那不行，你得收下。你不收下，我不放心呀！"狗蛋坚决地说。领导苦笑着说："这么说吧，我要是收下你的礼，事没办成，你的礼不是白送了吗？""事成不成，这钱就是你的啦！我先走了，你给上点心。"狗蛋说走就走，领导大声喊他，但没喊住。

这一天，市联社领导要找赵明志谈话。赵明志丈二和尚摸不着头脑：市联社领导不认识我，找我谈什么话？赵明志匆匆赶到领导办公室时已是下午。进门后，赵明志主动做了自我介绍："杨主任，我是皋州乡信用社的赵明志。"杨主任正忙着看文件，抬头看看赵明志，说："噢，赵主任，请坐请坐。"杨主任边说边站起来与赵明志打招呼。宾主坐定后，杨主任直奔主题："我想知道你对这次选拔县级联社领导怎么看？"赵明志感到杨主任问得很是突然，他一点准备都没有。赵明志略考虑了一下说："我希望能选拔优秀的人才走上领导岗位，竞选应该体现公开、公平和公正的原则。""说得好！"杨主任笑着盯着赵明志说："这是你的心里话吗？如果是，那你让老板给我送礼怎么解释？"赵明志像突遭五雷轰顶一样一下子蒙了，他想：这是谁搞的恶作剧？我恐怕是跳进黄河也洗不清了。他马上想到了狗蛋——一定是他，他这不是帮倒忙吗？"这是他给我送的礼，你拿回去吧。至于这次选拔，我们会像你说的那样公开、公平和公正地办理。这一点也请你放心。"杨主任打断了赵明志的思绪，和善的脸上又显出威严之色。赵明志几度欲张口解释，但他知道这事是越解释越乱，他的心情一落千丈。他也不知道自己最后是怎么与杨主任告的别，也不知道自己是怎么出的门。在返回的路上，赵明志想了很多，他做了最坏的打算——退出竞选。

回到信用社，赵明志第一时间给狗蛋打了电话，请他来一下。狗蛋还在为自己的仗义行为而自得，当他看到赵明志那失落的样子时，他还不知道发生了什么事。赵明志拿出他送给领导的礼包，说："你拿回去吧，我的事你帮不上忙。"狗蛋傻了："咋……咋退回来了？"赵明志没有接狗蛋的话，他接着说："哥谢你了！但这事你真帮不上忙。"

狗蛋从赵明志的神情中看出，他可能不仅没帮上忙，还添乱了——他总是不相信这世界上真有不吃腥的猫，但事实给了他一个大嘴巴子。

第二天，赵明志找到了县联社领导，请求退出竞选。县联社孟主任接待了他。"怎么，撂挑子不干啦？这怎么行！要对自己有信心。说一说你不参加竞选的理由。"孟主任关切地问。赵明志欲说还休："我……我……个人的原因。谢谢领导对我的关心。""我不信你会轻易放弃，你上进心那么强。那让我猜猜，看我能不能猜到。"孟主任看着赵明志的眼睛接着说，"是因为给杨主任送礼的事吧？杨主任跟我谈过了，我也向杨主任打了保票，这绝不是你的意思。你说我猜得对不对？""孟主任，我对不起领导。"赵明志十分内疚地说。"好了，你不仅要竞选，还一定要选上，我支持你。你不要有心理包袱。"孟主任站起身说，"我还有事，你先回去吧。"赵明志点点头走出了孟主任的办公室。

事情真如孟主任所说，杨主任也不信赵明志会向他行贿，因为从以往反映上来的信息看，赵明志是一个正直、上进、工作能力强的优秀的年轻人。杨主任也一直在关注他。

竞选的结果出来了，赵明志顺利地当选为县联社副主任，成为全市最年轻的县联社领导班子成员，分管信贷和办公室工作。皋州乡的村民们听说明志要上调，都聚到信用社门口，有一些恋恋不舍的意味。狗蛋也赶到了明志办公室，怯怯地问："事情真成了？我还以为被我办砸了。"明志一本正经地说："差一点！以后这样的事你别添乱。"狗蛋喏喏地说："是！是！"

在明志正式调走的那天，很多村民聚在信用社为明志送行。狗蛋叫来了锣鼓队，敲锣打鼓庆祝赵明志上调，还送上了一面写有"信用社与咱们农民心贴心"的锦旗。

赵明志以联社副主任的身份又回到了县联社工作。昔日的老领导、老同事纷纷向他祝贺，赵明志被包围在了鲜花与掌声中。

升迁的喜悦还没有退去，一件令赵明志烦恼的事就找上了门。郭义高中毕业了，以他的成绩自然考不上大学。毕业后他就成了"专职的混混"，整天与一群小混混混迹于歌厅、饭馆，郭佳一家人都为他的将来发愁。近来联社要招一批临时工，郭佳就有了想法。这天晚饭刚吃完，郭佳就不失时机地向明志说："郭义整天无所事事，是因为他没事可做。听说你们联社最近要招一批临时工，招别人也是招，你就想想办法让郭义去信用社当临时工吧。"明志听后哭笑不得。他心里清楚，联社招临时工是有条件的，最起码也得是中专毕业。再说了，郭义那放荡不羁的性格也不适宜在信用社工作。他向郭佳说了自己的想法，郭佳就不让了，说："谁不知道你们信用社也有初中毕业生，人家不也干得好好的吗？轮到我们家人时，你就这也不行那也不行的。"明志说："招初中生那是老皇历了，信用社这不正在改革嘛！要提高人员素质就得从现在做起，在进人方面把好关。这些条件也是联社党委会研究决定的。我作为党委成员，咋能带头违反规定？"郭佳赌气地说："你就是不帮家里人办事。"明志说："我是信用社的人，就要替信用社着想。信用社给予我们的还少吗？我才进信用社几年，如今已是联社副主任，现在我们又住上了联社的福利房，我们该知足了。郭义的事不是我不上心，关键是他要文凭没文凭，要水平没水平，怪只怪他自己不争气。"郭佳说不过明志，便委屈地抹开了眼泪，明志一下就心软了，劝郭佳说："郭义到信用社工作不可能。这样吧，改天我让狗蛋在他的企业里给郭义找个合适的位置——不过他得给人家认真干才行。你劝劝郭义，不要让他再混了。"郭佳楚楚可怜地说："郭义再咋说也是我弟弟，你就看着办吧。也怨我爸妈，从小把他惯坏了，我也让爸妈再劝劝他。"明志说："好了，别哭了。郭义工作的事，你别管了，我操心就是了。"

第二天明志一早就给狗蛋打了电话说明情况。明志第一次求狗蛋办私事，狗蛋非常开心，他说："哥，郭义来我这里上班，他看中什么位置，我

就安排什么位置。"明志说:"这不行,不能让他占着茅坑不拉屎。他能干啥你就让他干啥,不然我宁愿不让他进你的公司。"狗蛋说:"哥,你让我办事,我一定给你办好。他就是不干活光拿工资也行,我也不差那点工资。"明志说:"我把他交给你,可不是让你养着他,我要你把他给我看好了。一不要让他惹是生非;二你还要给我把他教育好,不要让他再跟社会上那些人整天混在一起;三还要让他学点吃饭的本事。你答应我这些,我才让他去。"狗蛋一听傻眼了,他想,这责任重大啊!他对明志说:"哥,你这事我应下了,不过你还得点拨着些。"明志说:"郭义进公司后,你要经常给我说一说他在公司的工作情况。"狗蛋应道:"好,我天天向你汇报就是。"

郭义顺利地进了狗蛋的公司。为了管好郭义,狗蛋将郭义安排在了自己的身边。但明志不满意他这样的安排,明志对狗蛋说:"你得让郭义吃点苦。"狗蛋说:"我总不能让他去喂猪,去做饲料吧?"明志说:"喂猪也可以呀!"狗蛋说:"那不行。要不让他考个驾照,给我当司机吧?"明志说:"那也行,反正不能让他闲着拿工资。"就这样,郭义当上了狗蛋的专职司机。

再说一说明志住上联社宿舍的事。两年前,明志还是皋州乡信用社主任时,联社为解决部分职工的住房问题,在某开发公司建职工宿舍时,为联社职工争取到一个单元。由于僧多粥少,在职工报名时孟主任还专门叫回明志和他谈话。明志向孟主任表态说自己还年轻,以后有的是机会,这次就不要考虑了。孟主任对明志的态度十分满意,但他说:"这个宿舍谁住,我心里有一把尺子。你是在联社财务科科长的位置上下去的,又是这几年干得最好的信用社主任,在解决个人问题上,联社必须有一个正确的导向,就是让能干实干的人得到实惠。这次不管谁有意见,你的房子问题不用研究,我提前定了,你只安心工作就行。"明志忐忑地说:"这不太合适吧?"孟主任坚定地说:"咋不合适?我说合适就合适。"

一年前,明志搬入新家。按照家乡的风俗,这要大宴宾朋,俗称暖房。但搬家那天明志谁也没告,只是叫兄弟姐妹在家吃了一桌饭。事情过后很久,狗蛋才得知消息,心里很是不快,他觉得你明志可以不告任何人,但我狗蛋你总该告一声吧?是怕我喝你的酒咋的?别以为我拿你没办法,这次我给你来点绝的。于是狗蛋就召集那帮皋州乡的"精英",在县城最豪华的饭店订了几桌,邀请明志时只是说有个朋友想找他谈点贷款方面的事。自从上次出了要小姐那事以后,明志再没赴过狗蛋的邀约。这次明志警惕地问:"不会又是鸿门宴吧?"狗蛋发誓说:"你咋就不信兄弟呢?我不会把你咋样的。"明志说:"我可以去,但咱说好了:一不喝酒,只吃饭谈事;二吃完就散,不去歌厅不洗澡。"狗蛋信誓旦旦地说:"那肯定。"

在狗蛋的一再保证下,明志赴了宴。一进饭店宴会厅明志就感觉不对,咋这多熟人?明志脸色就暗了,他黑着脸问狗蛋:"这到底咋回事?"狗蛋说:"没啥事。大家想给你暖房,你不请,今天大家请你算是给你暖房了。"狗蛋拿出喜礼簿交到明志的手里说:"这是大家的随礼,今天的饭钱就从这里面扣,也算是你掏钱。"其他人见明志黑了脸,过来解释说:"这是大家的意思,狗蛋只是跑跑腿,你别怪罪。这次咱们只是坐坐、吃点饭,大家绝不让你喝酒。"明志接过喜礼簿说:"扯淡!这还不是让我犯错?"另一个说:"犯啥错呀?你看看大家的随礼,加起来也就这顿饭钱。狗蛋说了,随礼多了你绝对不接受。算人家凑个份钱,在一起吃顿饭,这总行吧?"明志翻开喜礼簿一张一张看下去,果然和他们说的不差。大家都还尴尬地站着等着他的表态,他就有些过意不去了:"真对不住大家了!既然来了,大家吃好尽兴。大家坐,我感谢大家对信用社和我个人工作的支持,今天我敬大家。"赵明志真心诚意地主动端起了酒杯一饮

而尽。那天明志再一次喝醉了。饭后，狗蛋亲自把明志送回了家，还向郭佳解释了一番。

明志知道，狗蛋这帮人在别人眼里都有不少毛病，但他们对帮助过自己的人是真诚的，对信用社的感情也是真诚的。信用社的发展离不开他们这样想干敢干努力干的人。

世事真是难料，如今明志年纪轻轻却已坐在了联社领导的位置上。他想，舞台大了，自己这个演员能适应这个舞台吗？舞台大了，心也要变大，他决定要扯开膀子干一番大事。

赵明志认真分析了全县的产业格局，并将这些产业进行了分类，选出特别值得关注的几类，将此作为之后信贷扶持的重点。在此基础上，他又对相关企业进行了逐户走访，了解他们的经营状况与需求。事实证明，一系列的工作起到了事半功倍的效果。在赵明志的努力下，全县信贷工作成效明显，在信用社周围逐渐聚集起了一群优质客户，他们成为信用社健康发展、快速发展的基础与动力。这些客户中有一部分是在社会上摸爬滚打出来的，读的是"社会大学"，他们胆子大，思想活，能抓住商机。这些人跟狗蛋一样，讲江湖义气，懂知恩图报，你只要帮过他，他就始终惦记着要回报你。赵明志办事直截了当、有一说一，符合规定能办的事说办就办，不符合规定不能办的事坚决不办，从不向贷户吃拿卡要，而且他待人真诚，对人永远是笑脸相迎。这些性格特点很对贷户的脾气，那些经明志手贷到款并因此而得了利益的"土豪们"更是把明志当成了知心朋友。一次一个姓程的老板见明志天天开个普桑，就对明志说："赶紧把你那辆破车扔了，把我的奥迪开去用。"明志说："我是公家人，你是老板，我们没有可比性。你开飞机我也不羡慕，你的就是你的。"程老板不快地说："你这个主任真是死心眼，一辈子发不了财。"明志说："真想帮我，就多支持信用社的发展，这样我会感激你的。"程老板说："这你放心，我又不是白眼狼，有事你吭声。"

除了分管信贷工作，赵明志还分管办公室工作。办公室的工作很杂，吃喝拉撒样样得管。这不，今年冬天的取暖用炭都九月底了还没有着落——不是买不到炭，而是中间商太多让赵明志没了主意。这些中间商无孔不入，运用各种关系向赵明志施压，目的只有一个：向信用社推销那些质次价高的煤炭，从中获取暴利。而且已经发生了推销商上门送钱的事。面对这种事，赵明志当下就翻脸，先把人推出去，再把钱扔出去。

赵明志近来一直为此事发愁。狗蛋不理解："你整天愁什么呀？是不是官越大愁事越多啊？你还不如不当这个官，帮着我干，咱俩平分——我把公司分你一半，你看怎么样？"赵明志苦笑一下说："说什么呀！人各有志。我不想当老板，只想好好做点有益家乡的事情，但做事真难呀！"赵明志如今对狗蛋是完全的信赖，他们经常在一起谈心，甚至有时工作上的事他也要找狗蛋说一说，看他有什么奇思妙想。"不就一千吨炭的事嘛！你也别愁了，我白给你得了。""那不行，公是公，私是私，咱公私分明。我看这样吧，你把你矿上的炭从包炭商那里给我匀一千吨出来，我按市场价给你算；但要保证质量，质量不好我不给钱。"赵明志顺坡下驴地与狗蛋商量着。"行，我保证质量，不就一句话的事嘛。"狗蛋很爽快地答应了。

十

狗蛋在皋州乡的影响力越来越大，乡里遍布他的企业，几乎每一个家庭都有人在他的企业打工。这一年，狗蛋在明志的建议下参加了皋州村村主任换届选举，并毫无悬念地当选了。狗蛋当选村主任后做的第一个决定就是，在村周围的荒山上种树，以改变皋州村荒山秃岭的面貌。狗蛋说，就是要让荒山披上绿衣。明志对狗蛋的这一决定是相当认可。他对狗蛋说："这可是一件功在千秋的大好事，我替皋州的老百姓谢你了。"狗蛋说："谢什么，我也是皋州生皋州长的，为自己家乡做事还要人谢吗？你为我做过那么多，我啥时谢过你了。"两个人会心一笑，笑得很灿烂。

赵明志的父亲赵昌已七十多岁了，身体还算硬朗。看着三个儿子都家庭幸福、事业有成，赵昌就倍感欣慰。特别是三小，干得有模有样，受到村里人的普遍认可，这使他在村里也颇受人尊重，因而他的心情也就格外地舒畅。日子过得越来越好了，但他仍然离不开那一亩三分地。生活对他来说是无忧的，他所忧的只是孩子们都忙，不能常回来看他。人老了，对孤单便有了一种无名的恐惧。他对自己的三个儿媳也都很满意，特别是郭佳，更是与他贴心。一到礼拜天，不管明志有没有空，郭佳是一定要带着女儿回村里看望他的，因此他就对礼拜天有了莫大的期盼，好像活着就只为那一天。赵昌对这个小孙女甚至有了一些精神上的依赖，只要在礼拜天见过了小孙女，他就精神特好，吃嘛嘛香；若见不到，他就觉得没了精气神。人老了图个啥啊？不图吃不图穿，就图个儿孙满堂、子孙绕膝。

狗蛋当上村主任后，每个月都来看他赵昌叔几次。狗蛋是把赵昌叔当父亲去孝敬的。明志工作忙，不能常回村里，狗蛋这是在替明志尽孝道。赵昌老来得福，但就是闲不住，一辈子和土地打交道，他对土地有着特别的感情。如今还种着三亩地，一是可以每天有事做，即使是农闲时，他也要扛着撅头到地里转一圈；二是每年还有收入，他如今的生活自然是不用愁，三个孩子都孝顺，轮流着送钱送东西，吃不完花不完，但他有个想法，那就是临了的时候给孩子们留点，哪怕很少一点也是自己的心意。孩子们每次回来都劝他到城里去住，但他对城里没感情，住不习惯，所以他一直没答应。他对孩子们说："只要我还能爬起来，我就自己过，这样自由。再说了，让人养着，我也不自在。"

父亲的决定明志是无法更改的。可父亲的身体一天不如一天，明志和郭佳总是不放心。村子里像父亲这样的孤寡老人还有很多，他们的生活单调而乏味。如何提高父亲以及这些孤寡老人的生活质量？赵明志开始上了心。为此他去民政局咨询过，民政局的回答是：无能为力。他就想，要不搞一个老人院吧。但真要搞是需要大量资金做支撑的，谁有这个能力呢？他首先找到狗蛋，因为如今狗蛋是村主任了，他必须跟他商量。狗蛋听了他的想法后爽快地说："不就建个老人院吗？你别管了，这事我包了。"明志说："不行，这件事我来做，但你得支持我。"狗蛋说："这好事我不跟你争，我投资你干活，行吧？"明志想了想说："你这个提议好。"

皋州村老人院在明志的主持下很快建了起来。老人院为老人们建起了活动中心，棋牌室、图书室、茶室、乒乓球室、健身房一应俱全，村里的老人有了免费的活动场所。除此之外，孤寡老人还可以以最低的费用享受到高质量的赡养服务。赵昌是皋州老人院第一个入住的老人。老人院开业前，狗蛋还在他那帮哥们中发起捐款活动，又实实在在地帮了明志一把。开业那天，县委书记、县长亲自剪彩，狗蛋还安排了一场盛大的歌舞表演。这一天是赵昌最开心的一天，他也从自己的积蓄里拿出了五千元钱，说要为老人院出一份力。赵明志没有拒绝父亲的心意，将钱存在了老人院的账户上。

一个春天的早上，晨雾还没散尽，空气湿润而清新。赵昌早早起来，呼吸着新鲜的空气，背着手踱着步，溜达到离村子最近的一块自留地，看看是不是该翻土了，看看墒情咋样。那黄土地在他的心里比什么都金贵，更比什么都娇气，它要经人精心侍弄才能孕育希望，才能长出粮食。赵昌在地里站一会，蹲一会，久久不愿离去，直到太阳快转到头顶时他才觉得

该回去了。他刚站直身子，突然感到天旋地转，一下子栽倒在地失去了知觉。

当他醒来时，他已躺在医院的病床上，是村里人报的120。赵昌睁开眼，见周围围了一圈人，大儿子、二儿子、狗蛋，还有村里的一些人。"怎么不见三小呀？"他心里嘀咕。

这时的赵明志还在市里面开会，他开会时是不带手机的，特别是参加上级组织召开的会议。等他开完会，回到宾馆，习惯性地拿出手机一看，吓了一跳："怎么这么多家里人的未接来电，不会有什么事吧？"他马上给大哥回了电话。得知父亲住了院，他提上手提包就往医院赶。

赵昌虽然住院了，但心情格外好，因为自己与三个儿子难得地聚在了一起。他躺在病床上，看着三个儿子为自己忙活，很是欣慰。

赵明志三天来一有空就去医院陪着父亲，他坐在父亲的病床前，看着父亲满脸的沟沟坎坎，满脸的风雨沧桑，心里就有说不出的痛。父亲这辈人是真正挨过饿受过苦的，到了这个年纪已十分容易满足了，不像现在的年轻人，从小到大受父母的呵护，吃不了苦，还整天牢骚满腹的，不知道他们心里到底咋想。郭义就是这类人的典型代表，早到了成家立业的年龄，却还是整天不务正业，还跟父母对着干，父母说都说不得。自己的女儿倒是很乖巧，但不知道将来会是啥样。皋州村早已是今非昔比，乡亲们的生活也发生了翻天覆地的变化，它的明天又会是什么样呢？明志相信，明天的太阳会更加温暖，乡亲们的生活会更加美好，信用社的将来也会是灿烂辉煌的。

赵明志父亲住院的消息很快在皋州乡传播开来。乡里很多受过赵明志恩惠的村民都三三两两提着东西来医院探望，这让明志心里很是温暖。但也有一些贷款大户来探望父亲时好像是为了比赛，带的礼品一个比一个贵重，好多礼包里还夹带有现金。赵明志很是反感，但又不好当面驳人家的面子。他制作了个牌子，上面写着：老父住院，欢迎探望，情意可领，礼品勿放，请自觉遵守。他把牌子放在父亲病床的床头。一有人拿礼品来探望，赵明志和家人就会指指牌子，让来人把礼品拿走。

父亲康复后，赵明志的生活又步入了正轨。这几天由于联社孟主任上调，县联社班子又面临一次大的调整。内外疯传：赵明志要当联社主任了。这样的消息也不知道是从谁那里传出的，但赵明志却不以此为意。在赵明志看来，自己干得好，上级领导自然会考虑，用不着自己去造势争取。不过他也想过，自己成为主任的可能性应该是最大的。他表面上对此事淡淡的，但心里还是希望自己能上。

几天以后，市联社领导来县联社宣布了新班子人选，赵明志意外地"原地踏步"了。虽然这对赵明志来说称不上打击，但让他很生发出些英雄无用武之地的失落感。社会上的流言也风向突变，开始对赵明志有了各种猜测。有的说赵明志没能当上主任是因为在贷款方面犯了错误，有的说是因为没给领导送礼得罪了领导，还有的说是因为他有不正当的男女关系。总而言之，大家都认为无风不起浪，赵明志这次是真的出了问题。本来明志还没把这当回事去考虑，但经社会上这一歪传，他心里就很不是滋味了，甚至有了被人陷害的想法。这许多歪传都传到了狗蛋的耳朵里，狗蛋就为明志鸣不平了。他当着明志的面说："这他妈啥世道，说瞎话比捅刀子都狠！你也太冤了。"明志故作平淡地说："嘴长在人家脸上，谁也堵不住。就让人家说吧。"狗蛋不解地说："这气你也能咽得下？要我说，你就别干这个了。我们兄弟俩一起闯天下，不好吗？"赵明志心里一动。最近他也感到身心俱疲，都四十岁的人了，在事业上虽说小有成就，但相对于狗蛋这些老板，自己的抱负还是施展不开。是不是也该出去赚俩钱了？他问自己。

孟理事长如今调任市联社副主任，趁着老领导回县里的时候，赵明志向老领导汇报了自己的想法。老领导有点无奈地说："你的想法不能说不对，但一个人的成功与否不是用获得金钱的多少来衡量的，每个人都有自己的人生追求。信用社正处在发展的关键期，需要像你这样的少壮派挑大梁，我还是要劝你留下来，但主意还是你自己拿。"

听了老领导的一席话，赵明志犹豫了，自己与信用社在上大学期间就建立起来的感情真的就能这样抛下吗？"钱"途与前途，我将如何选择呢？

真到了要让明志放弃信用社的时候，他的心像被刀割一样，他感到自己整个人都四分五裂了。他为此想了足足有半个月。他问过郭佳，郭佳说："当初你到信用社工作仅仅是为了钱吗？你的理想现在还存在吗？"他也问过父亲，父亲说："你在乡亲们心目中的位置是用钱换来的吗？没有了信用社，你能做什么？"郭佳和父亲的话深深地触动了他。

不久，他与狗蛋进行了一次正式的谈话。他对狗蛋说："你的好意我领了，但我与信用社的情缘还未了。咱们还是各干各的吧！"

要做就要做好！赵明志是这样说的，也是这样做的。他很快摆脱了这次班子调整给自己心理上带来的阴影，再一次全身心地投入工作中。经过这两年在联社副主任位置上的锻炼，赵明志干起工作来可以说是游刃有余。这一年，他的女儿上了初中。女儿的听话懂事、妻子的贤惠让赵明志感受到了生活的幸福，他非常知足。这几年他高兴地看到：农村在变，城市在变，信用社在变，国家在变。高速发展的经济大环境推动着信用社不断发展壮大，信用社也用自己的力量在助推县域经济的发展。到现在，相对于赵明志刚上班时，全县信用社存款已经翻了三番还要多，不良贷款迅速下降，资产质量明显提高，盈利能力不断增强。全县信用社各项指标已达到了改制农商行的指标要求。联社党委和联社理事会召开会议决定，全面启动商行改革，全县信用社又一次迎来了改革的春天。

按照商行改革程序的要求，联社必须首先对股本金进行规范——需要大量吸收战略投资者，以大额投资股置换过去的小额资格股。股金规范的重担就压在了赵明志的肩上。

这个时候狗蛋的作用又一次体现了出来。为了支持明志的工作，狗蛋先拿出两千万元投资入股，又拿出三百万元用于置换信用社不良资产。万事开头难，在赵明志和狗蛋的宣传号召下，由信用社扶持起来的老板们纷纷出资，不到一个月时间，两个亿的股金规范任务全部拿下，赵明志终于松了一口气。

接下来是申请资料的准备工作。为此，赵明志"五加二、白加黑"地工作，吃住全在联社。他与他的团队，奋战了近两个月的时间，终于取得了获准筹建的战果。再接下来就是到工商、税务办各种证件，然后是准备开业的各种事项，赵明志忙得不亦乐乎。

随着农商行开业日期的临近，联社班子又一次面临大的调整。在开业前一个月，人事调整决定下来了，赵明志将作为县农商行第一任行长履行职责。明志很是激动，自己的努力领导看到了，这次任命是对他工作的认可，他再一次热泪盈眶。

农商行马上就要开业了，赵明志长期以来紧绷的神经一下子松弛了下来。时间已是深夜，他独自一人靠在椅背上闭着双眼，享受着这难得的好久没有过的轻松与舒适。窗外面，春雨细密地下着，淅淅沥沥的声音传入他的耳朵里，那声音是如此动听，他完全陶醉了。他静静地坐着，却突然感到嗓子眼火燎一般的难受，他想起身去倒水，但刚一站起来，就觉得天旋地转，眼前一黑就栽倒在了办公桌旁。

五天后，赵明志的葬礼在他的家乡皋州乡举行，他是因长期紧张、心力交瘁，突发心肌梗死而倒下的。他走得那么突然，让所有认识他的人都难以接受。出殡这天，来给他送行的不仅有以翟鹏为代表的高中同学，

以狗蛋为代表的客户加好友，还有以孟主任为代表的老领导老同事。县联社和皋州乡信用社的全体员工、皋州村全村村民也都不约而同地来到了现场。大家一起缅怀这位为皋州乡和全县信用社的发展做出杰出贡献却英年早逝的好领导、好主任、好员工、好乡亲、好同学、好儿子、好父亲、好男人。市联社孟主任主持了赵明志的追悼会。他向来宾介绍了赵明志的一生，最后他总结说："赵明志同志的一生是短暂的一生，他是我县信合改革发展的见证者和参与者，他的一生与信合共呼吸同命运，信用社的发展有他的心血，皋州乡的发展有他的心血。我们在此共同追思这位优秀的人、善良的人、正直的人、无私的人，我们为能与他结识，与他共事，与他并肩作战，与他朝夕相处而感到骄傲和自豪！"

郭佳在女儿和弟弟的搀扶下抱着明志的遗像走在出殡队伍的最前面，队伍浩浩荡荡地走过皋州村宽阔的大街。赵明志的棺木在众人的簇拥下，经过了皋州村整齐的楼群，经过了村外林立的工厂，狗蛋扶着棺木号啕大哭，赵明志的信合人生就此戛然而止。

不久后，赵明志灵位入祠事项在狗蛋的建议下由赵家的几位长辈正式提了出来。他们组织全体族人进行了投票，除因故缺席者外，所有投票人都投了赞成票。赵明志灵位入祠仪式在他入葬一个月后于皋州村举行。当赵明志的灵位被端端正正地摆在供桌上后，皋州村所有的赵氏族人全体跪拜。香雾缭绕中，狗蛋好似看见明志在对他微笑。

信合家族

一

二〇一一年农历三月初三对于皋州安家来说是一个不同寻常的日子,这天也是安老爷子最高兴的一天——这也难怪,九十大寿,儿孙满堂——古往今来,皋州有几人能享此洪福?

中国自古有"二月二,龙抬头;三月三,生轩辕"的说法,安老爷子与轩辕同一天生日,他一直以此为傲。更巧的是,今年三月初三与清明节碰到了一块,可以说是一日双节。

生日是安老爷子的,可这清明节却是中国的传统节日,是所有中国人的节日。这一天几乎所有的中国人都要扫墓祭祖、追思前辈。百善孝为先,清明节实际体现的是国人的孝文化。

往年清明节当天,安老爷子是一定要去祖坟给自己的父母烧纸上香的;今年由于与自己的九十寿辰遇到了一块,所以安老爷子提前一天上了坟。给父母烧了纸钱、纸衣、纸裤、纸鞋,摆了一大堆祭品,上了三炷香,还燃了一挂鞭炮,然后他用自带的铁锹认真地清理了墓顶及墓周围的杂草。磕头的时候,他把明天是自己生日一事告诉了父母。他说:"明天你们的儿子安平就九十岁了。在皋州能活过九十的人不多,可以说凤毛麟角,你们生我的时候也不会想到我有今天吧?如今儿子不仅长寿,而且儿孙满堂,你们应该为儿子感到高兴。明天孩子们要为我过九十大寿,所以我提前来看你们,吃的、穿的、花的我都给你们寄去了,还有什么缺的,你们就给我托个梦。"说完,安老爷子恭恭敬敬地磕了三个头,才颤颤巍巍地起了身。安国泰和安国康搀着他往回走的时候,安老爷子脚步蹒跚,曾经笔直的腰杆也佝偻了,像一张弓——毕竟是九十岁的老人了!

安老爷子一边走一边不由自主地转身向父母的墓瞄上几眼,也许他心里清楚，给父母扫墓的机会不多了。这次上坟的一项主要任务就是向父母报告他九十诞辰的喜讯，所以直到刚才磕头时他内心还是高兴的；但要离开了，他心里却一下子生出了悲伤。两行浑浊的老泪沿着满是沟壑的脸曲曲折折往下流，滴在了刚翻过土准备播种的农田里，倏忽就不见了踪影。

往回走不到一百米，就到了九儿的墓旁。九儿是安老爷子的发妻。按照皋州的习俗，女人死在了男人之前是不能正式下葬的，所以九儿就被寄埋在祖坟不远处。跟父母的墓比起来，九儿的墓显得有点单薄，平地起个土包，土包边上竖了块条石，条石上刻着"万九儿之墓"五个字。懂当地风土人情的人一看就知道这是一座寄埋女人的临时墓地。九儿在四十年前就孤身躺了在了这个临时墓地里等待着她的另一半来"迎娶"她，但她绝对不会想到，这一等就是四十年。四十年来，安老爷子每年都会来看她，都会在心里对她说：等着我，等着我来迎你回家。

安老爷子用蓄满泪水的双眼注视着九儿的墓碑，有着窈窕身姿的九儿就浮现在他眼前了，还伸出手要给他拭泪呢。安老爷子的眼泪就愈加止不住，一涌一涌地往外冒。他静静地坐在九儿的墓碑旁瞅着两个儿子为九儿上香、烧纸、磕头，他的思绪像长了翅膀，飞过了历史的长河，飞到了另一个时空里，在那个时空里，他看到了他与九儿第一次相见的情形。

九儿那时才九岁，进万府拜见万言堂老爷时眼中还含着泪，老妈子引导着她低头前行，在经过偏房时与突然冲出来的安平，也就是安老爷子撞了个满怀。当时安平才十二岁，正是对异性充满好奇的年龄，但男女授受不亲的封建礼教又令他从不敢妄想。可这一撞却把安平潜藏在内心深处的对异性的渴望直接撞了出来。他满脸通红，如同喝了一坛烈酒。他痴痴地盯着九儿，像是要把九儿吞到肚子里。穷人的孩子早当家，九儿虽说才九岁，却有着与她年龄不相称的成熟。九儿抹了抹泪眼，给了安平一个甜甜的微笑。九儿不知道的是，安平的魂儿从此就被她这微笑给勾去了。

安老爷子痴痴地盯着九儿的墓碑，脸上竟然也有了微笑。他用手抚摸着九儿的墓碑，就像是抚摸九儿的身体一样，他甚至感到了润滑和温暖。在这春寒料峭的季节，安老爷子的心再一次被九儿的微笑所温暖，他感觉到了九儿的存在，好像九儿从未走远。

皋州乡处在太行山西麓，四面环山。这里四季分明，夏热冬寒，农作物以玉米为主，间种些小杂粮。皋州的地都是旱地，皋州人是靠天吃饭的。雨水充足的年份，老百姓不仅能吃饱，还有余粮换钱；干旱的年份，地里打的粮食就只够吃饱肚子了。虽然如此，皋州却是乐县的"米粮川"，这实在是相对于乐县的其他乡而言的，这也说明其他乡的情况还不如皋州。正是因为有了这点相对的优越感，皋州人一直以来满足于自给自足的生活，不到万不得已绝不外出打工。

皋州的春天天高云淡，路边的杨树刚刚吐出嫩芽来，离远了看还不大看得到；但到了近处，那一个个嫩芽都努力地挺着身子，急欲探出头来，要为这春光添一分绿意，为这人间添一分希望。

安老爷子生在皋州长在皋州，他对这里的一切都有着很深的感情。虽然这里的很多历史遗存已不复存在——那清代的古戏台在四十多年前因修建人民礼堂而被拆除，古戏台前那棵千年古柏也因此化作了尘烟；但这些都还留在安老爷子的记忆里，留在他的情感中，并且永不磨灭。

三月初二，安老爷子做了一夜的梦，一会儿梦见父母，一会儿梦见九儿，一会儿梦见在战场上牺牲的战友，一会儿梦见在信用社并肩奋斗过的同事。那些早已作古的人一股脑儿地涌进了他的梦里，搅得他不得安睡，东方晨曦微露时他才渐渐地睡熟。

三月初三，安老爷子看着进进出出忙活着的儿孙们像是吃了蜜枣般甜在心头。在这个四世同堂的大家庭里，安老爷子有着绝对的权威，有着《红楼梦》中贾府老祖宗一样的地位。

安老爷子静静地坐在黄花梨太师椅上，呼吸着清新、温润的空气，眼睛望着院子里那棵跟他年纪相仿、饱经风霜，如今仍高大挺拔的梨树，无限感慨在胸中积聚。一转眼自己都九十岁了，身体虽说还健朗，但到底已大不如前了。身边的亲朋好友都去了，只有这棵梨树依然陪伴着自己。物是人非啊！

安老爷子正思绪游荡，几个曾孙子进来给他磕头，把他的思绪又拉了回来。

安老爷子喜欢这些曾孙子，时时惦记着他们，就像时时惦记着信用社一样。在家里，安老爷子会不自觉地摆出一分威严，特别是坐在太师椅上后。但安老爷子的威严仅限于家族内，出了家门，他绝对是一个慈善和蔼的老头儿。他做人的理念是：与人为善，见人三分笑，礼多人不怪。他常对儿孙们说："人得势不能狂，失势不能卑，要多助人多积德。"

安姓是小姓，历史上有名的安姓人安老爷子只知道安禄山一个。皋州安家虽在人数上永远赶不上"张王李赵"四大家，但正是因为有了安老爷子，皋州安家才名声在外。

安老爷子是皋州乡信用社的创始人之一，当过皋州乡信用社的主任。安老爷子的两个儿子，一个当过皋州乡信用社主任，另一个当过县联社主任，可谓青出于蓝而胜于蓝。安老爷子的两个孙子也在信用社上班；现在，连他的三个曾孙也进了信用社。一大家子四代人，都将或正在将青春、汗水奉献给信用社。

安老爷子非常喜欢他那把黄花梨太师椅。这太师椅可是有来历的，安老爷子曾找懂行的人鉴定过，来人说它是乾隆时期的黄花梨椅子，还暗示老爷子，此物价格不菲，让他千万保护好。

说起来这把椅子还是信用社的抵贷资产。二十世纪六十年代末，有一贷户还不起贷款，就把这把祖传的椅子搬到了信用社抵债。由于椅子抵的债务有些大，所以信用社处理了一年也没把椅子卖出去。安老爷子当时十分喜欢这把椅子，但因为自己是信用社主任，自己买怕别人说三道四。为了尽快把贷款处理掉，安老爷子组织信用社全体职工开了个会，说："这贷款我先掏钱还了，椅子我先用着。如果将来这椅子值钱了，信用社再以还贷款的价钱收回去；如果不值钱了，这椅子就算是我的了。"如今五十年过去了，这椅子的事早已经被人遗忘了。

自从把椅子搬回家，安老爷子就天天坐，坐着休息，坐着吃饭，坐着待客，这一坐就是五十年。五十年过去了，由于保护得好，这把椅子看上去还跟五十年前一样，古朴雅致，完全没有岁月的痕迹。安老爷子喜欢的就是它的古朴雅致。五十年了，安老爷子早已把它当成自己最亲密的伙伴，日夜相伴，不离不弃。

去年老爷子过生日时突然就记起了这把椅子的事。没过两天，他就去皋州乡信用社找现在的赵主任说明了情况。他说："这椅子现在老值钱了，信用社收回去吧。"赵主任说："有这事吗？我咋不知道？"老爷子说："当年有会议记录，你找一找。"赵主任说："二十世纪六十年代的档案早销毁了，没处找。"老爷子非常生气："永久保存的档案咋能销毁呢？谁销毁的追谁的责任！真是崽卖爷田心不痛——一群败家子。"但这没了证据信用社就没法处理，老爷子很沮丧。赵主任笑笑说："说不清你就留着吧，反正当时是你掏钱还的贷款，这椅子就是你的了。"老爷子拿眼瞪着赵主任说："当时我表过态，这椅子值钱了信用社就把还贷款的钱给我，椅子还属于信用社。"赵主任说："当时账务都清了，这平白多把椅子我也没法入账，更没法向上面解释。这椅子你就留着吧。"老爷子十分认真地说："那咋行？我当时就还了一百块钱的贷款，可这椅子我咨询过，现在最少也值二十万元。我这不成了假公济私、讨公家便宜了吗？"赵主任耐心地说："当时的一百块钱可不是小数字，挣一天的工分才换几毛钱——这恐怕花了你几年的工资哩！这椅子属于你是理所当然的，任何人不会有意见。"老爷子坚决地说："不行，必须把椅子还给信用社。"赵主任同样坚决地说："这椅子我们不能要。"

老爷子在皋州乡信用社碰了钉子，就去县联社找他的曾孙子安邦。安邦当时是皋州乡信用社上级单位乐县信用联社的副主任，皋州乡信用社主任是他的下属。安老爷子想：别人不管，你安邦总得管，谁让我是你祖宗呢？

安邦十分耐心地听完了安老爷子关于太师椅的故事，心里就有些不快："五十年前的事了，谁弄得明白？人家让你留着你就留着。"

安老爷子一听就恼了："你这是啥态度，我没讲明白吗？这椅子现在最少值二十万元，我不想讨公家的便宜。现在我把椅子还给信用社，还是我多事了？如果不还，我就是假公济私，就是犯罪。"安邦讪笑道："你放一百个心，没人说你犯罪。"

安老爷子赌气又去找县联社的一把手，他的回答跟安邦的如出一辙，两人像是商量好了似的。看来这椅子的事是没人理了。

安老爷子虽然心里很是不安，但也没了办法。把这么好的椅子放到信用社其实他也不放心——如果没人爱护，碰坏了就成了他的罪过了。考虑到这些，他就把这事暂且放下了。五十年来，安老爷子在家里只坐这把椅子，除了他之外其他人别说坐，碰一碰他都不让。两个儿子小的时候打架，把椅子磕了一个印，老爷子大发雷霆，将两个儿子揍了一顿。从此，两个儿子再没敢碰过这椅子。

安老爷子喜静，嫌城里人多、吵，所以自始至终都住在村里，只偶尔去县城大儿子安国泰那儿住几天，住不长久就吵吵着要回皋州。正式退休后，他更加懒得出门，成天就待在家里读书看报、写字画画；除此之外，就是侍弄院子里的菜地。

安老爷子虽说不是庄稼人，但他有侍弄菜地的经验。当年信用社食堂

吃的菜全是安老爷子亲手种的。三年困难时期，正是因为有了安老爷子种的菜，信用社的人才勉强不用挨饿。直到现在，安老爷子也只吃自己种的菜，他不允许家人花钱买菜。即使是冬天，安老爷子也只吃自己窖藏的吃食，土豆、萝卜、白菜要吃到新菜上市。去年，安老爷子的曾孙安国从省城买回了一些他叫不上名的菜，说是好东西，他就吃了，但吃过后就开始肚子痛、拉稀，拉得差点脱肛。他大发雷霆，这小子是要他祖宗的命啊！训得安国不敢说话，以后就再也不敢给老爷子乱买吃食了。

按说安老爷子最欣赏的后人就是安国了，安国很有学问，读书读到了头——博士后，考省联社时考了第一名，给老爷子脸上贴了金。从此安老爷子的腰板就挺得更直了，人前人后话题总不离曾孙安国，见人就要炫耀一番，而且不厌其烦。去年县联社领导来慰问他时，他滔滔不绝地和人家夸他的曾孙，安邦在一旁打都打不断，弄得领导难以脱身。

今年一开年，安老爷子在市联社当二把手的孙子就撺掇着要给他过九十大寿。家里人都同意了，就老爷子不同意。他对儿孙们说："大家都忙，过啥寿？你们别以为我活不了多长时间了，这天天大米白面养着，再活九十都不成问题。倒是你们要注意身体。老大安国泰不到七十岁就病怏怏的，二孙子安志武才五十岁就'三高一低'的，我的身体比你们强多了。寿不用过，大家在一起吃个饭倒是可以的。"大家一听都乐了，这还是同意过寿啊。

安老爷子生日这天，安家大大小小都回到皋州老家。两个曾孙安国和安邦同车抵达，安老爷子硬是要迎出大门外，还说："安国是省里的领导，要搞点特殊。"弄得安国在长辈们面前很不自在。吃饭的时候，老爷子还让安国坐在他旁边，搞得一家人都很别扭。

酒过三巡，菜过五味，多年不沾酒的安老爷子破天荒地喝了三大盅。借着酒劲，安老爷子总结自己的一生说："我这辈子干过三件亏心事。一是把这把这黄花梨椅子占为了己有。二是做假证明让安国康进了信用社工作。安国康当时初中还没毕业，进信用社不够条件，我找人给他办了个初中毕业证就进了信用社。三是放过了一笔不良贷款。这款最后信用社核销了。这三件事我对不起党，对不起信用社。"老爷子检讨时的样子特别真诚。

在市联社工作的孙子安志武安慰说："爷爷，这么多年了，这三件事都不叫事了，你还惦记着这些事干吗？今天是您老九十大寿，这些不高兴的事不要再提了。您倒是应该给我们讲一讲您的丰功伟绩，以便让我们这些晚辈再接受一次思想政治教育。"

老爷子说："这三件事我到死都会惦记着。所以我要说，人不能做亏心的事，做了亏心事，不用人家说你、咒你，你自己心里永远都会不安宁的。过五关斩六将那些事，从你们小时候讲到现在了，我知道你们也懒得再听，我就不浪费大家的时间了。大家先吃饭，你们吃好喝好了我就高兴。"安志武笑了笑，不再跟爷爷理论。

安老爷子心里搁着那三件亏心事，兴致就减了一多半，话也比以往少了，这饭就吃得有些沉闷。

吃罢饭，孙子和曾孙子一哄而散，刚才还是满屋子的人，现在人去屋空，恢复了往常的冷清。安老爷子慢慢地站起来，又慢慢地挪出了堂屋。院子里花开正艳，父亲亲手栽下的梨树童童如车盖，将整个院子遮住了一半。

安老爷子环视着这偌大的四合院，思绪早又回到了过去。这座四合院，当初仅住人的屋子就有十八间，还另有牲口圈、猪圈、鸡兔舍、狗猫窝等。这个院子最多的时候曾住过六家四十多口人，那时和自己同一年龄段的小伙伴就有五六个——当初是何等热闹啊！如今，儿时的小伙伴全已离世，自己业已九十高龄。物是人非，一度人丁兴旺的四合院如今只留自己一个人居住了，其他邻居早已弃了这古宅，住进了新居。整个大院，除

自己住的北屋外，其他房子早已破败不堪，就像老古董一样被人遗弃在一片荒凉中。安老爷子干涩的眼中竟然因这荒凉又一次生出了湿润的感觉。

安老爷子正自想得入神，二儿子安国康唤了声："爹，回屋躺着吧！"

安老爷子没理会安国康，又慢慢地挪到了梨树下，伸出手像是抚摸婴儿一般，小心地爱抚着这棵梨树。在他的记忆中，他曾无数次攀爬过这棵梨树，享用过它甘甜的果子，特别是在三年困难时期，这梨树结的可是救命的果。如今这梨树虽开满娇艳的花，但从它的枝干表皮看，也像个久经沧桑的老人。

安老爷子仍记得，第一次入股信用社用的就是这梨树结下的果换的钱。他与这梨树就像从小一块玩大的伙伴一样亲密。十年前，这棵梨树得过一场大病，眼见它树叶凋零、树枝干枯，安老爷子像自己得了病一样着急上火，催逼着安国泰专门到县林业局请了专家来诊治，才把梨树的病治好。从此，这树好像焕发了生机，枝叶愈加茂密，果实也愈加饱满、甘甜。每到果实成熟时，安老爷子总会围着这梨树转啊转，像是在欣赏，又像是在感叹。每年吃第一颗果实时，安老爷子总是心花怒放。其余的果子摘下后他都要窖藏起来，等儿孙们过年回家时一块吃。

每年过年那些天是安老爷子一年中最高兴的几天——那几天他的儿孙们会聚到他的周围，让他享受四世同堂的天伦之乐。那几天不仅仅是全家团聚，更有儿孙们向他汇报在信用社工作的情况——这是他在八十岁生日时定下的规矩。当时他对儿孙们说："我虽然早已退休了，但我还算信用社的人。况且你们大多在信用社工作，我们家族的命运跟信用社的命运可以说息息相关，所以信用社的兴衰荣辱我不能不过问。你们要把一年来工作上的事给我汇报汇报，我要听，我也喜欢听。"他又强调说，"你们要说真话，不能报喜不报忧，别以为我耳聋了眼花了就好糊弄。信用社的事我心里明镜似的，你们哄不了我。"第一次汇报那年，老大安国泰就把信用社要改制一级法人的事告诉了父亲。安老爷子说:"改吧,再改也还是信用社。"第二年老大到龄退休,过年汇报时,老大说:"我退都退了,信用社跟我没什么关系了,还汇报个啥?"这句话惹恼了老爷子。老爷子愤愤地说:"怎么没关系了?你儿子不在信用社?你孙子不在信用社?以后再不准说这种混账话。"

今年过年时,安国由于工作忙没回家,因此在安老爷子的九十寿辰上,安老爷子对安国说:"过年时你没汇报,今天补上。"安国只好边吃饭边向老爷子汇报工作情况。老爷子听到信用社将改制为农村商业银行时,竟拍案而起,怒问安国为何要更名。

安国解释说:"这是国家的决定,要将信用社的集体所有制改制成股份制。以前信用社股权不明、责任不清,导致竞争力不足。'工农中建'国有四大行都已改制上市,信用社改制是提升信用社市场竞争力的关键举措。不改制信用社必将被市场淘汰,改制是让信用社焕发生机的有力举措。"

"胡说!"安老爷子没等安国说完就大喝一声,声如洪钟,把在场的人都惊住了。大家再一看安老爷子,满脸充血、怒发冲冠、双手发抖、直喘粗气。安国泰、安国康急忙一左一右扶住父亲,劝慰说:"信用社改革是国家的事,您这是着的什么急?今天是您九十大寿,咱不谈工作,行不行?"安老爷子挣脱两个儿子的搀扶,气愤地说:"你们懂个屁!信用社都成立六十多年了,老百姓认可的也是信用社这块金字招牌——这就相当于老字号,能随便改名吗?改了名谁还认你?"他指着安国说:"你回去告诉你们领导,信用社不管怎么改,这金字招牌不能改没了。这就好比一个人可以更名,但不能改姓。信用社再改也不能把'信用'二字改了。信用都不要了,还谈什么发展?这样的改革不只我不同意,信用社的所有新老员工都不会同意。"安老爷子这一顿说辞有理有据,让人无从辩驳。

安国苦笑着,不再跟老爷子理论,他知道老爷子的倔劲一旦上来,任

何人都别想说服他。

安老爷子想着刚刚与安国在饭桌上的冲突,抚摸梨树的手便停了下来。他摇摇头,自言自语地说:"不行,我要去县联社说一说这个理。"

安老爷子把安国康唤了来,吩咐说:"你马上给安邦打个电话,就说我要见他们的领导。"电话打通了,安国康把安老爷子的想法说了。安邦为难地对安国康说:"爷爷,我们主任每天忙得焦头烂额的,哪有工夫接待太爷爷呀?你劝一下太爷爷,就别给我们领导添乱了。"安老爷子腿脚虽然不太利索,但这耳朵还没失聪,安邦在电话里的每一句话他都听了个清清楚楚。安老爷子就气不打一处来了:"好啊!你个小兔崽子,连我的话都不听了。行,你不安排,我自个儿去。"老爷子心里盘算着:到时我要好好跟你们这些人理论理论。

安老爷子仰望着这高大的梨树,想:信用社发展了六十年,跟这梨树一样,由小到大,由弱到强,经历了多少风雨。如今信用社到了青壮年时期,正是好时候啊!干吗要改名?谁见过活了六十多岁的人还改名?不行,这名绝对不能改。我明天就去县联社,我倒要听听他们的理由。

二

一夜无话。安老爷子第二天早上五点多就起了床,他心里惦记着要去县联社,所以比往常早醒了一个小时。九儿死后,安老爷子一直一个人过,安国泰、安国康想接父亲同住,想着有个照应,但老爷子死活不同意。他说,我现在自己什么都能做,用不着你们,我自己过自己的,什么事都是我自己说了算;将来我真的不能动了,再靠你们,到时你们想躲也躲不掉。所以虽然安老爷子九十高龄了，还是一个人住，只是安国康每天会过来照看一下。

安老爷子起床后，做了他最喜欢吃的拌汤，吃完后没洗碗就一个人顶着春寒，溜达到了汽车站。汽车站空荡荡的，一个人也没有。汽车站看门的老杨头正拿着大扫帚扫院子，觑见有人来了，就远远地打招呼："唉！头班车还要半个小时呢，你来早了。"安老爷子冲着老杨头的方向说："我不急。"待安老爷子走近了，老杨头才惊诧地问："是您啊！老爷子您这是去哪儿啊，就您一个人吗？"安老爷子也不看老杨头，说："嗯，我去县城。"老杨头问："昨天不是您老的九十大寿吗？我还在街上见着安国泰、安国康来着，没听他们说您要去县城呀？再说了，您那些孙子、曾孙子都开着小车，咋不来接您呢？您这真是要坐公交车？"安老爷子冷哼了一声说："我想坐公交车，乐意坐公交车，不行吗？"老杨头一看这老头正倔着，也不再说什么，转身就给安国康打去了电话，把老爷子要坐公交车去县城的事说了。安国康一听急了，嘱咐老杨头说："你拦着他，别让他上车，我马上就来。"

安老爷子正坐在车站里的座椅上眯盹儿，不想安国康出现在了他的面前，恍惚中他还以为自己在做梦。安国康问："爹，您这是要去哪？去哪也得说一声呀！"安老爷子晃晃脑袋，先把自己从梦那边拽回来，然后才诧异地反问："你咋来了？"安国康说："我问您这是要去哪。"老爷子说："我去县联社。你别管了，回去吧。"安国康哭笑不得地说："我不管谁管？您都九十岁了，一个人出门我能放心吗？您是还想着信用社改名的事吧？那是上面的政策，下面谁也左右不了，您就别去了，去了也白去。"老爷子倔强地说："白去我也要去。"然后就黑着个脸，不再理人。安国康无奈地长吐了一口气，然后重重地坐在父亲身旁说："那我陪您去。"

结果大家都料到了。这国家的政策哪能因为一个人不理解就撤销——

这话是联社理事长向安老爷子说的。安老爷子很不服气,说,这政策谁定的,我去找他。联社张理事长笑着说:"反正市里省里都做不了这个主。"安老爷子心里犯了嘀咕。安国康又好说歹说着把老爷子劝回了皋州。

可第二天天还没亮,安国康就又接到了车站老杨头的电话,说安老爷子又到了汽车站,这次说要去市里。安国康又急匆匆地跑到了汽车站。安老爷子说:"昨天晚上我越想越不对,越想越睡不着,所以今天我必须去市里问问。"安国康说:"市里有安志武在,想问什么你打个电话不就得了。"老爷子说:"不行,我要当面问。"安国康无奈地长长吐了一口气,重重地坐在了老爷子的身边说:"我陪您。"

坐了三个多小时的车,到站下车时,安老爷子的腿就不能动了,安国康忙给安志武打电话叫他来接。安志武那时正忙着接待客户,客户见安志武接了个电话,脸上就飘上了乌云,猜测安志武可能有事,就知趣地跟安志武道了别,说改天再谈。安志武开着车往车站紧赶,路上差点追尾,接上安老爷子就直接把车开进了医院。这一次安老爷子因劳累过度住了一星期的医院,这下把安志武累得够呛。安老爷子一出院就要求安志武把他拉到市联社去见市联社主任。安志武对爷爷说:"我是分管办公室的,按工作程序,须先由我接待您,处理您的问题。只有我解释不了或处理不了,才能上报我们主任。信用社改名的事是中央针对全国经济发展形势做出的决定,我们必须执行。再说了,即使改了名,它为老百姓服务、为三农服务的宗旨不会变。您尽可放心。"安老爷子苦笑着说:"噢,敢情我跑这么老远,就只能见你?呸!算我没来。"安老爷子就这样打道回府了。

安老爷子没回皋州,大儿子安国泰要老爷子在县城住段时间:一方面想看住父亲,不让他再胡闹;另一方面是想让弟弟安国康歇一歇。折腾几个来回下来,安国康也被整出病来了,一回皋州就病倒了,还住了医院。本来安国泰是要让安国康到县城住院的,毕竟县医院在各方面都比乡镇医院要强，但安国康坚决要在皋州住院。安国康说："这伤风感冒的不是什么大病，再说了，在皋州什么都方便。"安国泰就没再勉强。安老爷子本打算回皋州，但见安国康病倒了也就不再坚持，就随安国泰留在了县城。

安国康回家后，正赶上皋州村村干部换届选举。他听说刚回村的儿子安志文报了名要竞选村主任，又听说安志文东家进西家出地拉选票，安国康就心里有些不舒服，在医院输完液后就打电话把安志文叫回了家。

安志文从小就不安生，没少让安国康操心。二十世纪八十年代初，安志文高中毕业，正赶上信用社招工，主要是为照顾职工子弟。安国康就给安志文报了名，安志文也就成了皋州信用社的一名员工。安志文在信用社干了没两年就要辞职，嫌信用社工资低，挣不了大钱，说要下海经商做买卖。当时安国康还是皋州乡信用社的主任，看了安志文的辞职信，火冒三丈，发狠话说："你能！离了信用社你能干什么？你辞职我可以批，但你可要考虑好，离了这村就没这店了。将来你混不出个长短来，你就别回来见我，我也不认你这个儿子了。"安志文赌气地说："这职我一定要辞，挣不下一百万我决不回来见你。"自此，安志文再没回信用社上班。安国康本想压着安志文的辞职申请先不上报，他想着安志文在外面混不下去自然会回来上班。可不承想，安志文一去不复返，去省城做买卖一年都没回家。安国康写信、打电话催他回来，他愣是不回，最后实在没办法再拖了，安国康才把安志文的辞职信上报了县联社。

县联社于一九八四年成立时就由安国泰任联社主任。安国泰收到安志文的辞职申请后，气不打一处来："这小子真是要反了！"他对安国康说："这好好的铁饭碗不端，去做什么买卖，钱就那么好挣？你亲自去一趟太原，无论如何把他给我拉回来。"安国康无奈地说："儿大不由娘，他要是不回来，我也没什么办法。"安国泰说："必须去跟他当面讲清利害，实在拉不回来就只能由他了。我们尽了力，对父亲也有个交待；否则眼睁睁看着这大孙子走了歪路，父亲还不把我们俩吃了。"安国康认同地点点头。

安国康费了很大劲总算找到了安志文。当时安志文正在太原市的一个批发市场搞服装批发，忙得脚不沾地。安国康在一旁好话说尽，他呢，只顾忙他的生意，把父亲的话全当了耳旁风。安国康话说完了，就坐在一旁瞪着眼看安志文。安志文找个空对父亲说："你也看到了，我这里忙得很。你是信用社主任，一个月也就挣几十块钱，除掉家里开销，一年能剩几个？你那几十块钱我在这里一个礼拜就挣下了。我这道行还浅，比我干得早的，人家摩托车都骑上了。你回去吧，今年过年我骑着自己的摩托车回家。我要让皋州人都看看，我辞职是对还是错。"

安国康一看这架势知道安志文是吃了秤砣——铁了心了，也就不再多磨嘴皮子了；不仅如此，他还为儿子能在短短一年时间内便在省城立住脚而深感欣慰。晚上，安志文给父亲订了旅店，房间里还有厕所。厕所里没有农村厕所那样的蹲坑，只有一个说是抽水马桶的东西，这让安国康很是新奇。一问价钱，一个房间一晚上要收二十块钱，安国康心疼得不得了。安国康对安志文说："这一晚上把我一个月三分之一的工资都贴进去了。我不住，你给我找个便宜点的。"安志文做了个鬼脸，笑着说："爹，你从来没享受过，就享受一次吧！这钱又不用你出。"安国康说："你出我也心疼，你的钱也不是天上掉下来的。"安志文说："听我的，就奢侈这一回。"安国康不再说什么，可心里总不是滋味。

晚上，安志文又拉着父亲去了一家高档饭店，龙虾、鲍鱼点了一桌子。安国康忙阻止说："我又不是外人，点这么多干吗？再说了，你点的菜我听都没听过，能好吃吗？"安志文说："这是太原最好的饭店最好的菜，你放开吃，以后想吃还不一定能吃得到。"安国康问："这又要花多少钱？"安志文答："不多不多，也就几十块吧。"安国康一听吓得蹦了起来："几十块！你这是要我的命啊？"安志文把安国康按在了椅子上说:"就这一次,下不为例,行吗?再说这菜已经点了,不吃也得掏钱。你看是吃了呢,还是让人家倒掉?"安国康看着一桌子的菜,直咂嘴巴:"几十块钱,太可惜了!"可惜归可惜,也只好吃了。这顿饭安国康吃得肚子溜圆,第二天还回味无穷。以后好多年,一提起那顿饭他都赞叹有加:"贵是贵,可确实是好吃!"

第二天黄昏时分,安国康才从太原回到了乐县县城。在回来的路上,他就一直在想如何跟安国泰说,可他总也想不下合适的说辞。说我无能,没能把安志文带回来——作为一个父亲,这也太没面子了;说安志文过得挺好,挣钱挺多——听着像是没能说服安志文反倒让安志文给策反了似的。不过看了安志文在省城的生活后,安国康心里倒不怎么反对安志文的辞职了。他心想,人各有志,也许安志文真能在商场里闯出自己的一片天地。

安国泰既是哥又是领导,安国康是十分尊重安国泰的。见了安国泰,安国康就将在安志文那儿的见闻向安国泰汇报了。安国泰听完后苦笑着说:"看来安志文这小子混得不错啊!倒是我们眼光短浅了!不过再怎么说,信用社也是铁饭碗,安志文现在混得好,不一定将来也能混得好。如果有一天他生意失败,赔了钱,还不得你我兜着。"安国泰叹口气接着说,"叫不回来就算了,总之该做的我们都做了,下一代的命运就由他们自己决定吧。"

安志文就这样被家人默许留在省城打拼了。他很少回家,但每一次回家都变化明显。第一次回家时,安志文真是骑着摩托车回来的。那个时候,摩托车还是稀罕玩意儿,往信用社门口一停就引来不少人围观,这可是皋州第一辆摩托车,围观者都啧啧称羡。第二次回家,安志文就开了辆小面包车,能遮风挡雨了。这又是皋州第一辆私人面包车,谁不眼红。第三次回家,安志文又换了212小车——对皋州人来说,这种车只能在电影、电视里看到,是国家的高级干部才能坐的车。以车看人,人们看安志文的眼神里就有了崇拜的意味。第四次回家，安志文再一次鸟枪换炮，座驾直接换成了黑色桑塔纳。皋州人说这车黑亮黑亮的，像是擦上了黑又亮，太漂亮了。安志文结婚时，十八辆一模一样的小轿车整整齐齐地停在了皋州的大街上，停了一条线，整个皋州都轰动了。新娘子穿着白色的婚纱，美若天仙，裙摆由三个人拉着——人都坐炕上了，裙摆还在门外拖着。安志文还请来了省城的婚庆公司，主持人那身段那口才堪比中央电视台的主持人。唱歌、跳舞的一个比一个帅，一个比一个漂亮。摄像、照相的有好几拨，那阵势，倒像是明星开演唱会。

不只安志文的座驾频频吸引皋州人的注意力，他的服饰也成了皋州年轻人的风向标。第一次回家时安志文穿的是一身笔挺的蓝色中山装，皋州不久后就兴起了中山装热。第二次回家时安志文穿了一条喇叭裤，裤腿粗得能装下三条腿，那份潇洒不让香港天王巨星刘德华。安志文走后没几天，皋州的年轻人就开始时兴穿喇叭裤了。第三次回家时安志文穿着蓝西装打着红领带，脚下穿了一双尖头皮鞋，要多气派有多气派。安志文前脚一走就有人穿上了与安志文一模一样的行头在皋州的大街上招摇过市。第四次回家时安志文穿了一身牛仔，它的吊牌是全英文的，皋州没人能叫上那名字，据说是什么国际名牌，一套要上千块钱。自此皋州就开始流行名牌，不管是真的假的，反正牌子上写的都是英文，大家都看不懂。

安志文这次回家是他落脚太原后的第五次回家。这次更加了不得，他开回了一辆大奔，穿着也十分讲究，像是大地方来的人，不像皋州土生土长的人。

安志文在外面究竟混得如何，安国康同村里人一样，也仅是看表面。所以安国康每次见了安志文都问："外面的钱真那么好挣？"安志文也每次都从皮夹子里抽出厚厚的一沓钱塞到安国康的手上，说："你尽管花，没有了再向我要。"安国康心疼儿子，怕安志文在外面手紧，每次都把钱塞回安志文的钱夹子里，说："我有信用社发的工资，不缺钱花。倒是你，要稳重些，别栽里面了。"

这次安国康住院安志文并不知情——安志文在外奔波，不是什么大事安国康不愿惊动安志文。

安志文一回家拐进厨房就吵着要母亲给他做皋州特色榆皮面河捞。母亲赵婧板起面孔说："一回家就知道吃。你爹刚从医院回来，也不知道关心关心。再说了，回了皋州怎么就不知道先回家看看？东家进西家出的，就是不知道往自己家进，好像你跟这个家有仇似的。"安志文惊得大张着嘴问："我爹咋啦？病啦？"说着就进了父母的卧室。安国康正躺在炕上眯盹儿，安志文一进院子他就听见了，可他没起来，仍装着眯盹儿，但他心里是急着想见儿子的，毕竟儿子一走又是两年多，平时只通个电话，也说不上几句。

安志文进了屋，见父亲睡着，就准备退出来，刚一拉门，安国康就坐起来问："你哪儿去啊？"安志文嬉皮笑脸地说："我还以为你睡着了。"安国康说："我没睡，等着你呢。"安志文问："有事？"安国康说："没事你就不能回家吗？这里是旅店？需要的时候就来，不需要的时候就不登门？你妈天天惦记着你，你有点良心，常回来看看你妈——一回来就让你妈做饭，也不关心关心你妈身体好不好。"安志文不停地点头，嘴上说着"是是是"。安志文虽然从小就不服管教，但对父亲他还是有着一层敬畏的；况且自己做得也不够好，所以更没理由顶撞父亲了。

安志文见父亲一脸严肃，知道老人家又有不高兴的事了，就小心地问："爹，你叫我回来有什么事？"

安国康反问："什么事！你回村竞选村主任怎么也不提前说一声？再说了，你这么大张旗鼓地拉选票，影响多不好！我不许你这样搞。"

安志文一听是为这事，心里就有些不乐意。他说："我竞选村主任，你

不支持也就罢了，为啥还要干涉？反正我这次是势在必得。况且这次是乡里面领导邀请我回来竞选的，企官代村官。我们这些人毕竟眼界宽、人脉广、踏实肯干，乡里面的领导也是想让我们回村给村里面做点好事。"

"做好事？你能为村里做什么好事？你能把太原的市场搬到皋州来？你现在只会做生意，眼里面只有钱。你能为村里面做好事？我才不信呢。"

"不信我就做几件大事让你瞧瞧，到时你不要给我唱对台戏就行。"

对安志文这个儿子，安国康一直驾驭不了，他要做的事，安国康挡都挡不住，这次也一样。安国康改变不了安志文的决定，也就只好放任自流了。

安老爷子在县城安国泰那里住了没一个月就又吵吵着要回皋州。

安老爷子是在安志文成功当选村主任的那天回到皋州的。这天安志文特别高兴，专门请了村委会的所有委员，还有乡里的领导欢聚一堂，庆祝他的成功当选。安志文想让父亲帮自己陪陪客人，可父亲没答应，说："今天你爷爷要回来，我没空。"安志文见父亲话说得很干脆，就没再说什么，转身要走，安国康却把他叫住了说："你爷爷九十岁的人了，以后有空多去看看。既然当了村主任就得多考虑村民的利益，多给村民办些好事实事，不要老想着自己赚钱，将来不要让乡里乡亲戳你老子的脊梁骨，骂我们安家的祖宗。"安志文不屑地说："知道了，我不会给你丢脸的。"

晚上，安志文酒醒得差不多了才去了爷爷家。安老爷子见孙子安志文来了，高兴地从黄花梨椅子上站起身，脸上堆着笑说："志文回来了，听你父亲说你还当上了皋州村的村主任，我孙子不简单呀！"安志文笑着说："当个村主任算个啥，也值得爷爷这样高兴？"安老爷子两眼一瞪说："可不能这么说。村主任是村里的当家人，那不是好当的，也不是随便什么人就能当得了的。我孙子能当上，说明我孙子有这能耐，我当然高兴了。"

安志文说："我当这个村主任，就是为了给村里做点事情。乡里领导去太原请我时就跟我说了，想让我回村做点贡献，改变改变皋州村的面貌。

下一步我打算先改善乡亲们的居住条件，让乡亲们都住上楼房，过上城市人的生活。"

"建楼房！那得需要多少钱啊？你有那么多钱吗？"安老爷子满是疑虑。

"有一些，但远远不够。乡里领导答应让我承包村办煤矿，这也是我提出的条件。用煤矿赚的钱给乡亲们建楼房，也算取之于民用之于民。"

"好事要做好，不能有毛病。我不许你请客、送礼，拉关系、搞腐败，我们家没人犯过法蹲过监狱，你千万不要乱来。"安老爷子嘱咐说。

安志文笑了，他觉得爷爷的话有点多余，有点杞人忧天。他心里已经为皋州村绘制了一幅壮美的蓝图，在不久的将来，这张蓝图将在皋州的大地上变成现实。高高的楼房、整洁的街道、绿荫环绕的休闲广场，城市里有的一切，皋州村都会有。

皋州四面环山，但这山是荒山。以前山里也常有开炮采石的、烧石灰的，都是小打小闹，而且对资源的开发利用率也不高，所以这山一直不被人看好。自从二十世纪七十年代探出煤炭资源，八十年代村里建起煤矿以来，这山就成了宝山金山。皋州人对煤炭的另一称呼是乌金。正因为这山里出了乌金，皋州人才彻底摆脱了烧柴做饭取暖的历史，全部用上了煤炭。二十一世纪以来，这煤炭价格噌噌往上蹿，从原来的几十块钱一吨长成了现在的三四百块钱一吨。煤矿的经营形势一片大好。但这集体经营管理混乱，跑冒滴漏在所难免。所以村里办煤矿三十多年了，村民没致了富，仅富了些村干部，因此村民意见很大。有的村民甚至上访告状告到省里。基于这些原因，乡领导决定将皋州村煤矿承包出去，让会经营的人去经营，让利益最大化。

安志文是皋州土生土长的人，让他承包村煤矿可以避免很多是是非非——这也是乡领导考虑承包人选时的一个重要因素；更重要的是，安志文还有经济实力。这次签承包合同的前提条件是，承包者要先向乡政府交纳三百万元的承包保证金。这也就是说，每年的承包金要按时到位；如果不能按时到位，乡里有权扣划保证金抵付承包金，并保留随时解除承包合同的权力。

安志文又耐着性子听了一大堆爷爷的唠叨。安志文三十岁以前是没这份耐心的；如今上了点年纪，也就能理解长辈的心思了。

当上村主任的安志文继续跑他的煤矿承包事宜，回到皋州的安老爷子又过起了休闲的生活，安国康仍旧每天过来照看一下。

盛夏时节，天气热了起来，地里的玉米也长得快跟人一般高了。安老爷子在西屋后开辟的菜地已是郁郁葱葱，玉米开始吐穗，豆角已经吃过了头茬，黄瓜一根根从藤上吊了下来，西红柿也红绿相间长得甚是热闹，大白菜黑绿黑绿的。安老爷子天天要转悠到西屋后，他看得仔细，哪棵黄瓜该打杈了，哪棵西红柿该掐尖了，他一清二楚。结了几根黄瓜、几个西红柿他都明明白白。隔一段时间，安老爷子还要亲自给这些菜施农家肥。老爷子常说："庄稼一枝花，全靠粪当家。这大粪是最好的肥料，化肥尽量少上或不上。"他还说，"我种出的菜都是绿色蔬菜，都是放心蔬菜。"

皋州乡信用社现在的主任姓赵，是七〇后。安志文回皋州没多久就跟赵主任混熟了，称兄道弟的。安志文先天有这结交人的能耐，平时跟人交往他出手也大方，又喜欢帮人办事，所以人缘极好。安国康最欣赏安志文的也就是这一点。安志文跟赵主任结交是不需要人牵线的，爷爷、父亲都是皋州乡信用社的老主任，自己又在皋州乡信用社干过，共同语言多得很。

"你就是皋州乡信用社的赵主任啊？年轻有为！我在信用社干那会儿咋没认识你！我现在回村当村主任还需要你多关照。"安志文这样说。

"敢情你是老安主任的儿子，还在信用社干过一年，那我们都是一家人！以后有什么事尽管来信用社找我。你如今是皋州村的当家人，以后好多事还得靠你协调呢。"赵主任如是说。

关系越说越近，加上安志文动不动就请赵主任喝个小酒、吃个便饭，时间不长，这两人就俨然成了兄弟，不分彼此了。

平静的日子没过多久，这天大清早安国康又接到车站老杨头的电话，说安老爷子又要出远门了。安国康急匆匆地又跑到汽车站。这次老爷子说要去省城，他要去问一问省联社的领导，改名的事到底谁说了算。安国康有些哭笑不得，说："爹，我求您了，别再折腾了。坐公交车到省城，您的身子骨还不得散了架！"老爷子却斩钉截铁地说："必须去，除非我死了动不了了。"安国康只得无奈地长长吐了一口气，重重地坐在了安老爷子的身边说："我陪您。"

安国康给安邦打了电话，让他去县城的公交站接上他们，再开车把他们送到省城。到了省城，安国早联系好了医院，安排老爷子先到医院做了个检查，然后才住进他订好的宾馆。

安国对老爷子说："见我们领导不是难事，每天我们都有一位领导专门负责接待各地的上访者。明天我陪着您去信访接待室。"安老爷子一听不高兴了，说："你们把我当成上访告状的了？"安国赶忙解释说："您是来提建议的，也得走这程序。"安老爷子就不吭声了。

第二天，安老爷子由安国陪着一早就来到省联社。省联社的贾副主任刚到单位，才落座，气还没喘匀，就见安国扶着一位老人走了进来。贾副主任赶忙站起来招呼："安国，这位是？"安国不好意思地说："是我太爷爷。"贾副主任诧异地问："要上访？"安国说："不算上访，就是来提个建议。"

安老爷子虽然九十高龄了，但思路清晰，说话有条有理，三两句话就把自己的来意向贾副主任说清楚了。贾副主任为难地说："您这问题问得好。您是信用社的老前辈，应该清楚信用社多年来发展得到底如何。虽然借国家政策的光，信用社也算做得风生水起、红红火火，但您想过没有，离开国家政策的扶持会怎么样？自信用社建社以来，光税收国家给免了多少？信用社发展了六十多年，可如今还是一个长不大的婴儿，以后难道还要靠国家的扶持吗？信用社要想真正长大，就得断奶，离了国家自个活。现在是市场经济，市场竞争是残酷的，多少企业由于市场竞争不力倒闭了。我们信用社不可能永远依靠国家，所以我们必须要给自己断奶，要让自己真正成长起来。信用社改革一方面是顺应市场竞争的需要，更重要的是，顺应我们信用社自身发展的需要。将来更了名，实现了股份制，会极大地提高信用社员工的积极性。只有这样，信用社才会生出无穷的发展潜力，信用社才会更加有前途，信用社的明天才会更加美好。"贾副主任越说越激动，以致慷慨激昂不能自已。

安老爷子怔在了那里，他的思绪回到了二十世纪五十年代他刚参加工作的时候。他去人民政府报到的第一天就被告知，他被分配到了信用社工作。在此之前，他对信用社是完全没有概念。去了信用社之后，他见到的就是一个屋、一张桌、一把算盘、两个人。那两个人就是他的领导赵有仁主任和同事李拴狗。赵主任指着他向李拴狗介绍说："这是新来的小安。"又指着李拴狗对他说，"这是李拴狗。我们皋州乡信用社暂时就我们三个人。"

当时信用社还没有专门的办公场所，没有交通工具——跑业务一年不知要跑坏多少双鞋，后来是主任带着他们一砖一瓦地建起了营业室。国家在发展，信用社也在发展。可以说，信用社的命运跟国家的命运息息相关。国家形势好的时候，信用社发展得就好；国家形势不好的时候，信用社就举步维艰。到二十世纪九十年代初自己退休时，信用社已经有了上千万的资产。

安老爷子不知道自己是如何走出省联社的，不管贾副主任如何说，在他的心里，信用社永远是农民的信用社、大家的信用社。

安国要留太爷爷在省城住几天，但安老爷子第二天就回了皋州，这次出行令他愈加失落。他本来想着总会有人愿意保留信用社这块牌子的，但县、市、省跑下来，却没有一个人赞成自己的观点。他想，也许自己真的跟不上时代了。

皋州的天还是那么蓝，山还是那么青，水还是那么甜，但皋州安老爷子的身体却大不如前了，从省城回来后就歪在床上病了一个多月。这一个多月来，他仍然在想着那个问题，这成了他的心结，或许这辈子也解不开了。

三

安国泰的儿子安志武就要退居二线了，但他还有一件大事没有办妥，就是儿子安居的工作问题。安居大学毕业后考了两年都没能达到信用社招聘的分数线，这令他忧虑。他常常感叹：现在的大学文凭咋就一钱不值了呢？过去父亲的高中文凭、自己的中专文凭，倒比现在这大学文凭要管用得多，也可能是因为如今这大学生多如过江之鲫。

安志武是市里的二把手，手中有一定的权力，但这人事权却在省联社。安志武辗转反侧几夜，自己在信用社干了一辈子，苦劳功劳都有，类似他这样的，下一代都有了着落，唯独他儿子没有解决就业问题。眼看着孩子在家待业，他心里急啊。他想，自己一辈子要强，不求人，连自己职务升迁时也没跑过关系走过后门，他这一辈子可谓问心无愧；但现在是涉及孩子一辈子的大事，他有些坐不住了。他想他必须做些什么，不能让孩子将来埋怨自己。

安志武是一个雷厉风行、敢作敢为的人，他的这一特点在工作上表现得尤为突出，从事信用社工作近四十年，每到一个新的工作岗位他都能迅速打开局面，并将工作开展得有声有色。因此他不仅每每得到上级领导的认可，群众基础也特别好。他从不跟人结怨，更不忌恨任何人。他事事公事公办，事事都能做到顾全大局，并能照顾到每一个人的利益；所以，全单位没有人不佩服他的为人。正因此，他在事业上的成就才超越了他的父辈祖辈，一直顺风顺水地干到了市联社副主任职位，副处级，成为安家行政级别最高的人。安老爷子以他为荣，常对人讲："我只做到皋州乡信用社主任，儿子安国泰做到了县联社主任，孙子安志武做到了市副主任，真是青出于蓝胜于蓝，一代更比一代强。曾孙里面就要看安国了，这小子我看行。"得到爷爷的肯定，安志武自然是高兴的；但转眼就要退了，自己的成就马上就要成为历史了，儿子安居的工作问题才是最迫切需要解决的大问题。他决定要在自己退居二线前解决这一问题。

在安志武为儿子安居的事头疼的时候，安邦正在打叔父安志武的主意。

安邦是安志全的儿子，安志全是安国康的小儿子。

安邦大学一毕业就由叔父安志武引进到了县联社，成为县联社引进的第一个正牌大学生。安邦这多年来也没辜负叔父的期望，工作干得漂亮，晋升也很快：先是财务室科员，然后是财务科副科长、科长，之后又是县联社副主任。在乐县信用社系统晋升如此之快的，安邦是第一人。

不到三十岁就成为县级联社的副主任，说明安邦自身素质过硬，但这和安志武在全县信用社的影响力也不无关系。这一点安邦是清楚的。所以安邦上任联社副主任以来小心谨慎、勤奋工作，做事不张扬。安邦低调地当了三年联社副主任，今年眼看就要换届了，他想要再进一步——年龄是他最大的优势，三年的工作业绩也不差，群众基础也很好，他只是在上级领导是否认可这一点上心里没底。他就想着让叔叔安志武在退居二线前尽力推荐一下自己，以增加自己进步的砝码。

安邦去市里见到叔父安志武说了自己的想法，安志武只是点点头。安志武想，不答应这侄子的事以后回家如何面对一大帮亲人。但接下来怎么办，他也发愁。儿子的事搅得他心烦意乱，又加了侄子的事，他感觉"压力山大"。

一直以来，安志武都以清廉自居，他家的客厅中央就挂了一幅出淤泥而不染的荷花图。这荷花是妻子绣的十字绣，是他五十岁生日时妻子送他的生日礼物，当时他就感叹：知我者，发妻也。如果是自己的事，他可以调整心态，顺其自然，可现在是下一代的事，都是关乎下一代一辈子的大事，对此，他背负着似乎不可推卸的责任。

再三斟酌、反复考虑后，安志武终于开始行动了。他花大价钱买了一幅名人画的画。他已打探清楚，省联社分管人事的副主任有这个雅好——只要能办成这两件大事，花多少钱都是值得的。

安志武带着画敲开了省联社吴副主任办公室的门。来找吴副主任前，他打过电话，说有些工作上的事要向领导当面汇报。

安志武敲开吴副主任办公室的门，才发现里面还坐着一个人，印象中那人应该是省联社某部门的。安志武感到十分尴尬，进不是退不是的。吴副主任从办公椅上站起来招呼安志武说："安主任，快进来坐，我一直等着你呢。"安志武就没了退路，硬着头皮进去，把画顺手放在了茶几上，在沙发上坐下。那人似乎意识到自己有点多余，借故离开了。

吴副主任很热情，又倒水又递烟，倒像安志武是领导，这令安志武相当不自在。宾主客气了一阵，终于坐定了，吴副主任直奔主题："安主任有事就说吧。"安志武咧开嘴笑笑，但笑得很不自然，毕竟这是他这辈子第一次办这样的事情。如果要说工作，安志武能滔滔不绝地说上一整天，但要跟领导说个人的事，嘴和大脑就配合得不协调。他词不达意地嗫嚅了半天，自己也没搞明白自己想说什么。当安志武躲躲闪闪提到自己的儿子和侄子时，吴副主任立时猜到了他的来意。吴副主任说："安主任有事不妨直说。"安志武怔了一会，抬眼瞟了一眼吴主任，他觉得吴主任的目光很是犀利。

"那我就直说了。"安志武终于鼓足了勇气开了头，"我儿子大学毕业两年了，考信用社考了两年，但都没考上，现在待业在家。我着急呀。乐县联社副主任安邦是我的侄子，人能干、肯干、能力强，这次调整时希望您能关注他一下"。安志武准备了好些个要对吴主任说的话，没想到一紧张让他两句话就概括完了。但话一说完，安志武就立马感到一身轻松。吴副主任紧锁眉头一言不发，这令安志武心神不宁。安志武不敢看吴副主任，他现在想做的只有逃离。他慌忙站起来对吴副主任说："您忙着，我走了。"没等吴副主任说话，他已经走出了吴副主任的办公室。

他走得很快，又急迫又慌张，像是在逃离一个令人恐怖的地方。吴副主任追了出来，把他喊住了说："你东西没拿。"安志武愣在那儿进不是退不是，最后他几乎是带着哭腔说："事情办不办无所谓，这东西你就收下吧。"说完他就逃也似的冲进了电梯。在省联社的办公大楼里，安志武一直以手掩面，生怕碰到熟人。安志武这次是真正体会到了做贼心虚的感觉。

从省联社返回市里的这些天，安志武像被关在监狱里等待执行的犯人一样惴惴不安、心神不宁。这些天来他反复揣摩着吴副主任那天的表情——是厌恶，是可怜，还是鄙视？他想，我不仅恶心了自己，还恶心了别人，我这不是自作自受吗？我那时的样子是不是像个可怜虫，或者乞丐？我是在向人家乞讨吗？太丢人了！一辈子没有丢过恁大的人，就要退了却办了这么件丢人的事。安志武真是连死的心都有了。当悔恨、难过、自责到了顶点时，突然有那么一刻，他释然了。丢这么大的人为了啥？不就为了下一代的将来吗？人嘛，活着就是为了下一代！

安志武在忐忑不安中终于熬到退二线的这一天。事情过去这么久了，他对安居和安邦的事已不抱任何希望了，他的心也放得平平的。干了一辈子终于要离开了，心里面酸酸的，安志武一个人坐在办公桌后看着对面墙上挂着的"和光同尘"牌匾，脸上阴一阵晴一阵的。他这样静静地坐了很久，诸多的人和事像放电影一样在他的脑海里过了一遍，最后还是定格在了爷爷身上。爷爷挂在嘴边的三件亏心事他曾作为笑话向同事讲过，可现在想起来泪水却不自觉地溢出眼眶。那一辈人苦啊！什么福都没享过，但却能以苦为乐。相对于他们那一辈人，自己还有什么可不知足的！自己曾经是家族的骄傲，可如今也要谢幕了。再到过年的时候，自己又该向爷爷汇报些什么呢？

他正自想着，办公室主任敲了敲门进来说："省联社吴副主任马上就到了，他要与你谈话，让你等着。"

安志武似乎没有听清，反复问了两遍他才确认，是省联社吴副主任要约谈他。这个消息令本已平静的他又不安起来。想起吴副主任那天的眼神，他就害怕。怎么会是吴副主任来约谈呢？他会说些什么，会怎样评价自己？

很多事是必须要去面对的。当吴副主任进了安志武办公室与他肩并肩地坐在一起时，他对吴副主任苦笑了一下。这笑里酸甜苦辣百般滋味都有。也许吴副主任品出了其中的意味，他对安志武也笑了一下，但却是真诚的、信任的一笑。

吴副主任缓缓地说："老安啊，今天我是代表省联社党委同你谈话。你勤勤恳恳干了一辈子信用社工作，功不可没。你上次从我那儿走了以后，我从多方面对你进行了了解。你是个好同志啊！一辈子默默工作，从没给组织提过任何要求。我敬佩你。我还听说，你们家几代人中都有在信用社工作的，可以说是信合世家。安国就在省联社工作，别的人我不了解，安国我是了解的，小伙子表现很好，得到了省联社领导的高度认可。父亲英雄儿好汉，我想你儿子和你侄子也不会差到哪里。但这人事方面的事我一个人说了不算，那是要上省联社党委会的，请你理解。"

安志武的心情放松下来，领导已经很给他面子了，所以他一直低头认真听着，不时还点点头，表示理解领导的难处。

吴副主任顿了顿又说："对于你儿子的问题，我已经在省联社党委会上提过了。会议讨论研究的结果马上要以文件形式下发，大家一致同意解决部分像你这样老同志的子女就业问题。省联社决定要招一批像你儿子一样有文凭的职工子女，不过还是需要通过省联社内部考试的。我不敢说你儿子肯定行，但希望很大，让孩子认真复习吧。第二就是你侄子的事。市里的班子一定，接下来就定县联社班子。你侄子安邦我见过的，是个能干的小伙子，工作情况我也了解了，干得很不错，正常情况下他提升是不会有问题的。我这样答复你，不知你满意不满意？我这次是特意申请来跟你做退前谈话的，也算是给你这样的老同志一个交待。如果你还有其他要求现在就尽管说，只要是我能办到的一定办。办不到的我会向更高一级的领导反映。"说完，吴副主任看着安志武，一丝淡淡的微笑从他的嘴角露出。这一席话说得波澜不惊，且满是温情与信任，可此刻安志武的心却像开了锅的沸水一样在翻腾。

没想到领导还真把自己的事当回事！更没想到吴副主任是这么平易近人——与那天的感觉完全不同。安志武抬头看了一眼吴副主任——一个微笑着的和善面孔，安志武有点控制不住自己了。

"不，不，不，我没有什么要求了。感谢领导对我的关心……感谢领导！感谢……"安志武有点语无伦次了，哽咽着，激动得说不出话，也不知道该说什么了。

吴副主任依然微笑着，他平静地说："你上次放在我那里的画我看了，确实是好东西，是我这辈子求之不得的好东西。但它太珍贵了，我消受不起呀。我退给你，不是要驳你面子，是真不能收。你也别让我为难。我听说你是市书法协会的会员，水平不低，我有个请求，就是想请你给我写幅字，希望你能答应。"

安志武这时坐不住了，他站起来说："那幅画是我早年的收藏，听说你跟我一样有这爱好，就送你了，也算是给它找一个好去处，你就收下吧。至于我的字，实在拿不出手啊！"

听安志武说完，吴副主任笑了："既是你的心爱之物，我更不能夺人所爱。你我都爱这一口，你赠我一幅字，过几天我也赠你一幅字，算是交流吧！我把你看成朋友，你难道不把我当朋友吗？"

安志武有点慌乱了，说："不不不，我不是那意思……既如此，我听您的，我马上写，请领导给点评点评。"吴副主任满意地点点头，拍拍安志武的肩说："这就对了。"

一个月后，安居通过了省联社的招工考试，顺利进入开发区联社工作。又一个月后，县联社班子成员大调整，安邦升任县联社主任，正科级，二把手。

安邦提着礼盒来叔父家表示感谢。安志武板着脸把安邦挡在了门外，说："你的事我什么忙也没帮，要谢你去谢省市的领导。"安邦赔着笑脸说："这礼盒也不是什么值钱的东西，跟办事没关系。"安志武严肃地说："拿走！过节的时候提过来，我一定收。"安邦恳求道："我不给你，给我婶子，行了吧？"安志武坚决地说："不行！"安志武愣没让安邦进家门，弄得安邦哭笑不得。

安居进入开发区联社后，先被分配到基层信用社工作。或是因为从小耳濡目染，信用社的工作对他来说似乎没有任何压力，很快就驾轻就熟了。在人际交往上，他比他父亲多了几分圆滑，所以更易让人接近；又因为他父亲刚刚退居二线，所以信用社上上下下他都很熟。无论在什么场合，只要他提及他父亲，没有人不对他另眼相看。

所谓虎父无犬子，安居的工作能力和人际交往能力很快就得到了开发区联社领导的认可。在联社成立资金平台时，联社班子成员不约而同地想到了他。"对，这小子干得不错，各方面反映都挺好，他又是大学生，对新知识的接受也快，我看可以先让他试试。半年以后搞得好就直接提成平台负责人，不行就下课。成不成看他自己。大家没意见就这样定了。"联社理事长说出的话分量十足，且无可反驳。班子成员都没有意见，这个动议就算是通过了。

安居参加工作不到两年的时间就奉命组建联社资金平台，成了开发区联社新晋翘楚，令人刮目。但不久一个谣言在信用社疯传，说安居被迅速提拔重用是有原因的，这是安志武退二线时向组织提出的条件——省联社吴副主任亲口答应的。谣言说得有鼻子有眼，像是有人亲眼看到亲耳听到。谣言越传越广，甚至传到了远在一百五十公里之外的皋州，当然，也传到了安志武的耳朵里。乍一听到这消息，安志武一阵子心慌，像自己谋划的阴谋被揭穿了一样，紧接着他又坦然了。他自我安慰道："身正不怕影子斜。没做亏心事，不怕鬼敲门。这哪来的流言蜚语，毫无根据污人清白，真是可恨。"可转念一想：我清白一世，退下来后却谣言满天。安居是靠自己的能力晋升的，并没有靠我呀！但怎样才能消除这不良影响呢？

他静静地思考了很长时间，决定去找开发区联社的领导让他们把提拔安居的决定撤了，这样谣言就能不攻自破了。

安志武与仍在职的市办同事及好友李勇通了电话，把自己的苦恼及想法说了。李勇说："你傻呀？自己行得正就行了。你能管住别人咋说吗？提拔安居是开发区联社班子的决定，你又没干涉。这样的机会对于安居来说很重要，可能会影响他的一生。你真要把这机会拱手让与别人，安居不恨你一辈子才怪。"安志武说："我知道这机会对安居重要，但我刚退不到两年，人言可畏。这次我得管，等以后别人淡忘了他爹，他再好好发展他自己吧。"李勇冷哼一声："不是我说你，就因为你太重面子，所以你这辈子才止在这副处上。现在孩子好不容易有了机会，又不是你给的，你凭什么为了自己的面子剥夺孩子的机会？我不知道安居会咋想，换了我，我会恨你一辈子。"

好朋友争到这分上，安志武也觉得无趣了，所以就不再跟李勇理论，但他心里已经拿定了主意。几天后，安志武跟开发区联社的王理事长见了面。安志武说："提拔安居的事我不同意，就让他当一个业务员吧。"王理事长纳闷地看着安志武，真不相信这话是出自安志武之口。他说："您是我的老领导，您这专程来一趟，如果说是替安居提拔说情，我完全理解，我也一定会考虑；但您却是要阻止我们对安居的提拔重用，这我倒不能理解了。你们父子不会有什么过节吧？"安志武笑笑说："我们父子能有什么过节，只不过我认为升职过快对安居不是什么好事。再说了，其他人会怎么看？"王理事长恍然大悟地"噢"了一声："我知道了，你是为外面的谣言而来的。安居参加工作以来积极向上，工作能力又强，这次人员调整是我们联社班子认真研究的结果，不是我个人的意见。谣言我也听说了，可我们是举人不避亲。我们都不怕，你怕什么？""不管怎么说，我不能平白担这污名。"安志武坚定地说。王理事长双手一摊说："那您说咋办？"安志武说："要我说，就让他当个业务员，平台的负责人他不能当。"王理事长哭笑不得地说："您老在市办副主任任上时，我也没听说过您干涉过哪个联社的工作。安居是您的儿子，也是我们的员工，您今天是作为家长，还是作为老领导来谈的？如果作为老领导，我听您的，但如果您作为家长提这样的要求，我还真不能接受。"

王理事长话说到这分上，安志武也为难了：是的，以前不管他当什么领导，从来没有无端干涉过下面单位的事情。可今天这事不一样，谁让安居是自己的儿子呢？不管怎么说，我都不能让人家戳自己的脊梁骨。

安志武看看王理事长，像是下了很大决心似的说："不管你当我是家长还是老领导，只要安居不当这个负责人就行。"王理事长十分为难地说："人事调整前是我亲自跟安居谈的话。我答应安居，只要干得好，半年后就由他来当这个负责人。现在您老插这一脚，不是让我食言吗？我怎么向安居交待？"

安志武说："实在不好解释，你就直接告诉他，就说是我不让他当这个负责人。"王理事长从安志武的态度已经感觉到，安志武是铁了心不让安居当这个负责人了。他想自己不能跟老领导硬碰硬顶牛，便用劝慰的口气说："您看要不这样，安居这负责人我暂不任命，但这工作他得一直主持着。一是我一下子找不到合适的人选，二是资金平台确实需要安居。任命这事我们以后再慢慢说。"

安志武想了一阵，觉得王理事长说的也是实情，自己再坚持就是不近情理不给人面子了。安志武就起身告辞。王理事长要留安志武吃饭，安志武借故推掉了。这件事就这么悬在了半空，安志武的心也悬在了半空。

安志武没退时，工作很忙，生活一直很充实；退居二线后闲居在家，心里没着没落地难受。以前他总喜欢忙里偷闲地拿起毛笔练练字，觉得是一种享受；现在有的是时间练字，又觉得提不起精神来。安志武的字写得好，在全市信用社系统是有名的，他还是市书法协会的会员。每年省里市里搞书画比赛，他总能拿奖。他在工作上获得的荣誉证书与在书法上获得的荣誉证书塞满了半个书柜。他爱看书，特别喜欢国内当代作家的作品，贾平凹、莫言、二月河等名家的作品他都能看好几遍。以前他也试着写点东西，但自觉拿不出手；如今他时不时拿起笔写点日记式的东西，记下些他对人生的体悟和对过往生活的回忆。

安志武退二线后回到了县城，一为陪父亲，一为隔三岔五回村里看爷爷方便。爷爷九十岁了，还常常要过问信用社的事情，他就成了爷爷日常的"顾问"。爷爷也总给他讲信用社过去的事，而且一开讲嘴就不停。爷爷最爱给他讲的是爷爷刚到信用社工作时的事情。

"那时候条件真是艰苦，比不得你们现在。"安老爷子老拿这句话开始说事，就像他小时候爷爷总爱用"从前"或者"很早很早以前"开始给他讲故事一样，而且那故事是漫长的，总也没个完。安老爷子说："那时我刚转业就被分到了刚刚组建起来的皋州乡信用社。信用社就三个人，一个主任、一个信贷员、一个会计——就是我。赵有仁主任说我识字、有文化，让我当会计。我说，我只是认识些字，算盘不会打，账不会记，我咋当会计？他说，没关系，我给你找个师傅，岗前培训一个月，你要认真学。我摆出个苦瓜脸说，我真干不了。他板起脸严肃地说，这是革命任务，不允许讨价还价；再说了，你是从军队转业的，军人以服从命令为天职，这是命令。从此，我再没敢说过一个不字。

"我师傅是乡人民政府的大会计，叫张富贵，据说是从国民党军起义过来的，很有文化，那算盘打得哗啦啦响，看都看不清。第一天跟他学他就问我，你会算盘口诀吗？我说不会。然后他就给了我一张他抄写的口诀表，用命令的口气说，今天背熟它，明天我们开始打算盘。我一看傻眼了，这怎么记得住？他说，记不住就别当会计。

"我迫不得已，只好硬着头皮记。那一天一夜背口诀表我背得是刻骨铭心啊！我一下眼也没合，硬是记住了。第二天师傅考我，我一遍就通过了。那个兴奋啊，比杀十个敌人都痛快！可背过以后，我就开始昏昏欲睡，眼皮都抬不起来。师傅拿算盘砸我的背我都没了反应，把师傅也吓了一跳，问我，你这是咋的了？我只说了一句'我想睡'，就合上眼睡着了。

"睡着了我就做梦，梦见淮海战役时我们侦察班十一个人奉命去侦察敌人布防情况。在敌人眼皮子底下穿插，很容易暴露——暴露就意味着死亡。我们三天没合眼，愣没觉着累。我们把敌人的布防情况摸了个一清二楚，但我们也付出了惨痛的代价，我们十一个人，最后回到部队时就剩下三个人了——班长、我和小马。回来后我们三个连续睡了一个白天两个晚上。那是真累啊！我就纳闷了，背个口诀比完成侦查任务还要累吗？"

听到这里，安志武总会说："爷爷，我也累得要命，你还是让我睡吧！"安老爷子呢，总是疑惑地看着安志武问："听故事还累？你小时候可不这样，总是缠着我让我讲故事，讲得我想睡。"安志武就笑笑说："你讲吧，我逗你呢。"安老爷子就傻傻地天真地笑着说："我说呢，安志武最爱听我讲故事了。"

安志武每次回皋州都要听爷爷反复讲这故事，爷爷每次都要从头讲起，但第二天他就会忘了第一天讲过什么。有一天，安志武突然意识到：在他之后爷爷的故事还有谁会听呢？这样的故事以后还会有吗？安志武决定要把这些故事记下来，留给自己的孙子或者孙子的孙子听。于是他就拿起了笔，开始记录爷爷讲的故事。

四

安邦当上了县联社的主任，安家上上下下都高兴，但安邦却有点高兴不起来。原来他的新搭档，新派来的一把手、理事长是吴国栋。二人的过节还要追溯到三年前，那次市里安排进行信贷方面的交叉检查，安邦作为分管信贷的副主任被派带检查组到吴国栋任联社理事长的县去检查。这是上级每年都要安排的例行检查，每个检查组都是根据市里统一要求进行逐项检查，这属于规定动作。既然是检查就总是要检查出一些问题，哪些问题要上报，哪些问题留下整改，是需要检查组与被查联社沟通决定的。因为检查出的问题往往都不会是什么严重的问题，只要不涉及违法，检查组都会睁一眼闭一眼，留下问题让被查联社自己内部处理。安邦也是抱着例行公事的心理来检查的，并没想跟什么人过不去。

检查进场会开得很融洽，宾主发言无一不是一方面强调检查的重要性，一方面强调配合检查的必要性——虽是走走过场，但这个过场还必须走。接下来在具体定检查网点时，安邦却与联社发生了分歧。安邦定的点联社竟然坚决不同意，非让安邦换一个不可。安邦据理力争："按规定，检查网点由检查组随机定，这是市里的要求；再说了，这个网点贷款业务规模很大，属于必查网点，怎么能说换就换呢？"对于安邦的坚持，吴国栋理事长很不高兴，他说："规则是死的，人是活的。我们认为不合适就可以换——以前来的检查组都认可我们的安排，你们也需要尊重我们的意见。"安邦说："要换也得有个充足的理由吧？你们这样做让我不得不怀疑这个网点贷款有问题，你们这是在掩盖问题。"吴国栋理事长不屑地说："我的地盘我做主，这里我说了算。你要检查就要听我的安排，否则你什么也做不了。"

安邦心中的火直往上蹿，他冷哼了一声说："检查不检查由不得你，如果你不配合，我立刻会向市办反映。"吴理事长轻蔑地说："好啊！我就不让你查，你可以马上去反映。"说罢他起身离席，把检查组晾在了会议室。

安邦哪里受过这样的窝囊气，他马上给市办主任通了电话。市办主任听了情况后让他等一下，并答应由市办去做吴理事长的工作。等等就等等，安邦不信他吴国栋能耐再大，还能不听上级领导的。

但直到第二天安邦才接到市办的通知——要他尊重吴理事长的意见，换个网点检查。安邦以为自己听错了，让通知他的人重复了两遍他才最终确认。放下电话，安邦哭笑不得：真他妈怪事，怎么会发生这样的事情呢？

安邦气愤难耐，一夜辗转难眠。

第二天他召集检查组人员开会说，这里的水很深，所以我要求每一个人都打起精神来认真检查，检查内容要扩大，不要放过蛛丝马迹，发现情况要刨根问底，彻底查清。每天晚上每个人都要直接向我汇报当天检查出的问题，不得隐瞒不报，不得与被检查单位人员沟通，所有问题等全部检查结束后处理。

安邦与吴理事长的矛盾实际是检查与被检查的矛盾——不管什么检查，不管在什么地方检查，这种矛盾都会存在。但这种矛盾不会公开化，不会摆在明面上，毕竟互相总要留些面子的。可这次不一样，检查组失了势，而被检查单位却气焰嚣张，这就好比考生明目张胆作弊，而监考老师却被剥夺了监考的权力。检查组群情激愤、斗志昂扬。大家准备好了要打一场硬仗。大家纷纷对安邦表示，这次一定好好查，看看他们到底有没有问题。

按上级要求，检查需半个月时间，中间星期天可以休息。可大家主动提出中间不休息，安邦同意了。半个月后，检查组开会商量检查出的问题，一笔三亿资金的去向引起了检查组的重视。因为这笔资金正好是从安邦一开始定的那个检查网点汇出的，收款单位是当地一家煤炭企业。因被查联社不配合，检查就没法再深入。大家商量了一阵后，决定由安邦去省联社寻求帮助。

决定去省联社的前一夜，对安邦来说，这就是一个煎熬的夜晚，因为这一去肯定会牵扯多人，他不知道是对还是错。

第二天一早，安邦就带着昨夜赶出的一份汇报材料上路了。进了省联社的办公楼大门，他却不知道该去找哪位领导，正踌躇时，碰上了省联社吴副主任。作为县联社的副主任，他是很少有机会见省联社领导的，最多只是开大会时在会场下遥望主席台上领导的尊容。此时，吴副主任看看他，礼节性地点点头，脚下却没停。安邦紧赶几步跟了上去，他说："吴副主任，我是基层县联社的副主任，有个情况我想向您反映。"吴副主任停了下来，问他："事情紧要吗？"安邦点点头算是回答。吴副主任略一思考，说："我办公室在十楼，十分钟后你到我办公室找我。"

吴副主任的话令安邦紧张的心情放松下来。他想，吴副主任挺和蔼，架子不大，看来今天来对了。他一刻也不敢耽误，直接就上了十楼，到吴副主任的办公室门前候着。

不到十分钟，吴副主任就回来了，他冲等在办公室外的安邦笑笑，说："来，进去谈吧。"安邦跟了进去。宾主坐定后，安邦就把手中的材料双手递了过去，并开始口头汇报这次检查的情况。吴副主任听得很认真，边听还边浏览手中的材料，等安邦汇报完，吴副主任已经基本清楚了安邦所反映的问题。

吴副主任阴沉着脸，明显是被安邦反映的问题震惊了。他沉默了好一会儿，终于开口说："你反映的问题省联社会再派检查组核实。如果属实，省联社会依规处置。有了处置结果，省联社会第一时间通知你。你一定要相信领导，相信组织。"

出了吴副主任的办公室，安邦如释重负般长长出了一口气，他想：但愿自己做的是对的。

这之后不到一个月，安邦真的接到了省联社的电话通知。通知说，你反映的某县联社的问题经核查完全属实，省联社已经对相关责任人做出了处理决定，文件随后下发至县联社。

因为这件事，吴国栋受到了行政记过处分，其他责任人也得到了相应的处分。令人庆幸的是，由于处置及时，通过执行贷款人资产，那笔三亿元的贷款几乎没有损失。

这次县联社班子调整，吴国栋的处分期刚过，但还是受了影响——到乐县任理事长虽说是平调，但从大社到小社，一般来说算是降格了。

要说这样的任命其实再正常不过，但对于安邦来说，就像是吞了一只苍蝇般不自在。安邦从吴国栋一上任对自己的态度就感觉到了他的敌意。

再说吴国栋。三年前，安邦带的检查组一撤，省联社检查组就入驻，而且指定检查的网点就是安邦坚持要检查的那个网点，指定检查的贷款也是那一笔有明显问题的贷款。省联社检查组像是已经掌握了此笔贷款的情况，甚至连贷款的真实用途都了如指掌。对此吴国栋很是困惑，一是困惑省联社怎么能对此笔贷款如此了解；二是那次交叉检查已经通过上面做了安排，他也得到了关系人的肯定答复，说是一定不会检查到这个网点以及这笔贷款，可省联社怎么会突然再派检查组来，而且是指定检查这笔贷款呢？

吴国栋反复思考后认为：安邦给他下了绊子。后来有人告诉他，确有一个人到省联社告了他的黑状，他确信那个人一定是安邦，从此他就记下了这笔账。因为那事他背了个记过处分，这次人事调整他本来有希望上副处，就因为这个处分，他被平调，他心里很不是滋味。巧的是，安邦竟然成了他的副手，他心里暗自发狠：你告我？看我怎么整你！

从此，安邦似乎一下子回到了旧社会，成了受奴役受压迫的劳苦大众。只要是安邦干的工作，吴国栋总要鸡蛋里挑骨头，横挑鼻子竖挑眼地找各种不是，然后对安邦加以训斥。这些安邦都忍了，自己没干到尽善尽美，下次认真干，尽善尽美了看你还能说啥？可出乎安邦意料的是，吴国栋竟然变本加厉，三番五次地对他进行人身攻击。是可忍，孰不可忍。在一次党委会上，安邦终于忍无可忍，奋起反击了。自此，两人的矛盾彻底明朗。在此之前，吴国栋办的违反规定的事情，只要对单位和职工利益伤及不大，安邦均睁一眼闭一眼，心里想着，也得顾及班子团结。两人矛盾明朗化后，安邦不再有任何顾虑，放开手脚工作。一次，吴国栋想要突破制度规定为关系户办一笔业务，在上党委会讨论时，安邦就明确提出了反对意见，结果弄得大家不欢而散。还有一次，吴国栋想压缩网点费用开支，增加联社费用，被安邦直接否了。安邦的理由是，网点的费用均是用于业务拓展的，而联社仅是管理服务机构，从利于业务发展的角度出发，应该增加网点费用，而不是减少。安邦说得有理有据，吴国栋不得不让步。还有一件事，就是吴国栋未开党委会就私自提拔了一名群众基础和工作业绩都很差的员工，引起了基层员工的强烈不满。在党委会上，安邦没有给吴国栋任何面子，对这件暗箱操作的事情旗帜鲜明地提出了反对意见。由于被提拔的人各方面都不够格，又由于有安邦挑头反对，所以党委会成员都表达了与吴国栋相左的意见。

类似这样的事情屡屡发生，使得联社党委会很难像以前一样形成一致意见。为此吴国栋多次向市办打小报告，意思是安邦不配合他的工作，不顾全大局。市办领导也找过安邦谈话，安邦据理力争。市办又与吴国栋谈话，吴国栋也找了一大堆理由。这样公说公有理，婆说婆有理，一时两人的矛盾难以调停。

就这样两人磕磕碰碰共了两年事，赶上了开发区人事变动。原来的开发区联社理事长被提拔为副处，到市办任职了，而空缺的理事长一职就成了抢手货，大家都瞄着，大家都在想。

不想当将军的士兵不是好士兵，安邦也想那个位置，毕竟在吴国栋手下工作根本无法开展，但他也觉得自己资历尚浅，所以只是看着大家抢。吴国栋想：毕竟开发区联社是大社，几任开发区联社理事长都提了副处，谁占了这个职位意味着下一步谁就是副处人选；还有就是，这两年一直与安邦憋着气，有安邦盯着自己，两年等于白干了，啥好处也没捞着，这次要是能去开发区联社，离开安邦这个冤家，那可是两全其美的事。所以吴国栋决心要走，一定要坐上开发区联社理事长那个位置。

有了目标，吴国栋就开始四处活动，拉关系走后门，送钱送礼，无所不用其极。他还到处宣传自己，只说自己的好，至于曾经的处分他提都不提。

吴国栋活动的目标人选自然少不了省联社的吴副主任。对于联社副主任这样的大人物，吴国栋是必须要亲自上门的。在奉上自己的"一点心意"后，吴国栋还跟吴副主任套近乎说："五百年前咱们还是一家呢。"但吴副主任却没有给吴国栋留面子，更没留下吴国栋的"心意"，相反却开始留意吴国栋的一举一动。吴国栋的出现提醒了他，让他记起几年前由他亲手处理的那次举报，其主要责任人就叫吴国栋。为此他又查看了两年前人事调整的文件，确信这个吴国栋正是当年受到记过处分的那个吴国栋。他还从其他方面得知，吴国栋最近到处活动，是冲着开发区联社理事长那一职位的。

吴副主任阴沉着脸，手里拿着当时的文件在办公室来回踱步，脸上不时露出一丝冷笑。他走近办公桌，将那份文件重重地拍在桌面上，自言自语地说："跳梁小丑，真是痴心妄想！"

吴国栋上下找人，虽也有一两个油盐不进的，但他以为这影响不了大局，他已经在为自己的仕途做重新规划了：在开发区联社理事长的位子上干上两三年，就有了争取副处的资本，到时再活动活动，副处自然是手到擒来，正处也不会太难，副厅到时也可以争一争，这辈子"保处争厅"的目标就能顺利实现。大好的前程正在前方等着自己——这段时间他每天都是从梦中笑醒的。

令吴国栋没想到的是，千算万算他还是失算了。吴国栋很迷信，偷偷学过一点阴阳八卦。八月八日这天，他从梦中笑醒后，就为自己占了一卦，卦象反映今天万事顺利，所以他心情格外好，兴冲冲地进了办公室。办公室主任小李紧跟着也进来了。小李报告说："刚接到市办通知，要求各县'三长'上午十点到市办开会。"吴国栋问："开什么会？"小李答:"不知道,上面没说。"吴国栋大脑转了两转,突然意识到,莫不是要人员调整了?他吩咐小李说:"你马上通知安主任、田监事长现在就出发。"小李出去后,吴国栋就拿起电话拨通了他上面的关系人,他直入主题地问:"市办通知今天各县'三长'开会,是不是那件事已经定了?"他的关系人说:"前两天倒是有风声,说要定,可直到今天也没任何消息。到底定了没有,定了谁,现在还不太清楚。不过,你这次上下都打点到了,不会出什么问题的。"放下电话,吴国栋心里面感到一丝不安,但那不安稍纵即逝。

会议的内容果然不出吴国栋所料,但出乎他意料的是,开发区联社理事长人选不是他,而是安邦。他像是当头挨了一棒,蒙了。安邦!安邦!怎么可能呢?他凭什么?吴国栋满心愤怒,转眼间这种愤怒就转化成了刻骨的仇恨。他在内心怒吼:我要杀了你!

他怒气冲冲地回到县城,叫来自己培养了两年的亲信——半年内就由基层员工提拔为联社人事科科长的唐丽娜。这个有着一张狐媚脸、一段水蛇腰、丰乳肥臀、风姿绰约的女人一进办公室就对他投怀送抱。

"这火急火燎的,出啥子事了?"唐丽娜用勾人的眼神看着眼前这个独断专行的"土皇帝"。吴国栋这个时候已没了欣赏女人的心情,他将唐丽娜推开,用命令的口吻说:"去查一查,姓安那小子走了什么关系,竟然当上了开发区联社的理事长!我忙活了这么长时间,全白费了——真他妈是竹篮打水一场空。"他顿了顿又说,"我咽不下这口气,你得给我找出点他的事来,我非把这小子拉下来不可。"唐丽娜疑惑地说:"不会呀!姓安的我一直盯着呢,他最近几个月很安生,基本没外出过。除了在省联社他有个堂弟外,也没听说他再有什么关系了。他那个堂弟在省联社就是个跑堂的,不会起什么作用呀!不活动,这么重要的职位能轮到他?我不信。"

气头上的吴国栋没给唐丽娜留一点面子,怒吼道:"废物!你都盯了些

啥？别再啰唆，快去给我查。若找不出他的事来，我就把你废了。"

唐丽娜委屈得几乎要哭出来了，但她了解吴国栋的脾气，只得知趣地退了出来。

吴国栋和唐丽娜调查了好长时间也没调查出安邦走的是什么门路，倒是后来吴国栋在省联社的关系人提醒了他。那天，吴国栋去省城办事，顺便给他的关系人送去了一些县里的土特产，还约他出来一块吃了顿午饭。他的关系人胡新国在省联社虽说地位不是很高，但位置却很关键。省联社主要领导有什么动向或是在重大事情上有什么风吹草动，他都能第一时间获取。胡新国能言善辩又极懂钻营，而且在公文写作上确有一手，因此颇得领导赏识。他从一个借调人员到成为重要处室的处长，仅仅用了六年时间。

胡新国跟吴国栋是高中同学，所谓物以类聚人以群分，这两人共同的特点就是权力欲强，善钻营。在高中时，他们一个是班长，一个是副班长，明争暗斗又惺惺相惜。参加工作以后，两人互相利用、相互提携。胡新国仕途起步是沾了当时任某联社一把手的吴国栋父亲的光，因此在吴国栋需要他的时候，他就不遗余力地加以回报。上次安邦举报吴国栋，就是由胡新国从中周旋，最后才得以大事化小的。这次吴国栋参与开发区联社理事长职位之争，胡新国出谋划策，但结果却出乎他的意料。事后他反思多时，却一直没找到失败的原因，所以他很是郁闷。

兄弟俩一块吃饭，好酒是不能少的，这次吴国栋将自己在县里淘到的二十世纪八十年代的大曲酒带来跟兄弟分享。酒过三巡，菜过五味，兄弟俩的话匣子才彻底打开。他们的话题自然离不开这次失败。胡新国说："按说这次不该出问题，该送的都送了，该打招呼的地方也都打过了，这问题出在什么地方，我至今不明白。"吴国栋醉眼迷离地看着胡新国说："他妈的这世道，收了礼还不给办事！急了我就把他们全举报了。"胡新国吱溜一声又一盅酒下了肚，他盯着吴国栋问："你确定礼都送到了？"吴国栋手拿一盅酒停在半空，想了又想，突然重重地将酒盅墩在桌上，似是恍然大悟地说:"是姓吴的,吴副主任,他没收我的礼。"胡新国责备道:"你怎么没告诉我?"吴国栋蔫蔫地苦笑着说:"我还以为差一个两个没什么。""放屁!"胡新国气急败坏地将酒盅摔在了桌子上。

五

再说安国,自从进入省联社以来,他兢兢业业地工作,小心谨慎地做人。安国明白,省联社可是藏龙卧虎之地。跟他一块考进省联社的小孙,半年时间就成了副科科员,一年时间就成了正科科员,两年后就提了副处;而同时进来的自己,先进证书倒是拿了好几个,但至今才是个副科科员。虽然心里感觉不平衡,但他接受这样的现实。有些东西争是争不来的,他所能做的就是一步一个脚印地去做好工作,靠自己的能力和努力去打拼。

从小到大,父亲安志文每天都在为挣更多的钱,做更大的生意而四处奔波,安国似乎从来都没感受到过父爱。更为糟糕的是,在他人生的关键阶段,父亲残酷地剥夺了他享受母爱的权利。那是在他上高二时,父亲在外养小三被母亲发现,而且还捉奸在床。母亲一气之下向父亲提出离婚,而作为父亲的安志文根本没考虑儿子的感受,不但同意离婚,还强势地争得了安国的抚养权,从此母亲离开了安国。

安国恨父亲,恨父亲挣的那些钱,他认为就是那些钱使他没了母亲。

安国拼命读书,一方面是为了实现自己的理想,另一方面也是为了远离父亲。他想要做一个堂堂正正的、一个诚信善良的、一个有益于社会的人。当他博士后毕业,戴着博士帽照毕业照的时候,他哭了,哭得很伤心。他想，自己终于可以摆脱父亲的阴影，自食其力了。他承认在他读书的过程中，父亲给了他很多钱，让他能衣食无忧地完成学业。但当他离开学校有了自己的事业后，他便不肯再要父亲一分钱，他要用自己的双手耕耘出属于自己的一片天地。

参加工作以来，父亲不止一次地想宴请安国的领导、同事，但都被安国拒绝了。安国对父亲说："我不需要你的钱，我的将来我会自己去争取，用我的刻苦，用我的努力，而不是用那些卑鄙下流、见不得人的勾当。"安志文笑了，笑安国的幼稚，笑他的不谙世事。

安国很有骨气，即使是同父亲住在一个城市，即使他遇到再大的困难，他也没有去找过父亲。后来听叔父安志武说父亲回家乡当了村主任，还准备承包村里的煤矿，安国干脆连皋州都不想回了。

安国近来处了个对象，介绍人是女孩的父亲——省联社吴副主任。吴副主任的千金叫吴天，让人听了以为是无法无天的"无天"。由于这个原因，安国在刚听到名字时有点抵触，但驳不了吴主任的面子还是见了面。一见面安国对吴天的印象就颠了个个。安国在上大学时也恋爱过，但那段恋爱是不成熟的。从那次恋爱结束后，安国再没去尝试，因为安国只想谈以婚姻为目的的恋爱。为此他在等待，等待真正属于自己的缘分。安国相信缘分，特别是对于爱情和婚姻，他认为投缘是最重要的。

他与吴天第一次见面是约在一个咖啡馆，这是吴副主任定的时间和地点，他与她只有听命的分，典型的拉郎配。那天安国先到，安国认为作为男人这是必需的，所以他提前十分钟到了指定地点。他坐在指定的位置上边喝咖啡边透过咖啡馆的玻璃窗向对面张望。对面是一个大型服装商场，商场外墙立面的大幅广告抓人眼球，一些美女明星摆出很酷的姿态，让人浮想联翩。他想：吴天长什么样呢？会不会像对面广告上的明星一样呢？想了一会，他就不自觉地笑了，觉得自己是癞蛤蟆想吃天鹅肉。他就这样扭着头看一会想一会笑一会，竟忘了时间，以致吴天已经坐在了对面他都完全没注意到。

吴天盯着眼前这个又帅气又傻气的小伙子好一会才忍不住问："你是安国吗？"安国被这一问吓了一跳，这时他才注意到对面坐了人。他用右手无名指向上推了推眼镜，一个像是从对面广告牌上走下来的美女就清晰地展现在他的眼前。他一下子呆住了，心开始向上提，一直提到了嗓子眼。他怔怔地看着眼前的美女，完全忘了询问对方的身份。他不能相信，对面坐着的就是吴天。盯着人家姑娘看了一会儿，他才猛然感觉到自己的失礼。他慌乱地道了歉，有些结巴地道："是的……我是安国。你是？"安国仍不敢确定坐在对面的人就是吴天。吴天笑了，她就像一朵盛开的牡丹，灿烂无比。"我就是你等的人啊！"吴天有点调皮。得到这一回答后，安国感觉自己的脸烫得像烧红的炭。在这一刻，他感觉他想要恋爱了，他又有了心动的感觉。

安国与吴天见面后没过几天，吴副主任把安国叫到了他的办公室。让安国感到意外的是，吴副主任根本没提他和吴天的事，而是问他安邦的情况。安国想：安邦怎么了，吴副主任如此上心？

吴副主任与安国的谈话进行了一个小时，一个小时的时间问的全是安邦的事。只是在安国将要离开时，吴副主任才似不经意地问了一句："你对吴天的印象怎么样？"安国诚惶诚恐地回道："挺好的，就怕我配不上吴天。"吴副主任笑笑说："吴天对你印象也很好。"就这一句，再无下文。但安国却听出了下文——吴天没有排斥自己，且吴副主任一定也是支持他们俩谈对象的。

安国心里乐开了花，把吴副主任询问安邦的事抛到了九霄云外。直到得到安邦被提拔到开发区联社任理事长的消息后，安国才忆起这事——原来吴副主任想提拔安邦啊，我怎么没想到呢？

再说安国的父亲安志文在落实承包村办煤矿时也遇到了麻烦——一个县城的老板横插了一腿，但就这一腿差点让安志文摔个大马趴。这个老板可不一般，姓宋，叫宋英杰，自称是宋江的八十二世孙。宋江的后代，自然不一般，说不一般不是指他长得不一般，而是说他的"出身"不一般。他可以说是乐县第一个真正的黑老大。据说他如今的地位是靠他年轻时用命换来的。他在街头当小混混时，不时因为琐事与人干架，出手狠是他最大的特点，所以每次干架他都不会吃亏，但代价是隔三岔五进看守所。所幸他没犯过大事，但他的名声就这样传了出去。

成年后的宋英杰给一个煤老板当保镖，很是卖命，煤老板便让他当了集团二号人物。后来煤老板被杀，作为集团二号人物的宋英杰理所当然地坐上了第一把交椅。渐渐的，宋英杰对整个县的煤矿都有了指手画脚的权力。

这次安志文回家乡承包煤矿各方面都打了招呼，就是没有理宋英杰。宋英杰就不高兴了，想：这事我不点头你能办成？你看不上我，不理我，那咱们就比试比试能耐吧！结果是县里乡里村里都同意承包，但这合同就是签不下来。

这事一拖就拖了半年多时间，安老爷子九十一岁生日那天，安志文有些灰心——这么多年打拼挣下的钱几乎全耗尽了，但这签合同的日子始终定不下来，闹心！

这天安老爷子问他承包煤矿的事，他支支吾吾应付过去了，但心里愈感窝囊。

安老爷子的生日宴一结束，安国康就让安志文回家，父子俩谈了老半天，安志文发了一大堆牢骚。最后安国康解劝说："人在屋檐下，哪能不低头。钱已经花出去那么多了，该低头就低，吃亏是福，硬挺着只会吃更大的亏。"安志文丧气地说："我倒是想低头，但交完保证金，留下采买设备的钱后，我手里已经没有钱了。"安国康沉思良久说："把采买设备的钱花出去吧。等合同签下来，你去找一找信用社赵主任，看能不能贷款买设备。"

安志文听从了父亲的建议，果真打通了这最后一个环节，顺利地承包到了皋州村煤矿。在正式签订了合同后，安志文如释重负地长出了一口气。

安志文走在皋州熟悉的大街上，品咂着皋州清新的空气，思绪就有些飘忽。离开家乡近三十年，三十年来国家飞速发展，他也从一个农村小伙子悄然变成了中年人。本想着家乡除了亲人再没有可牵挂的了，没想到年近半百了又回乡创业，而且是倾尽前半生所有积累的创业，这次他真是孤注一掷了。

家乡的街道三十年来基本没什么变化，就连学大寨时街道两旁刷的那些标语依然横竖清晰，只是色泽由红变灰，失去了当初的精气神。二十世纪七十年代建起的大礼堂依然矗立在皋州最中心的位置，向人们展示着它的厚重与质朴。

太陈旧，太破败了！安志文感慨——改变这些的重任就在自己的肩上。

六

在安志文拿下煤矿承包合同后，作为父亲的安国康仍如坐针毡——儿子已经付出了那么多，一旦这煤矿经济效益上不去，到第二年交不上保证金，之前所有的付出都会打了水漂，那么儿子多年来洒在商场上的血汗都会付诸东流。他不愿看到这样的结果。

为确保安志文能从信用社贷到买机器设备的款项，安国康亲自去信用社找了赵主任。对于安国康的到访，赵主任感到很是意外。安国康是皋州乡信用社的老主任，但自从退休后就再没登过皋州乡信用社的门。

皋州乡信用社办公楼是二十世纪七十年代建起的二层小楼，小楼的楼板还是木板。由于隔音效果差，二楼有人稍微动作大点，一楼的人就没法工作。当初安国康的办公室在二楼，想叫下面的职工上楼开会或安排事情，敲敲楼板就行。有一年，一个职工晚上在二楼值班，正赶上停电，这个职工就点上了蜡烛，不想没吹灭蜡烛他就睡着了。一阵风从开着的窗户里吹进来，把蜡烛从桌子上吹到了地板上，地板被点着了。当浓烟把值班的职工呛醒时，地板已被烧了个大洞。亏得这个职工机灵，又用水浇又用被子捂，才避免了一场火灾。后来这个大洞成了楼上楼下运输东西的运输通道。在安国康当主任时，皋州乡信用社办公楼的大门还是木框加木板的，现在也换成了玻璃门，这使得办公楼里亮堂了很多。办公楼的外立面也装潢了，贴上了银灰色的铝塑板，有了些现代气息；甚至可以说，信用社的办公楼是皋州大街上最具现代气息的建筑了。

安国康背着双手，仔细地端详着如今的信用社，然后在脑子里与以前的信用社做着比较——那里没变，这儿变了，这儿也变了——当初的印象几乎全都成了印象，变化的地方太多了。

赵主任的办公室还在原来的主任办公室，只不过装饰一新，安国康记忆中的东西全没有了。安国康坐在皮沙发里，左看右看，似乎到了一个完全陌生的地方。

赵主任微笑着问："您看着是不是变了？"安国康点点头："变了，变得有些不认识了。"赵主任说："难得老领导来一次。我知道您无事不登门，有什么事，您尽管说。"安国康说："也没什么，只是路过，进来问一问安志文贷款的事。"赵主任说："这事信用社同意了，不过还得县联社审批。我已经给县联社打了报告，过几天县联社就会派人下来调查。"安国康说:"安志文搞这么大,我一开始也反对,但开弓没有回头箭。他已经把他所有的积蓄都拿出来了,没有信用社的帮助,他很难过这一关。但只要设备到位,还贷款他还是有把握的。我在信用社干了一辈子,我虽然想帮我儿子,但我绝对不会蒙骗信用社,让信用社吃亏,这一点请你放心。"

赵主任说:"这些话用不着您说,我心里清楚。安志文回村这些时间各方面关系都处得很融洽。安志文做生意这么多年,是块做生意的料,所以不用您出马,这贷款我会尽全力。一方面是帮安志文尽快盈利,另一方面也是为了信用社增收。这是双赢的好事,我一定办好。"

皋州乡信用社是安国康工作的起点和终点。安国康一直生活在皋州,他的事业最高峰是当皋州乡信用社主任的时候,但那时也是他人生最曲折的阶段。二十世纪七十年代初,五十多岁的父亲被打成右派,开除党籍开除公职,而他这个在父亲悉心培养下成长起来的皋州乡信用社主任也受到牵连,夫妻两个均被下放到大队参加劳动。不仅如此,皋州乡信用社也被贫下中农夺了权,由生产大队管理,实际却成了"无娘的娃"。大家都管,大家又都不管,只要权力不尽义务,那段时间信用社实际处在停顿状态。

安国康的妻子赵婧就是皋州乡信用社建社时的主任赵有仁的闺女。当年赵有仁得急病死在了工作岗位上,赵有仁的妻女全靠安老爷子接济过活。安国康参加工作一年后,赵婧初中毕业,也在信用社参加了工作。在赵婧母亲的撮合下,赵婧与安国康结成了夫妻,从此夫唱妇随。那时候没有亲属回避这一说,虽说是安国康当主任,赵婧当会计,但信用社的账务丁是丁卯是卯,一分钱没差过。当时安老爷子早已接替了师傅张富贵成了人民公社的大会计。要当人民公社的大会计,那是需要硬功夫的。安老爷子在信用社工作近二十年,多次拿过晋中地区珠算大赛第一名,是全地区有名的打算盘快手。安老爷子做事认真,不管什么账簿都记得清清楚楚,全县会计"赛账"他同样拿过第一名。农业学大寨时他还受到过国家领导人的亲切接见。那个时候也是安老爷子人生最辉煌的时期。

安国康虽然生在农村长在农村，但真正参加劳动的时间却很少。他读书一直读到初中二年级，当时正赶上父亲安平转到人民公社当大会计，出于对人才的重视，人民公社的领导答应安排安平的一个子女接他的班，但要求必须得是初中毕业。老大安国泰早几年就在信用社参加了工作，后被调到县联社，接班这事自然轮到安国康了。可安国康初中还没读完，咋办？这么好的机会丢了实在可惜，谁不想成为公家人呢？安平为此苦恼了好长时间。最后还是人民公社的领导点拨了他。领导说：不就一个初中毕业吗？你去中学找个熟人开个证明不就行了。安平是个原则性很强的人，当然知道这样做不合适，但在原则和亲情的抉择中，安平最终选择了亲情。为了儿子，他背起了这份心债，一背就是一辈子，直到他咽下最后一口气时还念念不忘。

有了证明，安国康顺利地接了父亲的班，成了信用社的一名员工。

赵婧与安国康同岁，她一毕业，安平就为她工作的事多次与人民公社领导交涉。他对领导说："老赵当年是死在了工作岗位上的，他的女儿如今初中毕业了，组织上应该考虑一下她的工作问题，能照顾就照顾照顾。中国人讲究子承父业，就让她到信用社工作，好不好？"

公社的领导与安平私交很好，所以安平说得很直接，公社领导指着安平说："在赵婧没毕业前，你就说过无数次了。安国康工作的事也没见你如此用心。这件事我如果不办，还不被你烦死？"安平歉意地一笑说："当初我欠了老赵的情，这段时间老赵天天在梦里催我办事，你不被我烦死，我就被老赵烦死了，所以你还是尽快想办法给办了吧。这样你不烦了，我也不烦了。"公社领导说："老赵的情况我们都了解，他参加信用社工作前还是人民公社的干部呢。其实不用你要求，这事我们考虑着哪，一有机会就安排。"

领导说话算话，不久后就安排了。安平一块石头落了地，他心里想：安排了赵婧也算对老朋友老领导有个交待吧。

实际上，当初安平与赵有仁主任之间有恩也有怨。刚建社时，赵有仁、安平和李拴狗他们仨同心同德，虽没有桃园三结义，但比亲兄弟还要亲。他们发誓要把这信用社尽快建起来。在没有办公场所，没有启动经费，没有专业人才等诸多困难面前，他们没有退缩，而是迎难而上。他们自己动手在人民公社批给的空地上一砖一瓦建起了办公室；没有办公用品，就从自己家里搬；自己家里还没有的，就从村里退下来的办公用品里拣，然后自己动手修。当时赵有仁主任开玩笑说："我们这是另起炉灶——柴米油盐酱醋茶这开门七件事样样得落实。"安平当时也调侃说："我们这是闹革命——没有枪没有炮我们自己造。"赵主任说："现在我们有了枪有了炮，该闹革命了。"李拴狗小名狗旦，狗旦说："是该干点正事了！"安平不高兴，原来我们之前干的都不是正事呀？

炉灶支起来了，就等米下锅了。在赵主任的带领下，他们仨不分白天黑夜地跑，一个村一个村地跑，一户人家一户人家地动员，讲政策讲道理，讲信用社的好处，还讲信用社那未知的发展前景，目的就是动员大家入股信用社，成为信用社的社员，以实现将来的互助合作。

要改变农民几千年来的传统观念真太难了！要让农民相信这新生的事物，接受这新生的事物真是太难了！要让农民从牙缝里抠出口粮来入股真是太难了！他们仨跑了一个月，每个人都磨掉了三双鞋底，但收获却寥寥无几。

想到自己的付出，他们不仅是想哭，想死的心都有了。还是赵主任革命意志坚定，他说："这点困难算什么？能比我们党建党初期打游击困难大吗？能比八路军打鬼子困难大吗？能比解放军打老蒋困难大吗？能比抗美援朝打美帝国主义困难大吗？这每一次我们都胜利了。如今这点困难就能吓倒我们？明天我们接着跑，跑过的户再重跑一遍，我就不信互助合作帮农民解决困难的好事会没人响应、没人支持。"

在走访的过程中，他们渐渐理解了农民的心理。长期以来，农民的观念就是有多少钱办多少事，手里没钱就不办事。借钱办事只有在万不得已的情况下才能那么干——基于这种思想，这合作社似乎就没有了存在的意义。还有一点就是，有钱的人不需要互助合作，没钱的人想互助合作却没钱——即使有点钱家里还等米下锅呢，哪有多余的钱入股呢！

赵主任说："没人入股的原因还是农民觉得合作社没用，如果让他们看到互助合作的好处，自然就有人入股了。"

时值春种季节，赵主任决定让信用社的三名员工先入股。他说："要别人入股自己先入。"赵主任是公家人，他妻子不是公家人，家里只有一九五一年土改时分得的三亩地，他的工资又不高，日子也过得紧巴巴的。赵主任说："我把家里的三亩地卖了，卖的钱全入股。"他看看安平，说，"安平，你是党员，又是转业军人，你也表个态。"安平想：家里就一亩地，每月的工资也买不了多少粮食。安国泰正是长身体能吃饭的时候，老也吃不饱。安国康还小，但也饿不得。妻子九儿不仅要照顾两个孩子，还得上地劳动，辛苦不说，还不敢吃饱，总想给儿子留点。现在把地卖了以后咋办？这地绝对不能卖。那家里有什么值钱的东西呢？安平想破头都没想出来。安平苦着脸说："我天天不着家，家里有啥真还不知道，要不我回去问问九儿，看有什么值钱的东西可以卖，反正我保证入股就是了。"赵主任点点头，又转向狗旦。狗旦年龄最小，又不是共产党员，赵主任不好要求什么，只好由他自愿了。狗旦说："我家地多，农具也多，我就把家里的农具拿出来入股吧。如果哪一户有需要，我们就把农具借出去，也算互助合作不是？"赵主任满意地点点头。

当晚安平回家后就急着问九儿："我们家有没有值钱的东西？"九儿

诧异地看着安平问："你平白无故地问这干吗？"安平就把信用社入股的事详详细细地说了出来，又说："我是党员，又是转业军人，狗旦一个普通群众都入了股，我不入真说不过去。"九儿为难地盯着安平，想哭的心都有了，但她也理解丈夫。两人从相遇到结婚生子，风雨同舟多少年了，一直相敬如宾，从来没有打过架斗过嘴。丈夫是老实人，什么事都让着自己，这遇到困难了，作为妻子总该帮丈夫一把。可家里这么困难，该拿什么入股呢？

安平看着九儿为难的样子，心先就软了。作为男人拿这样的事回家为难女人，还算个男人吗？他对九儿说："算了。要不我把院子里的梨树砍了，换几个钱入股。"九儿说："那树长了二十年了，正是结果的时候，怎么能说砍就砍了呢？去年树上结的果还有，先拿去换钱。我父母走的时候给我留了一双银镯子，你拿去换钱入股吧。"说着九儿的两眼就存了泪，怕丈夫看见，急忙转过身子偷偷地擦掉了。

三个人一入股，信用社就建了账，赵主任就开始寻思互助合作的对象。皋州村最困难的要数光棍刘老汉，土改时分了一亩地，没农具没牲畜，打的粮食不够一年吃，别说那种子钱了，这个时候他都快断粮了，该是他向人借高利贷的时候了。赵主任说："我们先把刘老汉互助合作了，让其他人都看看互助合作的好处。"

赵主任和安平找到刘老汉说："你不用再向个人借高利贷了，今年的种子钱我们信用社借给你，利息按高利贷的五分之一算，农具我们信用社也借给你免费使用。如果需要劳力，我们也可以帮你。"刘老汉惊讶地张大了嘴，他心里想：这是天上掉下馅饼了？这好事咋会轮到我？他问赵主任："你说的是真的？"赵主任严肃地说："当然是真的！不只是你，只要是遇到困难的群众，我们信用社都会帮。"

每年都放高利贷给刘老汉的秦善人纳闷了："今年这是怎么啦，刘老汉咋不来借粮借钱啦？不借粮借钱他能挺过去？"人们称他为"秦善人"，实际是正话反说。秦善人不劳动，尽指望着放高利贷、租地挣钱。

秦善人没等到刘老汉来借钱，在该下种的时候，却见刘老汉按时下了种，上地用的犁耙、牲畜使得还方便。秦善人心里就窝了火：在皋州村谁还能像我一样富足，还有余钱放高利贷？一查就查到了信用社。他来了气：信用社什么东西，三个穷鬼凑一块就成了信用社？他们凭什么跟我抢买卖？想跟我争，看我不整死你们。

秦善人真不是个善人，他向其他借他高利贷的农户宣布：今年我的利息降为以前的十分之一，你们如果在信用社借了款，以后就永远别想在我这里借到钱粮。本来有一些困难户见信用社帮刘老汉解决了好多问题，打算着有困难就去找信用社的，但秦善人一招就把这些人依靠信用社的念头给打消了。结果直到秋收，除刘老汉外再没有人到信用社寻求帮助。

出师不利。安平给赵主任出主意说："我们得依靠村干部。让村干部出面打压一下秦善人，让他别跟我们信用社唱对台戏；再让村干部做秦善人的工作，让他把多余的钱粮存到我们信用社，我们也付他同样的利息，这样他也吃不了多少亏。"赵主任一听，说："真有你的，就这么办。"

信用社是国家提倡办的，政府部门理所当然必须支持。赵主任跟村长一说，村长就向赵主任打了保票，说："以前群众没有地方借钱粮应急，这秦善人虽说收的利高一点，但也算是救了群众的急，村里也就睁一眼闭一眼，默认了他的行为。如今有了信用社，他再那么搞就不像话了；现在他竟然还敢跟信用社唱对台戏，真是反了他啦。我去跟他说，他答应信用社的条件算他聪明；如果不答应，就放高利贷这一条，看我怎么收拾他。"赵主任高兴极了："还是村长政治水平高，这帽子扣得合适。有村里乡里的支持，我们信用社不仅会办成，还要办好。农民借款难的问题我们一定解决好，我们的目的就是让群众得到实实在在的好处。"村长把手一挥说:"赵主任,你回去等我的好消息吧!"

秦善人的问题最终得到了妥善解决,但解决的过程并没有村长说得那么容易。村长找秦善人谈话,直奔主题,说:"现在有信用社,你以后不准再借给群众钱粮了。你要知道,这信用社是国家主张办的,是国家的政策。你跟信用社唱对台戏就等同于跟国家跟政府唱对台戏,你要考虑清楚。"秦善人也是有一套的。他诡辩道:"不是我非要外借钱粮,你说乡里乡亲的哭着求我,我能忍心拒绝?再说了,我比信用社收的利都低,你能说我是在跟政府作对,是在剥削人民群众吗?"村长生气地说:"老秦,你别说这混理,以后如果有人反映你向外借钱粮,我就按放高利贷办你,你考虑清楚了。再说了,你想挣利息可以把钱存到信用社,你又不吃亏。"

秦善人是有经历的人,村长的话对他触动很大,财大气粗、强硬霸道的秦善人这一次服软了,不仅不再跟信用社唱对台戏,还主动当起了信用社的宣传员。一段时间后,他还主动找到赵主任申请入股信用社,成了信用社的社员。

秦善人这一"拦路虎"一除,局面就一片大好了。赵主任趁势下了第二次"全面走访,动员入股"的命令。

接下来他们重拾信心,又跑了一个月,又掉了三双鞋底,总算有了点成绩,争取到一百一十一户入股。

股是入了,但大家入股的方式五花八门。赵主任他们清楚,让群众都拿现金入股是不现实的,所以他们就打开思路、放宽条件,规定只要是能换钱的东西都可以入股。于是一个有趣的现象产生了:东家拿几斤鸡蛋,西家拿几斤玉米,这家拿几只鸡,那家拿几只羊,破铜烂铁、旧家具旧衣服,拿什么入股的都有。一时间,信用社院子里五谷丰登、六畜兴旺、鸡鸣狗叫,完全不像个办公场所。

赵主任发话,把这些个活物养肥了再去供销社兑现——这些都是老百

姓活命的口粮，能多兑一分是一分。

说这话时，赵主任是满心欢喜的，但安平却怎么也高兴不起来。他几乎是哭着对赵主任说："皋州全乡有两千多户人家，我们花了两个月连十分之一人家的工作都没做通，以后这工作可咋做啊？"赵主任又一次摆出了坚定的革命信念，说："抗日战争十四年，解放战争三年，这才两个月你就灰心丧气，革命能成功吗？贵在坚持，懂吗？"

于是大家再一户户地跑。安平发牢骚："我们这是为群众办好事，将来信用社办成了，大家有了钱放到信用社能得利息，有了困难可以向信用社借钱，这么好的事为啥大家都不支持呢？我们倒像是要饭的，东家进西家出，要饭的大家还可怜他给他碗饭吃，我们呢？我看趁早散伙得了。"赵主任脸色阴沉地说："你这同志说的啥话？办信用社是党交给我们的任务，你当过兵，打仗有胜有败，这工作也会有曲折。有了困难就退缩，能打胜仗吗？亏你还是党员，以后不能再有这种思想了。"安平不服气地回敬说："我打仗时从没怕过，勇往直前，我可是从死人堆里爬出来的。上阵杀敌，即使死了也死得痛快，哪像现在这么窝囊，能把人气死。"赵主任生气地说："气能咋的？再气也得赔着笑脸去说服大家，我们这是做群众工作，不是上阵杀敌，不能带着情绪工作。"安平说不过赵主任，只好跟着赵主任继续下村做工作。

所谓功夫不负有心人，在他们仨坚持不懈地劝说下，再加上政府的宣传，老百姓开始逐渐认可信用社这一新生事物。家底厚实的想：家有千贯还有一时不便，万一有不便的时候呢？家底薄的想：青黄不接的时候要依靠信用社救命，有了信用社就不怕秦善人，再不用从个人手里借高利贷了。人就是这样，思想一转变，干事就积极。入股的人多了，其他没入股的人都跟风抢着入股，生怕不让入股了。

半年时间，他们仨终于看到了成绩，全乡两千多户人家，入股的占比百分之九十五以上。没入的基本上是那些穷得叮当响，吃了上顿没下顿，平时生活还得依靠政府救济的困难户。

这时赵主任提出："全乡两千多户，一户都不能落下，必须想办法让困难户全部入股，全部成为信用社的社员。"安平向赵主任泼冷水："想得不错，但太理想化了。那些困难户吃饭问题都解决不了，拿什么入股？"赵主任说："这个问题我考虑了很长时间，办法是有，但需要请示乡里。"安平用怀疑的眼神看着赵主任问："真有办法？"赵主任肯定地点点头说："我们不是要在各村设代办站吗？我们让这些困难户做我们的代办员，入股的钱就从将来付他们的劳务费中扣。"安平兴奋地瞪着眼睛说："我服了！还是你有办法。"

赵主任将聘用代办员的事向乡领导汇报了，乡领导也在发愁剩下的户该咋办——因为上面要求农户百分之百入股。现在赵主任他们想出了办法，没有理由不同意，乡领导当即就拍了板。

在整个乐县，皋州乡是第一个百分之百完成农户入股信用社工作的，皋州乡信用社和皋州乡也因此受到了县里的通报表彰，县里还组织其他乡的信用社工作人员到皋州学习经验。

在经验交流大会上，赵主任代表皋州乡信用社热情洋溢地作了题为《大干一百天，完成入股攻坚战》的经验交流报告。这报告是安平起草的。安平当兵的时候就写过类似的报告——每次在取得重大胜利后，上级都要求总结经验，并写出书面报告。安平虽说识字不多，但相对于那些连自己名字都不识的大老粗来说，他就算是知识分子了，所以当时连里写这样的报告都是由他执笔。写得多了他就有了经验，能抓住重点，条理清晰。对这次的报告，赵主任以及乡里的领导都非常满意，赵主任还对安平说："想不到你小子还是个秀才呢！"

县里领导听了赵主任的报告后，频频点头，对皋州乡信用社的工作给予了充分的认可。会后，县领导接见了信用社的三名员工，还特地问这报告是谁写的。赵主任把安平推到县领导的面前说："是我们的会计安平写的。"县领导表扬安平说："你小子是块料。"他又转身对赵主任说，"县里面也需要这样的人才，能不能把他让给县里？"赵主任没想到县里领导能提出这样的要求，一时愣住了。愣怔了一会后他才回答说："我们皋州乡信用社刚刚成立，安平现在是社里的顶梁柱，领导这是釜底抽薪——要我的好看呢。"县领导用目光征询安平的意见，安平慌乱地说："我想在信用社工作。"县领导无可奈何地叹息道："不能为我所用，可惜了！"然后又看着乡领导说，"这样的人才要好好培养，别浪费了。"乡领导认真地回答道："一定会，一定会！"正是县领导的赏识为将来安平回乡里当总会计作了铺垫。

安平入职信用社半年，前三个月跑路跑断腿，后三个月马不停蹄办入股手续，忙得没日没夜的。全社三名职工很久都没睡过一个囫囵觉，真就把信用社办了起来，虽然累点，但他们心里面是高兴的，高兴得梦里都在笑。

万事开头难。工作理顺了，步入正轨了，安平终于也可以在家里睡上一个踏实觉了。他吩咐妻子九儿说："别叫醒我，今天我要睡到自然醒。"九儿说："看把你美的，比当初娶我还美。"

安平躺在炕上，浑身舒坦，心里面真像是娶新媳妇时一样美。

说到娶媳妇，那可是安平一生中最幸福的事情。要他说自己这一生最大的收获是什么，无论什么时候他都会说："最大的收获就是娶了九儿。"

解放前，九儿是皋州最大的地主万言堂的使唤丫头，也是他的远房亲戚。九儿在地主家做过事，也算见过大世面的人。想要娶九儿，对于打长工出身的安平来说，真就是痴心妄想。

九儿也姓万，说起来还是万言堂的远房亲戚。她九岁时就进了万言堂的府里当使唤丫头，当时还没有正式的名字。进府前，父母叫她九九，因为她是九月初九生的；进府后，万老爷说以后就叫你九儿吧。九儿这名就是这么来的，听起来比九九要好多了。

要说九儿也是苦命的人，她进府后她父母逃荒外出再无音讯，据说死在了逃荒的路上。九儿认命，她一度以为是因为自己做了万府的丫头才保住了命，自己没死是因为遇到了万老爷这样的贵人，所以她为万老爷做牛做马都是应该的。直到解放后她还这样认为。所以虽然那时万家人早已如林中鸟各飞各的，但九儿觉得这救命之恩不能忘；因此每年清明九儿都要为万老爷家上坟，她是把万老爷当先辈亲人了。作为受压迫的人们本来是同情做丫头的九儿的，但九儿"认贼作父"的做法把她的名声搞坏了。有人怀疑她是万言堂的小老婆，甚至有人说她是国民党的间谍。总之，什么难听的话都有。本来很清纯很本分的小姑娘被涂抹成了奸诈、狡猾、丑陋、龌龊的反革命、大间谍，成了整个皋州人都不敢沾惹的刺球。可安平不怕，实际上在第一次与九儿见面时安平就喜欢上了九儿。那个时候，安平是万家的长工二代，而九儿是万家的丫头，从身份上来说二人应该算是平等的；但九儿是万老爷的远房亲戚，身份就高了半截。九儿平时虽然穿得普通，但即使再普通的衣裳一旦穿到九儿身上就能显出女儿家特有的娇艳。九儿有一张圆圆的脸，脸上一双大大的眼睛，再配上那红艳艳的樱桃小嘴，令少年时的安平越看越喜欢。九儿在那时就成了安平心中的天使、梦中的情人。

安平虽然心向往之，但直到他离开皋州参加革命也没敢跟九儿说过他的心事。从离开皋州参加革命到皋州解放，安平只回过 次家；但就在那次，他和九儿结了缘分，定了终身。

那次回家是因为安平听说父亲因交不上万言堂的租，被万老爷逼迫得上吊自尽了。那是一九四四年的冬天，皋州下过两场大雪后，已分不清哪里是山，哪里是地，哪里是村子。

安平是踏着厚厚的雪回来的。听闻父亲的死讯，安平不信，急匆匆就往家里赶，走了整整一天，夜幕降临时他才赶到皋州。

安平不敢回家，想来想去就想去找九儿问问情况。他在万府待了近十年，对万府的布局一清二楚。他趁着夜色偷偷摸进了万府，找到九儿住的偏房。冬天天黑得早，村里的人也睡得早，这时候的九儿已经躺在了炕上，正听着外面的寒风呼啸。

安平轻轻地一下一下地敲着九儿的门。九儿被这突如其来的声音吓住了。这黑天寒夜的，不会是来了强盗吧？九儿正害怕，就听见安平压低的声音："九儿，九儿。"是安平，九儿一个激灵，匆匆地穿上了衣裳，下地开了门。一阵寒风裹着雪花就冲进了屋内，把九儿吹得一个哆嗦。安平进了屋，九儿赶忙关上了门，把冷风关在了屋外。屋里没有灯，屋外的雪映亮了窗户，九儿看清了安平的脸。九儿问："你这是刚回来？回家没有？"安平说："我还没回家，我想问你……"九儿说："你爹的事，你知道了？"安平的泪流了下来："是真的吗？"然后就是长时间的沉默，安平的胸部起伏着，滚烫的泪水沿着冰冷的脸颊向下流。九儿说："你爹交不起今年的地租，一直拖着，万老爷让人催了两次，你爹想不开，大前天在家上了吊，前天才有人发现。万老爷还算有良心，派人把你爹的尸体用新苇席卷了，又让乔半仙测了日子，明天就要发送了。现在你爹的尸体就停在你家里。"

安平哽咽着说："他把我爹逼死了，你还说他有良心？这仇我记下了，迟早有一天我会报。"九儿说："人已经没了，别尽想着报仇——这仇也报不了啊！"安平抽抽搭搭地哭，九儿在旁安慰着他。安平从没有如此近距离地接触过女人，况且又是自己喜欢的女人，当九儿伸手帮他擦眼泪时，安平猛地将九儿揽在了怀里。时间似乎在此刻停止了，安平紧紧地抱着九儿，而九儿一时也茫然无措了，可她没有挣扎，只是定定地盯着近在咫尺的安平的脸。盯着盯着,她眼里就有了泪水。安平抱了九儿很长时间,直到九儿轻声说了句"你抱痛我了"他才放开。九儿没有责备安平,只是淡淡地说:"你回去看看你爹吧,明天他就要下葬了。"安平深深地低下了头,他对九儿说:"对不起!我不该……"安平的话还没说完,九儿就用手捂住了他的嘴,不让他再说下去。安平把九儿软软的滑滑的手放在自己那双粗糙的大手里,双眼盯着九儿那双美丽、清澈的大眼睛,那一刻他们彼此读懂了对方的心思,爱情就这样种在了两个人的心里。

屋外的风依然在呼啸着,雪打着窗棂,发出啪啪的声响;屋内,安平静静地抱着九儿,享受着九儿带给他的温存。他想要时间在这一刻停止,这样他就能永远地拥有这份温存,永远地拥有这份幸福的感觉。

一阵狂风袭来,屋门发出令人惊悸的颤抖声,九儿用手轻轻地推推安平说:"你该去了。"安平又一次紧紧地抱住了九儿,生怕九儿逃走似的,他轻声说:"让我再抱会儿,我怕一松开以后就再没机会了。"九儿说:"你快去吧,我……我永远等着你……"

屋外的风狂吼着,发出可怕的撕裂皮帛的声音。九儿拉开门,安平闪身出门,急匆匆消失在雪夜里。直到完全看不到安平的身影了,九儿才关上门。这一夜,九儿再没感觉到寒冷,她确信这世上有一颗火热的心为她而跳动。从此后,安平成了她这一生最大的牵挂。

七

一九四五年春天,在安平与九儿分别三个月后,皋州解放,安平奉命回到皋州做地方工作。他回到皋州的第一件事就是向人打听九儿的去向。

解放前夕，万府里上上下下人心惶惶，大家都在为出逃做准备。九儿也没闲着，帮了大太太帮二太太，帮了少奶奶帮小姐，所有的金银细软都一一打了包，就等万老爷一声令下。让九儿担心的是，万老爷和太太们会带着她一起走。如果那样的话，她与安平可能就再无相逢之日了。她希望自己能留下来，这样她与安平就能重逢——这仗一打完，天下一太平了，安平就能回来与她团聚，与她结婚生子，他们就能安安生生地过自己的日子。但让她没想到的是，万老爷临行前把她叫去对她说："共产党很快就要进皋州了。前几日我大儿子捎话说，国民党部队最多只能坚持十天了，他要我们十天之内必须离开皋州。你进万府十年了，说起来我们还沾亲带故，我自认对你不薄。你乖巧伶俐，太太们也喜欢你。你来万府虽说是个丫头，但地位却在丫头之上。我们这一走不知什么时候才能回来，这偌大的家产只能托付给你了。如果我或是两位少爷还能回来的话，我万家不会亏待了你；如果我们回不来，这家产就是你的了，由你处置……"

在听到万老爷对她的安排后，九儿心花怒放，没等万老爷把话说完，九儿就"咚咚咚"地给万老爷磕了三个响头，说："九儿的命是老爷给的，现在老爷要我守住这偌大的家产，虽说我一个女子力不从心，但我会尽我最大的努力，保证万家的家产将来完完整整物归原主。你们放心走吧，我在皋州等着老爷、少爷、太太和小姐们。"就这样，万老爷带着万家上上下下四十多口全部南迁避难，后来听说他们又辗转去了台湾。

安平找见九儿时，九儿只身一人住在她家的老屋里。那时九儿正在屋子里纳鞋垫，听见有人进了院子就问："谁啊？"安平没吭声，直接就进了屋，冲上去就抱起了九儿。九儿一时回不过神来，惊慌过后只是怔怔地盯着安平看。安平把嘴凑过来，将九儿的舌头吸到自己的口里。九儿害羞地闭上了眼睛……

那一夜他们摒弃了一切世俗，打破了所有禁锢。

第二天，他们去人民政府领结婚证时却被告知，他们不能结婚。

安平立时就急眼了，他质问政府工作人员："你给我解释清楚，我们为什么不能结婚？"政府工作人员说："万九儿正在接受政府的考察。她到底是什么人，政府还不知道，等查清楚了，自然会给你们一个说法的。"

万言堂一家走后，九儿就担负起万家家产的管理职责，万家所有的地也由九儿负责管理、处置。人民政府入驻皋州后，政府工作人员曾动员九儿将万家的房产和地产捐出来，分给穷人居住和耕种，但九儿说地可以种，但这家产不能动。她说："这些都是万家的私产，地可以让农户先种着，可这房子以及房子里的东西是不能动的，否则我以后怎么向万老爷交待？"为此政府工作人员多次上门劝导，但一直无果。于是九儿就被扣上了"封建专制守护者"的帽子，还要对她开展进一步的调查。

工作人员说："政府怀疑九儿是万家和国民党留在皋州的特务。"安平听到这话后十分气愤，他太了解九儿了，他知道九儿仅仅是在尽一个看家护院者的责任。

领不到结婚证，安平就劝九儿："人民政府已经成立，万家是不可能回来了，你就把万家的房产捐给政府吧。"九儿把头一扭，说："万家对我不薄，我不能丧了良心，我不能那样做。"九儿像一头犟驴，又朴素得让人钦佩。安平叹息一声，不再难为九儿。

不久后皋州又传言，九儿是万言堂的姨太太，肚里还怀过万言堂的子嗣，万言堂留下九儿就是要她在国民党反攻时做内应。

九儿在皋州的名声越来越坏，甚至有人建议政府把九儿抓起来进行审判，说九儿是国民党安在人民中的一颗定时炸弹——国民党随时都可能引爆这颗炸弹，到时人民政府的损失将无可估量。

人言可畏，受这些不良言论的影响，九儿在皋州成了一个十恶不赦的大奸大恶，人们谈起九儿来就嗤之以鼻。但无论人们怎么作践、贬低九儿，安平始终坚信九儿是无辜的。他对九儿说："他们不信你，我信你，以后我保护你。"九儿看着安平，她知道她选对了人。

政府不给开结婚证，安平搬上铺盖就去了九儿的住处，公开跟九儿住在了一起。九儿劝安平说："你是党的干部，这样子影响不好，我们还是分开吧，免得将来连累了你。"安平愤愤地说："扯淡！我娶定了你，就是将来下地狱我也愿意。"

安平和九儿同居了。这消息一下子就在皋州炸开了锅。老革命和大特务搞到了一起，那可是大新闻。

可安平和九儿不仅住在了一起，还定了日子，通知了所有的亲朋好友，说要正式举行婚礼。

很快，安平的领导找到了安平："你这同志太不像话了！招摇过市，生怕人不知道似的！你这不是往人民政府脸上抹黑吗？"安平反驳说："我喜欢九儿，我俩青梅竹马，我不知道她是什么人吗？我不管别人怎么看。我这是娶媳妇，人生大事，搞得热闹些有错吗？"领导恼着个脸说："不行！我说不行就不行。你谁都能娶，就是不能娶她。你还年轻，又是战场上立功回来的，前途一片光明，不能因为女人坏了名声。"安平气不打一处来："这是我的私事。公事我听你的，私事我做主。我娶定她了。"

领导问他："你不要前途了？不要脸了？"安平愤愤地说："九儿不是你们说的那样，她是个好姑娘，万言堂救过她的命，她才这样做。一个人知恩图报，有错吗？什么特务，纯粹是污蔑。九儿是个苦命人，我要给她一个家，一个温暖的家。"安平越说越激动，眼泪在眼眶里打转，那是替九儿流的泪。

一九四七年，解放战争正如火如荼地进行着。安平在皋州人民政府工作两年后，响应人民解放军的号召再次参军，离开了皋州以及他深爱的九儿和两个儿子。

安平参加了无数场战役后，终于迎来了一九四九年中华人民共和国的成立。因为安平英勇杀敌，屡立战功，此时的安平已是某野战军的团长了。安平所在的部队还作为受阅部队参加了开国大典阅兵。这些经历对于安平来说是一生的荣耀。

一九五〇年，朝鲜战争爆发，安平在"抗美援朝，保家卫国"号召的激励下，毅然参加了中国人民志愿军，"雄赳赳，气昂昂，跨过鸭绿江"，奔赴朝鲜战场。此时的皋州迎来了土改。一时间，皋州的大街小巷到处是红红绿绿的标语，"废除地主阶级封建剥削的土地所有制，实行农民的土地所有制""贫雇中农团结紧，消灭地主阶级做主人""实行土地改革，发展农业生产"，标语铺天盖地、夺人眼球。评定成分的工作很快开展起来。在皋州，要说地主，非万言堂莫属，但万言堂早已举家外逃，再往下排就排到几户富裕的中农人家。这让村干部作难了。最后有人提议把万九儿推上去，理由是：万九儿姓万，一直以来万言堂的祖坟都是万九儿年年祭扫，说她是万言堂的后人没人不信；解放后，万九儿虽说将万言堂的地捐了，但还留了一部分自种；解放前万九儿虽说是万言堂屋里的丫鬟，是个下人，但她跟万言堂不清不楚的，听说还怀过万言堂的种，人民群众对她一直意见很大。

村干部觉得这样做的话，对上面可以交差，对万九儿来说也不冤枉，就同意了。不过，九儿并没有被评成地主，因为村干部认为，将九儿评成地主有些牵强，再说还有安平这个军干家属不好交待，所以最终九儿被评成了富农。

九儿就给远在朝鲜战场的安平写了信。安平收到九儿的信已是一个月之后，这时九儿的富农成分已经公布。安平在战场上心急如焚，在实在没办法的情况下，他就给领导写信说明了自己及九儿的情况。领导收到安平的信后非常重视，他在会议上说：我们英雄的团长在战场浴血奋战，地方政府却把他那个曾给地主当丫头的家人评定成富农，真是岂有此理。这件事我们军队要跟地方政府协调一下，让地方政府尽快更正。

在军队的协调下，九儿最终被改评为贫农。

因为安平在战场上屡立战功，审查九儿的事也不了了之，民政部门还给九儿送来了补发的结婚证。至此，安平和九儿才成了合法夫妻。

安平在一九五四年申请转业，回到皋州时正赶上信用社成立，他就被分配到了信用社，之后才有了他与赵有仁主任、李拴狗三人同心协力自力更生办信用社的壮举。

信用社办起来后在农村发挥了极其重要的作用，它不仅有效地遏制了农村长期存在的放高利贷现象，还帮助广大农民解决了生产生活中遇到的困难，受到了人民群众的欢迎。

安平是经历过战争的人，所以他对和平的生活无比珍惜。他不仅每天准时到信用社上班，而且还要抽空帮九儿打理家里那一亩地。而九儿也是料理家务的一把好手，一个人看两个孩子，还要洗衣、做饭、打扫屋子。地里的营生九儿干得也不比安平差，犁锄耕刨样样行。日子过得虽然辛苦，但他们很惬意，很满足。每年安平过生日，九儿都要想尽一切办法给安平做上一碗长寿面。

九儿喜欢回忆，她常常拉着安平一块回忆。每天晚上躺在炕上后，九儿就会提起往事。她说："我九岁进万府，从没受过大的责罚，即使我把老爷最珍爱的青花瓷瓶不小心打破了，老爷也仅仅是饿了我一顿饭而已。我听说我打破的那个青花瓷瓶是宋代的，很值钱——到现在我还觉得欠万老爷的。万老爷还让我们这些个下人去万家的私塾听课，说即使是下人也不能当睁眼瞎。你认得的那些字不也是在那个时候学的吗？要不然我们现在恐怕连自己的名字都不会写。我知道你恨万老爷，因为万老爷逼死了你父亲，但具体的情况你不了解。你参加革命走了后，阎锡山的部队就派人来抓你父亲，当时是万老爷做的保，他们才放过了你父亲。你父亲辞了万家的长工后，生活一度无着落，几乎到了流落街头要饭的地步，还是万老爷拿出一亩地租给了你父亲。当时其他人一亩地一年交五斗的租，万老爷却说只收你父亲四斗的租。谁料那年遭了灾，产量大幅下降。万老爷就减半收你父亲的租，但你父亲还是交不上租。本来万老爷只是让人去催催的，并不打算怎么样，结果你父亲羞愧难当，上了吊。后面的事你也知道，是万老爷将你父亲下的葬。"

九儿的一番话把安平带回了万府，带回了过去。自从第一次见了九儿后，安平就对九儿充满了憧憬。只要身在万府，他就寻找机会待在九儿每天必经的甬道等待九儿的出现，就只为见九儿一面。万老爷当时鼓励下人们的孩子没事时进万家私塾读书，本对读书毫无兴趣的安平也是因为能在私塾里见到九儿才去读书。

渐渐地安平已不满足于只是见见九儿的面，他还想让九儿对自己有足够的好感。于是他想了好多办法，其中一个办法就是英雄救美——他让另一个小长工晚上扮鬼吓九儿，而自己挺身而出保护九儿。九儿不明就里，对安平很是感激。因此在日常生活中，九儿也尽力帮助安平。安平肚量大，晚上给牲口加草料后就又饿了，九儿就在吃饭时偷偷将窝窝头藏起来，晚上再偷偷拿给安平吃。他们的友谊就这样一点一滴地积累了起来。

安平第一次离开皋州是在一九四一年，那时日本人已经盘踞乐县县城两年有余。日本人刚来时与国民党军队打过一仗，结果国民党军队溃不成军，仓皇退缩到了省城。自此日军在乐县烧杀抢掠，无恶不作。皋州附近的山里倒是驻扎着一支共产党的游击队，但由于战斗力不足，只能打一枪换个地方，对日军构不成多大威胁。一九四一年初，共产党的游击队为阻止日军进犯皋州，与日军在距皋州村五里的青岩底打过一仗。这一仗打得很惨烈，游击队以三十多人的兵力阻击日军及伪军近一百人的兵力，游击

队的武器又十分落后。要在平时，游击队打一阵子就会跑，但这一次游击队与日军耗上了，原因是这一次日军出兵突然，皋州的老百姓还没来得及向山里面转移。如果不拖住日军，不仅皋州的老百姓跑不了，而且老百姓存下的粮食也保不住。为了给老百姓转移争取时间，游击队就跟日军耗上了。这一仗打了一个多小时，游击队撤出战斗时就只剩下十五个人了，损失近一半。当日军以死伤二十多人的代价冲进皋州时，老百姓已经安全撤离，粮食也没留下一颗，气得日军在皋州点了一把大火。这一把大火烧了皋州近三分之一的房屋。

日军离开后，老百姓陆续返回皋州。就是那次在返回的路上，万言堂万老爷救了一名游击队战士。这名战士姓任名杰，二十几岁，在与日军的战斗中因胸部中弹而昏迷。日军离开后他才苏醒了过来，他连滚带爬走了二里地又一次晕厥在路上，被万老爷发现并救回家中。为救任杰，万老爷急派管家骑快马到省城，通过当团长的大儿子请得省城有名的医生亲赴皋州医治任杰，任杰才转危为安，捡回了一条命。

为感谢游击队成功阻击日军的壮举，万老爷还向游击队捐资五千大洋，又通过在省城的大儿子购得快枪三十条全部捐给游击队。

任杰在万府养伤期间，万老爷让安平专门照顾任杰，所以安平就与任杰有了长时间接触的机会。正是在这段时间内，任杰给安平讲了很多革命道理，是任杰的引导才使安平最终走上了革命的道路。

任杰虽然年纪轻，但天下大事无所不知，这让从小就蜗居皋州的安平佩服得五体投地，也令他眼界大开。从任杰那里安平知道了延安、毛泽东，还知道了卢沟桥事变等大事件，还知道了美国、英国等国家的存在。这一切都让安平感慨：世界原来这么大！

任杰还跟他讲共产国际，讲共产主义理想，讲共产党的所有主张，他让安平明白，任何人都有追求幸福的权力和自由，为此共产党正在进行着不懈努力和顽强抗争。

一开始安平是以听故事的心态去听任杰所讲的一切，因为相对于现实来说，他讲的很多似乎太过于理想。但当安平看到任杰为理想而不惜牺牲生命后，他开始相信任杰讲的并非虚谈，渐渐地他的思想也有了变化，任杰的理想成了他的理想，任杰的信念成了他的信念。他也想要像任杰一样去为理想献身。所以当任杰完全康复，要离开皋州继续他未竟的事业时，安平毫不犹豫地请求任杰带自己走。任杰看着这个与自己朝夕相处几个月，日夜照顾自己的小伙子，开心地点点头。从此，安平踏上了一条为理想而奋斗的光明大道。

安平是幸运的，他参加了那么多次战斗，却没有倒在战场上，他似乎被死神遗忘。但其实，他觉得每一次战斗于他而言都是浴火重生，每一次战斗于他而言都是徘徊在生死之间。他珍惜生命，也向往死亡，向往那轰轰烈烈地死。为此，他勇往直前，从不退缩。或许是死神被他的勇敢吓住了，不敢收留他这个不要命的主；又或是死神被他的牺牲精神感动到了，舍不得消灭他的肉体。总之，他活了下来，而且活得很长很长。有时候他觉得自己真的活够了，有时候又觉得生命是如此短暂，就是一睁眼一闭眼的事。

安平的母亲因生安平难产而死，父亲在万府扛了一辈子的长工，没过过一天好日子，到头来还没得善终。安平曾发誓，一定要为父亲这样的人报仇，把万言堂那样的地主老财全部杀死。那时每想到这里，他都会像在战场上一样，两眼喷火，双拳紧握；但在九儿潜移默化的影响下，安平渐渐放下了对万言堂的仇恨。

转业后，安平的心渐趋平静，他终于可以抛开一切仇恨去安安静静地享受生活了。安国泰上学了，安国康也紧随其后，这哥俩兼有安平的冲劲和九儿的韧劲。安平在家里充分享受着天伦之乐，在信用社又努力付出与

奉献，他真的感到了满足。如果生活就这样过下去，那该是一幅多么完美的人生画卷。

每天早上九儿六点多就起了床，开火烧饭，喂猪喂鸡；然后是安平起床，挑水，扫院子；再后才是叫小哥俩起床，吃饭，上学。等哥俩上了学，九儿才打理个人卫生，梳头洗脸，叠被子扫炕，一切都有条不紊。

这些都做完后，就到了安平去上班的时间了，而九儿则在家擦拭、整理，洗衣、缝补，在农忙时节她还要拿上农具上地干活。

安平上班总要比赵主任和狗旦早去十分钟，为的是在他们到来之前就把办公室的卫生打扫干净。只要安平在，赵主任和狗旦每天看到的办公室都是窗明几净、一尘不染。其实，刚开始时情形不是这样，那时赵主任和狗旦也同样来得早。只不过赵主任在家里从不伸手干家务活，所以这些活他根本不会干。狗旦呢，倒是会干，但做的"活计"入不了安平的法眼——安平老是挑三拣四，狗旦就越干越没信心，后来干脆不干了。安平在万府学得了很多规矩，在部队时又干惯了这些活，不让他干他还心里烦——反正这营生也不累，干脆就全包了。

安平是信用社的会计，他可是个认真负责的会计，每天下午快下班时，他就会催着狗旦要现金单子，当天的账必须结完碰对他才会回家，回了家才能安稳地帮九儿做家务；否则，安平会坐立不安、食不甘味。

要说信用社的账务并不算多，平时也不很忙，最忙的时候是每年二月二前后。在皋州，这段时间是打玉米交公粮的时间。老百姓将去年收获的、在粮场存了一冬的玉米用机器脱了粒，铺地上晾干晒透，留足一年的口粮后，将其余都装了包，用平板车运到粮站。在粮站，工作人员会对老百姓交来的玉米进行水分测试，达标的就直接入库，不达标的还会要求晾晒，直到全部达标入库。入库后过不了几天，老百姓就可以去信用社领自己的兑现款了。自从有了信用社，村里售粮款兑现工作就交由信用社来做，一分一厘都要算得清清楚楚，发得明明白白。

老百姓最佩服的就是安平打算盘，打起来上下翻飞，变戏法似的就能把账算明白。好多老百姓领了钱不走，为的就是看安平打算盘。这个时候也是安平在皋州人民面前露一手的时候。越是看的人多，安平就越是得意，达到一定的观众量后，安平还会换一把大算盘，双手齐上，左边打一个数，右边打一个数，一心二用。这是安平练就的绝活，他自信在皋州论打算盘无出其右者。

李拴狗点钞也有一手，不仅快而且手法多，看得人眼花缭乱。

老百姓将一年的血汗钱领到手，反复点几遍，过足了手瘾，又会返回信用社把钱存起来。有的老百姓连信用社的大门都不出，数过几遍后就再存起来。

老百姓平时舍不得花钱，兑了粮食款后，他们要考虑几方面的开销，一是种子款要留足，二是平时借乡邻的钱要还上，三是全年的油盐钱要留下。除此之外，就是年前时扯几丈布家里人一人做一身新衣裳，有的人家大人不做只给孩子做；再割一二斤肉，给馋了一年的胃口些许安慰。再有剩余的钱就攒着，等到儿子娶媳妇时才能动用。以前这部分钱大家都是自个藏在家里，哪里隐蔽就藏哪里，因而每年都有藏的钱被老鼠啃噬或发霉腐烂而遭受损失的人家。如今有了信用社，暂时不用的钱就存进信用社，免去了许多后顾之忧。

看到老百姓都来存钱了，安平就想到刚建社时的艰难，那个时候老百姓吃了上顿没下顿，连入股的几块钱都拿不出来；这才几年时间，老百姓手里就有了闲钱，可以办理存款了，而且是家家户户多多少少都有些存款。安平想，这就是社会主义的优越性！

八

一九五五年,乐县农业合作化启动。为了尽快将农业合作社组建起来,人民政府将有组建信用合作社经验的赵有仁主任抽调到政府工作。虽说赵有仁仍担任皋州乡信用社主任一职,但日常事务已全部交由安平处理。赵有仁因此成了挂名主任,而安平成了皋州乡信用社名副其实的主任。

与此同时,农业银行在皋州设点办公,目的是为农业合作化提供信贷支持。相对农业银行而言,信用社就像襁褓中的婴儿。农业银行这个顶天立地巨人的"侵入",几乎把信用社这个婴儿扼杀在了摇篮里。

先说政府的支持力度。皋州农行的职能非常明确,为农业合作化提供信贷支持。所以农业合作化在资金方面有了问题自然就会去找农行解决。于是政府和农行就建立起了密切的业务往来,自然而然地就疏忽了信用社,信用社在农村的地位一下子变得可有可无了:反正人民群众也可以向农行借款,你信用社还有什么作用?

再说人民群众的态度。农行一进入皋州,人们就发现,手里的钱还可以存入农行。农行是国家的银行,而皋州乡农村信用社仅仅是皋州乡的信用社,这就有所不同了。你是相信国家的还是皋州的?反复权衡后,人民断定,国家的肯定要比皋州的靠谱。于是在皋州就产生了一种现象,人们在信用社的存款到期后就都转移到了农行的营业所。好不容易搭起的"舞台"就要让人拆了,安平心急如焚。他先是去找赵有仁主任,虽说现在赵主任基本不管信用社的事,但毕竟他还是信用社主任,信用社的事总不能不管吧?安平如此想。可与赵主任一番交流后,他惊奇地发现,赵有仁主任竟然没与他想到一块。赵有仁主任对他说:"我有什么办法?我能让政府不要同农行打交道?我能让人民群众不要把存款存到农行营业所?现在大形势就是这样，争是没用的。信用社现在的困难局面应该是暂时的，毕竟信用社是老百姓的，它永远离不开老百姓，老百姓也会有需要它的时候。这暂时的困难你得自己克服。"安平说："老百姓现在不需要我们信用社了，你倒想得开，撂一边不管了。我们以前的辛苦都白费了？"赵主任说："谁说老百姓不需要信用社的？我坚信，信用社将来一定会发展壮大的。"赵主任情绪有些激动地说，"回去吧，有困难自己想办法。"

回到信用社，安平第一次发了脾气摔了门。李拴狗小心地问安平："赵主任说了啥？"安平气愤地说："人家不管，好像这信用社跟他没关系。"安平说完就气鼓鼓地坐在办公椅上。李拴狗怕撞了枪口，悄悄地溜了出去。自此安平就对赵主任有了意见，他越来越听不惯赵主任那官腔十足的话，越来越看不惯赵主任对信用社的冷淡。他负气地对李拴狗说："以后信用社的事别找他。我就不信他不管我们还不活了。"

也许是赌气激起了斗志，安平不再被动挨打，而是主动出击去争取客户。安平只要打听到哪一户手里有了钱要存，他就主动上门，不为别的，就为说服对方把钱存到信用社。安平这一手还真管用。安平是土生土长的皋州人，不像农业银行那些人都是外来户。乡里乡亲的，大家都要给安平些面子。再说了，前两年为了争取农户入股信用社，皋州乡的农户安平每户都跑到了。别说是在皋州村，就是皋州的其他村，农户都认识安平——熟人好办事，说的就是这个理。只要安平上门了，这存款肯定跑不了，都存到了信用社。安平不仅重视存款，也同样重视贷款，为放贷他也同样上门动员。有一户农户春种缺种子款，安平听说了就上门去做工作："不用你跑，也不用你去求什么人，信用社现场办公给你办贷款。"农户一听乐了："真还有寻上门来给人钱的。"

就这样，安平为信用社争取了好多客户。由于安平的服务好，这些客户也认准了信用社。

那一年，安平上班时间基本不在信用社待着，他让李拴狗守着摊子，他自己整天挎着个包，腿脚不停地行走在乡村的犄角旮旯，东家进西家出。有人存款，他就开单子；有人贷款，他就送款上门。他用这种看似笨拙的方法，让信用社实现了存款不减反增、贷款缓慢增长的良性发展。

后来他向赵有仁主任汇报工作时，不无骄傲地说："信用社没有政府的支持也照样可以发展。"赵主任浅浅一笑说："你要记住，信用社的发展永远离不开政府的支持。"安平说："只要有人民的支持，信用社就不会倒。政府还是去支持农行吧。"

一九五八年，安国泰初中毕业了。信用社建社时有三个人，后赵主任抽调到政府部门，就剩下安平和李拴狗两个人了。安平跑外，李拴狗守摊，配合得挺好；但碰到事多的时候，就拉不开栓了。为此安平找过赵有仁主任，赵有仁主任又说靠自己解决。安平就说想让安国泰来信用社工作。赵主任说："你现在是主任，你说了算。"

一九六〇年代，正是全国学大寨时，安国康夫妻被下放生产大队。安国康从小劳动少，身体单薄，可他不想落人后，干活拼死命。别人能干的他也干，别人当天干完的，他就是干到半夜也要干完，特别倔，这一点随了父亲。安平倔劲很大，自己认定的事一定要做，而且还要做好。

这年冬天，队里安排垒堾。搬弄大石头安国康真不行，可他不吭声就接了活。十几个人一人垒一段，垒完下工。别人到半下午就垒完了，要帮他，他不用，就一个人垒，一直垒到第二天鸡叫才垒完。数九寒天夜，又身在野地，人咋受得了？第二天回到家就开始发高烧，烧得跟火炭似的。赵婧陪在他身边默默流泪，他反而还劝赵婧。赵婧怨他，你是个傻子呀？那么冷的天。安国康还傻笑着说，我不能落人后。

安国康虽说初中没毕业，但他爱看书，特别是历史方面的书，在大队干活时再辛苦他也没丢下过书。他还爱看报纸，不管生活多么艰难，《人民日报》他都要读。他对赵婧说，少吃一顿饭不要紧，不读书不看报纸我就成了瞎子聋子了。

就在生活最艰难的时候，赵婧为他生了一对龙凤胎安志双和安志全。安平的老屋是一个四合院，住了三大家，安家住北屋。以前安平两口子和儿子们都住正房，安国泰结婚时住进了偏房。到安国康结婚时，安国泰已经进了县城，这偏房就成了安国康的新屋。赵婧生了安志双和安志全后，安平腾出正房让安国康一家子住，他和九儿住进了偏房。偏房面积小，住安国康一家子太紧张，而且偏房位于西房和北房相接的旮旯里，见光很少，有些阴暗潮湿。

老屋院子里的那棵梨树是安平父亲栽下的，跟安平几乎同岁。安平和九儿小时候都吃过这树上结的果实。到安志双、安志全出生时，这棵梨树已经有一尺多粗，而且树干上还结了疤，就像老年人的老年斑。这树虽显出了老相，但枝叶繁茂，正是结果的年纪。安平对这棵梨树有很深的感情，所以每年都要精心打理一番，上药、剪枝、施肥，十分上心。安国泰、安国康是吃着这棵梨树的果子长大的，他们对它也有感情。

那几年安平被打成右派，时不时要被拉出去批斗，安国康在生产大队劳动没日没夜，这梨树似通人性，那几年也一蹶不振，枝叶凋零，挂果也不多。但那时，安平自顾不暇，根本顾不得这梨树。几十年后，安平想起这一段就觉得对不起这梨树，他是把这梨树当成老伙计了。

安平常念叨安志双、安志全命不好，生的不是时候。结果安志双在四岁那年上街坑被车撞死了。九儿哭得死去活来，怪安平说："你这死老头儿，尽说不吉利的话，都是你说的。"安平也难过得不行，只说："这都是人的命！"

安志全也是命运多舛，初中毕业后就回家务农，后来还是安志武找机会给安排了个信用社代办员的职位。当了代办员也没得好，那年一个

晚上，安志全家里闯进了两个蒙面大汉，用刀威胁安志全拿钱。安志全奋起反抗，结果被当胸捅了两刀，其中一刀正中心脏。安志全就这样死了，死时才四十岁。九儿为此哭得昏死过去好几回，事后又把安平一顿数落："看你这乌鸦嘴！"

安志全命不好，但有一个好儿子，就是安邦。

安志武命好，但有一个令他以及整个家族痛心的儿子，那就是安居。

安邦当上开发区联社的理事长后，就成了安居的顶头上司。本来就志得意满的安居更踌躇满志了，他对新上任的堂哥说："哥，我以后就靠你罩着了。"安邦板着脸一本正经地说："我是你哥，你以后更要好好干，别让人说闲话。"安居不屑地说："知道了，我不给你丢脸，行了吧！"

说归说，安居心里却生出了许多傲气："我哥是一把手，谁能把我怎样？"自此，安居在工作上不再像以前那样小心谨慎了，在生活上他也开始不检点起来。

就在安老爷子对安志武讲述他的过去时，安居正在网上赌球。

安居是个体育爱好者，对足球更是一往情深，这不刚看完国内的超级联赛就又接着看世界杯。世界杯是全世界所有足球爱好者的饕餮盛宴，更是安居的精神大餐。小学二年级以来，每届世界杯他都必看，场场不落。今年除看世界杯比赛外，安居又多了一项"爱好"，算是世界杯的"副产品"，那就是赌球——赌哪个队赢球，胜几个球。刚开始安居还怀着玩玩的心态，最多下个百八十块钱的注；随着比赛的深入，安居对赌球开始痴迷了。安居在日记中写道：赌球的感觉就像初恋，以为能浅尝辄止，可一旦尝到了它的美好与甜蜜就深陷其中不能自拔。安居就这样陷了进去，而且越陷越深，下的赌注也越来越大，从几百、几千元到几万元。他把存款几乎全用在了赌球上——十赌九输，当他的情绪从期望转到失望时，他的工资也从有到无了。

安居正是青春年少，与女朋友也打得火热，在女朋友身上花钱同样也大手大脚。工资投在了赌球上，其他的开支只能用信用卡透支，到了还款日再拆了东墙补西墙。他向同学借钱，向朋友借钱，甚至向同事借钱。一次，同事父亲病重，催他还钱，在借无可借的情况下他竟然去借了高利贷。安居这饮鸩止渴的做法使他很快走到了山穷水尽的地步。在走投无路的情况下，安居打起了资金平台的主意。组建不到一年的资金平台已步入正轨，每天的资金交易量可以达到十几个亿，甚至几十个亿。对于在资金平台做交易的交易员来说，几十个亿也就是个数字而已，他们对金钱的关注度已经在日复一日单调的交易中淡漠了。但誓将赌球和爱情进行到底的安居不同，他太需要钱了，为了钱他可以不顾一切。

安居一直在找机会，找一个能捞钱的机会。在一次与客户的谈判中他终于找到了这个机会。客户是一家经营房地产的企业，由于房地产形势不好，公司盖的楼卖不出去，出现了严重的资金周转问题。公司的老总经营房地产多年，他利用自己的人脉关系，打通了各个环节，准备发行十亿元的企业债。发行的前期工作都做好了，但发行后谁买就成了问题。毕竟他的公司仅仅是一家市级企业，影响力不大，要找到这种企业债的买家真不是件容易的事。如果债券发行不畅，前期的投资和努力就打了水漂。公司老总乔来喜通过对市里各银行及信用社的逐个摸底，终于发现掌控开发区联社资金平台的关键人物安居此刻正赌债缠身。这令他欣喜若狂，他想："真是踏破铁鞋无觅处，得来全不费工夫。安居赌债缠身，此时正是攻克他的最佳时机。"于是他亲自约安居密谈，许诺只要开发区平台买了公司的债券，他就将购买金额的百分之一返给安居作好处费。安居一算，那可是一千万元啊！惊得安居张大了嘴好久没合上。片刻的惊喜过后，安居还是想到了存在的风险：万一债券到期，企业无力兑付，那损失可就大了。安居的表情变化乔总看在眼里，他立刻补充说："我们公司是经营了

近二十年的大公司,没卖出去的楼盘就有十多万平方米,加上公司其他资产,这十个亿真不算啥。要不是公司现在资金周转出现点小问题,我也不会用这么高的成本来融资。退一步说,即使将来这债券公司真没能力兑付,你们信用社完全可以接管我的公司。跑了和尚跑不了庙,我能跑得了,公司能跑得了吗?"安居一寻思,还真是这个理,再说了,有这么大的好处费,不要白不要,刚好可解我燃眉之急。

他高兴地说:"成!这债我们买。但我只能买两个亿,其余的你去想办法。"乔总想再激一激安居,便说:"我听说你的权力可不止两个亿。如果你能一次性将这十个亿处理了,好处费的比例还可以提高。"

安居告诫自己:"这可是违法的事情,若不是万不得已,我也不会走这条路。父亲在农信社辛辛苦苦干了一辈子,也没挣下两百万元。如果让父亲知道了,他能把我打死。要懂得知足。"

安居想了很久,才对乔总说:"两个亿,再多不可能。你干就干,不干也可以。"

乔总急忙说:"干,怎么不干呢!这两个亿对我们公司来说也是救命的钱!"

在安居的操作下,两个亿的资金没几天就划入了乔总公司的账户,乔总也没食言,向安居支付了两百万元的好处费。

本来债务缠身、拆了东墙补西墙的安居一夜暴富。他不仅还清了以前的债务,还花四十万元给女朋友买了辆奥迪车。坐上奥迪的安居春风得意,几乎是忘乎所以了。有了资金,他又想把以前输的钱都捞回来。他坚信大赌大赢、小赌小赢,这次他要大赌,所以一下子就押上了十万元。所谓财扶有钱人,这次安居真的赢了,而且是赢大了。十倍的赔率,一百万轻易到手。这一次赢钱彻底把安居的贪欲释放了出来——钱原来这么好挣,下一次投一百万。他投了,但这次好运没来,一场球不到两小时,一百万没了。安居总结经验，下一场又投了十万，结果好运还是没来，十万又没了。他自我安慰，有赢就有输，下一场我还赢一百万。然而一次次投下去，一次次输。安居输红了眼，不停地投不停地输，结果不到一星期，他又返回了原点，再一次债务缠身，连给女朋友买的奥迪车也让他抵了出去。到这时安居的发财梦似乎该醒了，但他没醒，他还想继续赌，把失去的赢回来。他去找乔总说："前段时间我支持了你，这次我遇到了困难，你得支持我一下。"乔总疑惑不解地问他："那两百万元才给了你几天，你的困难咋来得这么快？"安居说："你别管，你再给我一百万元，这次是借，我付存款利息，一个月后连本带利一并还你。"乔总想："怎么摊上这么一个主，两百万元几天就没了。一百万元能救得了他？"但考虑到以后还要继续合作，他说："我们公司各方面投资太大，现在公司账上也没有一百万元，我先给你五十万元，你可以不还，但仅此一次。"安居有些失望，又有些高兴，毕竟这五十万元不用还了。

一个星期后，安居又两手空空，面临债主上门逼债的窘境。

惶恐之下，他又去找安邦，希望在安邦那里找到出路。他问安邦："哥，如果我有一天犯了错，你能帮我吗？"安邦严厉地说："如果有一天你真犯了错，我不会徇私，只能按规定办；所以你要好自为之，别指望我能网开一面。"

安居自知走上了一条不归路，大好的前程他不要，光明的大道他不走，在天堂和地狱之间，他选择了地狱——地狱之门正向他打开。他没走电梯，而是一级一级走楼梯。办公楼有二十层高，从三层走到二十层是需要耐力和毅力的。安居就这样一步一步向上走着，他的心也越来越平静。他本想找个人倾诉一下的，但他不知道该找谁。亲人他是没脸再见了，女朋友也跟他分手了。同事们一旦知道真相会是什么反应？恐怕连吃了他的心都有！他已经失去了一切，已经没有了生的希望。他就这样向上走着，走向那高高的云端，他想化作一阵风消逝掉，不留任何痕迹……

那晚下雪了，雪把这世界上的一切都盖住了，不管是美好的还是丑恶的。一片雪花落到了他的手上，立刻化成了水，凛冽的西北风吹打着他的脸，那感觉像刀割，但他已没有了疼痛的感觉。他的心早已麻木了，他的全身都已麻木了。他想，存在还有什么意义呢？消失吧，消失得无影无踪吧！正在安居万念俱灰，准备做最后的飞翔时，他听到了警笛刺耳的鸣响。

是他报的警，他不想自己死后谣言满天，他要把自己的问题说明白，给大家一个交待。他犯了罪，他要自我惩罚，但他还算一个光明磊落的人，起码他这样认为。他把交待材料整理好放在了自己的办公桌上，然后打电话报了警，当他把一切都坦然放下的时候，他才意识到，自己已经站在了这座建筑的最高处。小时候，他做梦都想飞，现在是圆梦的时候。他闭上眼，仰着脸，身体迎着西北风倒了下去，一瞬间，他真的找到了飞翔的感觉……

九

安居的死震动了开发区联社，甚至震动了全市全省。

乔总因贿赂信用社工作人员而被审查，公司也申请了破产清算。所幸当初安居只购买了两个亿的公司债，乔总公司的资产基本能抵顶，否则信用社的损失将是巨大的。

安邦第一时间收到了关于安居问题的详细报告。直到此时，他才明白前几天安居找他的目的——安居是想探他的口风，是想在他这里找一条出路，但他却没有给安居任何希望。安居得了这样一个结果，作为堂兄的安邦是万万没有想到的。安邦将资金平台的相关制度文件全部调了出来，这些文件几乎摆满了他宽大的办公桌。他一个文件一个文件地看，看得很仔细，企图从这些文件中发现某些漏洞，但他没有找到。可以说，这些文件考虑得很全面。如果照此执行，安邦相信不会出任何问题。但直到问题暴露了，相关人员仍然蒙在鼓里，全然不知。这是为什么？他问自己。他得出的结论是，工作中往往人情大于制度。因为安居是自己的堂弟，所以没有人再去制约他的行为，而自己又忽略了这一点，这才是导致出现这么大问题的根源所在。

安邦几天来彻夜难眠，他一直在考虑自己的去留问题。撇开亲戚关系不说，单说作为安居的主要领导，疏于对员工的管理，导致发生如此大的违法违纪问题，他是有着不可推卸的责任的。上级会对自己做出什么样的处理决定？按照相关规定，他应该会被记个记过处分，他这个理事长还可以继续当下去。但这个结果对他而言是难以接受的。他的负罪感太强，强到不能原谅自己，他觉得自己必须为此付出足够大的代价。他再三考虑后，做出了辞去理事长职务申请退居二线的决定。几天后，安邦不仅向组织提交了退居二线的申请，还主动上交了二十万元的罚款，以弥补安居给信用社造成的损失。

安居死后，安邦深感无颜面对自己的叔父安志武，他就委托开发区联社的郝主任去与安志武谈话。因为安志武不仅仅是职工的家长，还是信合系统的老领导，对老领导不能只是公事公办，还要尽到安抚的义务。白发人送黑发人是人生之大不幸，这对谁来说都是莫大的打击。当安志武听到安居的死讯时，他浑身开始颤抖，尽管郝主任事先已经给他打了预防针，说是一件很不幸的事，但在面对这样的事实时他还是无法接受。他浑身颤抖地听完了郝主任对安居违法违纪事实的叙述及对安居绝笔信的复述后，才慢慢站起身来。安志武是个刚强的人，以前无论发生多大的事，他都能做到镇定与从容。可此时的镇定却是他装出来的，他似乎都没有听到郝主任与他道别。他有些失魂落魄，当所有人都离开后，他的精神彻底崩溃了，他号啕大哭起来。

安志武强打精神安葬了安居后，身体就彻底垮了下来，三天后竟卧床不起，但他一直惦记着儿子给信用社造成的损失。他将安志文请到病床前，用尽力气说："哥，我想让你去帮我办件事。我在信用社工作了一辈子，攒下六十万元，你帮我将这六十万元交到开发区联社。安居收了人家两百五十万元的好处费，我虽然没能力全补上，但能补多少算多少，这样我死了，还能瞑目。"看着在信用社干了一辈子、刚强正直的兄弟安志武如今还不到六十岁，竟然连说话的力气都没有了，安志文鼻子一酸，两行热泪就滚了下来。他握着安志武的手说："兄弟，你放心，安居欠了人家多少钱，一分不少我来还。谁让我是他大伯呢！孩子走了歪道，我们当长辈的都有责任。我知道你的心思，信用社养了我们安家多少人，我们安家人不能昧了良心，不能欠信用社的钱。"

一阵剧烈的咳嗽后，安志武用力握了一下安志文的手，两眼慢慢闭上了，嘴角上翘，带着微笑，咽下了最后一口气。

安志武父子走得很突然，作为父亲和爷爷的安国泰悲痛欲绝，一度闭门不出，身体也每况愈下。

为了还清安居欠下的二百五十万元好处费，安国泰还组织召开了一次除安老爷子外安家人的全体会议。他说："安居做了对不起信用社的事，死有余辜。但他收的好处费，我们必须得还。安志武临终时拿出了六十万元，其余的安志文虽然愿意出，但安志文这几年不容易，现在资金也紧张，所以我想让大家帮我这个忙，能凑就凑一点。我现在手上只有三十万元，你们看能帮着出多少？"

安国康首先说："我也出三十万元！"

安国说:"我也没攒多少钱,我也出三十万元!"

安邦说:"这件事我的责任最大,我出五十万元!"

安志文说:"还剩五十万元,我出。不过,父亲、大伯,你们就那俩养老钱,还是别出了,我替你们出吧。"

安国泰、安国康坚持要出,安志文没办法,只好说:"那你们各出十五万元,总得给自己留点。"两人也就不再勉强。二百五十万就这样在安家人的共同努力下补上了。

安志武父子的事全家都瞒着安老爷子。安国泰对大家说,老爷子是九十多岁的人了,能瞒着就瞒着,别让他老人家为晚辈的事再着急上火。但平常时候能瞒住,这老爷子的大寿之日就很难瞒得住。

老爷子过九十四岁寿辰时,安家一大家子又都聚在了皋州。安老爷子仍旧静静地坐在那把黄花梨太师椅上接受子孙的祝福。马上要开席了,独不见安志武父子,老爷子问安国泰:"好久不见志武了,平时不来就算了,今天咋也不来?"安国泰忍着心中的悲痛扯谎说:"志武这段时间去了市里,听说市办又安排他工作了,今天回不来。"安老爷子说:"都退二线了,咋还更忙了?"老爷子的口气里满是疑惑,安国泰怕老爷子再问,忙岔开话题说:"时间不早了,人也到齐了,我们就开席吧!"老爷子点点头:"开就开吧!""吧"字拖得很长,像是叹息。

安志文自承包了村里的煤矿后,煤炭行情一天好似一天,那价格像灌透了雨水的庄稼般疯长,一天一个样。

安志文天生不安生,当年他毫不犹豫地辞掉了信用社工作,说什么给公家干不自由,自己要当老板。后来他就去省城干起了小买卖,贩卖过针头线脑、衣服鞋袜,还卖过汽车,反正什么能挣钱就干什么。多年打拼下来,也赚了点钱,但赔也不少。就说一九九三年他搞运输,十几万的车刚接没几天就出了车祸,撞了一个小女孩。安志文付完医药费,又赔了一大笔钱——把多年的积蓄赔了个精光不说，还在信用社贷了款。安国康当时那个气，指着安志文的鼻子骂："叫你能耐，当老板么么好当？"安志文顶嘴说："死活我愿意！"把安国康气得就差吐血了。

狗仗人势，人仗财势。人一旦有了钱，腰杆就硬，说话也硬气，内心也容易膨胀。还有一句话叫人心没尽，说的是人的欲望永远没有穷尽，永远不满足不知足。从整个人类文明发展来讲，人的欲望是人类文明前进的动力；但从个体来讲，很多时候欲望太多并非好事。安志文钱越来越多，胃口也越来越大，他已不满足于现在这个煤矿的这几个窑口了，他将目光瞄准了露天矿。

开露天矿破坏大，污染也大，开采手续难办。但安志文认为，花钱能办的事就不叫大事难事。

他把自己的想法跟父亲安国康谈了，但父亲明确表示不支持。父亲对他说："从一个商人的角度出发，你的想法或许是对的，因为商人永远把利益放在首位；但从一个皋州人的角度出发，我不赞成这样做。露天矿一开，植被被破坏，地下水被破坏，环境被污染，这些势必会影响每个皋州人的生活。对家乡、人民不利的事，我们不能干。"可安志文不这样认为，他认为只要有了钱就什么也不用愁——露天矿一开，皋州村可以整村搬迁呀！找一个有山有水靠近县城的地方，盖个小区，让皋州村的人都搬进去住。有了钱大家可以做个小买卖啥的，地也不用种了，大家都过上城里人的生活——这不是所有农村人都向往的生活吗？对皋州人来说这是好事呀！怎么能说是对家乡、人民不利的事呢？

安志文认为父亲是老古董思想，不能代表皋州村大部分人的想法。面对如此大好形势，他必须甩开膀子大刀阔斧地干上一回，才不枉一场轰轰烈烈的人生。

在事情未成之前，安志文不想太张扬，免得有人眼红故意设置障碍。

但世上没有不透风的墙，安志文要在皋州开露天矿，并要将皋州进行整体搬迁的事情还是在皋州传开了，而且还传到了安老爷子的耳朵里。安老爷子从太师椅上颤颤巍巍地站了起来，指着安国康说："你快把安志文给我叫回来，他要拆我们的家，挖我们家的祖坟！我绝不答应！"

安国康说："这事我也是才知道。您不要着急，把这件事交给我好了。"

安老爷子依然激动地说："你告诉他，只要我活一天，他就别想动我们这个家。"

安国康说："爹，您放心！只要我活一天，他也别想动。"

安国康把安志文叫回家，将安老爷子和自己的意思告诉了他。

安志文说："你们跟我较什么劲？县乡两级政府都已经同意了。经济要发展，就得有人做出牺牲，况且我会给村民最高的经济补偿的。贷款的事情我都跟信用社协商好了，正好信用社要改制农商银行，将来我还是信用社的大股东呢！"

安国康气得浑身颤抖，指着安志文说："这事我不同意，你爷爷更不同意，这不是钱的问题，就是全村都搬完了我们也不会搬。"

安志文愣了好一阵才回过神来，他万万没想到真正的阻力不是来自外部。面对亲人，他该怎么办呢？

他将自己关进房间，思考着自己的过去、现在和将来。过去创业的艰辛一幕幕在他的大脑里回放，如今事业顺利了，自己远大理想就要实现的时候却遭到了家人的反对，一向豁达开朗的他竟然感到一丝委屈。他想，只能慢慢做亲人的工作了。

安老爷子的百岁生日马上要到了，安志文决心要给爷爷过一个像样的生日。所谓像样，一是要人多热闹，而且还得请几位有头有脸的人参加，

为此他特别邀请了县长。邀请领导的目的不只是撑门面壮声势，他还想请领导替他做做老太爷和父亲的思想工作，以实现他开露天矿的梦想。二是要花钱多，鲍鱼、海参、甲鱼、龙虾都不能少。除此之外，他还给爷爷准备了一份厚礼——一栋位于县城的花园式别墅。

安老爷子在百岁生日的前一天，照例去给父母及九儿烧纸祭奠，晚上他感觉身上困乏就早早睡下了。睡着后他就梦到了九儿，九儿依偎在他的怀里说想他了。他说，我都一百岁了，快了快了。

第二天，安国泰和安国康见时辰不早了，就在堂屋外喊父亲起床，却不见动静。兄弟俩慌了，忙找来工具打开从里面上的门闩，进屋一看，父亲不知什么时候已经停止了呼吸。

安老爷子是微笑着离开的，也许他是与九儿团聚去了。

安老爷子下葬后，安志文又开始了他的露天矿计划。正当他志得意满想要大干一场时，扫黑除恶和反腐败斗争的劲风吹进了乐县这个偏远的山区小县。以宋英杰为首的那个盘踞乐县多年、作恶多端的涉黑团伙一夜之间被团灭。乐县群情振奋，举报信像雪片一样飞进在乐县设立的专案组，宋英杰背后的保护伞被一个个扒了出来。政府暂停了所有项目的审批工作，安志文的露天矿计划也被叫停。在扫黑除恶和反腐败斗争中，农信系统一些违法乱纪的人也没能逃脱法律的制裁，吴国栋就因行贿受贿、贪污等罪行被判刑十三年。

年底将近，安邦正式调任乐县农村信用合作联社任一把手，同时，乐县农信社改制工作正式提上了议事日程。为了使农信社农商行改制工作顺利开展并起到助推县域经济快速发展的作用，安志文的露天矿计划得到了安邦的支持。为了得到上级的支持和理解，安邦经过考察，撰写了一份近两万字的可行性报告，报送市省两级上级机构。他还专程到市省两级机构向相关领导进行了专题汇报。他的主要理由是：一、煤矿开采对皋州的环境已经造成了不可恢复的严重破坏，比如说水源枯竭已经让皋州人面临吃水困难的窘境；二、传统开采方式效率很低，甚至可以说是对地下资源的严重浪费；三、露天开采可以迅速取得转型发展所需的资金，让皋州，甚至乐县实现快速转型发展。

至于承包露天矿的人选，安邦认为，对方不仅要有经济实力，还要有为皋州做贡献的思想准备。他不想把露天矿变成某些人发财，甚至一夜暴富的工具。为此他也与乐县主要领导作了交流，并提出了自己的设想。一是开露天矿挣的钱，必须保证大部分用于皋州的重建与生态恢复；二是承包露天矿的人必须提前交足以后皋州重建与生态恢复所需的保证金；三是承包露天矿的人必须在露天矿开采完成前在皋州建一家地面企业，以解决露天矿开采完成后皋州部分人的就业问题。

安邦跟安志文说："叔，我举贤不避亲，只要你能答应县政府及皋州人的全部要求，我就支持你承包露天矿。"

安志文说："我回皋州发展真不是为了自己挣钱。如果是为了自己挣钱，我在省城多好，干嘛要回皋州受这份罪。我可以向你承诺，将来露天矿开采挣到的钱，我一分都不会装进自己的腰包，全部都用于我们皋州将来的重建与生态恢复。作为皋州人，我肯定不会让皋州和皋州人吃亏。"

安邦回到县里后，倒排工期，精心布置，全力推进农商行改制工作。安志文在入股和化解风险资产上给予了安邦很大的帮助和支持，他也将成为改制后的乐县农商行的大股东。

农历腊月初六，安邦组织召开了乐县农商行创立大会暨第一次股东大会。改制工作在安邦的运筹帷幄下紧锣密鼓地进行着。第二年农历二月二，安邦组织召开党委会，讨论研究乐县农商银行挂牌开业的日子。在经过大家认真商量后，最终确定为农历三月初三，阳历四月十八日。会后，安邦才意识到，三月初三这个特殊的日子正是太爷爷的生日。

农商行正式挂牌开业，安邦成为乐县农商银行第一届董事长，安志文也进入董事会，成为董事会董事。

在县委县政府的推动下，五月份，露天矿项目被正式批准实施。

皋州拆迁工作进展顺利，但在自己家拆迁的问题上，安志文却犯了难。祖宅、祖坟都面临拆迁，怎么做大伯和父亲的工作？安志文心里面忐忑不安。于是他找到安邦，想让安邦帮自己，安邦答应跟他一起去做工作。

安国泰、安国康和安志文、安邦非常难得地坐在了一起。

安邦看看紧张不安的安志文先开了口，他说："露天矿开采项目是县里定的，不是我叔的个人行为，皋州村人都积极响应和支持，我们安家人也不能拖后腿。今天我们要正式谈一谈我们安家祖宅和祖坟的拆迁问题。"

安邦看看不停地搓着双手的安志文说："叔，具体的拆迁政策你说说吧。"

安志文清了清嗓子，以在长辈面前从未有过的正式口吻说："拆迁补偿政策是统一的。不过既然是我承包的项目，我们家的补偿，大伯、爹，你们说了算。只要你们答应，你们说多少，我就给多少。"

短暂的沉默后，安国康说："你爷爷去世一年多了，如果你爷爷在，拆祖坟的事情，不管你给多少钱，你爷爷也绝对不会答应。"

安国泰说："孩子们的事情，我们要支持。再说了，这又不是孩子们个人的事，是关系到县里的大事。现在我先表个态，拆迁我支持，但一定要将皋州所有的老百姓都安置好，将来不能让皋州人说我们安家的不是。至于给我们家的补偿款，不能比给别人家的高。志文，在将来的皋州新村给我们老哥俩留个住处就行，将来这些也都是你们的。祖坟请个先生看一看，挪个合适的地方就行了。"

安志文原想今天这家庭会议会开得很艰难，万没想到大伯会这样通情达理。他将期盼的目光看向父亲。安国康逐个看了每个人一遍才说："你大伯都支持你，我还能说什么？就按你大伯说的办吧！我就是要强调，好事要办好,不能给我们安家抹黑!"

安志文最担心的问题顺利解决了,接下来就是甩开膀子大干的时候了。在祖宅被拆那天,安国泰、安国康就守在旁边。看着存在了几百年的老屋被开膛破肚、大卸八块,兄弟俩的心在滴血。当拆迁的工人们要起那棵老梨树时,却发现失去安老爷子照料的老梨树不知道在何时早已干枯,树上虽然挂着叶子,但叶子都已脱水。安国泰走上前摘下一片叶子,用手一揉,叶子立即破碎成无数小片。他随手一抛,碎片便在风中飞扬,像一片片绿色的雪花。

迁祖坟时,安国泰、安国康同样寸步不离,父亲及祖先的棺木被挖出来,换上新的棺木,运到新坟处落棺下葬。

安国泰将安老爷子的那把黄花梨太师椅捐给了乐县农商行行史展览馆,它将作为展览馆的镇馆之宝被永久珍藏和展出。

两年后,在乐县农商行的大力支持下,安志文向皋州人民兑现了自己的承诺,皋州新村建成并投入使用,安国泰、安国康搬进了新居。看着一座座整齐的小二楼,以及小二楼里现代化的电器和设施,兄弟俩终于露出了难得的笑容。与此同时,一座大型现代化养猪场也投入运营了,这里吸收了大量的皋州剩余劳动力,很多老百姓结束了外出打工的历史,回到了皋州,回到了故乡。

传 承

一

爷爷高世杰出生在二十世纪四十年代初，高小毕业，相当于现在的小学毕业；但在那个年代，特别是在山底村这个偏僻的小山村里，这已是凤毛麟角，爷爷被村里人尊称作秀才。爷爷年纪轻轻就当上了我们山底村的会计。爷爷的算盘打得很快很响且分毫不差，村里人把他当神一样崇拜。爷爷的那把算盘是老梨木做的，是他十六岁那年，专门托当时村里最好的木匠"活鲁班"做的。算盘通体木质，榫卯结构，做工精细，珠子圆润光滑，算盘的左边框上用刻刀工工整整地刻有"活鲁班"三个字，这是木匠的字号，不容湮灭。

由于我们家离村委会特别近，爷爷便常将工作带到家里来做。所以那时候每当夜幕降临，噼里啪啦的打算盘声就是爷爷演奏的最动听的音乐。后来，乡里组建农信社，爷爷就被村里推荐到乡农信社工作。那时，爷爷工作很忙，村里到乡里有二十里的山路，爷爷每个月就只能回一次家住两天。后来爷爷娶了奶奶，仍然是每月只在家里住两天。新婚宴尔就独守空房，奶奶自然不乐意，所以经常抱怨，逐渐就养成了碎嘴的毛病。

奶奶嘴碎，爷爷就耳背——听见了也当作没听见，任由她唠叨。唠叨归唠叨，但奶奶对爷爷的爱是真的。爷爷回家住的那两天，奶奶不仅舍不得使唤他，反而还变着法儿给他做好吃的，端到他面前——就差亲自将饭喂到爷爷嘴里了。爷爷奶奶非常恩爱，一辈子不离不弃。

爷爷奶奶结婚一年后，奶奶的肚子依然没有任何反应。对此爷爷并不在意，奶奶却坐不住了，偷偷跑去医院检查。得到的结果是，奶奶的生殖系统完全正常，没有问题。奶奶就怀疑是爷爷有问题，她步行到乡里找到爷爷，逼着爷爷到乡医院做了检查。检查结果同样是没有任何问题。医生建议，以后夫妻不要在太劳累的情况下行房——这可能是导致奶奶不能怀孕的原因。

婚后，他们都是在爷爷步行二十里刚回到家时就急不可耐地行房。所谓小别胜新婚，两人心中的那团火，见面就燃，哪里容得休息好再办事。听了医生的建议，为了让自己能顺利怀上孩子，奶奶不仅要克制自己，还要让爷爷也克制。自此，每当爷爷回到家，将那军绿色的挎包挂到墙角的钉子上，再将那把珍贵的算盘往柜子上一搁，就猴急地去抱奶奶时，奶奶就故意表现出不开心的样子，推开爷爷，说自己没心情，明天再说。爷爷火一样的热情被无情地浇灭了。但在第二天太阳一落山，奶奶就急不可耐地催促爷爷上床睡觉，然后两个人就翻云覆雨地唱上一出大戏。等大戏闭幕，两个人已是精疲力尽，便心满意足地相互搂抱着睡去。第二天，天还不亮，公鸡还没叫，爷爷就会匆匆起床，草草地洗把脸，漱了嘴，背上挎包，拿上算盘，奔赴二十里地外的工作单位皋州乡信用社。

那个年代，老百姓出行都靠走。当时，山底村有一辆大车。所谓大车就是三匹骡子拉动的大的木制板车。隔几天，村里就会派山底村大车驾驶员尚义驾大车到乡里购置一些诸如煤炭、布匹、茶叶、食盐、糖等生活必需品，一部分留下村集体使用，一部分放到村里的供销点出售给村民。在村里，尚义的地位仅次于老书记赵泰。除非老书记下了命令，否则尚义是绝不允许无关人员乘坐他的大车，即使是乡干部也不行。有几次，爷爷高世杰想顺路坐一下尚义的大车，都被尚义拒绝了，爷爷只能眼巴巴地看着尚义的大车从身边经过，然后一路绝尘而去。这是在平时。但如果是年底村里邀请爷爷回村帮村民结算，情形就不一样了。年底结算那几天，村里的会计忙不过来，老书记赵泰就会托人捎话，让爷爷回村里帮忙。老书记还会专门嘱咐尚义，一定要到皋州乡信用社接上高世杰，并把他安全拉回山底村。尚义接到"圣旨"，自然不敢怠慢，到了乡里先把买办的事办完了，

就亲自到信用社请爷爷高世杰。尚义谦恭地将爷爷请上车，并将平时只有他自己才能享用的、车上唯一的草垫子让给爷爷用。尚义的大车驾驶技术很好，人坐在车上，即使走的是最坏最陡的路，也不会感觉有太大的颠簸。尚义特别擅长吆喝牲口，左右前后，牲口仿佛能听懂他的话，让他指挥得妥妥帖帖。这个时候，爷爷的身份从普通村民一跃成为回村帮助工作的乡干部，待遇也就上来了。爷爷挎着挎包，拿着算盘，双腿盘坐在大车上，真还像个下乡干部的样子。爷爷被尚义舒舒服服地拉回村后，第一件事就是去见老书记赵泰。听老书记安排完工作，爷爷才会回家看奶奶，并将给家里买的生活必需品和给奶奶买的小礼物拿出来。奶奶总是很高兴，并回报以热情拥抱和热烈亲吻。

村里的结算，简直是爷爷的一场表演秀。爷爷眼睛盯着账本，手指上下翻飞，噼里啪啦的算盘声不绝于耳。有时爷爷还会左右手同时开工，让人看得眼花缭乱。打算盘，爷爷是真正达到了眼手合一的程度。在别人看来，爷爷不像在打算盘，倒像是在进行一项艺术表演，令人赏心悦目。

年底结算时也是村民们最高兴的时候——劳动了一年，成果有多少，从结算的钱数中就能体现出来。张家结算下二百元、李家一百二十元、王家一百六十元等等，各家的男人在村委会大院里排着队，在喜悦和期待中听着别人家的结算数额，心里面计算着自家可能的收入。等轮到自个时，听爷爷噼里啪啦一顿神操作，然后报出那个让人激动的数字，心里那高兴劲真是无以言表。之后，由村里的出纳按数字点出现金，郑重地交到领款人的手上。领款人激动得手打着抖，颤巍巍地接过一年只见一次的成沓的现金。

爷爷虽然有心气高的毛病，但他对乡亲们却不那样。爷爷不抽烟，但每次回家总要买盒不错的烟装在口袋里，遇见村里抽烟的老人，他定会停下来打声招呼，拿出烟盒，从中抽出一支，恭敬地递到老人手上。爷爷口袋里还装着火柴，他还会拿出火柴擦着火，为老人点上烟，再微笑着寒暄几句，然后才礼貌地告别。被敬烟的老者常仔细分辨烟上的品牌图案，龇着一辈子没清洁过的黄牙，点头说一声："大前门，好烟！"在年终结算时，爷爷还会在自己工作的桌上放上一盒烟，来结算的老人早已知晓这是爷爷为他们准备的，所以在拿到结算款后他们会毫不客气地从烟盒里抽出一支，再用桌上的火柴点上，当着爷爷的面惬意地猛抽几口，点点头，表示对香烟质量和味道的认可，更为表示对爷爷能力、人品的肯定，之后才慢慢离开。

每年帮助村里结算完后，爷爷还有一项艰巨的任务要做，那就是为村民写对联。笔、墨、砚是爷爷准备的，写对联用的纸要村民自己准备。村民拿着准备好的大红纸到爷爷家，告诉正在忙碌的爷爷说，这是几张红纸，一张红纸写两副，要写几副，再加上几个福字和几个横批，然后便可离去，只等两三天后去取成品即可。找的人多了，爷爷怕记不住，就在对方送的纸背标注上：某某某，对联几副，横批几个，福字几个。

为什么说写对联是一项艰巨的任务？因为全村有四百多户，算下来就要写近两千副对联。在爷爷之前，负责为村民写对联的是村里一个当过先生的姓王的老人。王老先生行楷写得很漂亮，他一直为村民写到八十三岁，实在写不动了才罢手。于是，高小毕业的爷爷继承了王老先生的事业，开始为村民写对联。爷爷很小便开始练习写毛笔字，到高小毕业时，楷书已写得相当工整，对联写出来让村民们都叫好。近两千副对联要在近一周时间内写好，花费的工夫是一般人想不到的。为了按时完成任务，那几天爷爷晚上只能睡两三个小时，甚至连吃饭都顾不上，常是对付几口便继续埋头书写。村民有过意不去的，会给爷爷带一盒烟，爷爷总以自己个会抽烟为由拒绝。

那个时候的文化人少，村民对文化人简直到了顶礼膜拜的程度，好像有文化的人都是无所不能的。红白事要请文化人记账，写信写契约要请文

化人，打官司写诉状也要请文化人，就连红白事定日子等也要请文化人。在他们的眼里，文化人就应该上知天文下知地理，前知五百年后知一千年。对爷爷来说，写写画画的事好说，最愁的就是为红白事定日子。但为了不使村民们失望，爷爷只好买本老皇历来应付。他看风水也只是遵从常人的认知，背靠青山面朝水的地方即为风水宝地。但要命的是，还有丢了牛、羊的村民找爷爷让算该朝着哪个方向去找，爷爷苦笑着故弄玄虚地拿出算盘打一打，然后随便指个方向。爷爷想，等找不到牲畜，村民们以后就不会再找他算了。但事与愿违，爷爷竟然蒙对了几次。村民们找回了牲畜，自然要添油加醋为爷爷大肆宣传一番，甚至说爷爷是神仙下凡，比菩萨都灵验。随着爷爷的名声大噪，爷爷在村民心中的地位更加崇高了，高到了让人顶礼膜拜的地步。

爷爷将自己一直以来的好运和成功归咎于那把梨木算盘。但爷爷毕竟不是神仙，否则的话他就能算到厄运来临，算到没了儿子，毁了算盘。

爷爷奶奶结婚两年后，奶奶怀孕了。十月怀胎一朝分娩，那天上午十点，尚义到信用社给爷爷捎话说，奶奶昨天晚上胎动厉害，让爷爷赶快回山底村。爷爷给当时的信用社主任李文亮请假时，李主任特意嘱咐爷爷骑上信用社刚买的那辆飞鸽牌自行车，说这样能快点，万一家里真有什么事。对此，爷爷非常感激。这辆自行车可是信用社的宝贝，李主任一般不让人骑，即使是下乡，也是能步行则步行，实在远的地方，他才准许动自行车。这次为了爷爷的家事动用自行车，李主任算是非常体恤下属了。

爷爷骑上自行车一路绝尘往家赶，生怕奶奶坚持不到他回家的那一刻。在经过一段下坡路时，由于车速太快，车轮被石块绊了一下，自行车随即失去了控制，爷爷连人带车一下摔在了地上。当他忍痛站起并将车扶起时才发现，自行车的前轮扭曲得变了形，自己的左腿裤子被刮了个大口子，露出里面流血的膝盖。爷爷心里面一阵痛，不为流血的膝盖，只为那扭曲了前轮的自行车。爷爷心里面骂着那该死的石块，后悔刚才骑得太快，痛惜崭新的自行车毁在了自己手上，更不知道该如何向李主任交待。他满脸沮丧、一瘸一拐地推着自行车朝已露出身形的山底村艰难前行。

爷爷还没进院门，就听到奶奶冲破天际的撕心裂肺的哭声。奶奶难产，但在接生婆胡大娘的帮助下，奶奶还是生了，可生下来的孩子已经没有了呼吸。爷爷身子一软，倚在院门上，内心一阵凄凉，眼泪夺眶而出，紧接着就号啕大哭起来。

在那次事故中，爷爷那把宝贵的算盘也遭了殃。算盘架子被摔开了，算盘珠子散落得到处都是。事后，爷爷返回到事发处，一颗一颗将珠子捡回，数来数去少了一颗，到处找也没找见，这也成了爷爷一辈子的遗憾。那时，"活鲁班"已去世一年多，爷爷只好找了块梨木，费了很大的力气，削磨出一颗算盘珠子补上。这颗算盘珠子的颜色较以前的要浅，放到算盘上十分显眼，像鸡群里的凤凰，格格不入，但也没有别的办法了。

信用社的工作需要经常下乡，遇到路好、交通便利的村子还好说，遇到像山底村一样只有土石路的村子，信用社的人就遭了罪。到这样的村子里去，为确保自行车的安全，李主任是不允许骑自行车的，只能步行。走二三十里的土石路，想想腿都软；但为了方便老百姓办业务，信用社的人要经常走。他们每个月会将辖区内所有的村子走一遍。他们下乡时带着业务凭证、复写纸、算盘、圆珠笔等办公用品，走到哪里就把工作干到哪里，就把业务做到哪里。信用社的人进了村子就直接到村委会办公室，用村委会办公室的大喇叭一喊，全村子的人就都知道信用社来人了。有要存款的就带上钱，有要取款的就拿上存单或存折，到村委会办公室由信用社的人为他们现场办公。只有在急需用钱时，村里的老百姓才会亲自跑到乡里的信用社取钱。一年下来，信用社的人全乡每个村子都能去上十几回，所以每个村子里的人都跟他们熟悉；甚至每个村子的人他们差不多都能叫上名

字来。村干部就更熟了，见了面不是亲人胜似亲人。很多时候，爷爷他们在村子里干完工作天就晚了，吃饭睡觉都到村干部家解决，吃住次数多了，自然跟一家人一样亲热。当然，他们不会白吃白住，临走时总会按当时的行情给村干部留些费用。这已经成了不成文的规定。村干部也不会推辞，收了钱，下一次他们会更加用心地招待这些人。

山上村的张国强书记也是爷爷的铁哥们。爷爷每次到山上村，张书记总会让自家媳妇给爷爷蒸上几个大白馒头，或是烫上几张饼，或是煮上几个鸡蛋临走时带上。投桃报李，爷爷每次留费用时，除单位应报销的外，还多留些。除此之外，由于山上村交通不便，爷爷每次去时都会先在乡里买一些盐、酱油、醋之类的带给张书记。礼尚往来，张书记每次到乡里，不管是开会还是办事，也总会到爷爷单位坐一会，聊聊感情。

有一次，张书记的孩子晚上突发高烧，昏迷了过去，张书记连夜拉着平板车将孩子从山上村拉到皋州乡。大半夜的，爷爷带着他找到周大夫家，敲开门问了诊拿了药。事后，爷爷还为周大夫买了两盒烟算是感谢。

当时乡里除信用社外，还有乡政府、医院、供销社、邮电所、税务所、派出所、电管所等公家单位，这些单位员工之间的交流很多。比如信用社遇到事情要向乡政府请示汇报，要买东西就要到供销社，看病要到医院，打电话、发电报、拿报纸、寄信要到邮电所，停电了要找电管所，派出所每年都要到信用社进行安全检查，税务所收的税要存进信用社，其他单位的钱也会存进信用社，等等。交流多了，彼此就熟悉了，熟人好办事。比如，供销社每天收的现金不能放在供销社，需要存进信用社。有时候晚上八九点了，供销社的人才把钱拿到信用社，信用社的人不管几点都会为他们办理，彼此之间客气的话也不多说。到年底了，单位间就会互动一下，你请我吃一顿饭，我再回请你一顿，吃吃喝喝间就又增进了感情。感情有了，什么都不是事。比如派出所来检查安全事项，查出问题了，警告一声，这边马上整改，那边也不会上纲上线。供销社里进了什么稀罕货或有什么便宜货，供销社的人会第一时间通知各单位，想买的就第一时间赶去买，耽误了就只能怨自己没抓住机会。

每年过年那几天，爷爷都要在单位值班。那几天也是单位之间走动的好时候——今天我们单位要吃猪肉饺子，明天他们单位要吃猪油烙饼，今天我们单位有肉，明天他们单位有酒——信息会第一时间传递到各单位，有想法的自然会闻着香味去联络感情。懒得再出动的早伴着鞭炮声，开着电视睡着了。

二

爷爷的算盘是他临终时交给父亲的，爷爷只活了四十八岁。那年，父亲只有十八岁，刚刚高中毕业。爷爷得的是胃癌，医生说是长期饱一顿饥一顿，吃饭不规律所致。但爷爷工作起来就是那样，忙时不吃不喝都行，下乡时吃饭就更加不规律了，有时在路上误了饭点就啃几嘴窝窝头充饥，渴了看见小河，蹲下，手捧着水喝两口。

爷爷是四十五岁那年觉见吃不下东西的，有时吃下去了还会翻上来。他就找周大夫去看。周大夫号了半天脉后对爷爷说，你的脉象不太好，还是去县医院看看吧。爷爷开坑笑说，还有你周大夫看不了的病？周大夫十分严肃地说，一定要快去，别耽搁了！

爷爷没告任何人他的病情，他是独自一人去的县医院。县医院给他做了一大堆检查后，给了他一张胃癌确诊通知单。爷爷盯着通知单看了半天，问大夫，真是胃癌？大夫点点头，真是！要治还得去省医院，我们这里治

不了。爷爷问，能治好吗？大夫说，治好的可能性不大，但病总是要治的。爷爷又问，治这病是不是要花很多钱？大夫说，是的，去看病前你得准备好一大笔钱。爷爷又问，我还能活多长时间？大夫说，难说，或一年半载，或三两年，都有可能。爷爷又问，不治的话能活多久？大夫笑笑，但笑得有些尴尬，不治的话也有活一年半载的，也有活三两年的。爷爷说，那岂不是治不治一样？大夫说，哪能一样呢？治就有治好的可能，不治就只能等死！爷爷沉默了许久，坚定地说，我不治，我不花那冤枉钱。有那钱，我还给我儿子娶媳妇呢！

从发现得病到病死，爷爷一直坚持上班，跟没事人一样，也没跟任何人说，连奶奶都不知道。直到四十八岁那年，爷爷完全不能进食了，身体软得起不了床，爷爷才不去上班了。这个时候，信用社和奶奶才知道爷爷是得了胃癌。李文亮主任来看望爷爷时，流着泪拉着爷爷的手说，得了病你怎么不早说？有病得看！爷爷微笑着说，没事，迟早的事，我只不过早走几年而已。李主任，你有什么愿望告诉我，我一定帮你办到。爷爷说，我是真不想给领导和组织开这个口，但事到如今，我不开是不行了。我儿子志国高中毕业了，如果符合政策就让他进信用社上班吧。李主任紧握着爷爷的手说，我们信用社一直有顶班的政策，这事你放心，我一定能办到，而且很快就能办成。爷爷平静地说，那我就放心了，他妈还得靠他养。李主任忍不住哭出了声，边哭边说，世杰啊，你是个好人、好员工啊！大家都会想你的！爷爷眼睛也发红了，动情地说，我也会想大家的！

没过几天，李主任就将爷爷托付的事给办妥了，父亲高志国接爷爷的班成为皋州乡信用社的一名正式员工。爷爷临死前将父亲高志国叫到跟前说，信用社的工作是跟钱打交道的，你要清楚那些钱都是公家的，公家的钱一分都不能拿。爹在信用社干了一辈子，自认为还算称职，没有给我们高家丢脸；你要好好干，绝不能给我们高家丢脸。

爷爷缓了好长时间又说，我死了，没有什么东西留给你，那把算盘跟了我一辈子，是我的珍爱之物，就留给你。在信用社工作离不开算盘，你要学好用好，我不要求你当领导，只要你把分内工作干好就行了！说完爷爷就撒开父亲的手离开了他挂念和留恋的人世间。

父亲高志国正式到信用社上班是在爷爷去世一周后。为此李主任还专门为他办了一场欢迎宴。欢迎宴上，他对父亲说，皋州乡信用社是你父亲的家，也是你的家，你要像你父亲一样以社为家。你父亲的办公室和宿舍我们没动过，现在原原本本交给你。大家都记着你父亲的好，希望你也能像他一样认真工作。

父亲入职信用社时，信用社已经有了第一辆摩托车。原来的自行车虽然还在，但已老破不堪，不受人待见了。先进的东西总是受欢迎的。下乡时，自行车受到冷落，大家都抢着骑摩托车。父亲不争不抢，推着那辆破飞鸽到修车摊大修了一番。之后，破飞鸽就成了父亲的专属坐骑。

父亲骑自行车的技术很好，不管什么破路他都能从容应对。有一次，山上村的会计孙浩明——他当时是信用社的代办员，晚上被人抢劫了，父亲得知消息后，挎着挎包，带着爷爷留给他的那把算盘，骑着那辆破飞鸽一路狂奔，第一个赶到了山上村。幸好孙浩明只是被歹徒用刀划伤了胳膊，并无大碍。父亲一到山上村就对孙浩明的账务进行了核实，确认了被抢的金额是四千五百元。在二十世纪八十年代初，四千五百元可不是小数目。当时才改革开放不久，农村经济刚开始活跃起来，小商小贩才往出冒头，一个大村子出现一个万元户都是了不得的人事，当时信用社员工每月的工资才二十几块钱，四千多块钱无疑就是天文数字了。案件很快报到了县公安局，县公安局将其作为大案立案侦查。据孙浩明说，犯罪分子是外地口音，大个子，身材魁梧。公安局先是在全县各路口设卡，对过往行人车辆进行盘查。三天过去了，案件毫无进展。公安局又对现场提取到的脚印和指纹

进行分析，却发现现场除孙浩明本人的和父亲的脚印、指纹外再无第三人的。公安人员再次对现场进行了更加详细的侦查，可结果一样。负责本案的公安局刑警队队长宋小虎就起了疑：现场并没有被清理过的痕迹，那为什么提取不到第三人的检材呢？且据孙浩明陈述，犯罪分子伤了人抢到钱转身就跑。那孙浩明为什么不在第一时间呼救呢？如果叫来村民帮助，合力围追犯罪分子，犯罪分子一个外乡人怎么可能在大半夜里逃脱呢？孙浩明的做法让人生疑：他只是给信用社打了个电话，让当夜在信用社值班的父亲赶往山上村。

宋小虎先是就相关疑点对父亲进行了询问。父亲说，他到达现场时，孙浩明很镇定，而且已经准备好了所有账簿，等待父亲核账。

宋小虎又对孙浩明进行了盘问。在公安局强大的心理攻势面前，孙浩明很快败下阵来，交待了由于他赌博欠下巨额高利贷，便想要制造抢劫现场，以期侵吞公款的犯罪事实。

半年后，孙浩明被判无期徒刑。一场由孙浩明炮制的闹剧收场了。事后，山上村张国强书记心有余悸地对父亲说，多亏公安局破案及时，挽回了损失，不然我这个书记也是有责任的。可我万万没有想到，平时老实巴交的孙浩明会做下那么大的案子。他还提醒父亲说，你爹跟我交好多年，从没对公款动过心思，做事一是一、二是二，认真负责。有一次信用社会计给他多报销了一块钱的交通补贴，他发现后立刻给信用社退了回去。你以后不仅要把握好自己，还要当心身边的人。信用社一出事可就是大事！父亲说，张叔，你的话我记住了！

是的，父亲不仅记住了爷爷的话，还记住了张叔的话。在以后的工作中，他继承了爷爷的全部——对待工作认真负责、一丝不苟。父亲在入职十年时，也就是他二十八岁那年，光荣地加入了中国共产党，成为一名中国共产党党员。就在同一年，他收获了自己的爱情，与供销社的一名售货员，也就是我的母亲刘姝丽喜结良缘。

我的母亲刘姝丽也是打算盘的好手，还得过全县供销系统劳动竞赛算盘翻打传票的第一名。母亲也非常喜欢爷爷留下来的那把算盘，婚后他们都抢着用。父亲母亲在打算盘上你争我赶，谁都不服谁，谁都不让谁。刚结婚时，他们进行过很多次"夫妻竞赛"，但母亲的手总是比父亲的手快那么一点点，所以每次"夫妻竞赛"都让母亲占了先。父亲很不服气，一直在单位偷偷练习，终于在结婚三年后获得了全市信用社系统劳动竞赛算盘组第一名。父亲终于可以在母亲面前扬眉吐气了——狠狠地煞了一次母亲的"威风"。爷爷那把算盘也在这次竞赛中为父亲立了头功，父亲更加珍爱它了。

由于工作表现突出，父亲在三十五岁那年接替到龄退休的老主任李文亮成为皋州乡信用社的新一届主任。那时，中国经济正高速发展，各行各业都只争朝夕。在乐县，最引人注目的行业无疑就是煤炭业，而皋州又是乐县煤炭重点乡镇之一。

父亲高志国一直认为，农信社是农民入股办起来的，它的主责主业就是支持三农。从三农中来，到三农中去。信用社多年来与农民建立起了鱼水情深的关系。我爷爷高世杰走遍了皋州乡的每一个角落，与每一个农民都成了朋友；在他那一代人的努力下，信用社也成了农民的依靠和他们的钱袋子。父亲高志国继承爷爷的遗志，急农民之所急，想农民之所想，什么时候农民需要什么，什么时候农民想什么，什么时候农民要干什么，父亲跟爷爷一样了解得非常清楚。为了服务好乡亲们，父亲高志国也练起了毛笔字，每年过年前他像爷爷一样为乡亲们书写对联。他还主动联系了全乡五个特困家庭和六名特困学生，每年他都要将自己的捐助款给他们送去。

父亲担任皋州乡信用社主任以后，那辆破飞鸽依然是他的专属坐骑。破飞鸽、老挎包、梨木算盘，皋州乡信用社员工戏称这是父亲的"三件宝"。

在乐县，到底是经济的高速发展带动了煤炭业的高速发展，还是煤炭业的高速发展带动了经济的高速发展，一直是老百姓津津乐道的话题。在一年内，煤炭价格从原先的每吨三四十块钱迅速涨到每吨二百多元，巨大的利润刺激着乐县煤炭业的发展。看到巨大商机且具有一定经济实力和人脉资源的人开始蠢蠢欲动了，为了能成功承包到煤矿，有的人就将算盘打到了信用社头上。

皋州村有个混社会的混混叫王老虎，眼见着煤矿变成了"金"矿，他也想插一脚，但苦于没有承包煤矿的资金。为了搞到资金，他就瞄上了父亲。父亲一向对这样的人敬而远之，向来不和他们打交道。王老虎主动上门时，父亲就避而不见，但最终父亲还是被王老虎堵在了办公室。王老虎放言，信用社就是给人贷款的地方，能给其他人贷，也能给他王老虎贷。王老虎给父亲下了最后通牒，要求父亲三日内必须贷给他三百万的贷款。贷了大家都有好处；不贷，他会带着他的小弟将皋州乡信用社砸烂！

父亲一方面将此情况向乡政府和上级进行了汇报，一方面还和派出所通了气。但为了彻底解决这一问题，父亲还是找到了王老虎的父亲——当了一辈子农民的老实巴交的王增福。爷爷高世杰曾在王增福最困难的时候帮助过他。那年，王增福的妻子患肠癌需要做手术，王增福实在拿不出手术费，就找到了爷爷高世杰。爷爷不仅给他贷了款，还给他捐了些款。可以说，是爷爷救了王增福妻子一命。

当父亲高志国找到王增福，把王老虎的所作所为说给他听后，王增福当场向父亲保证，你父亲老高救过老虎他娘的命，这恩情我一直记着，你放心，只要我王增福活着，王老虎就别想动信用社的脑子，我这就去找那混账东西。

这之后，王老虎真没再找过信用社的麻烦。后来父亲听说，王增福和儿子王老虎因为这件事干了一仗。王增福不仅动手打了儿子，还拿出了刀。

王老虎再狠也不敢向父亲叫板，于是不再找信用社的麻烦了。

不久后，皋州煤矿被县城的一个老板承包，老板很会经营，生意做得风生水起，发了大财。王老虎砸锅卖铁，凑钱买了一辆大货车跑煤炭运输，慢慢地也挣了钱。

为了支持县域经济发展，皋州乡信用社适应形势发展需要，贷款支持的面逐步拓宽，煤炭、洗煤、运输都成了信用社支持的对象。信用社也进入了高速发展期，存贷款三年就翻了一番。在此过程中，父亲高志国结识了很多资金实力雄厚的老板，陈强东就是其中最典型的一个。

陈强东以煤炭运输起家，后来又干起了洗煤，再后来又承包起了煤矿。近十年的发展，陈强东已经坐拥上亿资产，有十几家公司，行业遍及煤炭、运输、酒店、娱乐等。在发展过程中，陈强东与信用社建立起了十分密切的关系。陈强东所有的公司账户都开在信用社，所有的存贷款也都在信用社。全县十几个信用社都和他有业务往来，他成了全县农信社的大客户。

父亲高志国同陈强东认识早，交往也早。当年他们认识时，陈强东还是一个搞煤炭运输的小老板。因为需要周转资金，他找到了父亲。父亲调查后认为，陈强东有一定的资金实力，贷款又有煤矿担保，确实不存在风险，所以与其开展了业务往来。事实证明，父亲是有眼光的，每次贷款陈强东都能按期归还本息。陈强东也很感激父亲对他的帮助，多次宴请父亲，但均被父亲拒绝。一次，陈强东硬拉着父亲到饭店吃饭，父亲拗不过，只好说自己最爱吃的饭是红烧肉拉面，而且最爱吃机关附近的那一家。父亲说，你要请客就到那里请，别的地方我是不会去的。陈强东只得陪父亲去了这家拉面馆。陈强东没想到，这家拉面馆不仅只有两张桌子，而且还没有凉菜炒菜，只有拉面。两个人一人吃了一碗拉面，只花了十块钱。陈强东很是过意不去，说，这顿饭不能算！父亲说，可我就爱吃这个！陈强东也没别的办法，只好顺着父亲。此后，陈强东一说请客，父亲就把他引到这家

拉面馆，弄得陈强东哭笑不得。

王老虎与陈强东是死对头，但陈强东走的是正道，而王老虎却不是。为了挣钱，王老虎用各种手段打压竞争对手。搞煤炭运输时，为了与陈强东抢生意，王老虎多次上门威胁陈强东。陈强东为了避开与王老虎的冲突，选择暂时撤出皋州煤炭运输市场，转战到邻乡。王老虎一直霸占着皋州煤炭运输市场，直到他案发被捕入狱。原来，两年前他与司机酒后开车从县城返回皋州，路上撞了一个老人。当时是晚上，王老虎为了躲避责任，就让司机把昏迷的老人拖上车。他们将车开到路边的水库旁，在老人身上绑上石块，将老人扔进了水库。本来这件事做得隐秘，但王老虎的司机喜欢喝酒，酒后又把不住嘴门，一次喝酒时向朋友吹牛，将这件事说了出去。正好有两名便衣警察也在饭店吃饭，就听到了。其中一名警察正是负责两年前的这个老人失踪案——本是生不见人死不见尸的无头案，直到听了王老虎司机绘声绘色地一番描述，才恍然大悟。两名警察不露声色地吃完饭，回到局里向局领导汇报后就展开了对王老虎及其司机周鹏的抓捕。

王老虎嘴硬骨头硬，一时竟撬不开嘴；但周鹏就不同了，到案不到一天，就在警察强大的攻势面前缴了械，交待了两人酒后驾车撞人，沉尸水库，毁尸灭迹的全部经过。周鹏是实施犯罪的主要嫌疑人，因此被判死刑。王老虎重金聘用律师为其辩护，但最终也被判了二十年的重刑。

三

王老虎入狱后，陈强东趁机重回皋州煤炭运输市场。没多久，除经营煤炭运输业务外，他还开了洗煤场，后来又取得了皋州煤矿的承包权，成了皋州本土第一个崛起的煤老板。

陈强东与父亲的关系一直很好，可以说是能交心的朋友。父亲一直提醒陈强东要合法经营，而陈强东也一直固守着法律的底线。他们仍然经常在一起吃饭，但只是在那家拉面馆，从不到其他地方。

一次他们在一起吃饭时，陈强东问父亲，你在皋州乡信用社待的时间这么长了，有没有提一格的想法？父亲开玩笑说，我想有什么用，领导想才可以！陈强东说，想要升职，工作干得好是一方面，更重要的是，要让上面领导认识你、认可你。领导都不认识你，怎么可能放心地把重要的位置给你？父亲说，我只负责干好工作，其他的我还真不想！陈强东说，这几年我认识了不少省煤炭系统的领导，我向他们介绍介绍你。父亲严肃地说，送礼打招呼可都是不正之风，千万不能干。我的事不用你管，你干好自己的生意，别给我添麻烦就行了！陈强东笑笑没再吭声，父亲也以为这个话题就这么过去了，并未放在心上。

三个月后，省联社到县里考察干部，提名父亲为县联社副主任。这对父亲来说，着实有些突然。在那一刻，他忽然想到了陈强东三个月前向自己提及的话题，心中隐隐有些不安。他赶紧找来陈强东问，我的事是不是你找关系、打招呼了？陈强东笑笑说，没有，绝对没有！你在皋州乡信用社干得这么好，这是领导有眼光呀！父亲不无忧虑地说，如果真是这样就好了，但我觉得没这么简单。陈强东一脸委屈地说，请你相信我，我真没做什么！

父亲是带着满心的疑虑走马上任的。官大责任大，父亲并不以为这是什么好事，相反，多一分权利就多一分责任，父亲做事更加小心谨慎了。一开始，父亲分管财务，有部分财务费用的签字权，但父亲从没用手中的权力报销过一分钱的个人费用，也没有谋取过任何好处。父亲总是严格按制度规定办事，所以一些乡镇信用社主任对父亲颇有微词，他们觉得父亲认真有余，灵活不足。

父亲离开皋州乡信用社后，接任他的是会计郑功成——与收复台湾的郑成功名字雷同。父亲曾跟他开玩笑说，郑成功收复台湾，功德无量，你郑功成只要能守住皋州乡信用社这片净土，并把业务搞上去，你也是功不可没。

郑功成一入职就跟随父亲，直到父亲离开皋州乡信用社。耳濡目染，他看到和听到的都是父亲如何维护集体利益，如何保护员工利益，如何坚持原则，如何洁身自好，所以他对父亲非常敬佩。而且父亲离开皋州乡信用社时，向组织极力推荐的接班人就是他，他因此一跃成为当时全县信用社最年轻的信用社主任。

年纪轻轻，权力加身，郑功成不免有些飘飘然起来。特别是受社会不良风气影响，郑功成很快将父亲的嘱咐抛之脑后——学好千日不足，学歹一日有余。一些人看中了他手中的权力，刻意接近他、讨好他，在糖衣炮弹的进攻下，他完全沦陷了。他与这些人一同进饭店，进歌厅，喝酒唱歌，最后，发展到一同赌博吸毒。工资花完了，就在费用报销上想办法。他凭借父亲对他的绝对信任屡屡得手。直到有一天，父亲在签字时发现他拿来报销的单据中有两张发票除发票号不同外，其他信息竟一模一样，连金额的分分毛毛都一样。父亲不动声色地将郑功成以前找他签字报销的发票全部找出进行检查。不查不知道，一查吓一跳，他之前所报销的发票，竟然有三分之一都有问题。不是报销项目重复，就是报销金额偏大。父亲非常自责，是自己的盲目信任给集体造成了损失。为了挽回损失，挽救郑功成，父亲与郑功成进行了一次掏心掏肺的谈话，并要求他在限期内将多报销的钱交回县联社财务。父亲还要求他正视自己的问题，主动向县联社党委提交一份深刻的检查。最后，父亲提醒他，如果还存在其他问题，希望他能主动交待。

郑功成的检查交到县联社党委后，县联社党委书记、理事长苗有德对此事做出了批示，要求对郑功成任职皋州乡信用社主任期间的所有业务进行全面审计，以确保问题全部暴露，之后再依据查出的问题对郑功成作处理。

一个月后，审计结果出炉，郑功成不仅在财务费用方面有问题，在贷款方面还存在"吃、拿、卡、要"贷款人的问题，好在金额并不很大。经县联社党委会研究后给出了对郑功成的处理意见：一是责令郑功成在限期内将所有违规所得上交县联社财务；二是解除郑功成的信用社主任职务；三是给予郑功成留用察看的行政处分和留党察看的党内处分。

父亲到皋州乡信用社宣读这一处理决定时对郑功成说，是我的错，是我发现得晚了，如果我能及时发现并制止你，你也不会发展到现在这样的程度。县联社党委本着治病救人的原则，给你一次重新做人的机会，你一定要珍惜。如果你在处分期间表现良好，不仅工作能保住，你的党员身份也能保住。

郑功成悔不当初，哭着说，高主任，我辜负了你的信任，我一定听您的话，把握好这次机会，我绝不会再给您丢脸了！

父亲在县联社分管财务两年后，县联社党委对副主任的分工进行了调整，父亲开始分管信贷业务。这是党委对父亲的信任，也是在给父亲压担子，想让他得到多方面的工作历练。

在县联社分管信贷完全不同于在乡级信用社时，需要父亲审批、发放的贷款都是大额贷款。按父亲自己的话说就是，大到吓人的程度。分管信贷工作后，父亲感觉肩上的担了更重了，工作也更忙了。为了能及时将贷款发放到客户账户，父亲往往是"连班干"，从调查到审批层层把关。父亲还制定了一个限期办结制度，就是从客户提交申请到贷款办结，时间最长不得超过十日。有时恰巧遇到节假日，真正的工作时间就更短了。每一笔大额贷款父亲都会亲自到现场去调查，然后与客户确定贷款方式和金额，

列明贷款所需的资料清单。每天早上，县联社信贷部都要向父亲汇报正在办理的贷款手续准备情况，父亲会根据进度情况做出工作安排。即便这样，有些急需贷款周转的客户还是嫌办理贷款的时间长，他们就通过各种关系打招呼，有的甚至直接将现金和贵重礼物送到办公室或家里，但父亲每次都严词拒绝。时间长了，父亲就得了个"黑包公"的外号。

有一年，有一笔一千万元的化工行业贷款由于政策因素形成了不良贷款，立即有人借此大做文章，说父亲在贷款时收了贷户的巨额贿赂，所以才导致不良贷款；更有甚者，竟写匿名信将父亲告到县纪检委。

县纪检委非常重视，立即成立了调查组对父亲进行调查。经调查，该笔贷款手续完整合法，不存在徇私枉法的情况。经与贷户谈话核实，也不存在收受贿赂的情况。相反，贷款户向纪检委反映，父亲不仅不收礼，过年过节时还自掏腰包买些小礼物到贷款客户家回访，了解贷户需求，弄得贷款户挺过意不去的。父亲不仅不收礼，而且连饭都没有白吃过客户一顿。有一次，一个大额贷款客户生拉硬拽着父亲去了一家高档酒店吃饭。饭后，父亲给客户留了五百元钱，说，以后你千万别请我到这么高档的地方吃饭了，我那点工资可付不起这么高的饭费！从此那个客户再没请过父亲，只在过年过节时拿些小礼物送到家里。而父亲每每在过节前都要准备一些回赠的小礼品，有来送礼的，父亲先要看大概值多少钱，值钱的就给人家退回去，正常的礼尚往来，父亲就回赠人家自己准备好的礼品，以示还礼。

父亲当上联社副主任后，算盘逐渐失去了作用；但他还是将爷爷的那把梨木算盘摆在办公桌上随时可以够见的位置。每天早上一上班，他都要擦算盘。他擦得很认真，每一颗珠子都要擦到。闲暇时，他还会拿起算盘随意打一打，打完后再用抹布仔细擦干净。

父亲在皋州工作时与母亲相识，一见钟情。母亲一米五五的个子，貌不惊人，但对人真诚热情，父亲看中的就是她这一点。婚后，父母亲就住在乡信用社的一间员工宿舍里。冬天，他们将蜂窝煤火生在房间里，一可以取暖，二可以做饭。天气变热后，他们就将蜂窝煤火挪到院子里。信用社有伙房，有厨师，单身员工住在员工宿舍里，吃在单位伙房里。母亲待人热情，对那些单身员工就像对自己的兄弟姐妹一样，平时做了好吃的，会招呼单身员工们过来吃。过节时，母亲更是直接让伙房停了火，叫不回家的员工都到我家里去包饺子，母亲再炒上几个小菜，大家围着大桌子一起吃。偶尔母亲还会准备一瓶酒，大家边吃饺子边喝酒边聊天，像大家庭一样，热闹温馨。

我出生在父母结婚两年后。因为工作的缘故，父母亲本来商量好暂时不要孩子的，所以我的出生纯粹就是一次意外的结果——关键时刻那个套破了。事后父亲特别担心，母亲却说，如果真怀上了就是天意，天意不可违！母亲临产时，父亲还在县城出差。母亲是被乡信用社的员工送到皋州乡医院的，当天晚上我就出生了。

父亲一直保持着节俭的生活习惯，在皋州工作期间，他的交通工具一直就是那辆老飞鸽。虽然车子老了，但性能依然良好。父亲当上县联社副主任后，母亲也在联社领导的关心下调到了县城某小学。

父亲自然得告别那辆老飞鸽——他买了一辆新捷安特自行车。父母在乐县的老城区租了一间平房。老城区的房子破旧，离工作单位也远，但租金便宜，父亲看中的就是这一点。

在父亲分管信贷工作三年后，原联社主任升迁了，离开了乐县，父亲因年年考评优秀被推荐为主任人选。在民主评议时，父亲获得全票。

上任主任不久，父亲就和理事长苗有德接到一项艰巨的任务——负责改制筹建乐县农商银行。信用社改制农商银行，省内已有先例，父亲便亲自带队到兄弟单位取经学习。

在最难的募股阶段，父亲不得不找到陈强东，做他的工作，希望他能

入股农商行，成为将来农商行的大股东。出于对父亲的信任和感激，陈强东没有任何犹豫，爽快地答应了父亲的请求。

四

改制农商行工作在紧锣密鼓地进行，出于工作需要，单位给父亲配了专车——一辆崭新的普桑，并配备了专职司机。母亲对父亲开玩笑说，有了轿与轿夫，你现在像一个真正的官了。父亲回怼说，到什么时候，我都不是官，只是一个干事的角色。在我心里，权利大一分就意味着多一分付出和责任。

见司机大部分的时间都用于等自己，父亲便报考了驾校。那段时间，父亲练车像着了魔似的。平时工作忙顾不上，他就礼拜天去练车。每天下班后若有时间，他还要让司机陪他练车。三个月后，父亲就顺利拿到了驾照。自此，父亲出去办事就亲自驾车了。为了不让自行车下岗，父亲还给自己定了个规矩，那就是在县城范围内办事骑自行车，到乡下或出县才开汽车。

父亲忙起来常常几天不回家，这让母亲很是无奈，对父亲的抱怨也渐渐多了起来。但父亲总是以微笑面对母亲的抱怨声。在农商行改制的最后阶段，父亲天天跑省市相关部门，两个多月没回过一次家。但父亲每天总忘不了在晚饭后给母亲打个电话，报个平安。

在父亲为改制农商行紧张奔忙时，我正上高三，每天的学习压力很大。从早上六点半到学校开始学习，一直要学到晚上十点半，中午就在学校食堂就餐，餐后能在宿舍休息一个小时。一个月只能过一个礼拜天，而这天还有写不完的作业。有时，我感觉要崩溃了。我和父亲都忙，所以我们一个月也难得见一次面；即使见一次，也说不了几句话。

二〇一五年十二月三十日，乐县农商银行正式挂牌开业。父亲一直紧绷的神经终于可以放松下来了，但这一放松身体就出了问题。父亲是在办公室晕倒的，突发心梗差一点要了父亲的命，多亏发现送医及时，父亲才捡回了一条命。事后，父亲去省城安了血管支架，生活才又回归正常。

乐县农商银行成立一年后，党委书记、董事长苗有德调离乐县，经组织考察，父亲被任命为乐县农商行新的党委书记、董事长。

父亲引进先进企业的管理办法，在农商行实行了科学合理的考核评价办法，激发了员工的工作热情和积极性，使农商行各项业务长足发展，一年上一个新台阶。

为了丰富员工文化生活，父亲还建起了党建活动室、图书阅览室、员工健身活动中心等。父亲还在各支行开展了"五小"建设，即小食堂、小澡堂、小卫生间、小阅览室、小文体活动室建设，改善了员工工作环境，提升了员工获得感、幸福感。

父亲还与县融媒中心和文化公司合作，加大了对农商行的宣传力度，提升了农商银行的外在形象。父亲用四年的时间将乐县农商银行打造成为业绩好、口碑好、社会认同度高、员工满意的好银行。

二〇二〇年，我大学毕业，面临就业的问题，父亲鼓励我报考农信社。这么多年来，父亲工作有多忙我是看在眼里的，所以一开始我对父亲的建议从内心里是排斥的；但经过反复地考虑，最终我还是遵从了父亲的建议。

备考那段时间，父亲常常陪我学习到深夜，让我真正体会到了什么是父爱如山。

考试那天，父亲破天荒亲自陪我到了省城，并在考场外一直等到考试结束。我感觉父亲比我当年参加高考时还要紧张。当我走出考场，远远地看到父亲那消瘦且衰老的身形时，泪水夺眶而出。

在返回的路上，父亲对我说，按照相关规定，他可能很快就要退出领导岗位了。我愕然，父亲才五十二岁，我知道他还有很多理想。这几年他拼命工作，就是在与时间赛跑，他恨不得自己有分身术，一人能干几人的工作。但时间对于每一个人都是平等的，这一点即使你再努力也无法改变。

或许是太过焦虑，在我入职农商银行的前一天，父亲又一次晕倒在办公室里，父亲的心梗复发了。虽然送医及时，但父亲还是遗憾地离开了人世。

在收拾父亲的遗物时，我看到了他办公桌上的那把算盘——它静静地躺在那里，等待着它的主人。我恭敬地拿起它，紧紧地抱在怀里。那个时候，我仿佛感受到了爷爷和父亲的体温，感受到了他们对农信事业的热爱。

我入职的第一件事就是将那把饱含着爷爷和父亲深情的算盘恭敬地摆在我的办公桌上。算盘已经彻底退出了历史舞台，无用武之地了，但它所代表的那种精神将永远激励我。

我入职的支行正是皋州支行，这是我自己向组织要求的。我希望自己能沿着爷爷和父亲的足迹将我的职业生涯走好走实。

我在皋州支行工作了两年。两年里，我做过柜员，干过客户经理，真正体会到了农商银行基层员工的不易：每天八点前就要开晨会，一直工作到下午六点，中午倒班吃饭，下午六点后还要开夕会，一天用于工作的时间接近十个小时。农商行的年轻员工根本没有找对象的时间，很多在不知不觉中耽误了，成了大龄剩男剩女。有的女同志想，"出口"不成，那转"内销"吧！可结完婚后才意识到，夫妻两人都在农商银行上班，老人和孩子根本没时间照顾。后来因为我爱好写作，正好总行办公室缺少个"笔杆子"，我就被调到总行办公室。

到总行办公室报到前，我还以为办公室工作一定比支行工作清闲，但工作开始后我才发现，根本不是我想象的那样。办公室工作琐碎繁杂，白天根本没时间静下心写材料，写材料的时间放在了晚上。除了写汇报、总结、报道、通讯等，我还写散文和小说。我挤出一些时间，搜集了一些父亲的资料，整理加工，创作了一部约七万字的中篇小说《信合人生》，算是送给父亲的礼物。

在领导的鼓励和支持下，我还主持编写了《乐县农商银行行志》，行志分历史沿革、机构沿革、领导更迭、企业文化、历史大事、人物名录等几部分，全方位、多角度地展示了乐县农信社自一九五三年建社至今的七十年的风雨兼程、七十年的沧桑巨变。在行志编写的过程中，我还广泛发动全县员工搜集农信社历史老照片、老物件等，并在此基础上建成了乐县农商银行行史展览室。行史展览室真实地还原了二十世纪六七十年代农信社的办公环境，置身其中，员工们能真切地感受到农信社先辈们当年艰苦创业的工作氛围，使他们的心灵得到洗涤和净化。我还以农商行及农商行人为题材编写了一些歌颂农信社服务社会、服务三农，以及农信社员工无私奉献的情景剧、小品，并将其搬上了农商行每年的联欢会、团拜会，起到了很好的宣传效果。

至于爷爷和父亲的那把算盘，在创建乐县农商银行行史展览室时，我将其作为一件带有农商行人历史印迹的老物件捐了上去。如今，这把算盘就摆放在行史展览室一角的一张老旧的办公桌上，那张办公桌上还摆放着一盏煤油灯、一部手摇电话、一个老式暖瓶、一个搪瓷缸、一本旧账本、一支旧钢笔等。紧挨着的一张老旧办公椅上还挂着爷爷和父亲当年挎过的上面写着"为人民服务"的帆布包，旁边还摆放着那辆二八大杠老飞鸽——让人一看到就会想到农信社的过去，想起父辈们的艰苦奋斗。

每次进到行史展览室，我都会走到那把算盘旁边，凝视良久，还会拿起它，抱在怀里，以此感受爷爷和父亲的温度。

宝儿的生日

一

　　这是冬日里一个阴沉的黄昏，西北风穿透了高楼林立的皋州县城，在皋州中学的操场上打了几个旋后，直奔教学楼而去。寒风中，教学楼像一个风烛残年的老人。

　　一阵急促的下课铃声响过不久，学生们像潮水般从校门口涌了出来。宝儿穿着红色的上衣，像一朵鲜艳的花儿在人群中绽放。此时宝儿的内心似一百摄氏度的水一样沸腾着，前天爸爸妈妈的话仍在耳边回响。爸爸说，年终岁尾了，信用社的工作更忙了，但就是再忙，今年宝儿十六岁的生日我也一定会回家陪宝儿。妈妈说，都多少年没给宝儿过生日了，后天我也回来陪宝儿。宝儿对爸妈的话一向会打个问号，但爸妈这次信誓旦旦的样子让她坚信，这次他们一定不会骗她。

　　上高中后，宝儿本可以不住校——学校离她家不算远，骑自行车也就十几分钟。但爸爸在乡下信用社工作，三五天才能回一次家；妈妈虽在县城里的信用社上班，但作为一线柜员的她，中午的吃饭加休息时间也就半个小时，只够跑路的时间。因此宝儿从三岁上幼儿园开始就住校，即使这样，到了每周五接她回家的时候，妈妈依然来得比其他同学的妈妈晚。她曾无数次请求过妈妈，请求她早点来接宝儿，每次妈妈都点点头说："妈妈会尽量早些。"但下一次依旧那么晚。宝儿从小就觉得，她在爸妈的心里完全是一个可有可无的存在。多年来，宝儿最大的心愿就是爸爸妈妈能陪她过一个生日。自从前天爸妈答应陪她一起过十六岁生日以后，她兴奋得一夜无眠；而且这兴奋一直跟着她，甩都甩不掉。下午最后一节课是她最喜欢的历史，处于兴奋状态的她在回答老师提出的历史上的今天是个什么日子的问题时，她竟然脱口而出说是自己的生日。同学们哄堂大笑，老师也因此批评了她,说她这两天注意力不集中,老走神。老师还关心地问她,是不是心里有什么事?更把嘴巴凑到她耳边问,是不是谈恋爱了?她慌乱而又肯定地说,绝对不是。

下课铃声一响,她第一个冲出了教室,随着第一波人流流出了学校的大门。她急急忙忙跨上自行车,这才发现手套落在了教室里。她心一横,毫不犹豫地向前冲了出去。呼啸的西北风立刻在宝儿身上找到了突破口,它用它的尖牙利齿啃噬着宝儿那双娇嫩的没有戴任何防护用具的手。起先宝儿试图用自己的毅力去抵抗这种侵犯,但很快就败下阵来,只好让两只手"轮岗"——一只手扶车把,一只手躲进衣服口袋里暖一会。在经过一个十字路口时,绿灯的时间已经开始倒计时了,为了赶时间,宝儿毫不犹豫地冲了过去。到路口中间时,红灯已经亮起。宝儿一个急刹车,差一点就与左拐的小汽车撞到一起。驾驶员摇下了车窗,探出头,狠狠地咒了一句:"找死啊!"宝儿抱歉一笑,算是回应。

路过蛋糕店时,宝儿取了早上打电话预订的生日蛋糕,高高兴兴地又上路了。

宝儿回到家,推开门就喊:"爸爸妈妈我回来了。"没有回音。宝儿把蛋糕放到餐厅,又挨个房间看了个遍,没有人。宝儿失望地将书包重重地甩到自己的床上,她坐在书桌旁委屈地抹开了眼泪。

一

李燕心里急,但没表现出来。在客户面前她永远都保持灿烂的微笑,因此客户都喜欢她。以往,若现在这个时间来了客户,她不会着急;但今

天不同，她早早收拾妥当，就等着到点回家。可就在快下班时，一个大客户突然拉来了几百万的现金，而且还都是小面值的。看着堆成山的现金，李燕的心悬在了半空中：看来加班又在所难免了。加班加点对于一名信用社员工来说早就习以为常了，但今天这日子对李燕而言有些特殊。前天她跟丈夫答应女儿的事，她一直记着，她也相信自己一定能做到。所以此时面对突如其来的状况，她有些无所适从，更有些无可奈何。正当她想着如何向女儿宝儿解释时，电话铃声响了。她的直觉告诉她，这一定是宝儿打来的电话。第一声电话铃声刚结束，她已经冲到了电话旁并迅速抓起了电话："喂，信用社。"

"妈妈，你忘了吗？今天是我的生日。"

李燕的泪水夺眶而出，她用手悄悄擦掉眼泪。

作为母亲怎么会忘了女儿的生日？十六年前的今天是李燕的苦难日。那天正在办业务的她突然要临产，是同事们将她送进了医院。由于难产，她差点没了命，那份苦她一辈子都不会忘。但当她看到女儿幼小的身体，听着女儿嘹亮的哭声，她流泪了，那是幸福的泪水。

李燕对女儿说："宝儿，今天特殊情况，妈妈走不开，等妈妈一下班就立马回家给你过生日。"

李燕果断地挂断了电话，她怕女儿听到她的哽咽声，在女儿面前，她不想暴露自己的脆弱。作为母亲，她有太多的愧疚，她给予女儿的时间太少了，使得母女之间始终存在着一张看不见的隔板，将两人隔在了两个世界里。随着女儿的成长，她明显感到女儿对自己的不满在慢慢累加。但她又能做些什么呢？她很无奈，也很无助。

李燕扭转身，脸上瞬间又挂上了她那标志性的微笑。在客户和同事面前，她永远都是一个表情，不管她内心有多苦。她用她那种乐观向上的态度感染着身边的每一个人，唯独女儿对此不以为然。女儿曾无情地评价她这是虚伪。她不知道如何向女儿解释，但她始终相信，总有一天女儿会理解自己的。她放平心态，又开始办起了业务，好像什么都没有发生。

三

张华已经记不清上次回家看父母是什么时候了，因为他上班的地方离老家远，回一趟需要花半天的时间，而最近他也确实太忙了。作为乡下信用社主任的他，总共也就管着七个人，要在部队这连个班长都算不上。可麻雀虽小五脏俱全，大家小家一个样。接近年底了，上存款很难，还得保证不掉存款。贷款虽说放得少了，但到逾期贷款也不少，欠息也不容忽视。他最近主抓的工作就是清收到逾期贷款和催收欠息。农民秋收讲颗粒归仓，年终岁尾是信用社的秋收时节，也讲究颗粒归仓。自己这个信用社主任当了快五年了，前四年都做到了应收尽收，第五年绝不能出任何岔子，这不仅是对自己负责，更是对信用社和县联社有个交待。

今天他是这样计划的：

第一，他要去皋州收一笔逾期贷款，这笔贷款他已经催过多次。昨天打电话时他了解到这家在外地打工的男主人回来了，他必须抓住这个点儿，因为这是最佳的收贷时机。

第二，他要去调查一个新建不久的养鸡场。昨天有个人找上门，说是他的小学同学，现在建了一个养鸡场，前期已经投进去二十几万元了，现在急需购饲料，而最近卖出去的鸡蛋款未能及时收回，资金周转出现了困难。但张华无论如何都想不起来这个同学的过往。自从他当上信用社主任以后，八竿子打不着的亲戚、朋友、同学突然都冒了出来，常弄得他哭笑不得。

来人自我介绍说叫贾华。张华愣怔了好一会儿，以为是"假话"这两个字，为此他还在心里偷乐了一下。对于张华来说，同学真不真并不重要，重要的是这件事情真不真。他在信用社干了二十年，当过出纳、会计、信贷员，一路走来，他对农民农村农业可以说了如指掌，对那些涉农的企业也十分了解。一个家庭养几只或几十只鸡很容易，甚至不用学习任何专业知识和技术；但要建成规模化的养鸡场就没那么简单了，就必须掌握专业的知识和技术，还有就是要有一定的流动资金。鸡是活物，一天不吃就要挨饿，挨了饿就会掉膘，产蛋量就会减少，就有可能赔钱。二十几万元，那可能是一个农民一辈子的收入，任何一个农民家庭都赔不起。所以张华很重视，他绝对不允许农民因为流动资金出了问题而把一辈子的收入都赔进去。他必须要亲自到现场看一看，如果"假话"不假，他就会像"好汉歌"唱的那样"该出手时就出手"。果断出手就有可能救活一个企业，救活一个家庭，那是他个人，也是信用社义不容辞的责任。

第三，他要去看一看他帮扶了十年的孤寡老人陈如福，这是十年来他每次回皋州必做的一件事。

第四，他要去他资助的在校大学生陈怡家，送去下一学期的学费。

第五，回到皋州他必须回家一趟，父亲半身不遂三年了，母亲身体也不太好，他见一次说一次，要把二老接到城里住，但父母亲一直没同意。人老了就愿意待在生养了自己一辈子的地方，这是人之常情，他也不能勉强。但每次想到父母，他都感到十分愧疚，因为自己欠父母的太多了，一辈子都弥补不了。

第六，他必须最迟在晚上六点前赶回县城。今天是女儿宝儿的十六岁生日，他必须履行一个父亲的承诺。他爱女儿！

他的计划很详细，时间精确到了分秒。计划一点出发，一点他便准时出发，绝不拖泥带水。他的座驾是一辆半旧的摩托车，他接手时就是半旧，又骑了五年，加上他下乡多，跑得太狠，近来摩托车时常罢工。张华属于心灵手巧的那一类人，车子有了小毛病，经他一阵摆弄，往往就能手到病除，照跑不误。

两点钟，他按计划到了贷户刘亮家。刘亮饭后出去遛弯了，刘亮老婆出去找了半个小时才把他找回来。张华长话短说："有能力就要马上还，暂时没能力还可以先结清利息。"刘亮也痛快："还，明天就去信用社还。可明年五月份还想再贷。"张华说："有借有还，再借不难。到时你找我。"刘亮夫妇送他出大门时，刘亮把一条烟塞到了他提着的手提袋里，说："哥，你帮了我几年了，我心里一直记着你的好。马上过年了，一条普通烟，表表心意。"张华把烟拿出来，硬递到刘亮老婆手里，说："刘亮兄弟在外打工不容易，过年了，让他抽条好烟，不要亏待自己。"刘亮老婆的眼泪一下子就冒了出来，她结巴着说："他……他在外常受气，就你把他当……当兄弟看。"张华鼻子也发了酸，说："我们农民都不容易，但我们的实在不能丢。"

出了刘亮家，张华就直奔那个养鸡场。张华从小在皋州长大，这里的一砖一瓦他都熟悉。他按照那个八竿子打不着的同学贾华说的地方直接找了去，果然见贾华早已盼星星盼月亮般的等在门口了。张华直奔鸡场，看了场房大小和鸡笼多少，鸡的数量他就初步估算出来了。贾华真没说假话，规模达标。张华问了一些技术上的问题，贾华对答如流。张华心里暗自佩服：确实是专家！

走出鸡场，他对贾华说："贷款我可以放，但相关审批手续很严格，你准备好资料吧。"贾华突然跪下了，非常激动地说："你这可是救了我全家的命呀！为了筹资金，我到处碰壁。你可真是活菩萨啊！"张华扶起贾华说："我不看同学的面，就看你是不是诚信，是不是真想干一番事业。我信你，我贷给你。"贾华说："我不会给你丢脸！"张华自信地一笑说：

"这话，我信！"

别了贾华，张华看看表，时间已经超支了半个多小时，他必须加快速度了。

陈如福家位于皋州老村区——一片破破烂烂的建筑，一条条曲曲弯弯的小道，乍一看像一个巨大的"迷魂阵"，除了生于此长于此的人，谁进去了都会迷路。

十年前的那个下午让张华刻骨铭心。那天听到消息后的张华第一时间赶到了皋州医院，医生对陈曦的抢救刚刚结束。医生从急救室出来，告诉焦急等待的陈如福：陈曦内脏损伤严重，现在只能靠药物维持，但时间不会太长，你快进去看看吧。医生话音未落，陈如福就已经瘫在地上了。

张华一下子冲进了急救室，只见陈曦全身都是血，一动不动地躺在了急救床上。张华盯着陈曦看了很久，眼泪噼里啪啦地往下掉。他说："陈曦，怎么会是这样？早知是这样我就不鼓动你贷款买车了，我对不起你！"

陈曦慢慢睁开了眼睛，看着张华笑了。从陈曦的眼睛里张华看不到一丝痛苦。张华急忙握住陈曦的手问："你醒了？我去叫医生。"

陈曦摇摇头说："我可能不行了……死亡并不可怕，贫穷才可怕……我感激你，我宁愿死……也不愿意一辈子受穷、打光棍……"

泪水再一次充满了张华的双眼，他哽咽着，不知道说什么好。"我死了……最可怜的是我爹娘……"陈曦继续说着，但声音低得张华快听不到了。

"别说了，叔在外面，我把他叫进来。"

张华的手被陈曦抓住了，他瞪着张华。

张华擦掉脸上的眼泪说："你放心吧，叔和婶有我呢。"

张华刚说完这句话，陈曦的手就松了开来，脸上露出了欣慰的微笑，但这微笑瞬间僵住了……

陈曦和张华是打小的同学和朋友。一年前，是张华鼓动陈曦买的车，他不仅给陈曦办了贷款，还将自己的两万元借给了陈曦。他对陈曦说："我不能看着你一辈子受穷，一辈子打光棍。"

买了车后不到半年，陈曦就顺利娶了媳妇。这一年是陈曦人生中最成功最高兴的一年。可正应了物极必反那句老话，陈曦在跑车时由于疲劳驾驶出了车祸，造成了车毁人亡的结局。

陈曦死后一个月，老婆就改嫁了。他的母亲因为接受不了这残酷现实的打击而精神分裂，不久后也失踪了。一家人就剩下了他父亲陈如福一个人。从那时起，陈如福就成了张华的第二个父亲。张华每次回家看望父母，陈叔这里他是必到的，给父母亲买什么样的礼物，陈叔这里也一样不少，甚至比父母亲那里还要多。这不，这次他就给陈叔带了一瓶酒一条烟。之前，出于对健康的考虑，他劝陈叔把烟酒戒掉，但陈叔说他这一辈子除了烟酒再没有什么爱好了，张华就没再劝了，而且每次来都要带上烟酒。

张华一进大门就喊："陈叔，我来了。"

以前，陈叔每次都会急急忙忙地迎出来，顺手接过张华手上的东西，说："我早盼着呢！"这次也一样，好像排练好了似的。

张华这次时间太紧，跟陈叔聊了会家常就要起身。陈叔问："又忙啊？"他说："忙，真有事。"陈叔也就不再硬留。他赶紧出了陈叔的家门，生怕陈叔突然想起了什么再叫住他。

张华资助的在校大学生陈怡的家离陈叔家不远，他在"迷魂阵"转了几分钟就到了。陈怡早年丧父，母亲右手有残疾，生活非常困难。陈怡考上大学后，她母亲找到了张华，说是要贷款供孩子上大学。他说："不用贷款，陈怡上大学的所有费用我来出。"一锤定音，干脆利落。

张华一进陈怡家的大门，陈怡就跑出来了。陈怡高兴地叫："叔，您来了？"张华点点头问："你妈呢？"陈怡说："正摊煎饼，说要你带回去给我婶跟我妹吃。"张华笑笑说："摊煎饼太费劲，你妈手又不方便，以后还是不用了。"陈怡说："我说我摊吧，她就是不用，要我看着大门，怕您来了不进屋。"

张华和陈怡边说话边进了厨房。陈怡的母亲早听见了，洗过了手，正用毛巾擦手。张华进门就说："以后别这么麻烦了。"边说边将一个信封递过去，说，"这是陈怡下个学期的学费和其他费用，应该够，不够让陈怡再给我打电话。"陈怡母亲说："哪一次你都多给，上个学期还有结余呢。"张华说："让陈怡添件衣服吧，女孩子正是爱美的时候。"陈怡说："上学期你给的我婶的衣服我还没穿完，说是旧衣服，我看了，有几件是全新的，连吊牌都在。我估计是我婶专门给我买的。改天我去县城看我婶。"张华说："这天阴得厉害，恐怕要下雪了，路不好走，等过了年再说吧。"陈怡听话地"嗯"了一声。

张华看看表说："时间不早了，我还有事要办，我就不坐了。"说话间，陈怡的母亲早将摊好的煎饼用食品袋装好了，塞到了张华提的手提袋里。张华看了看那一大袋子的煎饼，说："每次都拿这么多，又够吃十天半个月了。"

张华又在"迷魂阵"里转了几分钟才转出来，穿过大马路就又钻进了另外一边的"迷魂阵"。远远地他就看见了那个已经倒了半边的街门楼。张华小时候曾无数次在那里玩过，当年的它在张华眼中是何等的巍峨；如今再看，却是低矮破旧，不成样子。当年有着伟岸身躯的父亲如今已在床上躺了三年，亏的是母亲身体还好，把父亲照顾得很好。

张华进大门就喊："妈，我回来了。"只听屋内传来一阵嚓嚓的脚步声和父亲那苍老、气短的咳嗽声。

母亲迎了出来，母亲那苍老的面容冲击着张华的视神经，他的心有些酸楚，情不自禁地又喊了一声："妈！"

母亲脸上满是关爱，她嗔怪道："马上要下雪了，你咋回来了？快进屋，外面冷。"

张华说："这段时间太忙，回来只能坐一会。爸，您还好吧？"

父亲静静地躺着，眼睛盯着张华，未做任何反应。父亲有着一张沟壑纵横的脸，每一条沟壑似乎都藏着故事。

张华的父亲名叫张建国，生于一九四九年，所以取名建国。张建国生下来就没见过自己的亲生父亲，他的父亲在与他母亲成亲后不久就抛弃了他的母亲，跟随国民党军队逃往了台湾，从此没了消息。因了这段陈年旧事，在"文化大革命"时张建国及其母亲被人批斗，其母亲不堪受辱上吊自尽了。张建国则得到其小学老师，时任皋州乡信用社主任郭新民的保护。后来，张建国便与郭主任的女儿郭小梅互生情愫，这以后就有了两人四十多年矢志不渝的爱情。

"文化大革命"结束后，张建国接老丈人郭新民的班进入信用社工作，一干就是三十多年。张建国曾经无数次对张华说，信用社不仅救过他的命，还给了他爱情和事业。张建国对信用社的感情是深厚的，深厚到不允许任何人去诋毁和破坏它。张华是二十世纪八十年代末的大学生，毕业后本可以分配到大城市工作，却被父亲硬拉回皋州乡信用社工作。对父亲的做法，张华一度不能理解。可当父亲满含深情地对自己讲述他的经历后，张华释然了——那是怎样深厚的感情啊！

张华看着父亲满是沧桑的脸，眼睛湿润了。躺在这里的人，曾经是那样伟岸，那样刚强，而岁月却将这伟岸打倒，将这刚强击碎。

父亲像要挣脱什么束缚似的努力地抬起手来，艰难地说："回……信用社……好好……工作。"紧接着又是一阵苍老、气短的干咳。

母亲说："走吧，别让你爸着急。"

张华点点头，又俯下身对父亲说："爸，您别急，我这就走。"说完转身出了院子。他对跟出来的母亲说："妈，您再跟爸商量商量，还是去县

城住吧。"

母亲叹了一口气说:"县城我们住不惯,你爸和我都离不开皋州。"她再次叹口气,接着说,"你爸怕死在外面呢!"

张华再次认真地看了看母亲瘦小的身体,说:"您也要保重身体,一有时间我就会回来。"

一片雪花飘落到张华的脸上,他打了个寒战,抬头看了看苍茫空洞的天空,说:"下雪了,我得赶紧走了。"

母亲摸了摸他的衣服说:"天冷,多穿点。别看你爸每次都赶你走,可我知道,他想见你。"

张华走出院门,冲母亲说:"这我知道,您回去吧。"

张华没再回头,他怕见到母亲流泪,那样他也会跟着流泪。

当张华走出"迷魂阵",找到停在大路上的摩托车时,地上已经盖了一层薄薄的"白毯"。

他再次看了看手表,然后跨上摩托车,开始往回返。

张华很小心地骑着车,内心却很着急,时间有些晚了,这个时候宝儿应该已经回家了。天色愈加阴暗,黑夜提前降临了。当他路过那块"农信致富路"的石碑时,他的眼前已经没有了路。天地被大雪染成了一个颜色,到处都是白茫茫的一片。

车轮一滑,张华连人带车倒在了雪地里。他忍着腿部的疼痛挣扎着站起来。调整好状态后,他又试图让摩托车也站起来,但试了几次均告失败。他干脆坐在了雪地里,向着空中绝望地大喊:"宝儿啊!爸爸真的没有忘记你的生日。"

四

  此时的宝儿独自坐在餐桌旁，为自己点燃了生日蜡烛。她专注地看着那跳动的烛光，眼睛里流出了晶莹的泪珠，这个生日陪伴她的只有那张去年拍的全家福。

  这张全家福是在她的建议下拍的，因为她感觉自己总是很孤单，总是需要人陪伴。她将这张全家福做成了摆台，放在自己的写字台上，在一个人做作业时，她会时不时地看上几眼。她还经常把它放在床头，让它陪伴她进入梦乡。此时，她把它摆在了餐桌上，因为她觉得一个人的生日太孤单，她太需要陪伴。

  一个小时前她跟妈妈打了电话，妈妈说又要加班，她又给爸爸办公室打电话，但始终无人接听。她盯着全家福看了很久，她无法确定爸爸妈妈到底爱不爱她。她想到了那无数个孤独的日子，泪水立时像开了闸般不断地涌出来。她捧起全家福说："爸爸、妈妈，你们为什么老是记不住女儿的生日？女儿都十六岁了，你们给女儿过过几个生日？你们平时工作忙顾不上管我就罢了，可女儿一年就过这一天的生日，你们就不能回家陪着女儿吗？"她擦掉眼泪，目光变得坚定而锐利，"你们都是骗子，每一次你们都骗我说，明年一定陪我过生日。可你们做到了吗？我恨你们！"

  夜深了，宝儿趴在饭桌上睡着了，她梦见爸爸妈妈都陪着她，她在梦中笑了……

五

转眼十年过去了，在这十年里，农信社发生了翻天覆地的变化。岁月催人老，新人换旧人。李燕和张华从各自的工作岗位上退了下来，宝儿也从重点大学毕业，并顺利通过了省联社组织的招聘考试，成为农信社的一员。时间定格在二〇一八年的那一天，又是宝儿的生日。

宝儿正在柜台上办业务，手机突然响了，宝儿掏出手机瞟了一眼，手机上显示为"家"，她拒接了，继续办业务。

夜幕降临了，嘈杂了一天的营业大厅重归于宁静，宝儿终于有了回电话的时间了。她拨通手机："妈，什么事？不知道我在工作吗？请你以后工作时间别再打电话了。"说完宝儿就准备挂断了。

李燕说："宝儿啊，今天是你的生日，爸爸妈妈在家等着你。"

泪水瞬间模糊了宝儿的双眼，但她极力克制住自己的感情，用平静的口气说："我们农信社马上要改制农商行了，大家都忙，今天我还要加班整理改制资料，可能很晚才能回去，你们就别等我了。"

李燕说："我们知道你忙，再迟我跟你爸也等你，等你回来吃生日蛋糕。"

挂断电话，宝儿哭出来了，她忽然感受到了从来没有感到过的温暖。她自言自语地说："爸爸妈妈终于记住我的生日了。"

张华和李燕常对入职农信社的女儿说，进了农信社工作，时间就不再属于你自己了，你一定要努力工作，其他的有我们。只有我们农信社好了，我们家才会好。

六

已经内退在家的张华、李燕坐在饭桌旁，饭桌上是他们俩为女儿准备的生日蛋糕和一大桌子的饭菜。生日蛋糕上已经插上了蜡烛，蜡烛的火焰扑闪着跳跃着，是那样灵动。李燕盯着蜡烛想：十年前的那个晚上，宝儿是不是也像这样看着蜡烛在想她的爸爸妈妈。

张华拿着手机浏览着当天的新闻，偶尔也会偷偷地瞟上一眼妻子，他知道李燕的心情并不好。这么晚了宝儿还没回来，他知道她在为女儿担心。

李燕盯着蛋糕看了一会，将蜡烛吹灭了。过一阵子，她又点燃蜡烛，盯着看一会儿，再吹灭。

张华注视着妻子神经质的举动，心里满是酸楚，嘴上却说："你神经什么？好好坐着，不行吗？"

李燕幽幽地说："我是在想，宝儿跟我们当年一模一样，工作起来就不要命。只是我们一家子总凑不到一起，宝儿这生日又过不上了。"

听了这话，张华猛然想到了父亲。就在三年前，父亲的病情突然加重，正在出差的他赶回家里时，却只见到父亲冰冷的尸体。他捶胸顿足、号啕大哭。

母亲郭小梅守在旁边没有流泪，她就看着儿子哭，等张华哭够了，她才对儿子说："你爸走得很平静。他不让早通知你，他说，自古忠孝不能两全，就让你尽忠吧！"

"是啊！自古忠孝不能两全。"张华竟然不自觉地说出了声。

李燕惊讶地看着丈夫问："你刚才说什么？"

张华似乎没有听到妻子的问话，他深情地说："有他们在农信社，我们放心——马上要改制成农商行了，我们应该为农信社高兴。"

李燕勉强地笑笑，说："对，高兴！"

七

近来改制工作进行得如火如荼，宝儿经常吃住都在单位。

当联社征集企业文化语和宣传语时，宝儿就想，什么样的词语才能概括农信社的过去、现在和将来？

她想起自己第一次走进大寨，踏上虎头山时内心的那种震撼。

如今的皋州早已旧貌换新颜，高楼林立，街道整洁，山青水净。山水皋州，户外天堂，小而美的皋州精彩而迷人。

她想到了老一辈的农信人，他们继承和发扬了大寨"自力更生，艰苦奋斗"的精神，完美诠释了信念与大爱，他们是最美的人。

"精彩皋州，大美农商。"这八个字感动了宝儿，也激励了宝儿。它们是对皋州、对农信社的过去、现在和将来最完美的诠释。

农信社改制农商银行开业典礼正在举行，宝儿是典礼的主持人。

当礼炮鸣响，农商银行正式揭牌那一瞬间，宝儿幸福地喊出了那八个字："精彩皋州，大美农商。"

当农商银行揭牌仪式通过网络直播，进入张华和李燕的眼里时，张华和李燕激动得热泪盈眶。